Scarlet
스칼렛

KB192552

Scarlet
스칼렛

소녀 감성

최 사장

소녀 감성 최 사장

이아현 장편 소설

C o n t e n t s

햇살이 쏟아지는 어느 날이었다.

하나는 수많은 관광객과 금발의 외국인들 사이를 빠르게 걷고 있었다. 그녀의 검은 머리칼은 비단처럼 부드러워 보였고, 늘씬한 몸매와 길쭉한 다리는 서양인의 것처럼 시원시원했다. 여름휴가를 맞이해 프랑스를 찾은 그녀의 얼굴은 뜨거운 햇살만큼이나 눈이 부셨다. 화려한 유색 보석으로 치장된 손목시계를 확인한 하나는 느긋한 걸음을 옮겨 카페 안으로 들어섰다. 아직 약속시간까지는 여유가 있었다.

막 점심을 먹고 있던 사람들의 시선이 그녀에게 쏠렸다. 휘파람을 불며 음흉한 눈빛을 보내는 사람도 있었고, 그녀를 아래위로 훑어보는 이들도 있었다. 이런 시선에도 아랑곳없이 하나는 익숙하게 빈 테이블 한켠에 자리 잡고, 오늘 만나기로 한 사람에게 연락하기 위해 가방을 뒤져 휴대전화를 꺼냈다.

"오빠, 정말 몰라요? 왜 내 마음을 이렇게 몰라주세요."

타국에서 들려오는 모국어에 하나의 고개가 옆으로 향했다. 옆 테이블에 있는 남, 여는 그녀가 이곳에 들어올 때 시선을 보내지 않던 유일한 사람들이었다.

하나의 시선이 슬픈 표정을 짓고 있는 여자에게서 남자에게로 향하자, 순간 그녀의 얼굴이 새파랗게 질렸다. 어리버리한 표정을 짓고 있는 남자는 그녀 또한 잘 알고 있는 인물이었다.

"응? 내가 하영이 마음을 어떻게 알아?"

올먹이는 목소리로 이야기를 하는 하영과는 달리 답을 주는 현승은 동그랗고 커다란 눈을 깜빡이며 고개를 기울였다. 그의 행동에 하영은 절망 어린 표정으로 말했다.

"항상 이런 식이에요. 오빠는 내가 원하는 걸 말해야 들어주고 내가 요구해야지만 하죠. 어떻게 그래요? 오빠 나 사랑하는 거 맞아요?"

"응, 사랑하는 거 맞아."

"그럼 어떻게 단둘이 하룻밤을 보내는데, 꿈쩍도 하지 않을 수가 있어요?"

"응? 그거야 하영이를 아끼……."

"만난 지 1년이라고요! 1년! 아끼는 것도 정도가 있지. 혹시 고자예요?"

하영의 말에 현승은 눈을 끔뻑일 뿐 답이 없었다. 순간 하영의 머릿속에 이 남자가 정말 고자가 아닐까, 라는 의문이 떠올랐다. 그렇지 않은가? 여름휴가를 맞이해 온 낭만의 도시 파리에서, 1년 동안 사귄 여자 친구가 분위기 좋은 호텔에서 와인을 마시고 달큰하게 취한 채 눈치를 보내고 있는데, 어떻게 가만히 내버려 둘 수 있는가. 하영은

꼬리에 꼬리를 물고 이어지는 생각에 눈물을 펑펑 쏟으며 자리에서 벌떡 일어났다.

"오빠랑 함께 있어도 전 늘 외로웠어요! 오빠는 나랑 함께 있을 때도 마치 다른 곳을 쳐다보고 있는 것 같았어요! 오빠가 날 사랑하는 게 맞는지, 늘 의심스러웠다고요. 그럴 때마다 내 자존심은 바닥으로 추락했어요!"

"그, 그런 게 아니라……."

하영은 변명을 늘어놓으려는 현승의 말을 재빨리 막으며 원망을 쏟아 냈다.

"어쩜 그래요, 어쩜!"

"하, 하영아……."

"이젠 됐어요! 싫어요! 다 싫어!"

1년을 버텼다는 게 용하다고 느껴질 정도로, 하영의 얼굴은 엉망이었다. 절망 어린 시선과 눈물로 얼룩진 얼굴, 일그러진 입술. 타국에서 유학생활 중 만난 그가 자신에게 모든 것을 내주길 원했던 그녀는 단 한 번도 곁을 내어주지 않은 남자 친구에게 저주를 내렸다.

"당신, 분명 후회할 거야! 너보다 더한 인간 만나서 큰코다칠 거야!"

하영은 마지막 한마디까지 쏟아 낸 후 카페를 빠져나갔고, 현승은 그 뒤를 따르지 않았다.

옆자리에 앉아 있던 하나는 익숙한 얼굴과 목소리에 콧잔등을 찌푸렸다. 그리고 멜로 영화 한 편을 찍고 나가 버린 여자의 뒷모습과 아무것도 모르겠다는 듯 고개를 기울이는 남자를 보며 한숨을 쉬었다.

평생 마주하고 싶지 않은 사람 중 첫 번째로 꼽히는 사람을, 연고지 하나 없이 여행차 오게 된 프랑스에서 만날 줄 누가 알았을까. 만약 그가 프랑스에 있다는 사실을 알았다면 이쪽으론 눈길조차 주지 않았으리라.

세상 참 좁지 않은가. 아주 오래전 기억 속에 있는 남자를 이곳에서 만난 것도 아주 기가 막혔지만, 예전 그를 알던 시간 동안 수없이 반복해 봐왔던 장면을 또다시 목격했다는 것도 참 아이러니한 일이다.

하나는 남자가 자신을 보기 전에 얼른 이곳에서 벗어나는 것이 좋겠다 결론을 내렸다. 하지만 자리에서 일어나며 의자가 드르륵 끌리자, 남자의 시선이 그녀에게 향했다.

"어? 하나다!"

"윽."

하나의 입에서 신음이 흘러나왔다. 그리고 의아한 표정을 지우고 밝은 얼굴로 인사를 건네는 그에게 삐딱하게 고개를 숙였다.

"오랜만이네요, 현승 오빠."

"응응, 하나야. 정말 오랜만이야. 내 동생의 옛 여자를 여름휴가차 '전' 여친이랑 놀러 온 프랑스에서 만날 줄은 몰랐네?"

그것도 1분 전에 헤어진 여자 친구와 함께 온 여행에서 우연히 마주치게 될 줄은 그조차 몰랐다. 현승은 기가 막힌 우연이라며, 눈치 없이 7년 전 이야기를 늘어놓았고, 하나는 욕설이 튀어나오려는 입을 꾹 다물었다. 악물고 있는 그녀의 입술이 새하얗게 질렸다.

"아아, 잠시만요, 오빠."

끝도 없이 이어지는 이야기에 하나는 그의 말을 중간에서 끊었다. 그리고 지끈 아파 오는 머리를 꾹꾹 누르며 말했다.

"아직도 이러고 사세요?"

현승이 아무것도 모르겠다는 듯 눈을 깜빡이자, 하나는 곧 한숨 같은 말을 내뱉었다.

"그게 더 나빠요. 아무것도 모르는 거."

하나의 말에 현승의 얼굴이 찌푸려졌다. 곤란한 표정을 짓거나, 멍한 표정을 짓거나, 생글생글 웃을 때와는 달리 180도 달라 보였다. 그의 얼굴이 일그러지는 것을 보며 하나는 어깨를 으쓱였다. 더 이상 그의 신경을 건드리지 않는 것이 신상에 좋았다.

하나는 가방을 챙겨들며, 자신을 뚫어지게 바라보는 현승에게 말했다.

"아니면 일부러 모르는 척하는 건가?"

무심한 어투로 묻는 말에 현승은 한참 그녀를 바라보더니 이내 활짝 웃으며 말했다.

"글쎄."

현승의 말에 하나가 질린다는 듯 손을 휘저으며 더 이상 관여하고 싶지 않다는 듯 인사를 건넸다. 속을 알 수 없는 남자를 대하는 것만큼 피곤한 일이 없다는 어투로.

"그럼 전 이만 가볼게요."

또다시 만날 일이 없었으면 좋겠어요.

뒷말을 삼킨 하나가 카페를 벗어나자, 현승은 그제야 꼿꼿하게 세운 등을 편히 기댔다. 곧 그의 입술이 뾰족해지더니, 투덜거리기 시작했다.

"진짜 여자들은 알다가도 모르겠어."

"얼굴 보니 때깔 하난 죽이는구나."

"에이, 할아버지. 말씀이 너무 격하시다. 때깔이라니요. 그냥 잘 먹고 잘 살았구나, 하면 되지."

최일구 회장은 능글거리는 손주의 모습이 마음에 들지 않는다는 듯 헛기침을 내뱉었다. 허튼 말은 하지 않는 최 회장의 말대로 현승의 얼굴에선 빛이 났다.

"개소리하고 있구나."

"골든 주얼리 회장님이 개소리라니요? 입이 너무 걸쭉하셔."

"헛소리 계속할 거면 일단 앉자."

최 회장이 자리에서 일어나자 우두둑 뼈마디가 비틀리는 소리가 났다. 심상치 않은 소리에 현승은 서둘러 최 회장을 부축해 상석에 앉는 것을 도왔다. 푹신한 의자에 앉은 최 회장이 앓는 소리를 내자, 그 속이 빤히 보여 웃음도 나오지 않았다. 하지만 그는 지레 모른 척 족히 세 명은 앉을 수 있는 소파에 앉으며 말했다.

"할아버지, 그럼 뉴욕에서 잘 살고 있는 저를 부른 이유를 이제 말씀해 주실래요? 잔소리하실 거면 내일 듣고요."

"잔소리?"

최 회장이 눈살을 찌푸리자, 현승은 으레 그래 왔듯 생글생글 웃으며 답했다.

"호텔에 들어가서 쉬고 싶어요."

"호텔? 돈지랄도 골고루 하는구나."

"에헤이, 정말. 할아버지 그 말투 좀 어떻게 할 수 없어요? 부하 직원이 들으면 욕해요."

"욕? 감히 날 욕한다고? 할 놈 있으면 와서 하라고 해라. 겁 안 난다."

테이블 위에 물 잔을 올려놓는 정 비서의 몸짓에서 그 말이 사실임이 느껴졌다. 오랫동안 최일구 회장 곁을 지켰던 정 비서는 큰 소리가 오가는 상황이 상당히 익숙한 듯 태연하게 자기 할 일만 묵묵히 하고 나갔다.

잔에 들어 있던 얼음물을 단숨에 들이켠 최 회장은 미리 준비해 둔 서류를 현승의 앞에 밀어 놓으며 말했다.

"앞으로 네가 할 일이다."

"할 일이요?"

"그래."

"제가 할 일은 뉴욕에 있는데요?"

최 회장은 장난스럽게 웃는 현승을 보았다. 하나뿐인 아들이 두고 간 선물. 현승이 채 8살이 되기도 전에 세상을 떠난 못난 아들의 모습을 떠올린 최 회장은 한숨을 쉬었다.

아들 내외가 살아 있었다면 두 손주가 해외를 떠돌며 살았을까. 둘

다 가족의 정을 느끼지 못하고 살아서 그런지 어디 한 군데 정 붙이지 못하고 세상 여기저기를 떠돌며 사는 모습이 최 회장은 마음에 들지 않았다. 둘 다 한국에서 제대로 된 가정을 꾸리고 살았으면 소원이 없겠다 생각한 최 회장은 막 서류를 펼쳐 드는 현승을 보며 부가설명을 덧붙였다.

"네 할머니랑 처음 꾸렸던 곳이다. 지금은 다른 사람이 운영하고 있는데 상당히 엉망이더구나."

"골든당……?"

"그래. 청담동에 있다. 네놈이 운영해 줬으면 한다."

벼락같은 최 회장의 돌발 선언에 현승의 얼굴이 굳었다. 현승은 뉴욕에 두고 온 일을 떠올리며 말했다.

"할아버지, 저 지금 뉴욕에서 완전 잘나가고 있거든요?"

"언젠간 정리해야 하는 일이다. 당장 정리한다고 해서 문제될 것은 없겠지."

똑 부러지는 최 회장의 말에 현승은 들고 있던 서류를 테이블 위에 올려두며 말했다.

"싫어요."

"언제까지 네 어미만 붙잡고 살 게야!"

최 회장의 벼락같은 호령에 현승이 변론을 늘어놓으려 하자 그는 재빨리 말을 가로채며 말했다.

"다음 주부터 시작하면 된다. 명의는 네놈 이름으로 돌려놨어. 제대로 한 번 해봐."

"싫다고 몇 번을 말씀드려요?"

"최현승!"

"왜 건욱이는 내버려 두고 저한테 뭐라 그러시는 거래요? 설마 제가 장남이고 장손이어서 그렇다고 하실 거면, 그거 건욱이 놈한테 줄 거예요!"

"건욱이도 한국으로 불러들였다."

최 회장의 말에 현승은 입을 꼭 다물었다. 독일에 있는 동생까지 부른 줄 몰랐던 그는 미리 건욱과 입을 맞추고 한국에 들어올 것을 후회했다. 하지만 여기서 물러날 수는 없었다. 그에겐 어머니가 물려주신 레스토랑 운영이라는 자신의 일이 있었다. 그리고 할아버지가 자신의 일을 아무리 비난한다고 해도 포기할 수 없는 일이었다.

"전 제 인생이 있어. 언제 제가 할아버지 말 듣는 거 봤어요? 다 아시면서 이런다."

할아버지의 후광으로 깔린 융단 위를 걷고 싶은 마음 따위는 없었다. 제 노력으로 만든 왕국이 아닌 것에는 관심도 없고, 재미도 없다. 아무런 감동도 없는 일에 인생을 허비하고 싶지 않았던 현승은 단호하게 말했다.

"그럼 어쩔 수 없구나."

다른 때와는 달리 최 회장이 너무도 순순히 물러서자 현승의 한쪽 눈썹이 하늘을 향해 올라갔다. 이렇게 쉽게 포기할 분이 아닌데? 순간 그의 머릿속에 경고음이 삐용삐용 울리기 시작했다.

"다음 주부터 선 자리도 잡아 놨으니 바쁘게 움직여야 할 게다."

그의 예상대로 공격을 멈추지 않는 최 회장을 향해, 현승은 버럭 소리 질렀다.

"할아버지!"

"대한민국에서 내로라하는 집안 자식은 다 약속을 잡아 놨으니, 허튼수작 부렸다가는 네놈의 고추를……!"

최 회장의 경고에 현승은 서둘러 남성의 자존심을 손으로 가렸다.

아무리 할아버지를 사랑한다고 한들, 인생의 전부를 할아버지 손에 넘겨줄 수는 없었다.

현승은 미간을 찌푸리며 으름장을 놓는 최 회장에게 말했다.

"갑자기 왜 그러시는 건데요? 설마 노망이라도……."

"내가 살날이 얼마 남지 않았다."

최 회장의 말에 현승의 얼굴이 차갑게 굳었다.

현승을 바라보는 최 회장의 파리한 얼굴에서 문득 세월이 느껴졌다. 주름진 손으로 마른세수를 하는 할아버지의 모습을 보며 현승은 안타까운 목소리로 말했다.

"할아버지, 10년 동안 같은 레퍼토리에 또다시 제가 속을 거라고 생각하신 거라면 엄청 순진한 생각이십니다?"

"흠흠! 건욱이 놈은 잘만 속드만."

"그놈이야 워낙 착해 빠져서 할아버지 속을 훤히 꿰뚫고 있어도 별 말 안 할 놈이죠."

현승의 이야기에 동의하는 듯 최 회장이 고개를 끄덕였다. 그 모습에 현승은 한숨을 쉬었다. 이 이야기는 벌써 열댓 번 이상 최 회장에게 했던 말이었지만, 또다시 입 아프게 해야 할 것만 같았다.

"말씀드렸듯 전 할아버지의 뒷배경으로 먹고살 마음 없어요."

"내가 가진 재산이 얼만지나 알고 그런 소리를 하는 거냐? 현금 보유액만 따져도……."

"네네, 대한민국에서 손가락 안에 드시겠죠. 하지만 제 노력으로 쌓아 올린 부가 아닌 것에는 관심이 없어요."

잘못 먹으면 배탈 난단 말이죠. 현승은 입술을 뾰족 내밀며 작게 읊조렸다. 최 회장은 똑 부러지게 말하는 현승을 보며 한숨을 내쉬었다. 올해 34살이나 먹은 놈에게 이래라저래라 할 수는 없었지만, 그래도 그는 끝까지 이 계획을 실행해 볼 생각이었다.

"골든당을 6개월 안에 흑자로 돌려놓으면 앞으로 네놈이 어떤 인생을 살든 간섭하지 않을 생각이다."

"……네?"

"내 앞으로 되어 있는 레스토랑. 니 앞으로 돌려주마. 물론 어떤 여자랑 결혼을 하든, 아니, 결혼을 하지 않고 총각 귀신으로 죽는다고 해도 상관하지 않을 생각이다. 어떠냐, 이제 네놈의 구미에 조금 맞는 거래가 됐냐?"

현승은 놀라서 눈을 동그랗게 뜨고 최 회장을 보았다.

무슨 일이 있을 때마다 레스토랑을 팔아 버리겠다며 협박을 하거나, 하루가 멀다 하고 전화해 결혼하라는 잔소리를 늘어놓으며, 어서 증손주를 보고 싶다고 노래를 부르던 사람이었다. 그런 할아버지가 더 이상 자신의 인생에, 거기다 결혼까지 관여하지 않는다는 이야기는 그의 구미에 딱 맞는 거래 조건이긴 했다. 하지만 현승은 애써 표정 관리를 하며 말했다.

"저 34살이에요, 할아버지. 굳이 할아버지가 그런 조건을 걸지 않더라도……."

"적당히 해라, 현승아."

그의 속마음을 찰떡같이 읽어 내린 최 회장이 협박처럼 낮게 읊조리자 현승은 서둘러 허리를 숙이며 짧게 답했다.

"……넵."

"그럼 할애비랑 약속한 거다. 만약 6개월 안에 흑자로 돌려놓지 못하면 그때는 이 할애비의 말에 따르기로."

저승사자처럼 속삭이는 최 회장의 말에 현승은 재빨리 머리를 굴려 보았다.

이 일만 성공한다면 평생 할아버지의 손바닥에서 벗어날 수는 있
겠지만, 그와 반대가 된다면……!

오싹한 기운에 서둘러 고개를 저은 현승은 앓는 소리를 내며 말했
다.

"할아버지, 청담동에 있는 샵을 어떻게 6개월 만에 흑자로 돌려
요? 할아버지 성격에 인테리어 비용이고, 인건비고 모두 포함한 금액
일 텐데!"

현승의 이야기를 듣고 있던 최 회장은 그럴 줄 알았다는 듯 혀를
차며 서랍장에서 파일 하나를 꺼내 테이블 위로 던졌다. 노란색 파일
은 이 모든 해답을 주기엔 지나치게 얇아 보였다.

현승은 의심의 눈초리로 파일을 펼쳐 들었다.

"골든 주얼리에서 최고로 꼽히는 주얼리 코디네이터와 마케팅 직
원들 이력서다. 네놈이 좋다는 사람은 가져가."

"이것만으로는…….""

"이번에 골든 주얼리에서 실버 라인을 새로 만들 생각이다. 런칭
기념행사부터 시작해서 신상품 행사까지 모두 청담동에서 해 주지."

최 회장의 말에 모든 것을 얻어 냈다 생각한 것인지 현승은 작게
고개를 끄덕이며 말했다.

"그럼 먼저 샵부터 둘러봐도 돼요? 그 후에 결정해도…….""

"숭악한 놈. 작작해라, 작작. 이쪽에서 신사답게 나왔으면 네놈도
그래야지. 계속 간 보면 네놈 레스토랑 밀어 버리고 골든 주얼리 뉴
욕 지사로 만들어 버리는 수가 있다."

최 회장의 협박에 현승은 재빨리 고개를 끄덕이며 말했다.

"네네, 알았어요. 알았으니까 겁주지 마시죠?"

"뉴욕 일은 언제까지 정리할 거냐?"

"신속하게 정리하고 들어올게요."

"그래, 한 달이다. 한 달 안에 정리하고 들어와."

"네엡!"

거수경례를 하듯 이마 옆에 손을 딱 붙인 현승을 보던 최 회장은 결국 참다못한 웃음을 터트렸다. 회장실 안에 껄껄 웃음소리가 퍼지자 그제야 현승의 얼굴이 나른하게 펴졌다.

이미 한국에 들어올 때부터 어느 정도는 예상하고 있던 레퍼토리였다. 부쩍 외로움을 타셨는지 한국에 언제 들어오냐고 채근하던 할아버지의 모습을 떠올린 현승은 이젠 파파노인이 된 최 회장을 보며 말했다.

"할아버지."

"왜, 이놈아."

"건욱이 놈도 한국 들어오는 거 맞죠? 설마 저한테 거짓부렁을 늘어놓으신 거라면……."

끝까지 장난을 놓지 않는 장손의 말에 최 회장은 투명한 크리스털 휴지 곽을 그에게 당장이라도 던져 버릴 듯 액션을 취하며 말했다.

"헛소리할 거면 썩 나가!"

"농담이에요, 농담!"

현승은 당장이라도 자신의 머리를 맞출 듯 허공에서 위험하게 흔들리는 휴지 곽을 보며 몸을 웅크렸다. 한국에 들어올 때만 해도 걱정했던 할아버지의 건강은 괜한 염려였나 보다.

현승은 서둘러 테이블 위에 놓여 있던 파일을 들고 자리에서 일어나며 말했다.

"그럼 다음에 뵙겠습니다."

"한 달이다, 이놈아!"

"네, 할아버지."

최 회장은 서둘러 문을 열고 사라지는 현승의 뒷모습을 보며 한숨을 쉬었다. 우선 손주를 한국으로 불러들이기까진 성공했기에 그의 얼굴에 미소가 떠올랐다.

최 회장은 제멋대로인 손주의 앞길을 방해할 계획을 떠올리며 음흉하게 웃었다.

"어떻게 해서든 네놈을 한국에 눌러앉혀 주지."

비겁하게 느껴지기도 했지만, 어떻게 해서든 손주에게 가정을 꾸려 주고 싶었던 최 회장은 인터폰을 눌러 정 비서를 불러들였다.

"하나는 어떻게 됐어?"

"다음 주 귀국한다고 하십니다."

"좋아, 좋아. 계획은 잘 성사되고 있군."

"그런데……."

오랫동안 그의 곁을 지켰던 정 비서는 최 회장의 말에 토를 달면 안 된다는 것을 알면서도 뒷말을 붙였다.

"저, 회장님. 이하나 씨는 어느 분과 짝지어 주실 겁니까?"

"그야 건욱이 놈이지!"

최 회장은 둘째 손자를 떠올리며 말했다. 그의 이야기에 정 비서는 이상하다는 듯 고개를 기울이며 말했다.

"그럼 왜 큰 도련님이 들어올 때에 맞춰 골든 주얼리에 입사시키는……."

"그래야 현승이 놈도, 건욱이도 의심을 안 하지."

속을 알 수 없는 최 회장의 말에 정 비서는 끝까지 의구심을 감추지 못했다.

✼

　지친 몸을 이끌고 겨우 문을 연 현승은 현관문 앞에 가득 쌓인 짐을 파리한 얼굴로 보았다. 피곤한 몸을 겨우 이끌고 온 집에서까지 벌써부터 일거리를 보는 것은 그리 달가운 일은 아니다.

　끌고 온 캐리어를 아무렇게나 집어 던진 후 걸음을 옮기던 그는 말끔하게 정리된 오피스텔 내부는 신경 쓰지 않은 채, 곧바로 지친 몸을 침대 위로 쓰러트렸다. 순간 지난 한 달이 파노라마처럼 눈앞을 스치고 지나갔다.

　뉴욕에서의 삶을 정리하는 것은 생각보다 손쉬웠다. 그의 업무를 보조해 주던 크리스에게 까다롭기로 유명한 셰프들 다루는 팁을 약간 가르쳐 줬고, 개업 준비를 마친 몇 개의 가게 또한 오픈을 허가하는 것으로 그의 일정은 마무리되었다.

　열의를 가지고 한 일이었지만, 3년 전부터 부쩍 부르는 횟수가 많아진 할아버지 때문에 미리 마음의 준비를 한 탓인지, 생각보다 떠나는 마음은 무겁지 않았다. 그리고 6개월 뒤면 다시 돌아갈 생각 때문인지 아주 긴 휴가 정도라 여겼다. 실제로 그가 지내던 오피스텔과 차는 처분하지 않고 그대로 뒀고, 한국에서도 관리할 수 있도록 새로운 보고 체계를 만들어 뒀으니까.

　그렇게 뉴욕 생활을 정리하고 한국으로 돌아왔다.

　"배고프다."

　미친 듯이 피곤한 몸과는 달리 내장은 칼로리를 섭취해 달라며 요동치고 있었다. 손가락 하나 까딱할 힘도 없었지만, 뭐라도 먹지 않으면 편히 잠들 수 없을 것만 같았다.

　비척 자리에서 일어난 현승은 냉장고를 열어 마트에서 산 것이 분명한 밑반찬을 꺼냈다. 그리고 최 회장의 삶 전반을 책임지는 정 비서가 했을 것이 분명한 질척한 밥을 퍼 그릇에 담은 뒤 의자에 앉았다.

차려진 식탁을 보며 죽이나 다름없는 밥을 입에 넣은 현승의 얼굴이 구겨졌다.

"할아버지 집에 들어갈까……."

여주댁의 맛깔난 음식 솜씨를 떠올리던 현승은 집으로 들어오라던 할아버지의 제안이 기억났다. 하지만 그 커다란 성에 들어가는 순간 자신의 자유가 박탈될 것을 너무나 잘 알고 있던 그는 재빨리 고개를 저었다. 미식가인 그의 입맛을 맞춰 줄 식당이 없다 해도, 할아버지 집으로 들어가는 것은 절대 안 될 일이었다.

이러지도 저러지도 못하는 상황에 현승의 눈가에 그렁 눈물이 맺혔다. 라면이라도 끓여 먹을까, 가스레인지 쪽을 힐끗 바라보던 그는 결국 고개를 푹 숙이며 울며 겨자 먹기로 쌀알의 형태를 잃은 밥알과 방부제 냄새가 나는 밑반찬을 억지로 꾹꾹 쑤셔 넣었다. 결국 마지막엔 아이를 가진 임산부처럼 욱욱 입덧을 한 뒤에야 먹기를 포기한 뒤, 개수대에 남은 음식을 모두 쏟아 냈다.

울상이 된 현승은 물로 입을 헹군 후 침대에 누웠다. 끔찍한 음식을 밀어 넣은 뒤, 잠시 배 속이 잠잠해진 이때가 잠들 수 있는 유일한 타이밍이었다.

건조한 눈을 몇 번 깜빡이던 현승이 곧 작게 코까지 골며 잠들었다. 밝은 곳에서도 잘 자는 그답게, 해가 중천에 뜬 뒤에도 꼼짝 않고 잠들어 있는 얼굴은 평화롭기 그지없다. 평소 다섯 시간을 넘기지 못했던 수면 시간은 시차 때문인지 어느새 열 시간을 훌쩍 넘기고 있었고, 뒤척임 없이 다디단 꿈을 꾸는 듯 입맛을 쩝쩝 다셨다. 그

22

때였다.

띠리리리—

갑작스럽게 울리는 벨소리에 현승은 화들짝 놀라며 잠에서 깨어났다. 테이블 위에 있던 휴대전화가 몸을 흔들며 시끄럽게 울리고 있었다.

"아씨……."

그의 목소리가 쩍쩍 갈라졌다. 현승은 중천에 떠 있는 해를 보며 마른세수를 한 뒤 전화를 받았다.

—너 이놈의 자식! 아직도 자냐?

벼락같은 최 회장의 목소리에 깜짝 놀란 현승은 말까지 더듬었다.

"하, 할아버지?"

분명 어제 한국으로 귀국한 것을 알 텐데도 손주 놈 늦잠 자는 꼴은 못 보겠는지, 분노한 최 회장은 버럭 소리를 질렀다.

—너 퍼 자라고 부른 줄 알아? 당장 본사로 들어와!

"지금요?"

잠에 잠겨 있던 현승의 목소리에 짜증이 묻어났다. 첫날부터 소환령이 내려지자 그의 인내심에도 한계가 찾아온 듯했다.

—그래, 이놈아! 일해야지, 일!

"사랑하는 할아버지. 저 어제 뉴욕에서 돌아왔거든요? 지금도 세상이 둘로 보인……!"

—당장 들어와!

아직 시차에 적응을 못 해 피곤한 몸을 생각한다면 당장이라도 침대에 얼굴을 파묻고 싶었지만, 다시 눕는다 해도 편히 잠들지 못할 것 같았다.

시계를 확인한 현승은 욕실로 걸음을 옮겼다. 뒷머리를 긁적이는 그의 손에서 힘 한 자락 느껴지지 않았다.

　스마트폰으로 골든당 건너편에 있다는 〈세종 병원〉을 검색한 현승
은 아무리 찾아봐도 가게가 보이지 않자 짜증이 버럭 솟았다.

　본사에 불려 나가자마자 오늘부터 6개월이란 이야기를 듣고는 정
신이 번뜩 났다. 뉴욕으로 들어가기 전 둘러보고 가기로 했지만, 갑작
스럽게 일이 생기는 바람에 미처 가게의 모습은 확인하지 못했다. 분
명 자신이 내기에 질 것이라며 당당하게 말하던 최 회장의 말에 가게
의 상태가 심히 걱정이 되었던 현승은 지나가던 택시를 붙잡고 청담
동으로 향했다. 그리고 40분째 가게를 찾지 못해 헤매고 있었다.

　길을 지나가는 사람도 없어 마땅히 물어볼 수도 없었다. 한숨을 쉬
던 현승은 문득 눈앞에 있는 화려한 금붙이에 미간을 찌푸렸다.

　"설마."

　이미 네 번이나 이 앞을 지났었다. 주얼리를 파는 곳이라기보단 금
붙이를 파는 곳이라고 보는 것이 더 정확할 정도로 쇼윈도에는 그램
수에 맞춰 화려하게 조각된 황금 열쇠와 돼지들만 자리 잡고 있었다.

　그는 제발 이곳만은 아니길 바라는 심정으로 천천히 고개를 들어
올렸다. 붉은색과 노란색의 촌스러운 조화를 이루고 있는 간판은 분
명 이곳이 자신의 목적지라 알려 주고 있었지만 그는 이 현실을 거부
하고 싶었다.

　골든당.

　"진짜 끔찍하네."

　굳이 가게 안을 들어가 보지 않아도 알 수 있었지만 그는 애써 용
기 내어 안으로 걸음을 옮겼다.

　"어서 오세요."

여사장은 오랜만에 방문한 손님이 반가운 것인지 자리에서 일어나 그를 반겼다. 하지만 현승은 그녀의 인사에 답을 해 주기도 전에 가게 안부터 살폈다. 동네에서 쉽게 볼 수 있는 금은방이었지만, 촌스러운 인테리어는 둘째 치더라도 가게가 너무 좁았다.

"소, 손님?"

가게 안을 둘러보며 오만상을 쓰는 현승의 표정에 바짝 쫀 여사장은 당장이라도 비상벨을 울릴 태세로 그를 보았다. 며칠 전 뉴스에서 보았던 금은방털이 사건을 떠올리는 듯 그녀의 모습은 비장하기까지 했다.

"이 가게, 벌써 골든 주얼리에 파셨어요?"

"네, 네?"

"제발 아니라고 말씀해 주세요."

파리한 남자의 말에 그제야 그가 골든 주얼리에서 왔다는 사실을 안 여사장은 고개를 끄덕였다. 그러고 보니 멋들어지게 입은 블루 셔츠와 검은색 바지는 척 보기에도 고가의 것처럼 때깔이 좋았다.

"지난주에 본사에서 사람이 와서 이미 계약했는데요……?"

여사장은 자신의 말이 이어질수록 안색이 굳어지는 현승의 모습에 침을 꼴깍 삼켰다.

"벌써 파셨단 말이에요?"

여사장이 재빨리 고갯짓하자, 남자는 다리에 힘이 풀린 것인지 비틀거리며 벽을 짚었다.

어쩐지 할아버지의 모습에서 당당함이 느껴진다 했었다. 10평이 조금 넘어 보이는 깔끔한 가게에서 여사장의 꼼꼼한 성격이 엿보였다. 하지만 딱 거기까지였다.

이곳을 어떻게 가꾸든 청담동에 있는 돈 많은 여자들을 끌어들이기에는 무리가 있었다. 게다가 이곳을 네 바퀴나 돌 동안 제대로 문연 가게를 본 기억이 없으니 상권 또한 최악이라면 최악이었다.

깊은 한숨을 내쉰 현승이 꾸벅 허리를 숙이며 비척 가게를 빠져나가자, 의아한 여사장의 시선이 끝까지 그의 뒤에 머물렀다.

따가운 시선에 뒤를 돌아볼 법도 하건만 현승은 문이 닫히는 순간까지 뒤돌아보지 않았다. 그리고 문이 닫히는 순간 버럭 소리 질렀다.

"노망이 난 게 분명해!"

어떻게 이런 가게를 다시 구입할 수 있단 말인가. 물론 20년 전에 돌아가신 할머니와의 추억을 떠올리며 구입했다 하더라도 자신에게 이런 똥을 던질 수는 없었다.

자신에게 그나마 쓸데없는 도전 정신이 없다는 사실에 안도한 현승은 당장이라도 할아버지와의 계약을 무르기 위해 최근 통화 목록을 눌러 직통 번호를 찾아냈다. 통화 버튼을 누르는 그의 손길에는 망설임이 없었다. 몇 번의 신호음 끝에 최 회장이 전화를 받자마자 본론부터 꺼냈다.

"할아버지 이 거래, 없던 걸로 합시다!"

—그럼 내가 네놈 인생을 마음대로 주물러도 되겠냐.

"할아버지! 양심이 있다면 이러시면 안 되죠! 이건 애초에 말도 안되는 거래라고요!"

—왜 말이 안 돼? 나와 니 할미가 운영할 때는 잘만 굴러가던 샵이었다.

"40년 전의 일을 지금 와서 말씀하지 마세요! 여기 월세는 얼마예요? 청담동에 있으니 한 달에 족히 1,000만 원은 넘죠?"

—거기서 200만 원만 빼면 되겠구나.

느긋한 최 회장의 말에 할 말을 잃은 현승은 입술을 꾹 깨물었다.

26

저런 허접한 가게에 월 800만 원의 세가 나간다니. 방금 전 보았던 여사장이 순간 바보처럼 느껴져 그의 입에서 깊은 한숨이 흘러나왔다.

─6개월이다, 현승아. 알아서 잘해 봐.

미처 답할 사이도 없이 뚝 하고 끊긴 전화를 보며 현승의 입에서 짐승의 포효가 터져 나왔다.

"으악!"

현승은 혈압이 오른 것인지 한참을 붉어진 얼굴로 휴대전화를 노려보다 이내 자리에서 방방 뛰었다.

"망할 노친네!!"

자신을 물 먹이기로 작정한 최 회장에게 분노를 쏟아 내던 현승은 차마 입에 담을 수 없는 욕설을 쏟아 냈다. 어쩐지 꿀이 처덕처덕 발린 조건을 내던졌을 때 눈치챘어야 했다. 영악한 노친네라고 누우이 말하지 않았던가, 생각하지 않았던가! 순진한 건욱이 놈처럼 홀라당 넘어간 자신에게 욕설을 퍼붓던 현승이 휴대전화를 바닥에 던져 버렸다. 이 휴대전화가 고장 난다면, 뉴욕에 있는 크리스의 분노를 고스란히 받아 내야 했지만, 제어장치가 부서진 그에겐 떠오르지 않는 사실이었다. 그리고 그 생각은 휴대전화가 데구루루 굴러 얼마 떨어지지 않은 곳에 있던 하수구에 빠지자 떠올랐다.

'보스. 한국에 간 뒤에 당신의 휴대전화가 꺼져 있다면 그땐 제가 한국으로 날아갈 생각입니다. 그리고 당신이 뉴욕에서 날 괴롭힌 수많은 만행들을 속 시원히 복수하겠어요.'

한국으로 출국하기 전 그의 협박과 더불어 며칠 전 다시 한 번만 더 휴대전화를 부수면 당신의 양쪽 불알 중 하나를 좋 내 버리겠다고 했던 협박이 떠올랐다.

하수구에 퐁당 빠져 버린 휴대전화를 원망스럽게 바라보던 현승은 정말 되는 일이 없다며 버럭버럭 소리 지르다 이내 쪼르르 달려가 그 앞에 털썩 주저앉았다.

"어흑, 어흑. 안 돼에."

눈물이 마를 날이 없었다.

뚝 끊긴 전화를 보며 최 회장이 껄껄 웃음을 터트리자, 곁에서 결재 서류를 내밀던 정 비서가 의아한 얼굴로 보았다. 골든당의 상태를 그 또한 알고 있었기에 걱정부터 앞섰다.

"회장님, 큰 도련님이 잘할 수 있을까요?"

현승을 어릴 적부터 봐 온 정 비서는 그의 성품을 잘 알고 있기에 걱정스레 물었다. 자신이 좋아하는 일에는 누구보다 집요한 구석이 있었지만, 그게 아닌 일에는 그 누구보다 쉽게 포기하는 사람이었다. 그리고 자신이 알기로는 현승은 주얼리에 대해선 일반인들보다 몰랐고, 관심조차 없었다.

"한 번 한다면 하는 놈 아니냐. 그래서 오히려 걱정이지."

"네?"

"그놈 계획이 성공해 버리면 정말로 넘겨줄 수밖엔 없잖아. 인간 구실이라도 하게 만들어야지. 갑자기 몸이 안 좋구만. 이맘때쯤 강원도 별장에서 바라보는 경관이 꽤 멋있었지?"

그의 이야기 속에 담겨 있는 뜻을 단숨에 알아차린 정 비서가 고개를 끄덕이며 답했다.

"네, 단풍이 한참 예쁠 때죠."

"좋아. 내일 있는 스케줄은 다음 주로 미뤄. 강원도에 가야겠다."

"네, 알겠습니다."

현승을 피해 강원도 별장에 가야겠다는 그의 말에 서둘러 관리인에게 전화를 건 정 비서는 한동안 계속될 두 사람의 싸움에 피곤해질 자신의 처지를 생각하며 최 회장 몰래 한숨을 쉬었다.

"지금 준비해 놓겠답니다."

"그래, 가자. 가을에는 역시 단풍놀이지."

　먼저 앞장 선 최 회장은 지금쯤 단풍처럼 붉으락푸르락 물들어 있을 손주의 얼굴을 떠올리며 껄껄 웃었다.

　〈플래티넘 하우스〉는 성수동에서도 꽤 큰 규모를 자랑하는 주얼리 공장이었다. 디자이너 세 명, 세공을 담당하는 세공사는 열 명이 넘었고, 물건을 출고하는 여직원도 세 명이나 되었다. 하지만 올해 국민들의 주머니 사정이 안 좋아지면서 결혼 예물까지 커플링만으로 줄여서 하는 풍토가 확산되자, 회사가 문을 연 이래 가장 큰 타격을 입고 있어 걱정이 이만저만이 아니었다. 더욱 최근에는 하늘 높은 줄 모르고 치솟는 금값까지 한 몫 더해 업계는 반송장 되기 일보 직전이었다.

　나리는 몇 남지 않은 거래업체 문을 열고 안으로 들어서며 말했다.

"사장님! 주문하신 물건 가지고 왔어요."

　예상했던 출고 날짜보다 하루 늦어 직접 물건을 가지고 온 나리는 한숨을 쉬며 손을 휘젓는 여사장의 모습에 의아한 얼굴로 다가섰다. 열 개가 넘는 물건이 담긴 봉투를 여사장에게 건넨 나리는 시름에 잠긴 여사장의 얼굴을 보며 물었다.

"무슨 일 있으세요?"

"일은 무슨. 장사가 영 안 돼서 그렇지. 도움 안 되는 것들만 오고."

"그거야 뭐 하루 이틀 일도 아니잖아요."

"이 지지배가!"

허를 찌르는 나리의 말에 여사장은 파리를 쫓던 파리채를 번쩍 들어 당장이라도 나리를 내려칠 것처럼 굴었다. 몸을 웅크린 나리가 한 발자국 떨어져 〈골든당〉을 보았다.

최근 청담동의 상권이 죽으면서 골든당 주위로 있던 편의점과 옷가게는 일찌감치 문을 닫았다. 워낙 세가 높아 가게를 유지하는 것조차 어려운지 최근 여사장의 얼굴에 나날이 시름이 깊어지더니 오늘은 죽상이었다.

여사장이 제품들이 잘 보이도록 투명한 박스에 노란 조명을 쏘고 있는 진열장에 턱을 괴며 말했다.

"가게 팔았어."

"네?"

평소 가게를 팔겠다 늘 입에 달고 살았던 여사장이었지만, 정말로 팔 줄은 몰랐다. 이제 플래티넘 하우스에 몇 남지 않았던 고객이었기에 나리가 한 걸음에 여사장 앞으로 다가와 빽 소리를 질렀다.

"왜요!"

"왜긴 왜야! 가겟세 내기도 힘들어서 그렇지! 종로 쪽으로 자리는 알아볼 거야. 그러니까 그렇게 걱정할 필요는 없어."

"하지만……."

나리가 허름한 가게 안을 훑었다. 조금만 더 힘내면 장사가 잘될 거라고 입바른 소리를 하기엔 청담동에 위치한 샵치곤 너무나 볼품없는 모습이었다. 그러고 보면 이 모습으로 꽤나 오래 버티긴 했다.

여사장은 더 이상 말하기 싫다는 듯 팔을 휘저었고, 나리는 허리를 숙여 인사한 뒤 골든당을 빠져나왔다. 그리고 불이 들어오지 않아

〈골는당〉으로 보이는 간판을 보며 한숨을 쉬었다. 이번 달 들어 그녀가 거래하고 있는 업체 중 문 닫는다는 업체만 세 군데였고, 이젠 이곳까지 문을 닫는다고 하니 갑자기 눈앞이 깜깜해졌다.

이곳까지 문을 닫으면 공장에 사람을 줄여야 할지도 모르겠다며 한숨을 쉬던 아버지를 떠올랐다. 인건비는 디자이너와 세공사가 비중이 크니 그 둘 중 한 쪽의 인원을 줄일 것이다. 어쩌면 둘 다 줄어들지도 모르고.

깊은 한숨을 내쉰 나리가 서둘러 공장으로 돌아가기 위해 걸음을 옮길 때였다. 가게에 들어가기 전까지만 해도 보지 못했던 남자의 뒷모습에 나리의 걸음이 멈췄다.

"아씨, 냄새나!"

땅에 볼을 대고 있는 남자가 볼품없는 자세로 하수구 안에 팔을 집어넣고 구시렁거리고 있었다. 그는 미처 나리의 존재는 눈치채지 못한 듯 연신 손끝에 닿는 물컹한 물체에 미간을 찌푸리고 있었다. 그는 이미 하수구 물에 푹 절은 휴대전화를 꺼내 봤자 소용없다는 사실따위 깡그리 잊고 있었다.

우스꽝스러운 모습에 나리가 그의 귀에 닿을 정도로 큰 목소리로 말했다.

"땅거지?"

현승은 나리가 자신의 욕을 한다는 것을 기가 막히게 들은 것인지 서둘러 몸을 일으켰다. 그 순간이었다.

"뭐? 따, 땅…… 으악!"

미처 빠져나오지 못한 팔 때문에 그의 몸이 기우뚱하며 땅에 코를 박으려던 순간 재빨리 팔로 몸을 지탱한 뒤 안도의 한숨을 내쉬었다. 하지만 혹시 흘릴까 손에 들고 있던 지갑이 하수구 안으로 빠지는 것까진 막지 못했다.

"헉……."

남자는 곧바로 눈물을 터트릴 듯 허망한 얼굴로 하수구 안을 들여다보고 있었다. 그 모습에 나리는 혀를 찼다. 더 이상 남자를 보고 있어 봤자 재미있는 그림은 나오지 않을 것이라는 생각에 서둘러 걸음을 옮기던 그녀는 뒤에서 음침한 기운을 내뿜는 남자의 목소리에 걸음을 멈췄다.

"거기 학생."

"……설마, 저요?"

"응, 그래. 학생, 너 말이야."

"왜 초면에 반말이세요?"

날카로운 나리의 반응에 현승은 자신도 모르게 말을 높였다.

"저…… 그건 미안한데 전화기 좀 빌려 줄래요?"

현승의 말에 나리는 그의 머리부터 발끝까지 눈으로 훑었다.

하얀 얼굴에 서글서글한 인상을 가진 남자는 척 보아도 자연산임을 입증하듯 외까풀이었다. 조각을 해놓은 듯 잘생긴 얼굴은 아니었지만, 다른 사람으로 하여금 호의를 베풀게 하는 얼굴이었다. 하지만 나리가 남자에게 휴대전화를 건넨 것은 단순히 인상 때문만은 아니었다. 그가 하수구와 처절하게 싸움을 펼치는 것도 보았고, 그것도 모자라 지갑까지 빠트리는 불상사를 보았으니 평소 남의 일에 잘 나서지 않는 그녀도 그에게 호의를 베풀 수밖에 없었다.

"통화는 짧게 해 주세요."

나리에게 휴대전화를 빌린 남자는 잠시 감격적인 얼굴로 그녀를 내려다보았고, 곧 구정물로 엉망이 된 오른손을 바지에 아무렇게나 닦았다. 그리고 한국에서 자신을 도울 수 있는 유일한 연락처를 누른 뒤 통화 버튼을 눌렀다.

띠리리, 띠리리.

몇 번의 통화음 끝에도 전화를 받지 않는 최 회장 때문에 현승은 점점 사색이 되었다.

"하, 한 통화만 더……."

남자의 말에 고개를 끄덕인 나리는 시계를 보았다. 생각보다 외출이 길어져 서둘러 공장으로 들어가 봐야 했지만 남자는 계속해서 전화기를 붙잡고 초조한 기색을 감추지 못하고 있었다.

결국 상대방이 전화를 받지 않은 것인지 남자의 얼굴이 울상이 되었다.

"전화 다 쓰셨으면 주세요."

자신이 베풀 호의는 여기까지라 생각했던 나리는 손을 척 내밀어 전화기를 돌려 달라 말했다. 하지만 남자는 그녀의 전화가 동아줄이라도 되는 듯 양손으로 붙잡고 나리를 보고 있었다.

"주세요."

아이의 잘못된 행동을 바로잡는 어른마냥 단호한 말에 결국 휴대전화를 돌려준 현승은 다시 한 번 초조한 기색이 가득한 얼굴로 우물쭈물 말했다.

"저…… 학생, 미안한데……."

남에게 부탁을 해 본 적이 별로 없었던 현승은 잠시도 기다리지 않고 지하철역으로 걸어가는 그녀에게 재빨리 다가서서 용기 내어 말했다.

"택시비 좀 빌려 줄래?"

나리의 걸음을 우뚝 멈췄다.

"저 학생 아니거든요? 이래 봬도 25년이나 살았다고요!"

"응?"

"저 학생 아니라고요!"

평소 동그란 얼굴과 작은 키 때문에 고교생으로 자주 오해를 받곤 했던 나리는 계속 자신을 학생이라고 부르는 현승을 날카롭게 쏘아본 후 다시 걸음을 옮겼다. 뭐 저런 아저씨가 다 있어? 나리의 얼굴이 붉으락푸르락 변했다. 하지만 현승은 나리의 기분 따윈 모른 채 멀어져 가는 그녀의 뒤를 재빨리 따랐다. 어느새 그의 목소리엔 간절함이 담겨 있었다.

"저, 아가씨……."

"아, 정말!"

나리는 계속해서 자신을 귀찮게 하는 현승에게 짜증이 난 것인지 주머니에 들어 있던 현금을 탈탈 털어 그의 손바닥에 올려 주며 말했다.

"이게 제가 가진 전부예요. 그러니까 제발 따라오지 마세요."

현승은 자신의 손바닥 위에 올려진 천 원짜리 두 장과 백 원짜리 세 개를 멍하니 바라보았다. 택시 기본요금도 되지 않는 금액을 보던 그는 재빨리 고개를 돌려 멀어져 가는 나리의 뒷모습을 보았다. 지나가는 사람 하나 없는 곳. 한국에 연락할 만한 사람은 할아버지가 전부였지만, 이미 내빼신 것인지 전화를 받지 않았다. 이 위기에서 탈출할 수 있는 방법은 오늘 처음 본 나리뿐이었기에 그의 발걸음이 순식간에 빨라졌다.

"거기 학생! 아니, 아가씨!"

지하철역으로 향하던 나리는 자신의 뒤를 바짝 쫓아오는 남자의 존재를 느끼며 한숨을 내쉬었다. 방금 전부터 자신을 귀찮게 하던 남

34

자. 생긴 것은 멀쩡한데, 하는 행동은 영 심상치 않았다. 남자의 첫인
상이 얼굴이 아닌 엉덩이라니. 요상한 아저씨임에 분명하지 않은가.

더 이상 엮이고 싶지 않은 마음에 서둘러 걸음을 옮기던 나리는 막
개찰구에서 교통카드를 찍으려던 찰나 계속해서 자신의 뒤를 쫓아오
는 시큼한 시궁창 냄새에 뒤돌아섰다.

"아저씨."

"음?"

"왜 자꾸 따라오세요?"

톡 쏘아붙이는 나리의 음성에 현승의 등 뒤로 식은땀이 흘러내렸
다. 그 또한 자신을 수상하게 여기는 여자아이의 뒤를 계속 따르고
싶은 마음은 없었지만, 수중에 가진 돈으로 집에 돌아갈 수 있는 방
법은 지하철이 전부였기에 그녀의 뒤를 따를 수밖에 없었다. 단 한
번도 한국의 지하철을 경험해 보지 못한 그는 절체절명의 위기에 빠
진 어린 양이었다.

"그게……."

현승은 나리의 날카로운 눈동자에 뭐라 말하지 못하고 입을 꾹 다
물었다. 다 큰 사내가 말 한 마디 하지 못해 우물쭈물 몸을 웅크리는
모습을 한심하게 보던 나리는 교통카드가 들어 있는 지갑을 주머니에
쑤셔 넣으며 그에게 다가섰다.

자신의 인생 살기도 너무나 바쁜 나리가 태어나 처음으로 누군가
를 돕기로 결심한 것은 대단한 결정이었다. 멍하니 어쩔 줄 몰라 하
는 남자를 버리고 가기에는 처음 그에게 휴대전화를 건넨 순간이 떠
올라 양심을 쿡쿡 찔러 댔다.

기왕 도와준 거 끝까지 도와주지 뭐.

"어디까지 가세요?"

"으응……. 그, 그게……."

가볍게 생각한 나리는 우물쭈물 말을 잇지 못하는 남자를 보다, 이내 코끝을 찌르는 냄새의 주범을 손가락으로 가리켰다. 우선 이 멍청한 남자를 씻기는 것이 먼저일 것 같았다.

"그것부터 벗는 게 좋겠어요."

"뭐? 여기서?"

남자는 자신의 앞섶을 잡은 후 난감하다는 듯 미간을 찌푸렸다. 마치 수청을 들라는 변 사또의 말에 자신의 몸을 보호하는 춘향이처럼. 나리는 순간 이 남자의 모든 것을 파악해 냈다. 하나부터 열까지 일일이 알려 줘야 하는 피곤한 스타일이라든가 혹은 일반 사람들의 상식을 생각하지 못하는 사람이란 것을.

나리는 그의 가슴을 콕콕 찌를 듯 위협적으로 내지른 손가락을 구석에 있는 화장실로 옮기며 말했다.

"저기 화장실 있잖아요. 제발 그 옷 좀 벗고, 씻고 오세요."

"응, 알았어. 친절한 아가씨, 여기서 나 기다리고 있어야 돼!"

말 잘 듣는 강아지처럼 화장실로 달려가는 남자의 뒷모습을 보며 나리는 휴대전화로 자신을 기다리고 있을 아버지에게 조금 늦게 갈 것 같다고 일러두었다. 잠시 후 셔츠 안에 입고 있었던 것인지 검은색 브이넥 티를 입고 나오는 남자의 모습이 보였다.

그제야 방금 전까지만 해도 슬금슬금 피하던 사람들의 시선이 현승에게 닿았다 떨어졌다.

서글서글한 눈매와 잘생긴 얼굴은 둘째 치더라도 셔츠에 가려져 있던 팔뚝은 여성이라면 한 번쯤 돌아볼 정도로 멋지게 자리 잡고 있었다. 하루아침에 생긴 것이 아닌지 잔잔한 물결 모양으로 잡혀 있는 근육을 보며 나리는 웃는 얼굴로 자신에게 다가오는 남자에게 말했다.

"아저씨, 셔츠는요?"

"음? 들고 가도 입지 못할 것 같아서 버렸어."

꽤나 고가의 것처럼 보였던 옷을 단순히 시궁창에 한 번 들어갔다 나왔단 이유로 쿨하게 버렸다는 남자의 말에 고개를 끄덕인 나리는 손바닥을 내밀며 말했다.

"그럼 제가 꿔 준 돈 주세요."

"돈?"

"네, 돈이 있어야 표를 끊죠."

나리의 말에 주머니를 뒤적이던 남자는 순간 파리해진 인상으로 손뼉을 쳤다. 표정이 극명하게 들어나는 얼굴을 봐선 셔츠에 돈을 넣어 둔 것 같았다. 뒤꽁무니가 빠지게 화장실로 뛰어가는 남자의 뒷모습을 보며 나리는 혀를 찼다.

"덜떨어졌어."

외모는 합격일지 몰라도 덤벙거리는 성격은 최악이었다.

티셔츠를 벗어 둔 칸에 금세 누군가 들어가 있었던 것인지, 한참이 지나서야 남자는 해맑게 웃으며 나리 앞에 나타났다.

"우와, 진짜 큰일 날 뻔했다."

남자는 안도의 한숨을 쉬며 말했고, 나리는 혀를 찼다. 족히 서른은 되어 보이는 남자가 이런 순간에도 참 해맑게도 웃는다. 공장에 있는 디자이너나 세공사와 나이는 별 차이 없어 보이는데 세상을 참 편하게 살았나 보다.

현승에게 돈을 받은 나리는 표를 끊는 곳으로 가 지폐 두 개를 밀어 넣었다. 그리고 현승을 힐끗 바라보며 말했다.

"어디까지 가세요?"

"나 강남까지. 친절한 아가씨, 정말 고마워요. 아가씨 아니었으면 진짜 큰일 날 뻔했어. 서울에서 미아가 될 뻔했다니까?"

남자가 고마움을 표시함과 동시에 자신의 덜떨어짐을 다시 한 번 주지시켜 주자 강남이라 적혀 있는 화면 위에 있던 손가락 끝이 푸르르 떨렸다.

"아저씨, 그거 자랑 아니거든요?"

"응? 그래도 친절한 아가씨는 칭찬 맞지?"

"말이 짧아요."

"그래, 그래. 친절한 아가씨. 정말 감사해요."

남자는 이래도 좋고, 저래도 좋은 듯 웃으며 나리가 건네는 표를 받아 들었다.

"근데 지하철역이 이렇게 생겼구나. 대학교 때 이후론 처음 와 봐."

"그때가 언젠데요?"

"음, 보자…… 한 십 년?"

"강산이 한 번 바뀔 시절이네요."

본의 아니게 현승 때문에 빙 돌아가야 했던 나리는 주위를 두리번거리며 샛길로 빠지려는 현승의 옷자락을 잡으며 나지막하게 경고했다.

"그리고 제가 없으면 얄짤없이 아저씨는 또다시 대한민국 땅에서 미아가 될 처지구요. 똑바로 따라오세요. 놓치면 그냥 집으로 가 버릴 거예요."

나리는 한 치의 거짓도 없는 듯 굳건했다. 하지만 사람 좋게 웃으며 고개를 끄덕이는 현승의 모습에 힘이 쭉 빠지는 것인지 가면처럼 딱딱했던 얼굴은 순식간에 느슨하게 풀어졌다.

현승은 나리의 말을 제대로 이해한 듯, 자신보다 훨씬 작은 나리의 옷을 손으로 꾹 잡았고, 바쁘게 걸음을 옮기는 사람들을 신기한 눈으로 바라보고 있었다. 사람들은 하나같이 무표정한 얼굴로 휴대전화를 보며 걸음을 옮기고 있었다.

평일 낮 시간이었지만, 꽤나 많은 사람들이 있었다. 7호선을 탔을 때는 그나마 한산했던 지하철 안도 2호선으로 갈아타자 수많은 사람들이 빽빽하게 들어서며 출근 시간 지옥철을 연상하게 만들었다. 나리는 사람들과 몸을 부대끼는 경험이 신기하기만 한 것인지 눈을 빛내고 있는 현승을 보았다.

"신기하세요?"

"응, 뭐랄까. 되게 열심히들 사는 것 같아."

겨우 지하철 타는 것 정도로 열심히 사는 건 아니거든요? 톡 쏘아붙이고 싶었지만, 나리는 애써 말을 억눌렀다. 고가의 옷을 아무렇지도 않게 버리고, 차고 있는 시계가 족히 500만 원이 넘는 남자의 입장에선 이 정도도 어쩜 열심히 사는 것인지도 모른다.

조금만 몸을 움직여도 사람들과 몸이 닿을 정도로 가까운 거리에 있던 나리는 순간 지하철이 급정거하자 뒤에 있는 사람과 부딪혔다.

"죄송합니다."

가벼운 충돌이었고, 나리는 짧게 인사를 건넸다. 하지만 현승은 미간을 찌푸리며 그녀의 팔을 잡아당겼다. 문 쪽으로 나리를 세운 뒤, 벽처럼 그 앞을 가로막은 현승은 또다시 사람들이 밀고 들어오자, 팔로 공간을 만들어 그 안에 나리를 가두었다.

"아가씨."

나리는 그의 포즈가 마음에 들지 않는다는 듯 톡 쏘아붙였다.

"왜요?"

"아가씨는 이름이 뭐야?"

"아빠가 모르는 사람한테 이름 가르쳐 주지 말라고 했어요."

"내 이름은 최현승."

"……."

나리는 할 말을 잃은 듯 현승을 보았다. 그가 취하고 있는 포즈와 달리 얼굴은 어린아이의 것처럼 맑았다.

"아가씨 이름은?"

"……민나리요."

"미나리?"

"민나리요! 민! 민!"

"아하, 민나리구나."

현승은 나리의 이름을 외우기라도 하듯 몇 번이고 속으로 되뇌었다.

민나리……. 민나리……. 민나리…….

우연히 만나 자신에게 호의를 베푼 아가씨의 이름 정도는 외우고 있어야 할 것 같았다.

이번에 내리실 역은 강남역, 강남역…….

다음에 도착하는 역이 강남역이라고 방송되었지만, 현승은 여전히 웃고만 있었다. 나리는 멀뚱히 자신을 내려다보는 현승을 보며 포기한 듯 고개를 절레절레 저었다. 하나부터 열까지 손이 가는 사람. 이 세상에서 나리가 제일 귀찮아하는 아기나 눈앞에 있는 서른 살 넘게 먹은 아저씨나 하등 다를 것이 없다는 사실을 다시 한 번 깨달았다.

현승의 옷자락을 잡은 나리는 층층이 앞을 가로막고 있는 사람들에게 일일이 죄송하다고 인사를 건네며 두꺼운 벽을 뚫었다. 강남역에 겨우 내렸을 때는 머리카락이고 옷이고 엉망이 된 상태였지만, 남자는 아무래도 좋다는 듯 옷을 툴툴 털어 냈다.

"아저씨, 여기가 강남이에요. 이젠 혼자 갈 수 있죠?"

"어디로 나가면 되는데?"

"……."

"나리야, 왜 그런 눈으로 날 봐?"

"……아무것도 아니에요."

차마 왜 이렇게 바보 같냐고 쏘아붙일 수 없었던 나리는 자신이 걸음을 옮기자 또다시 티셔츠를 꾹 잡는 손길에 한숨을 쉬었다. 결국 이 남자의 집까지 데려다 줘야 할 듯싶었다. 인생에서 처음이자 마지막으로 베푸는 호의라고 누누이 생각하며.

강남역에서 도보로 5분 거리에 있는 오피스텔 입구에 선 현승은 지친 기색이 역력한 나리의 모습에도 활짝 웃는 얼굴로 말했다. 그녀의 도움으로 무사히 집으로 돌아올 수 있어 무척이나 기쁜 듯했다.

"나리야, 고마워."

남자가 자신을 친근하게 부르든, 말이 짧든, 아무래도 좋다는 듯 나리는 남자에게 손을 휘휘 저었다. 어서 내 눈 앞에서 사라져 달라고. 하지만 현승은 그녀의 속 깊은 뜻을 알아차리지 못하고 주머니에서 짤랑거리는 동전을 나리의 손바닥 위에 얹어 주며 말했다.

"빌린 돈은 어떻게 갚지?"

"적선한 셈 칠게요. 그러니까 이제 그만 들어가 보세요. 저도 가봐야 해요."

"어떻게 나보다 못사는 사람한테 적선을 받을 수 있겠어?"

현승은 꼭 이 은혜를 갚겠다고 굳은 눈으로 나리를 내려다보았다. 머리 두 개는 차이 나는 키 때문에 나리는 뒷목이 뻐근해지는 걸 느꼈다.

그래, 이 아픔은 혈압이 올라서가 아닌 단순한 키 차이 때문이라고 생각하며 나리는 애써 스스로를 다독였다.

　현승은 그녀에게 돈 갚을 방법을 생각해 내기 전까지는 놓아주지 않을 것처럼 보였다. 하는 수 없이 메고 있던 작은 가방에서 볼펜과 종이를 꺼낸 나리가 현승에게 내밀며 말했다.

　"연락처 적어 주세요. 그 돈, 꼭! 받을게요."

　"그래, 꼭 연락하기다."

　동글동글한 글씨체로 연락처가 적힌 메모지를 받은 나리는 고개를 끄덕였다. 그리고 그가 크게 손을 휘젓는 것을 보며 서둘러 남자의 오피스텔 앞에서 벗어났다.

　다시 강남역으로 돌아온 나리는 남자가 적어 준 연락처를 무심한 눈동자로 내려 보다가 종이를 구겨 쓰레기통에 던져 버렸다.

　"웃기는 아저씨야."

　다시는 저 덜떨어진 아저씨와 만날 일 따위 없다 생각하며.

2.
강남에 사는 꽃거지에겐
특별한 무언가가 있다

누구에게나 기분 좋을 토요일 아침.

주린 배를 붙잡고 아침 일찍 일어난 현승은 찬장을 열어 가득 쌓여 있는 햇반을 꺼냈다. 마트에서 20개 포장에 2개를 끼워 준다는 말에 밥을 해먹기 귀찮았던 그가 차선책으로 선택한 일용할 양식이었지만, 비닐을 뜯어 전자레인지에 집어 던지는 손길에는 짜증이 묻어났다.

타이머가 점점 짧아지는 것을 보며 여주댁이 몰래 공수해 준 반찬을 꺼내 식탁 위에 가득 차려 놓은 현승은 띵 소리와 함께 조리가 끝났다 알리는 전자레인지 앞으로 다가가 뜨거운 것도 모른 채 조리된 햇반을 꺼내 들었다. 순간 그의 코끝을 찌르는 역한 냄새에 얼굴이 와자작 구겨졌다.

"냄새난다."

햇반에 코를 박은 현승이 킁킁 냄새를 맡아 보았다. 비닐 냄새와 함께 방부제 냄새가 역하게 맡아졌다. 한국에 들어오고 일주일 째, 인스턴트 밥을 먹고 있는 현승은 힘없이 햇반을 내려놓았다. 순간 노란 봉지 위에 적혀 있는 문구가 보였다.

"갓 지은 밥이라며."

어제까지는 먹고 살아야 한다는 일념하에 꾹 참고 먹었지만, 더 이상 못 먹겠다. 뉴욕에서도 먹는 것이 좋아 누구보다 레스토랑 일에 매달렸던 그에겐 일생일대의 위기였다.

"먹는 기쁨이 사라졌다."

그의 얼굴이 창백하게 굳었다.

순간 본가로 들어오라며 살랑살랑 유혹하던 최 회장이 떠올랐다. 눈 꾹 감고 본가로 들어가면 찰진 밥과 매일 매끼마다 새로 끓인 따끈한 국을 먹을 수 있을 것이다. 하지만 최 회장의 밑으로 기어 들어가는 것만은 사절이었던 현승은 애써 차려 놓은 밥상을 내려다보며 한숨을 내쉬었다. 밥이 맛없으면 다른 반찬들이 아무리 맛있다 한들 소용이 없었다.

촉촉이 젖은 눈가로 잠시 고민하던 현승은 결국 다시 침대로 기어 들어갔다. 이불을 덮고 꼬물꼬물 자세를 잡은 그는 배 속에서 당장 먹을 것을 섭취하라며 꽥꽥 질러 대는 소리를 애써 무시하며 눈을 감았다.

"잠이나 자자."

배가 고플 때는 잠도 오지 않았지만, 그는 애써 눈을 꾹 감았다. 지금 당장 자지 않으면 짐을 싸들고 평창동에 있는 본가로 기어 들어갈 것 같았다.

❀

명동에 위치한 〈스카이 백화점〉은 최근 늘어나는 중국인 관광객과 일본인 관광객으로 발 디딜 틈도 없이 때아닌 호황을 누리고 있었다.

600평의 부지 위에 들어선 백화점과 호텔, 명품관이 나란히 위치해 있어 쇼핑하기에 용의하고, 바로 앞에 대한민국 최고의 문화 거리인 명동이 있어, 스카이 백화점에 입점해 있는 곳이라면 가장 먼저 신상품을 들여놓아 사람들의 구매 욕구를 높이고 있었다.

유동인구가 많아 잠시 걸음이라도 멈출 때면 어깨를 부딪치기 십상인 스카이 백화점 본관 앞에 걸음을 멈춘 나리는 크게 심호흡을 했다.

짧은 커트 머리에 부드럽게 웨이브를 준 나리는 큰마음 먹고 작년에 구입한 티셔츠와 청바지를 입고 있어 마치 20대 초반의 사내아이처럼 보였다. 작은 키를 조금이라도 커 보이게 하기 위해 포스 운동화 밑으로 깔창까지 두둑하게 끼운 나리는 골든 주얼리 매장이 있는 명품관으로 걸음을 옮겼다.

부디 판매직원이 자신을 기억하지 못하길 바라며.

긴장된 마음을 애써 감췄다.

일주일 동안 최 회장이 자리를 비우게 되면서 대리 업무를 보게 된 현승은 목을 조이는 넥타이를 느슨하게 풀었다. 딱히 까다로운 일은 없었지만, 그를 향한 시선만큼은 견딜 수 없었다.

금수저 물고 태어나 세상 물정 모르는 낙하산.

그가 조금 더 어렸을 땐 그 눈초리가 너무나 싫어 일부러 최 회장의 의견에 반기를 들며 미운 다섯 살처럼 굴 때도 있었다. 지금이야 자신이 누려 왔던 모든 것들의 대가로 저당 잡힌 인생이란 것을 잘 알고 있었기에 원래의 위치로 돌아왔지만, 그래도 마음이 껄끄러운 것은 어쩔 수 없었다.

크게 심호흡을 한 현승이 샵 안으로 걸음을 옮겼다. 어제부터 공개된 신상품으로 인해 관광객뿐만 아니라, 한국인 손님도 꽤나 많이 있었다. 허영심이 들어찬 눈으로 반짝이는 보석을 내려다보는 눈에서 느껴지는 것은 대부분 '이 물건 꼭 가지고 싶다.' 였다.

"오셨습니까, 최 사장님."

오랫동안 스카이 백화점 명동점을 책임지고 있는 이유리 매니저가 그에게 다가와 깍듯하게 인사를 건넸다. 머리부터 발끝까지 튀는 곳 없이 깔끔한 블랙 원피스와 골드 제품으로 포인트를 준 패션은 그녀가 골든 주얼리에 쏟고 있는 관심이 고스란히 묻어났다.

"네, 행사는 차질 없이 진행되고 있어요?"

유리는 샵 안에 조그맣게 마련된 VIP룸으로 현승을 이끌며 신상품 중 가장 인기가 좋은 제품과 매출에 대해 자세히 설명해 주었다. 굳이 그가 알 필요가 없는 부분까지 세세하게 보고하는 그녀의 몸짓에서 프로의식이 느껴졌다.

그녀의 이야기를 듣고 있던 현승은 고개를 끄덕였다. 한참이나 듣고 있었지만, 매출표를 제외한 것들은 하나도 알아들을 수가 없었다.

"그럼 앞으로도 잘 부탁드릴게요."

"네, 사장님."

현승은 샵 안을 둘러보며 손님에게 제품을 꺼내 보여주고 있는 여성들을 보았다. 전국 50개가 넘는 샵 중 직원 관리가 가장 잘되고 있다는 명성답게 직원들의 몸짓에는 딱히 흠잡을 구석이 없었다.

그녀가 가리키는 손끝을 따라 샵을 나서려던 현승은 키 작은 남자의 모습에 걸음을 멈췄다.

"저 손님은 뭡니까?"

"네?"

"저기 키 작은……."

유리의 시선이 그의 고갯짓을 따라 한쪽 구석 신상품을 꺼내 보고 있는 남자에게로 향했다. 남자는 아주 신중한 눈으로 반지를 요리조리 돌려보고 있었고, 앞에 서 있는 직원은 그 모습을 난감한 눈으로 바라보고 있었다. 이미 그의 앞에 놓여 있는 물건은 상당량이었다.

"아, 처음 제가 접대했던 손님입니다. 여자 친구에게 선물할 반지를 고르기 위해 왔다고 하더라고요."

"여자 친구에게요?"

"네, 그렇습니다."

유리의 말에 현승은 주위의 손님들과 165cm 정도의 작은 키를 가진 남자를 번갈아 보았다. 바로 옆에 있는 남자 손님은 세 개의 반지를 보며 어쩔 줄 몰라 하며 여직원의 이야기를 듣고 있었지만, 저 손님만은 달랐다.

저건 마치…….

"눈썰미가 아주 좋은 사람 같네요."

"아!"

"제가 가볼게요."

현승의 눈빛이 날카로워지더니 성큼성큼 남자에게로 향했다.

"손님."

예의를 가장한 날카로운 경고음에 남자의 고개가 천천히 뒤로 향했다. 그는 긴장한 얼굴로 현승을 올려다보더니 이내 뭔가 이상하다는 듯 미간을 찌푸렸다.

"아저씨……?"

"어! 넌?"

현승은 하얗고 작은 얼굴을 내려다보았다. 선머슴처럼 머리를 꾸며 놓기는 했지만, 분명 자신의 기억 속에 있는 아이였다.

한참 놀란 눈으로 나리를 보던 현승은 콧잔등을 찌푸리며 말했다.

"너 남자였어?"

"설마요!"

"그런데 그 꼴은 뭐야?"

친숙한 듯 이야기를 주고받는 두 사람의 모습에 사람들의 시선이 일제히 그들을 향했다. 주위의 따가운 시선을 느낀 현승은 낮은 목소리로 말했다.

"당장 따라 나와."

호텔 구석진 자리에 마련된 흡연 공간에는 수시로 손님들이 오고 가며 뿌연 연기를 내뱉었다. 그곳과 조금 떨어진 곳에서 스케치북을 휙휙 넘겨 보고 있는 현승과 죄인마냥 고개를 숙이고 있는 나리가 보였다. 둘 사이에는 팽팽한 긴장감이 돌았다.

나리는 차가운 눈동자로 스케치북을 넘기고 있는 현승을 보며 입술을 깨물었다.

"대단하다면 대단하고."

"……."

"못됐다면 참 못됐네."

스케치북 안에는 아직 그리지 못한 〈골든 주얼리〉의 디자인을 제외하고 나머지 한국 사람들이 사랑하는 명품 주얼리 디자인이 빼곡하게 그려져 있었다. 샤프로 렌더링을 한 솜씨는 그가 봐도 꽤 훌륭했지만 이건 엄연한 불법이었다.

"디자인을 훔치는 것도 범죄야."

"……알고 있어요."

"사람이 죄를 지었으면 벌을 받아야지."

현승의 말에 화들짝 놀란 나리가 고개를 번쩍 들었다. 그리고 그의 손에 들려 있는 자신의 스케치북을 보며 한숨을 푹푹 쉬었다. 발뺌하고 싶어도 확실한 증거가 그의 손에 있으니 입이 열 개라도 할 말이 없었다.

"……죄송해요."

현승은 말없이 몸을 웅크리고 있는 나리를 보았다.

오랫동안 디자인 공부를 하고, 세계적인 명품 주얼리 브랜드 Regenbogen(레겐보겐)에서 디자이너로 활동하고 있는 동생을 떠올려 보면 나리가 한 짓은 결코 용서할 수 없는 일이었다. 하지만 한국에서는 이를 당연시 여기며 짝퉁 주얼리를 만들어 판매하고 있었고, 이를 범죄로 여기지 않고 있는 것은 업계의 공공연한 비밀이었다.

나리가 고개를 푹 숙이자, 현승은 따끔한 목소리로 말했다.

"나쁜 일이라는 것을 알면서도 하는 건 더 나빠."

"……."

"너도 자존심이 있을 거 아니야. 남의 것을 훔치기 위해 네 재능을 낭비하는 것만큼 멍청한 일은 없어."

"알아요! 알지만……."

"쓸! 입이 열 개라도 할 말이 없어야 하는 나리가 지금 나한테 따지고 드는 건 아니겠지?"

자신을 도와준 의로운 소녀라고 생각했건만, 사실은 남의 디자인을 홈치는 좀도둑이었다. 왜 한 번밖에 보지 못한 나리에게 실망감이 드는지 알 수 없었던 현승은 자신의 손에 들려 있는 스케치북을 북북 찢어 버리고 싶었다.

한참 나리를 노려보던 현승의 시선이 다시 스케치북을 향했다. 놀라울 정도로 똑같이 카피한 그림에서 느껴지는 나리의 재능은 이쪽 업계에 문외한인 그에게도 보였다. 순간 그의 머릿속에 좋은 아이디어 하나가 떠올랐다.

"이 죗값을 어떻게 치를 거야?"

"네, 네?"

"나리는 이 업계에서 일한 지 얼마나 됐어?"

"정식으로 아버지 일 돕기 시작한 건 6년 정도……."

"밥이랑 청소는 잘해?"

"네."

오호, 그렇단 말이지? 음흉한 마음을 감춘 현승은 나리를 엄한 눈으로 보았다. 그의 질문은 지금 이 상황과 아주 어울리지 않았지만, 겁에 질린 나리의 뇌는 이를 미처 인식하지 못했다.

"그래?"

나리에게 만족할 만한 답을 얻어낸 현승은 괜히 목에 더 힘을 주며 나리를 겁박했다.

"디자인으로 법정 싸움까지 가면 손해배상금이 얼만 줄 알아?"

"아저씨, 하, 한 번만 봐주시면……."

"그만큼 내 밑에서 일해."

"네?"

현승의 말에 나리가 깜짝 놀라 그를 올려다보았다.

"나는 나쁜 사람이 아니니까, 시기는 네가 하는 걸 봐서 조금씩 조절할게."

현승은 당장 청담동에 오픈할 골든 주얼리를 6개월 뒤까지 흑자로 돌려놓아야 했다. 할아버지가 사람을 붙여 주기야 하겠지만, 그럼 기존에 있던 골든 주얼리와의 차별성은 하나도 없었다.

더욱 당장 삶의 위협을 받을 정도로 끔찍한 것들만 먹고 있는 그에게 밥과 청소까지 잘한다는 아이는 꼭 필요한 존재였다.

나중에 슬쩍 밥을 해 달라고 해야지. 돼지우리가 된 방도 치워 달라고 해야겠어.

"좋아, 싫어?"

"조, 좋아요!"

자신도 모르게 답한 나리는 딱딱하게 굳어 있던 그의 얼굴이 다시 유순하게 풀리자 안도의 한숨을 쉬었다. 당장이라도 뒷덜미를 잡혀 경찰서로 끌려갈 줄 알았건만, 다행히도 그런 불상사까지는 이어지지 않을 것 같았다.

"그럼 나랑 약속."

나리는 얼결에 그가 내미는 새끼손가락에 손가락을 걸며 고개를 끄덕였다.

애초의 목표를 달성한 현승은 느슨하게 풀린 얼굴로 나리를 보았다. 어느새 나리는 어색한 머리를 손가락으로 흩트리고 있었다. 현승은 자리에서 일어났음에도 불구하고 자신의 어깨에 겨우 닿는 나리를 내려다보며 물었다.

"그 모습을 보고 다른 사람들은 네가 남자라고 속아?"

"네? 네. 뭐 굳이 남자라고 하는데 확인하는 직원은 없으니까요."

어쩜 자신의 어설픈 변장을 알아차린 사람들이 있을지도 모르지만, 적어도 자신의 앞에서 그런 망신을 준 사람은 없었다.

"근데 왜 하필 남자야? 여자면 더 쉽게 접근할 수 있을 텐데."

"명품샵에는 잘 차려입고 가야지 의심받지 않는다고요. 여자 옷은 유행도 심하고, 척 보면 가격이 얼만지 줄줄 꿰고 있는 사람들인데, 매년 비싼 옷을 살 수는 없잖아요."

나리의 말에 현승은 모르겠다는 듯 고개를 기울였다. 그의 기준에서 봤을 때 나리의 말은 이해할 수 없는 요상한 주문이나 마찬가지였다.

천천히 걸음을 옮기며 나리를 곁눈질하던 현승은 스케치북을 힐끗힐끗 보고 있는 그녀의 시선에 냉철한 목소리로 말했다.

"이건 압수!"

"아, 아 왜……."

"이걸로 우리 나리 또 못된 짓 할 거잖아?"

현승의 말에 나리는 입술을 꾹 깨문 뒤 한숨을 내쉬며 '너 님 맘대로 하세요.' 라는 듯 고개를 끄덕였다.

❀

좁지만 말끔하게 정리된 주방은 이 주방을 쓰고 있는 사람의 성격을 고스란히 보여 주고 있었다. 개수대 안에는 설거지거리 하나 보이지 않았고, 음식을 하고 있는 와중에도 싱크대 위는 깔끔하게 정리되어 있었다.

가스레인지 위에서 보글보글 끓고 있는 된장찌개 맛을 보고 있는 나리의 얼굴이 시름에 젖어 있었다. 요즘 들어 부쩍 공장 운영에 부담을 느끼고 있는 아버지에게 자신까지 일을 도와주지 못하겠다 말하는 것은 그녀에겐 꽤나 어려운 일이었다. 하지만 그녀로선 어쩔 도리가 없는 일이기도 했다.

　나리는 색색의 반찬이 놓여 있는 식탁 가운데 된장찌개를 올려 두며, 거실에서 뉴스를 시청하고 있는 병호를 불렀다.

　"아버지, 와서 식사하세요."

　"흠흠, 그래."

　병호는 야무지게 준비된 저녁상을 둘러보다 이내 식탁 위에 올려져 있는 와이프의 사진을 보았다. 나리는 한동안 어머니의 사진에서 시선을 떼지 못하는 아버지를 보다 반찬 하나를 아버지 앞으로 내밀었다. 소고기 장조림은 아버지가 가장 좋아하는 음식이자, 어머니가 가장 자주 해 주던 반찬이었다.

　"드셔 보세요. 간이 잘 맞을지 모르겠어요."

　고개를 끄덕인 병호가 작은 조각을 집어 들더니 입에 넣고 꼭꼭 씹었다. 무뚝뚝하던 표정이 순간 느른하게 풀렸다.

　"맛있다."

　"누가 한 건데요."

　무뚝뚝한 아버지의 음성에서 미안함을 느낀 나리는 애써 가볍게 말했다. 회사일에 집안일까지 돌보는 나리에게 늘 미안함을 느끼는 병호를 위한 배려이기도 했다.

　둘은 한참 말없이 밥을 먹었다. 평소 살가운 딸이 아니었던 나리 덕에 둘의 밥상은 항상 조용했다. 하지만 나리는 오늘 병호에게 특별히 할 말이 있었다. 그녀는 병호의 그릇이 깨끗이 비워지는 것을 보며 동시에 수저를 내려놓았다. 나리는 반도 채 비우지 못한 밥그릇을 내려다보며 말했다.

　"저 한동안 공장 일 못 도와 드릴 것 같아요."

　"잘 생각했다."

망설임 없이 나온 병호의 말에 나리가 미간을 찌푸렸다. 평소 공장에 나오지 말라 노래를 부르던 아버지이긴 했지만, 왜 그런 것인지 이유조차 묻지 않는 모습에 서운함을 느꼈다.

　나리는 자리에서 일어나려는 병호를 잡으며 말했다.

　"왜 그런지 이유도 안 물어보세요?"

　"네 일이다. 네 인생이고. 네가 공장에 나오는 거 사실 마음에 들지 않았다."

　저 말에 '너 하고 싶은 일하며 살아라.' 라는 속뜻이 담겨 있다는 것은 잘 알고 있었지만, 나리는 자신에게 무관심한 아버지의 모습에 화가 났다.

　병호는 나리를 잠시 내려다보더니 이내 방으로 들어갔다.

　쾅, 하고 방문이 닫히자 나리는 울컥 솟으려는 눈물을 애써 억누르며 작게 중얼거렸다.

　"그래도 왜 그런지 이유라도 물어봐 주지."

　마음이 아팠다.

❀

　청담역 앞에서 시계를 확인하는 나리의 얼굴에 짜증이 묻어났다. 약속시간이 훨씬 지난 시각이었지만 현승의 머리털 하나 보이지 않았다.

　"확 가 버릴까 보다."

　시간을 금처럼 여기는 나리에게 있어 10분 지각은 말도 안 되는 일이었다. 슬슬 현승이 사람으로도 보이지 않을 무렵, 거칠게 타이어 소리를 내며 멈춰 서는 택시 한 대를 날카로운 눈으로 보았다. 양반은 못 되는 것인지 택시 안에 타고 있는 것은 현승이었다.

나리는 도끼눈을 뜨며 계산을 하는 현승에게 소리를 지를까 하다 입을 꾹 다물었다. 지은 죄가 있으니, 주둥이 달린 짐승으로 태어나 자신의 이야기 하나 속 시원하게 할 수 없는 제 처지가 한스럽게 느껴졌다.

"왜 이렇게 늦었어요?"

"미안, 미안. 기사 아저씨가 길을 잘 못 찾는 거 있지? 강남에서 여기까지 오는 데 1시간이 넘게 걸렸어."

관광객이나 당한다는 서울 구경에도 현승은 생글생글 웃고 있었다.

현승은 늦어서 미안하다는 말 한 마디 없이 차키를 나리에게 던졌다. 얼떨결에 열쇠를 받아 든 나리는 의아한 눈으로 현승을 보며 말했다.

"뭐예요?"

"뭐긴 뭐겠어. 차키지, 나리야."

"왜 이걸 저한테 주시는데요?"

"열쇠를 주는 이유가 뭐겠어. 운전하라는 거지."

나리는 마치 스무고개를 하듯 이야기하는 현승의 모습에 울컥 짜증이 솟았지만 애써 눌러 담았다. 이 모든 일이 끝나면 나잇값 못 하는 그의 코를 눌러 주리라 생각하며 퉁명스럽게 말했다.

"저 운전 못 해요. 아저씨가 하세요."

"응? 난 면허가 없는데?"

뻔뻔한 현승의 말에 나리는 날카로운 기색을 숨기지 않으며 말했다.

"그럼 차는 왜 있어요?"

"할아버지가 선물로 주셨거든."

면허가 없는 손주에게 차 선물을 주는 할아버지나, 그 선물을 넙죽 받아서 썩히고 있는 현승이나 도찐개찐이다.

남자가 면허 하나 안 따 놓고 뭐했냐고 쏘아붙이고 싶었지만, 굳이 자신이 화를 낼 일은 아니기에 입술을 꾹 다물었다.

휴, 한숨을 쉰 나리가 리모컨을 눌렀다. 삐빅 소리와 함께 역 바로 옆에 주차되어 있는 차량의 라이트가 번쩍거리며 덜컥, 하고 잠금장치가 풀리는 소리가 났다.

"저 차구나."

자신의 차량을 처음 보는 사람마냥 구는 현승의 모습에 나리는 그의 손을 끌어와 들고 있던 키를 손바닥 위에 올려 주며 말했다.

"차 가져다 놓은 사람한테 도로 가져가라고 하세요."

"응?"

그의 어리버리한 표정에 나리는 다시 한 번 한숨을 뻑— 쉬며 말했다.

"주차 위반 딱지 끊기기 전에 차 가져가라고요."

그녀의 표정은 아주 진지했다.

빠르게 달려오던 핑크색 스쿠터가 그의 앞에 멈춰 섰다. 나리는 헬멧을 벗고 멍하니 스쿠터를 보는 현승에게 뒷좌석에 있던 헬멧을 건네며 말했다.

"오늘 이 동네 둘러보실 거라고 했죠? 어느 쪽부터 돌면 돼요?"

"응? 아……. 명품샵과 관련된 곳은 다 돌아봐야 해. 그런데 이건 뭐야?"

"뭐긴 뭐예요, 스쿠터지. 근처에 사는 친구한테 빌렸으니까 얼른 타세요. 6시 전까지 돌려주기로 했어요."

먼저 안장에 앉은 나리는 여전히 헬멧을 들고 어떻게 해야 할 줄 모르는 사람처럼 서 있는 현승의 모습에 깊은 한숨을 내쉬었다. 그녀가 잠시 잊고 있었다. 이 남자는 모든 일을 일일이 알려 줘야 하는 아기라는 것을.

스쿠터에서 내린 나리는 그의 손에 들려 있던 헬멧을 빼앗듯 가져와 현승의 머리통에 힘겹게 씌웠다. 악감정 때문인지 딱 소리와 함께 그의 머리통과 헬멧이 부딪히는 소리가 났지만 현승은 여전히 멍한 눈으로 스쿠터를 보고 있었다.

"보기완 달리 그렇게 위험하진 않거든요? 그러니까 안심하시고 타세요."

나리가 안장을 곁눈질하며 말하자 현승은 고개를 끄덕인 후 핑크색 스쿠터에 앉았다. 그와 참 어울리지 않는 컬러라고 생각한 나리가 안장 위에 오른 후 시동을 켜며 말했다.

"허리 잡아요."

"허리? 나리 허리?"

"그럼 내 허리지 누구 허리예요!"

결국 참다못한 나리가 짜증을 버럭 내자 현승은 순순히 그녀의 허리를 잡았다. 둘의 몸이 밀착되자 순간 현승은 화들짝 놀라 두르고 있던 팔을 거두며 몸을 최대한 뒤로 뺐다.

"왜 그래요?"

현승은 손바닥과 나리의 얼굴을 번갈아 보았다. 혼이 나간 사람처럼 나리를 보던 현승은 재빨리 고개를 저었다. 아무 일도 아니라는 듯.

나리의 허리는 보통 여성의 것보다 훨씬 가늘었다. 그리고 요상한 마음을 일으키게 했다.

뭐야, 뭐야. 이 느낌. 마치 촌뜨기처럼 말랑말랑한 속살에 화들짝 놀라는 자신의 모습에 웃음조차 나오지 않았다.

이런 현승의 상태를 아는 것인가, 모르는 것인가. 나리는 버럭 소리를 질러 대며 현승에게 역정을 냈다.

"제발 출발 좀 하자고요. 자꾸 이러면 저 그냥 집에 갈 거예요!"

"알았어! 알았다고!"

나리의 협박이 잘 들어먹힌 것인지 현승은 잽싸게 그녀의 허리에 팔을 둘렀다.

꼭 말랑말랑한 게 찰흙 같다. 현승은 자신의 손 밑으로 느껴지는 촉감에 피식 웃었다.

"그럼 출발할게요."

스쿠터가 천천히 출발하자 긴장감에 그녀의 허리를 잡고 있는 팔에 힘이 가해졌다.

"살살 좀 잡죠? 이러다 부러지겠네."

그녀의 투덜거림에도 한동안 그녀의 허리를 꽉 조이고 있던 팔은 곧 뻥 둘린 도로에서 제 속도를 내기 시작하자 서서히 풀리기 시작했다.

"우와, 우와!"

시원한 바람이 마음에 들었는지 현승의 목소리엔 흥분이 서려 있었다. '오빠, 달려!'를 외칠 듯 밝은 얼굴로 주위를 둘러보는 남자는 고교 시절 오토바이를 처음 접한 남자아이마냥 천진난만했다.

시속 40킬로도 되지 않는 안전 운행 중이었지만, 남자는 즐거운 듯 주위를 두리번거리며 동네를 구경하기에 바빴다.

가장 먼저 제일 가까운 거리에 있는 명품관에 스쿠터를 세운 나리는 손가락으로 휘황찬란한 인테리어를 자랑하는 〈샤넬〉 매장과 〈티파니〉 매장을 가리키며 말했다.

"제일 가까운 명품샵은 여기예요. 50m 더 가면 〈불가리〉 매장이
랑 〈반클리프〉 매장이 있고요."

"주얼리 쪽 말고 의류 쪽은?"

"그건 여기서 좀 먼 곳에 있어요. 요즘 청담동 쪽에 상권이 죽으면
서 많이 철수했거든요."

"음, 그래?"

"네. 그리고 바로 옆 동에 〈디올〉 매장이랑 〈다미아니〉 매장이 있
고요."

"한 동에 명품 주얼리 샵이 6개나 된다고?"

"뭐, 이쪽 아줌마들은 주머니 사정이 꽤 좋으니까요."

현승의 얼굴이 점점 굳어졌다. 명품 주얼리 샵이 모여 있는 곳과
현재 〈골든당〉이 있는 거리는 어림잡아 200m. 굳이 돈 있는 사람들
이 한국 제품을 사러 그만한 거리를 올 것 같지는 않았다.

"망했다……."

"뭐가요?"

"흑……. 내 인생."

점점 시름이 깊어지는 얼굴과 알아들을 수 없는 현승의 말에 나리
의 미간이 찌푸려졌다. 그가 지금 무슨 말을 하는 것인지 하나도 알
아들을 수가 없었다.

"왜 망했는데요?"

"망할 할아버지의 손에 내 인생이 저당 잡히게 생겼어."

울상이 된 현승을 보던 나리는 순간 그의 배에서 울리는 알람 소리
에 미간을 찌푸렸다. 꾸르륵, 꾸르륵. 천지개벽을 하듯 커다란 소리였
다.

"배고프세요?"

"……응. 사실 어제 하루 아무것도 먹질 못했어."

1시. 배꼽시계는 아주 정확한 사람인지 때에 맞춰 정확히 울리는 소리를 들으며 나리는 들고 있던 헬멧을 그에게 건네면서 말했다.

"일은 하더라도 밥은 먹고 합시다, 아저씨."

"……밥?"

"네."

"밥 좋지."

서둘러 헬멧을 쓰는 남자의 모습에 나리는 고개를 저었다. 그의 고민은 채 5분도 되지 않아 말끔하게 사라진 뒤였다.

❋

허름한 식당 앞에 택시 네 대가 주차되어 있었다. 가게 앞에 놓아 둔 파란색 플라스틱 의자에 앉아 이를 쑤시고 있는 택시 기사를 보던 현승은 말도 없이 가게 안으로 쑥 들어가는 나리의 뒤를 서둘러 따랐다.

"여긴 뭐야?"

"보면 몰라요? 식당이지."

나리는 의자에 앉아 메뉴판 위에 적혀 있는 상호를 가리키며 말했다.

〈푸른 기사식당〉이란 글자 밑으로 적혀 있는 메뉴에는 콩나물국밥이 전부였다. 굳이 메뉴판을 붙여 놓은 이유를 모르겠다는 듯 현승이 고개를 기울였지만, 나리는 손을 번쩍 들어 바쁘게 움직이고 있는 아주머니에게 말했다.

"여기 콩나물국밥 두 그릇 주세요!"

청담동에 있는 유일한 기사식당. 겉만 번지르르하고 가격은 눈 돌아가기 십상인 다른 가게들 속에서 유일하게 콩나물국밥 하나로만 승부수를 띄운 이곳은 20년째 운영되고 있는 장수 가게였다. 그리고 나리의 아버지가 자주 찾는 맛집이기도 했다.

"나 이런 곳은 처음 와봐."

나리는 주위를 두리번거리며 구경하기 바쁜 현승의 모습을 턱을 괴고 구경했다.

"메뉴판이 왜 있어? 어차피 메뉴는 하난데."

"예전에는 여러 가지 했었어요. 지금이야 다 없애고 콩나물국밥으로 통일했지만."

이해했다는 듯 고개를 끄덕이는 현승의 모습에 나리가 툭 내뱉었다.

"참 곱게 자라셨나 봐요."

"설마. 뉴욕에서 아르바이트도 해봤는데?"

대학등록금에 치여 어쩔 수 없이 아르바이트를 선택하는 일반 학생들과는 달리 그는 잠시 사회 경험차 아르바이트를 해본 것 같았다. 말투에서 그가 그 가게에서 오랫동안 아르바이트를 하지 않았다는 것이 느껴졌다.

"무슨 아르바이트요?"

"서빙."

현승의 말에 나리는 천천히 고개를 끄덕였다. 잘생긴 놈은 역시 서비스직에 종사하는 법이다.

"그럼 계속 뉴욕에 있었던 거예요?"

"응, 그 가게가 너무 좋아서 대학 졸업하고 학위 수료하고는 쭉 거기서 일했어."

그는 그 가게가 돌아가신 어머니가 운영했던 곳이라는 말은 굳이 덧붙이지 않았다.

"그래서 그렇게 세상 물정 모르는 건가?"

혼잣말을 내뱉듯 중얼거리는 나리의 말에 현승은 눈을 동그랗게 뜨며 말했다.

"세상 물정?"

"네."

"그거 굳이 알아야 할 필요가 있나?"

"네네, 그러시겠죠. 굳이 알 필요는 없죠. 나잇값도 굳이 할 필요 없고요."

나리는 의도적으로 만들어 낸 웃음을 지으며 현승을 보았다. 본 지는 얼마 안 됐지만, 극단적일 만큼 아무것도 모르는 현승의 모습에서 그렇게 느꼈다.

이 아저씨는 세상 물정을 굳이 알고 싶어 하지도, 알 필요도 없는 세상에서 살고 있는 사람이라고. 어렸을 적부터 가족이라고는 아버지 하나. 그 밑에서 발 동동 구르며 살아왔던 나와는 너무나 대조된 삶을 사는 사람일 것이다.

"나리는 화법이 되게 특이한 것 같아."

"왜요?"

"그냥 들으면 날 비난하는 것 같은데, 잘 들어보면 날 부러워하는 말이잖아?"

현승의 말에 나리는 입을 꾹 다물었다. 그리고 어느새 수저통을 열어 자신의 앞에 숟가락을 놓아 두는 현승의 손을 보았다. 상처 하나 없이 깨끗한 손. 거친 일 따위 해 보지 않은 듯 손은 깨끗했고, 길쭉

한 손가락 끝에 자리 잡고 있는 손톱은 전문가의 손길이 느껴질 정도로 말끔하게 정돈되어 있었다.

나리는 참 불친절한 가게라며 자리에서 일어나는 현승을 올려다보았다.

"물 가져올게."

얼마 떨어지지 않은 정수기로 향하는 현승의 뒷모습 역시 눈에 거슬리는 점 하나 없이 깨끗했다. 뒷모습까지 신경 쓰는 남자. 깨끗하게 닦여 있는 구두. 튀지 않은 디자인의 시계를 차고 있지만, 사실은 보통 사람들이 알면 눈이 튀어나올 정도의 거액을 자랑하는 제품.

저런 남자가 정말 세상 물정 하나 모르는 멍청한 사람일까? 문뜩 든 생각에 나리는 피식 웃었다.

절대 그럴 리가 없지.

한숨을 쉰 나리는 어느새 제자리로 돌아와 자신의 앞에 물 잔을 놓아 주는 현승을 보았다.

"아저씨 참 고단수네요."

"응? 뭐가?"

아무것도 모르겠다는 듯 순진한 눈을 깜빡이는 현승의 얼굴에 나리는 절레절레 고개를 저었다. 더 이상 이야기하고 싶지 않다는 듯.

곧 두 사람의 앞에 콩나물국밥 두 그릇이 놓이자 나리는 김 가루 통을 끌고 와 그릇 위로 수북하게 쌓일 만큼 넣은 뒤 숟가락으로 휘휘 저었다. 뜨거운 국물을 호호 불자 벌써부터 입 안 가득 침이 고였다.

그녀가 하는 모습을 지켜보고 있던 현승도 똑같이 김 가루를 넣고 국밥을 맛보았다. 순간 그의 눈이 크게 떠졌다.

"여기 정말 맛있다!"

"당연하죠. 올 아버지 15년 단골집인데. 웬만한 곳에서는 이 맛 흉내도 못 내요."

"그래?"

현승은 신기한 눈으로 국밥을 내려다보더니 이내 전투적이리만큼 빠른 속도로 흡입하기 시작했다. 주말 내내 밥 한 술 제대로 뜨지 못했던 그는 처음에는 국물 맛을 음미하면서 먹더니 곧 빠른 속도로 수저질을 하며 순식간에 그릇을 비워 냈다.

그릇까지 파먹을 기세로 위협적이게 수저질을 하는 현승의 모습에 나리는 혀를 차며 말했다.

"더 시켜 드릴까요? 국물이랑 밥만 추가하면 돼요."

나리의 부연 설명에 현승이 재빨리 고개를 끄덕였다. 그가 망설임 없이 더 먹겠다 말하자 나리는 손을 번쩍 들며 음식을 추가했고, 곧 그릇에 넘칠 듯 육수를 부어 준 직원이 밥그릇을 던지듯 내려놓으며 서둘러 자리를 떴다.

가게 안 테이블이 가득 찼다 빠지기를 몇 번. 결국 추가한 음식까지 모두 먹은 현승은 만족스럽게 배를 두드렸다.

까다로운 그의 입맛을 만족시켜 준 음식점은 뉴욕에서 그가 일했던 레스토랑과 이곳이 처음이었다. 조미료 냄새도 기가 막히게 알아내는 그로선 식자재로만 맛을 낸 이곳이 무척이나 마음에 들었다.

그의 식사가 끝날 때까지 멍하니 현승의 입으로 사라지는 밥알을 보던 나리는 고개를 저었다. 요상한 연기를 하며 살아가는 아저씨가 사실은 돼지였다고 생각하며.

"이제 모든 일을 털어놓으시죠?"

"응? 뭐가 말이야?"

기분 좋게 식사를 마친 현승의 얼굴이 반짝 빛이 났다. 그는 무슨 이야기를 해도 모두 받아 줄 준비가 되어 있다는 듯 밝은 얼굴이었다. 아무런 근심 걱정 없는 모습에 나리가 미간을 찌푸렸다.

"앞으로 내가 할 일이 뭔데요? 사람을 부려 먹으려면 최소한 어떤 일을 하는지 가르쳐 줘야죠. 아버지 일도 못 돕고 이게 뭐야."

처음에는 현승을 설득하는 조로 조곤조곤 말하던 나리의 말이 결국엔 투덜거림이 되었다. 그리고 그녀의 투덜거림은 말하는 것을 까먹고 있었다는 듯 굳어지는 현승의 얼굴을 보자 결국 짜증으로 변했다. 이 아저씨는 숨기려고 했던 것이 아니라 자신에게 말해 주는 일을 까마득하게 잊고 있었던 것이다.

"아, 말을 안 해 줬던가?"

"전 아저씨의 이름이 최현승이라는 것밖에 모르거든요?"

"그래? 나 나리에 대해서 많이 아는데. 우리 나리가 25살이라는 거, 우리 디자인을 훔치려고 했다는 거, 허리가 23인치 정도……."

"아저씨!"

손가락을 꼽으며 이야기하던 현승은 나리가 버럭 소리를 지르자 입을 꾹 다물었다. 참다못해 소리를 지른 나리의 얼굴은 붉게 타오르고 있었다. 아무것도 못 해 아기인 줄 알았던 남자가 사실은 상변태일 줄이야.

"아아, 미안. 난 최현승이고 34살……."

"34살이요? 헉."

나잇값 못 한다고 생각은 했지만 설마 34살이나 먹었을 줄은 몰랐던 나리가 경악에 차 물었다. 그리고 현승은 아무것도 모른다는 얼굴로 고개를 끄덕이고 있었다. 그는 나리의 경악에 끊겼던 이야기를 계속 이었다.

"할아버지가 골든 주얼리 회장이고……."

"헉."

입을 열수록 폭탄이다. 그의 경제관념과 신념이 이제야 이해가 되었다. 골든 주얼리 회장 손주씩이나 되니 굳이 알 필요 없었던 것들이었을 뿐이다.

"오랫동안 뉴욕에 나가 있었어. 그래서 아직 한국은 잘 몰라."

"그래서 강남에서 청담까지 택시 타고 오는 데 한 시간이나 걸렸단 말이죠."

그녀의 말에 현승은 고개를 끄덕였다. 자신을 홍보하는 것이라는 것도 모른 채. 그의 천진난만한 모습에 나리는 한숨을 쉬었다.

"뉴욕 촌놈."

"응? 뭐라고?"

"아니에요. 정작 중요한 이야기는 안 해 주셨네요. 제가 뭘 해야 하는지요."

"아아, 그건 말이야. 내가 할아버지랑 내기를 하나 했어. 평생 내가 살 여자는 내 손으로 고를 수 있어야 하잖아?"

"뭐, 그거야 그렇죠."

"골든당 자리를 골든 주얼리 청담점으로 만들기로 했어. 그러면 할아버지가 나 선 안 봐도 된대. 내 인생에서 신경 끄시기로 한 거지."

죽도록 사랑해서 결혼하는 커플도 이혼하는 세상이다. 나리는 선이라는 제도가 어떻게 보면 감정적으로 엮인 사랑보다는 좋은 점도 많다는 사실을 그에게 역설해 주려다 입을 다물었다. 굳이 이 문제에 대해 그와 토론을 나누고 싶은 마음은 없었으니까.

나리는 고개를 기울이며 말했다.

"에? 그거면 쉽잖아요. 어차피 제품이야 다 있고, 본사에서 직원교육해서 보낼 거고. 그럼 인테리어만 하면 되잖아요."

나리의 말에 현승은 그제야 중요한 이야기를 하지 않았다는 사실을 깨달았다. 현승은 의아한 눈으로 자신을 바라보는 나리를 향해 활짝 웃었다.

"6개월 안에 흑자로 만들어야 하거든."

"……그걸 받아들였어요?"

"응!"

"아저씨……."

나리는 뒷말을 삼켰다. 정말 멍청한 사람이냐고 묻고 싶었지만 참았다. 그의 밝은 얼굴을 보니 그렇게 해야만 할 것 같았다.

6개월 안에 직원 월급부터 시작해 월세, 인테리어 비용, 제품 비용, 홍보 마케팅 비용 등등. 금액을 따지자면 자신은 감히 상상도 안 되는 금액일 텐데, 그 금액을 모두 갚고 흑자로 돌려놔야 한다. 이게 상식적으로 말이 되는 일일까? 그것도 6개월 안에?

나리는 생각의 결론을 내리며 말했다.

"할아버지한테 제대로 낚이셨네요. 그걸 어떻게 해요? 제가 알기로 여기 주위에 있는 매장들도 몇 년 전부터 적자를 면치 못해 철수하거나, 직원을 줄이고 있는 판국이라고요."

나리가 주위 가게들의 사정을 말했다. 경제가 힘들어지면 사람들이 가장 먼저 소비를 줄이는 것이 사치품이다. 물론 이곳까지 와서 물건을 구입하는 사람들의 대부분이 경제가 힘들다고 해서 굳이 사치품까지 줄이는 사람들은 아니었지만, 어떻게 되었든 전체적으로 매장이 줄어든 것은 사실이다. 그 사람들은 한국 제품이 아닌 명품 주얼리도 차고 넘치는 사람들이었고, 한국에서 열리는 신제품 쇼에 가서 물건을 사는 사람들이니까.

자신은 이해할 수 없는 세상의 외계인 같은 존재들이었지만 현실은 그러하다. 그러므로 아주 객관적으로 봤을 때, 이번 내기에서 현승이 질 것은 불 보듯 뻔했다. 가게 위치부터 시작해 아주 악조건이었으니까. 하지만 현승은 나리의 말을 제대로 이해하지 못했는지 눈을 반짝반짝 빛내고 있었다.

그의 입술이 부드럽게 휘어지는 것을 보던 나리는 붉은빛 입술에서 튀어나오는 말에 눈을 동그랗게 떴다.

"그럼 넌 평생 내 밑에서 일해야 하는데 괜찮아?"

그의 말에 나리는 잠시의 생각도 하지 못하고 버럭 소리 질렀다.

"그런 게 어디 있어요!"

"너도 나한테 낚인 거야."

"……."

"할아버지와의 내기에서 내가 이기면 6개월. 지면 피곤해지는 나의 인생과 더불어 나리의 인생도 피곤해지는 거야."

"……우, 우씨……."

"역시 우리 나리는 똑똑해."

포기도, 결론도 참 빨리 내려. 현승은 점점 구겨지는 나리의 얼굴을 보며 뒷말을 속으로 삭혔다. 꺼내 봤자 이 아이의 성질만 뒤집을 테니까.

웃고 있는 현승을 보던 나리는 자신의 앞에 놓여 있는 그릇을 보았다. 웃고 있는 그의 얼굴에 남은 국밥 국물을 부어 버리고 싶다는 감정이 무럭무럭 솟아났지만 나리는 애써 열불이 오르는 걸 꾹 눌러 참았다.

이 사람은 상식적인 생각으로 대해서는 안 되는 사람이야. 왜? 상식을 모르는 사람이니까!

하지만 부글부글 끓어오르는 화를 결국 참아 내지 못한 나리가 자리에서 벌떡 일어났다. 의아한 얼굴로 자신을 올려다보는 말간 얼굴을 보며 나리는 미간을 찌푸렸다.

"빨리 일어나요! 평생 여기 있을 생각이에요? 6개월이라면 아주 짧은 시간이라고요!"

나리는 현실과 타협하는 법을 아주 잘 알고 있는 사람이었다.

골든당이 있던 자리로 돌아온 둘은 폐허처럼 쓰레기가 나뒹구는 가게를 보았다. 좁은 가게 안은 여주인이 버리고 간 쓰레기들로 가득했고, 발걸음을 옮길 때마다 잡동사니가 발끝에 치였다.

이 가게를 6개월 만에 흑자로 돌리라고? 나리의 입에서 신음이 흘러나왔다.

한참 가게 안을 꼼꼼히 둘러보던 나리는 쪼그리고 앉아 쓰레기를 집게손가락으로 들어 올려 보고 있는 현승을 보자 시름이 더욱 깊어지는 것을 느꼈다.

"사장 아주머니는 종로에 가게를 구하셨대요."

"그래?"

"배운 게 도둑질이라고 이것밖에 없다며 한탄하시더라고요."

나리는 입술을 짓이기며 말했다. 골든당의 원래 여주인은 배운 게 이것밖에 없어 계속해야 하는 입장이었지만 눈앞에 있는 남자는 아니었다. 레스토랑에서 일했다고 말하던 것이 순간 떠올랐다.

설마.

나리는 순간 끔찍한 생각이 떠오르자 사색이 되어 말했다.

"아저씨, 텐션 세팅이 뭔지 아세요?"

"텐션? 긴장 상태지."

남자의 말에 나리의 얼굴이 파리하게 굳어졌다.

이 멍청한 인간은 6개월 동안 가게를 이끌어 나가야 하는 사장 주제에 독일에서 개발하고, 현재 많은 사랑을 받고 있는 세팅법조차 모르고 있었다.

그래, 이건 조금 난이도가 있는 문제였으니까 모를 수도 있어. 나리는 속으로 중얼거리며, 아무것도 몰라요 표정을 고수하고 있는 현승에게 말했다.

"그럼 화이트 골드는요?"

"그건 알아! 백금!"

"이런 우라질."

결국 참다못한 욕설이 튀어나왔다. 주얼리에 조금 관심이 있는 사람이라면 누구나 알고 있는 사실조차도 모르고 있는 현승의 뇌 속 상태에 짜증이 벌컥 솟았다.

"화이트 골드는 옐로 골드에 하얀색 도금을 한 제품이고요! 백금은 PT(플래티넘)라고 해서 엄연히 다른 거거든요!"

"왜 짜증을 내고 그래."

입술을 삐죽 내밀고 투덜거리는 현승의 모습을 보자 더욱 화가 솟았다.

이 아저씨가 지금 적반하장도 유분수지!

뚜벅뚜벅, 빠른 걸음을 옮겨 현승에게 간 나리는 그의 뒷덜미를 잡고 자리에서 일으켰다. 그가 조금 허리를 펴자 발꿈치를 들어야 한다는 사실에 두 번 열 받았다.

속빈 강정 주제에 키는 오지게도 크다.

나리는 차갑게 표정을 굳히며 현승을 올려다보았다.

"따라오시죠."

"으응? 어디 가는데! 나리야!"

뒷덜미를 붙잡힌 채 엉거주춤 걸음을 옮기는 현승과는 달리 나리는 전투모드가 되어 서둘러 스쿠터를 세워 둔 곳으로 향했다. 이 인간을 개조시키기 전까지는 죽도 밥도 안 될 거라는 사실을 너무도 빨리 깨달았다.

그는 정말 이 샵이 성공할 때까지 자신을 놓아주지 않을 것 같았으니까.

❀

현승은 자신의 품에 쌓이는 책들을 파리한 얼굴로 보고 있었다. 눈으로 책을 세던 현승은 마지막 열 번째 책이 쌓이자 핼쑥해진 얼굴로 나리를 보며 말했다.

"나리야, 나리야, 우리 나리야."

"왜요."

"나 이렇게 많은 책은 못 봐."

"뉴욕에서 공부하셨다면서요."

"내 인생에 마지막 공부라고 생각하고 했지."

치열했던 그 날의 일이 떠올랐던지 현승은 잠시 울먹이는 목소리가 되었다. 하지만 냉철한 표정으로 그의 팔을 붙잡고 계산대로 이끈 나리는 그의 품에 안겨 있던 책을 차곡차곡 내려두며 말했다.

"도와 달라면서요."

"응응, 그렇지."

"근데 전 멍청한 사장 밑에서는 일 못 해요."

"멍청? 내가? 에이, 설마."

"멍청해요. 아주! 샵을 운영하기 위해선 사장도 기본은 알아야죠. 주얼리에 대한 기초인 책들이에요. 입문하는 사람들이 보통 읽는. 독후감까지 쓰라는 말은 안 할 테니까, 제발 공부하세요."

"그래서 널 부른 건데?"

공부하기 싫어서. 이 나이에 공부라니 말이 돼? 무책임한 현승의 말을 사부작사부작 무시한 나리는 손바닥을 펴며 말했다.

"카드 주세요."

"카드?"

"계산해야죠."

나리는 자신의 손바닥 위에 통째로 지갑을 올려 두는 그의 행동에 한숨을 쉬었다. 그리고 지갑을 열자 얼굴이 구겨졌다.

"카드 없어요?"

"응."

"현금은 이것뿐이에요?"

나리가 만 원짜리 지폐 두 장만 꽂혀 있는 지갑을 보며 말하자 현승은 말 잘 듣는 아이처럼 고개를 끄덕이며 말했다.

"응응. 아까 밥 먹을 때 다 썼어."

"부자잖아요, 아저씨."

어떻게 된 인간이 요즘 고등학생도 들고 다닌다는 그 흔한 체크카드 한 장조차 없다.

"난 부자 아니야. 할아버지가 부자지."

"……."

결국 자신의 체크카드를 내민 나리는 영수증에 찍힌 금액을 보며 울상을 지었다. 저 또한 아버지 일을 돕고 용돈을 받고 사는 처지라, 부담이 되는 금액이었다.

　　그녀는 눈앞에 있는 남자를 만난 순간, 자신의 인생이 꼬이기 시작했다는 사실은 알지 못한 채, 그를 만날 때마다 돈이 나간다는 사실도 잊은 채, 한참이나 영수증을 바라보고 있었다.

❀

　　비밀번호 여덟 자리 누르는 소리와 함께 문이 열렸다. 비척 집 안으로 들어온 현승은 양손 가득 들고 있던 종이 가방을 아무렇게나 책상 위로 던져 버렸다.

　　얼굴은 파리했다. 그는 겨울방학이 끝나기 하루 전날 숙제를 마주한 아이처럼 책을 노려보고 있었다. 불퉁한 얼굴로 한참이나 두꺼운 책을 노려보던 현승은 오도도 침대로 달려가 철퍼덕 누웠다.

　　"못 해! 못 한다고!"

　　책 쇼핑이 끝난 후 카페에 들어가 커피를 시켜 놓고 숙제를 내주듯 책에 대해 자세히 설명해 주던 나리의 얼굴이 떠올랐다. 나리는 칼처럼 냉정한 얼굴로 말했다.

　　'이거 다음 주까지 다 읽어요.'

　　냉랭한 얼굴로 팔짱을 끼던 나리의 눈엔 다 읽지 않으면 앞으로가 피곤할 거라며 경고하고 있었다.

　　두 주먹을 말아 쥐고 매트리스를 팡팡 내려치던 현승이 짜증스럽게 자리에 앉았다. 그리고 책상 위에 놓여 있는 책을 태워 버릴 듯 한참이나 노려보았다.

"저 책을 다 못 읽으면, 나리한테 밥해 달라고 말도 못 꺼내겠지?"

현승이 한참 울먹이고 있을 때, 책상 위에 아슬아슬하게 올려져 있던 책이 바닥으로 툭 떨어졌다. 그의 얼굴에 짜증이 서렸다.

"우씨."

부루퉁해진 얼굴로 자리에서 일어난 현승이 바닥에 떨어져 있는 책을 집어 들었다.

《귀금속 디자인》

촌스러운 자줏빛 책을 한참이나 노려보던 현승이 짜증스럽게 책을 던져 버린 뒤 침대에 누웠다. 곧 얼마의 시간이 지나지 않아 고른 숨을 내뱉는 현승은 꿈속에서도 먹는 꿈을 꾸는지 쩝쩝거렸다.

한 치 앞도 보이지 않을 것 같던 어둠이 물러나고 점점 세상이 밝아졌다. 어둠이 물러난 자리에 빛이 자리 잡았고, 곧 밖은 아침 일찍 출근하는 사람들로 시끄러워졌다.

테이블 위에 올려놓았던 시계가 7시를 가리키자 누웠던 자세 그대로 자리에서 벌떡 일어난 현승은 알람시계가 울리기도 전에 울리는 배꼽시계를 붙잡으며 깨어났다.

"배고파."

홀쭉하게 들어간 배를 손으로 쓱쓱 쓸던 현승은 힐끔 시계를 보더니 자리에서 일어나 욕실로 향했다.

집 안은 돼지우리 같았던 뉴욕의 집과는 달리 일주일에 네 번씩 오는 가정부로 인해 먼지 하나 없었다. 하지만 현승이 지나다니는 길을 따라 그가 벗어 던진 옷가지와 양말이 길을 만들며 굳이 자신이 지나간 자리에 흔적을 남기고 있었다.

곧 시원하게 쏟아지던 물소리가 멈추고, 욕실 문이 열렸다. 실오라기 하나 걸치지 않은 몸 위로 하얀 타월로 하체만 겨우 가린 현승이 머리를 툴툴 털며 나왔다. 잘 가꿔진 근육 위로 오래된 상처 하나가 커다랗게 자리 잡고 있었다. 욕실을 들어갈 때만 해도 반쯤 감겨 있던 눈은 어느새 생기가 돌았다.

현승은 옷 방으로 가 반도 풀지 않은 짐 안에서 노란색 셔츠와 검은 바지를 꺼내 입고 시계와 지갑만 챙겨 밖으로 나왔다.

꾸룩, 꾸룩. 우선 배 속의 짐승부터 달래는 것이 우선일 듯싶었다.

"어서 오세요."

멋들어지게 차려입은 그가 근처에 있는 중식점으로 들어갔다. 그곳은 고급스러운 인테리어와 짬뽕이 유명해 사람들이 많이 찾는 곳이었다. 빈자리를 찾아 앉은 현승은 이것저것 음식을 시킨 후 테이블을 손가락으로 까딱까딱 두드렸다.

"주문하신 음식 나왔습니다."

주위를 둘러보고 있던 현승은 곧 테이블 위에 가득 놓이는 화려한 음식에 젓가락을 들었다.

짜장면과 짬뽕, 탕수육을 시켜 놓고 잠시 고민하던 현승은 가장 먼저 탕수육을 하나 집어 먹었다. 일반인들에게는 새콤달콤하고 맛있을 탕수육에서 용케도 돼지 누린내를 감지한 현승은 미간을 찌푸렸다. 그리고 서둘러 티슈에 탕수육을 뱉어 내고 인상을 썼다.

"우엑."

티슈를 쓰레기통에 넣은 현승은 숟가락을 들어 짬뽕 국물을 한 입 떠먹었다. 그리고 그곳에서도 용케 해산물 비린내를 감지해 내고 인상을 썼다.

바글바글하게 이곳을 가득 채우는 다른 손님들과는 달리 그는 결국 단 한술도 제대로 먹지 못했다. 계산을 하고 밖으로 나온 현승은 서둘러 지나가던 차를 한 대 잡아타고는 눈을 감았다.

그의 얼굴에 울상이 가득했다.

"콩나물국밥 하나요."

아침 영업을 준비하는 택시 기사들 사이로 해맑게 웃으며 주문을 마친 현승은 숟가락을 들었다. 아주머니가 콩나물국밥을 앞에 놓아두고 사라지자 현승은 서둘러 김 가루를 콩나물국밥 위에 놓았다. 고프던 찰나에 장사가 잘되는 집답게 서둘러 나온 음식이 반가운 듯 현승은 맑은 얼굴로 크게 한술 떠먹었다. 개운한 맛에 입술 가득 미소가 떠올랐다.

"맛있다."

그는 앞에 놓여 있던 깍두기를 크게 베어 먹은 후 서둘러 허기진 배를 채웠다. 그는 먹을 때마다 '맛있다, 맛있어.' 나 '살겠다.' 등등을 외치며 한 그릇 뚝딱 해치웠다. 그리고 국물까지 후루룩 마신 뒤, 빈 그릇을 보며 배를 통통 두드렸다.

❋

나리는 허름한 벽을 뜯어 내고 뼈대만 남은 골든당을 둘러보았다. 현승은 인테리어 가상도를 보며 미간을 찌푸리고 있는 중이었다.

이곳을 6개월 안에 흑자로 돌려놓지 못한다면 저 멍청한 사장 밑에서 계속 일해야 한다는 거지?

나리의 시름이 깊어졌다.

"어휴."

결국 참다못한 한숨이 흘러나왔지만, 인테리어 가상도를 보며 인상을 쓰고 있는 현승은 미처 나리의 암울한 생각을 읽지 못했는지 그녀에게 비척비척 다가오며 말했다.

"나리야, 나리야. 우리 나리야."

"왜요?"

나리는 어릴 적 불렀던 동요처럼 음률을 넣으며 다가오는 현승에게 톡 쏘아붙였지만, 그는 크게 신경 쓰지 않았다.

현승은 인테리어 가상도를 나리에게 보여 주며 말했다.

"나리는 이런 가게라면 100만 원이 훌쩍 넘는 주얼리를 사러 오겠어?"

"나라면 100만 원 넘는 주얼리는 안 살 건데요?"

"에이, 그러니까 만약에 말이야. 만약에! 나리가 지금처럼 거렁뱅이가 아니라 돈이 많은 아이라면!"

"저 거렁뱅이 아니거든요? 그리고 아저씨보다 제가 돈 많아요!"

적어도 카드 한 장 없고, 지갑에 달랑 현금 2만 원을 가지고 다니는 사람에게 거렁뱅이 소리를 듣고 싶지 않았던 나리가 반격하며 빽 소리를 질렀다. 그녀의 말에 현승은 고개를 끄덕였다.

"그래, 그래."

저 무시하는 태도가 정말 열 받는다. 하지만 부글부글 끓는 속을 쏟아 내 봤자, 아무런 득도 없다는 것을 이미 알고 있는 나리는 칼로리 소비를 하지 않기 위해 그의 손에 들려 있던 설계도를 빼앗듯 가져왔다.

"좁은 가게에 이걸 다 들여 놓겠다고요? 답답해 보일걸요."

"그래도 신상품 정도는 다 들여놔야 하잖아."

"그거야 그렇겠죠. 손님들이 가장 많이 찾는 건 어떻게 됐든 신상품일 테니까요."

나리의 말에 고개를 끄덕인 현승은 한숨을 내쉬며 말했다.

"거기에 골든 주얼리의 매출 30% 정도 책임지는 제품까지 다 넣으려면 이 정도는 들어와야 한단 말이지."

할아버지가 달콤한 당근으로 던졌던 실버 제품들은 넣지도 못할 것이다. 고민하는 얼굴로 나리를 보던 현승은 작고 앵두처럼 붉은 나리의 입술이 달싹이는 것을 보며 손뼉을 쳤다.

"가게가 좁으면 어떻게 할 수가 없잖아요."

"가게가 좁다!"

큰 깨달음을 얻은 사람처럼 현승의 얼굴이 밝아졌다. 그리고 서둘러 걸음을 옮겨 밖으로 뛰어나갔다. 저번 주만 해도 영업 중이던 양쪽 가게는 비어 있는 상태였다.

현승은 주머니에 있던 휴대전화를 꺼내 익숙한 번호를 눌렀다.

—왜 이제야 전화했누.

"할아버지!"

최 회장의 목소리에 현승의 얼굴이 밝아졌다. 갑작스럽게 뛰어나가는 현승을 따라 나왔던 나리는 작게 들려오는 최 회장의 목소리에 걸음을 멈췄다.

—똑똑한 놈인 줄 알았더니, 멍청하구나. 좀 더 빨리 연락 올 줄 알았다. 쯧쯧.

"설마요. 머리도 똑똑하고 얼굴도 잘생겼거든요?"

현승의 말에 토하는 시늉을 한 나리는 안으로 걸음을 옮기려다 말고, 희미하게 들려오는 최 회장의 말에 걸음을 멈췄다.

—가게 양쪽 비워 둔 것은 봤나?

"방금 봤지 뭐예요? 사람은 언제 보내 주실 거예요?"

가게 양쪽을 비워 놔……?

슬금슬금 걸음을 옮긴 나리가 현승의 어깨를 밀치고 양쪽 가게를 보았다. 최 회장의 말대로 가게 양쪽이 비워져 있었다. 나리가 창백해진 얼굴로 현승을 보았다.

―인테리어 공사가 끝나는 대로 보내 주마. 네놈이 보낸 리스트는 잘 봤다. 내가 휴가 다녀올 동안 엑기스만 뽑아 놨더구나.

투덜거리는 최 회장의 목소리에 현승은 즐거운 듯 말했다.

"일부러 둘러보라고 그러신 것 다 알고 있거든요?"

―내가 노망났냐? 네놈 좋은 짓 시키게?

"에이, 할아버지도 참. 그럼 조만간에 한번 찾아뵐게요."

―그래, 이놈아.

"넵!"

현승이 전화를 끊는 것을 보며 나리가 비척비척 걸음을 옮겼다. 그녀의 몸은 태풍이라도 만난 사람마냥 흔들렸다.

"통화……. 뭐예요?"

"할아버지가 양쪽 가게를 비워 놨더라고. 80평 정도면 충분하겠지?"

해맑은 현승의 모습에 나리는 경악에 찬 얼굴로 그를 보았다. 이 인간이 지금 제정신이란 말인가!

"아저씨, 가게는 5배로 넓어졌지만…… 그만큼 한 달에 나가는 고정지출도 5배로 늘어났거든요?"

"뭐, 그건 어쩔 수 없지."

가볍게 넘기는 현승의 말에 나리는 결국 화를 주체하지 못하고 그의 멱살을 틀어쥐었다. 아주 아래에서 틀어잡아 폼은 나지 않았지만, 나리는 힘을 주어 자신의 앞으로 현승의 잘난 얼굴을 끌어 내리며 소리를 질렀다.

"아저씨, 제정신이에요!"

버럭 소리를 지르는 나리의 목소리에도 현승은 코앞으로 다가온 그녀의 얼굴에 놀란 것인지 눈을 깜빡였다. 기다란 속눈썹을 팔락이며 한참 나리를 보던 현승은 붉어진 얼굴로 나리의 몸을 밀쳐 냈다.

"이 아저씨가 진짜!"

뒤로 몇 발자국 물러난 나리는 다시 한 번 그의 멱살을 틀어쥐려다 붉어진 얼굴로 자신을 보고 있는 현승의 얼굴에 발걸음을 멈췄다. 현승은 벼락이라도 맞은 것처럼 입을 가리고 바닥을 보고 있었다.

"뭐, 뭐예요?"

"……."

"그 표정은 뭐예요!"

"……우리 나리…… 저돌적이구나?"

"이 미친 아저씨가!!"

참다못해 버럭 소리를 지른 나리가 발을 동동 굴렀다. 이 끔찍하게 멍청한 인간 밑에서 일할 시간이 점점 길어진다는 생각만으로 패닉 상태에 빠진 나리는 한참이나 입을 가리고 부끄러움에 몸을 꼬는 현승의 모습에 버럭버럭 소리를 질러댔다.

"아저씨 나 좋아해요? 아니면 어떻게 일을 이렇게 크게 벌여요! 또 할아버지 꼬임에 넘어간 거죠? 아, 아니. 미친 거죠? 미친 게 분명해!"

나리는 한참이나 소리를 질러 댔지만, 현승은 그 뒤로도 계속 몸을 배배 꼬며 부끄러움을 숨기지 못했다.

둘은 같은 장소에 같은 일을 겪었지만, 각자의 마음은 달랐다.

"우라질!"

버럭 소리를 지른 나리는 화를 참지 못했고, 허리를 숙이고 있는 현승은 오랜만에 느끼는 심장의 고동에도 자신의 마음을 깨닫지 못하고 있었다.

"나리의 커다란 얼굴 때문에 깜짝 놀랐다."

그녀의 얼굴이 크지 않다는 것은 현재 둘에겐 크게 중요하지 않은 문제였다.

3.
빈대의 정석

　사람으로 북적거리는 가게 앞. 허름한 가게와는 어울리지 않는 복
장의 남성이 한참 가게 앞을 서성이고 있다. 이를 쑤시고 있던 기사
들은 멋들어진 얼굴과 고급스러운 차림으로 한참 가게 앞에서 안절부
절못하던 남자가 가게 안으로 쑥 들어가는 것을 보며 말했다.
　"저 사람 요즘 참 자주 보는구만."
　"그러게."
　가게 단골인 남자들이 인사를 나눈 후 각자 택시로 향했다.
　월요일 아침, 또 한 주가 시작되었다.
　늘 앉는 자리로 향한 현승이 손을 들자, 쟁반을 들고 그에게 다가
오던 여주인이 반가움에 인사를 건넸다.
　"총각, 오늘도 왔네?"
　"그……그러게요."
　"색시가 밥을 안 해 줘?"

일주일 내내 가게를 찾는 그를 보며 여주인이 오지랖을 떨며 그릇을 내려놓았다. 현승은 김이 모락모락 나는 그릇을 보며 울상을 지었다.

"색시가 있었으면 좋겠어요."

늘 그랬던 것처럼 국밥 위에 김 가루를 넣은 현승이 입안으로 크게 한술 떠 넣었다. 입안에 굴러다니는 밥알이 퍼석퍼석하게 씹혔다. 일주일 전까지만 해도 맛있던 음식에 입덧을 하는 임산부마냥 입을 가린 현승은 결국 몇 술 뜨지도 못하고 수저를 내려놓았다.

"질린다."

겨우 입맛에 맞는 음식점을 찾았다 했더니, 일주일 사이 질린 듯 그릇을 비우지 못했다. 일주일 동안 나리가 함께 점심을 먹어 주지 않을 때면 아침, 점심, 저녁에 꼬박꼬박 찾았으니 그럴 만했다.

어제만 해도 깔끔하게 그릇을 비웠던 현승이 오늘은 그릇의 반도 채 비우지 못하고 자리에서 일어나자 여주인이 걱정스러운 얼굴로 그를 보았다. 하지만 계산을 마친 현승은 고개를 숙여 인사한 후 비척비척 가게를 빠져나갔다.

가게 앞에서 내리쬐는 햇살 아래 선 현승의 눈가가 촉촉하게 젖었다.

"배고파."

요즘 따라 배고프다는 말을 입에 달고 사는 것 같았다. 이번 주는 결국 두 손 두 발 들고 본가로 찾아가야 하는 건 아닌가 고민하던 현승은 크게 숨을 내뱉었다. 그의 한숨과 함께 배에서 시끄러운 알람시계가 울린다.

꼬르륵.

"어흑!"

삶의 재미를 모두 먹는 것에 쏟던 그 아닌가. 그에게 배고픔은 죽음보다 더욱 괴로운 일이었다.

한참 배를 부여잡고 있던 현승은 곧 택시에 오르는 기사를 따라 차에 올랐다. 그리고 이젠 익숙한 가게 주소를 대며 눈을 감았다. 차라리 잠들고 싶은 괴로움이었다.

❀

나리는 심상치 않은 눈빛으로 현승을 곁눈질했다. 며칠 사이 상태가 안 좋아진 듯 그는 그녀가 보기에도 버석버석 말라 가고 있었다. 예전에는 보기 좋을 만큼 살이 올라 있던 얼굴도 반쪽이 되었다.

"아저씨."

"으응?"

"무슨 일 있어요?"

"아니."

"다이어트 하세요?"

나리의 말에 현승의 얼굴이 울상이 되었다. 다이어트라는 말은 그가 저주하는 단어 중 하나였다. 처음 레스토랑을 운영하던 시절 급격하게 불어가는 몸 때문에 크리스에게 매일 새벽마다 도살장에 끌려가는 소마냥 헬스장을 찾아야 했던 날들은 단순한 현승의 뇌리 속에도 또렷하게 박혀 있는 기억 중 하나였다.

"집에서 밥 안 먹어요?"

"……저주받은 나의 손은 음식을 만들지 못해."

현승의 말에 나리는 알 수 없다는 얼굴로 그를 보았다.

"갓 지은 밥에서 냄새가 나……."

외계어처럼 알아듣지 못할 말을 중얼거리는 현승을 보며 나리가 고개를 기울였다.

"네? 그게 뭐예요?"

"……콩나물에서 비린내가 나."

"뭐라고요?"

"내 입에서도 콩나물 냄새가 나……."

현승의 말에 나리가 미간을 찌푸렸다.

"콩나물이요?"

듣기만 해도 속이 니글거리는 것인지 현승이 입을 틀어막았다. 다른 사람들보다 훨씬 큰 손이 얼굴의 반을 가렸다.

"콩나물국밥……."

"전에 저랑 같이 간 곳이요?"

나리의 물음에 현승이 고개를 천천히 끄덕였다.

"거기 왜요?"

"일주일 동안……. 일주일 동안……."

미처 말을 끝내지 못한 현승이 다시 손으로 입을 꾹 눌렀다.

나리는 남자를 한심한 눈으로 쳐다보았다. 왜 피골이 상접했나 했더니, 일주일 내내 그 가게만 간 듯했다. 일주일에 두세 번 그와 함께 밥을 먹어 본 결과, 그는 아주 입맛이 까다로운 사람이었다. 그런 주제에 음식은 못한다라…….

굳이 그의 건강까지 신경 쓰고 싶은 마음은 없었지만, 6개월 안에 샵을 흑자로 돌려놓지 못하면 평생 그의 손아귀에서 벗어나지 못한다는 생각을 하자, 불쑥 걱정이 드는 건 어쩔 수가 없었다. 더욱 반쯤 정신을 놓은 것처럼 몸을 휘청거리는 남자를 보자 인간 된 도리로 걱정이 되었다.

집에서 키우는 개도 밥때가 되면 사료를 챙겨 주지 않는가.

나리가 미간을 찌푸리자, 현승은 파란색 플라스틱 의자에 털썩 주저앉았다. 힘 한 자락 없다는 듯 무릎에 얼굴을 처박는 남자의 모습을 보자 '진짜 멍청하다.' 라는 말이 목까지 치고 올라왔다.

"집이 어디예요?"

"집? 집은 왜?"

"가요, 밥해 줄게요."

"밥? 바압?"

남자의 눈동자가 눈물로 촉촉하게 젖어 들었다. 밥이란 이야기를 다시 한 번 읊는 순간 그의 배에서 꼬르륵 소리가 들려왔다. 나리는 멍하니 자신을 올려다보는 그를 내려다보며 말했다.

"여기 있어 봤자 우리가 할 일은 없으니까 밥해 주겠다고요. 밥 몰라요, 밥?"

나리의 말에 밝아진 얼굴로 자리에서 벌떡 일어난 현승이 나리의 손을 꼭 잡았다.

"나리야, 우리 나리야."

"네?"

"나 김치찌개가 먹고 싶어."

바라는 것도 많다. 한숨을 쉬며 고개를 끄덕인 나리는 어느새 지나가는 택시를 향해 손을 크게 휘젓는 그의 뒤를 따랐다.

현승의 집 근처에 있는 마트에서 택시를 세운 나리는 장을 보는 내내 옆에서 조잘조잘 떠드는 그의 모습에 고개를 저었다.

"뭐 해 줄 거야?"

"아저씨 하는 것 봐서 메뉴는 바뀔 거예요."

"나 하는 것 봐서?"

"네, 지금 당장 입을 다물어 주면 맛있는 걸로 해 주겠지만, 지금처럼 귀찮게 계속 떠들면 물에 밥 말아 줄 거예요."

나리의 으름장에 현승은 입을 꾹 다물었다. 하지만 소기의 목적을 달성한 그는 카트를 끌며 마트 안을 휘젓는 나리의 뒤를 졸졸 따라다녔다. 어미 닭을 쫓는 새끼 병아리처럼 한참 뒤를 쫓던 현승은 나리의 물음에 걸음을 멈췄다.

"쌀은 있어요?"

현승은 고개를 저었다. 몇 걸음 떨어지지 않는 곳에서 다시 발걸음을 멈춘 나리는 그에게 또다시 물었다.

"소금 있어요?"

현승은 도리도리 고개를 저었다.

"간장이나 마늘은요?"

나리는 또다시 고개를 젓는 현승의 모습을 보며 얼굴을 와자작 구겼다.

"말해도 되거든요?"

"아깐 하지 말라며."

현승의 말에 나리가 미간을 찌푸렸다. 귀찮게 하지 말랬지 묻는 말에 반짝이는 눈으로 고개나 저으라고 한 적은 없었다. 한숨을 쉰 나리는 조미료까지 카트에 싣고 계산대로 향했다. 역시나 지갑에 만이천 원밖에 없는 현승 때문에 자신의 돈으로 계산한 나리는 짐을 모두 그에게 맡겼다. 돈이 없으면 힘이나 쓰라고 쏘아붙이며.

오피스텔로 돌아온 현승은 곡예사 저리 가라 할 정도로 힘겹게 비밀번호를 누른 후 집으로 들어왔다. 나리는 고급스러운 오피스텔을 훑어보며 말했다.

"이 집 명의도 할아버지죠?"

"어떻게 알았어?"

"아저씨는 있는 게 뭐예요?"

"나? 음……."

나리의 물음에 한참이나 고민하던 현승은 한참 뒤에나 답했다.

"통장."

"네, 더 이상 묻지 않을게요."

무미건조한 얼굴로 답한 나리는 현승에게 식기구가 있는 위치를 물은 후 그에게 축객령을 내렸다. 사용한 흔적이 없는 가스레인지만 봐도 그가 작게 읊조렸던 '저주받은 내 손은 음식을 만들지 못해.'란 말이 사실이란 것 정도는 알 수 있었다.

별반 도움이 되지 않는 인간은 부엌에 두지 않는 것이 상책이다. 어떠한 사고를 일으킬지 모르니까.

나리는 자신의 말에도 어정쩡하게 돌아다니는 현승을 싸늘한 눈초리로 보았다.

"당장 나가 주세요."

식탁 위에 차려진 음식은 몇 없었다. 현승이 노래를 불렀던 김치찌개와 계란말이, 갈비찜과 김치가 전부인 밥상. 하지만 이 식탁을 차리기 위해 나리가 쓴 시간이 고작 30분이란 것을 생각한다면 현승이 놀란 것도 무리는 아니었다.

현승은 막 밥을 퍼 식탁 위에 올려두는 나리를 홀린 눈으로 바라보며 의자에 앉았다. 이 오피스텔에 음식 냄새가 풍기는 것은 참 오랜만이었다.

"그 얼굴은 뭐예요?"

"우리 나리 능력자."

"그걸 이제 알았어요?"

첫 밥상을 초등학교 4학년 때 차렸다. 그때부터 지금까지 꾸준히 살림을 해 왔으니 그녀는 반 주부나 마찬가지였다. 밥을 하면 죽이 되고, 김치찌개를 끓이면 김칫국이 되는 어머니와 같이 살다 보니 음식은 그녀의 짧은 인생에서 떼려야 뗄 수 없는 것이었다.

아련한 기억 한 자락에 나리의 눈빛이 순간 아련해졌다가 원래대로 돌아왔다. 아주 찰나의 순간이었다.

현승은 기대에 가득 찬 눈으로 김치찌개를 한술 떠먹었다. 그가 질리도록 싫어하는 조미료 냄새나 김치찌개에 가득 들어 있는 돼지고기 누린내는 나지 않았다. 현승은 반짝 빛나는 눈으로 나리를 보았다.

"나리야, 우리 나리야."

"왜 자꾸 불러요?"

"넌 정말 좋은 아이야."

나리는 그와 처음 만났을 때를 떠올렸다. 그의 집 앞에 데려다 줬을 때도 그는 그렇게 말했다. 넌 정말 좋은 아이야. 다른 사람에게 한 번도 듣지 못했던 말을 현승에게는 유독 많이 듣고 있었다. 어쩜 유독 이 사람에게만 남 좋은 일을 하고 있는 건지도 모른다.

나리는 어느새 빠르게 손을 놀리고 있는 현승을 보았다. 그는 음식한 사람이 보람을 느낄 정도로 참 맛있게 먹고 있었다.

"아저씨."

"으음."

볼이 볼록해지도록 입안 가득 음식을 밀어 넣은 현승이 우물거리며 말했다.

"맛있어요?"

"응, 정말 최고야."

"다행이네요."

슬쩍 미소 지은 나리는 정신을 놓고 밥을 먹고 있는 그의 모습을 보았다. 수저질은 빨랐고, 밥그릇은 서서히 비어 갔다. 나리는 이내 빈 그릇을 내미는 그를 보며 자리에서 일어났다.

"한 그릇 더 줘."

"네네."

귀찮은 기색 없이 밥그릇을 그득 채운 나리가 말했다.

"더 필요한 것 있으면 말씀 하세요. 반찬도 많아요."

"그럼 갈비찜 더 줘."

그의 말에 냄비에 있던 것을 더 덜어 준 나리는 슬쩍 미소 지었다.

한참 맛있게 밥을 먹고 있는 현승을 보며 나리는 눈에 보이는 곳에 놓여 있는 책을 보며 말했다.

"책은 다 읽었어요?"

"쿨럭쿨럭!"

식탁 위로 밥풀을 튀겨 가며 기침을 하던 현승이 가슴을 손으로 툭툭 내려쳤다. 물컵을 내민 나리는 더러워진 밥상을 보며 미간을 찌푸렸다. 여기저기 전쟁이 난 것처럼 엉망이었다.

단숨에 물을 들이켠 현승이 울상인 얼굴로 말했다.

"밥 먹을 때는 밥만 먹으면 안 될까?"

"좋아요. 자세한 이야기는 아저씨가 밥을 다 먹은 뒤에 해요."

만들어 낸 웃음을 짓는 나리의 모습에 현승의 얼굴이 와자작 구겨졌다. 척 보기에도 가식이 가득한 얼굴이었다.

현승은 식사 시간이 조금이라도 길어지길 바라는 마음에 방금 전과는 달리 아주 천천히 수저질을 했다. 매 맞는 시간을 기다리는 아이처럼 그의 눈동자에 불안함이 가득했다.

　턱을 괴고 있는 나리의 얼굴은 겨울바람처럼 냉랭했다. 동그란 테이블을 중심에 두고 그녀가 친히 구입해 줬던 책을 가운데 쌓아 둔 둘 사이로 침묵이 흘렀다.

　현승은 죽을죄를 진 사람마냥 몸을 웅크리고 있었다. 고개를 숙이고 있던 현승이 살짝 고개를 들어 나리를 힐끗 바라보다 다시 고개를 숙였다. 현승은 나리의 차가운 눈동자에 울상이 되었다.

　"아저씨……. 이 책 누구 돈으로 산 줄 알아요?"

　"……나리 돈."

　"네, 제 돈으로 샀어요. 전 아저씨와는 달리 피와 땀을 흘리며 돈을 벌어야 하는 사람이거든요? 그리고 이 책을 사기 위해 전 예전엔 하루 동안 꼬박 일을 해야 했어요."

　지금은 땡전 한 푼 벌지 못하지만. 나리는 한숨을 쉬며 새것에 가까운 책을 보았다. 펜으로 여기저기 표시해 두긴 했지만, 그의 머릿속에 들어 있는 것은 아무것도 없었다.

　"아저씨, 제가 아저씨를 만나고 나서 쓴 돈이 얼만 줄 알아요?"

　"글쎄?"

　"총 21만 원이에요. 전 지금 아버지 일을 돕고 있지 않기 때문에 거기서 월급을 못 받아요."

　"그래서?"

　"통장에 구멍이 생기기 일보 직전이란 이야기죠."

　나리가 입술을 삐죽 내밀었다.

　"저 월급 주세요."

　말을 하면서도 나리는 불쑥 억울해진 것인지 현승을 노려보았다.

하지만 현승은 나리에게 계속 말해 보라는 듯 고개를 끄덕였다. 그 뻔뻔한 표정에 나리는 오히려 말투가 차분해지는 것을 느꼈다.

"노동을 한 사람이 정당하게 요구하는 것이니까 꼭 들어주셔야 해요. 아버지 일 도우면서 한 달에 120만 원씩 받았어요. 그만큼 안 주시면 전 아저씨를 더 이상 도울 수가 없어요."

지출만 하면서 도울 수는 없지 않은가. 또박또박 논리정연하게 이야기를 늘어놓는 나리를 보며 현승은 잔뜩 쭈그리고 있던 허리를 폈다. 이번엔 그가 턱을 괴었고, 나리는 양손을 무릎 위에 가지런히 모았다. 그녀는 정당한 노동의 대가를 바라는 사람치고 비굴했다.

그의 표정에 나리는 오히려 다급해진 얼굴로 뒷말을 이었다.

"월급 주시면 밥해 드릴게요."

"밥?"

"네."

나리의 말에 현승의 입술이 느른하게 풀어졌다. 그는 마치 그 이야기를 기다려 왔던 사람마냥 밥이란 이야기가 나오자 재빨리 고개를 끄덕였다.

"좋아!"

"그럼 고용 계약서 써요."

나리가 구석에 던져뒀던 가방에서 고용 계약서를 꺼내 왔다. 내용을 눈으로 훑던 현승은 순간 '식사 준비'라는 문구에 나리의 얼굴을 힐끗 보았다. 개구진 아이처럼 미소를 지은 그는 테이블 위에 있던 필통에서 붉은 펜을 꺼내 월급 날짜 위에 두 줄을 벅벅 그어 댔다. 세심하지 못한 손길로 흔적을 남긴 현승은 그 위에 날짜를 적은 뒤 서명했다.

나리는 예쁘게 웃는 현승을 의아한 눈으로 보았다.

"뭐, 뭐예요?"

"나리야, 나리야, 우리 나리야."

"왜요?"

"우리 나리, 통장 정리 언제 했어?"

그의 단순한 물음에 나리는 손가락으로 날짜를 꼽은 뒤 말했다.

"저번 주 수요일에요."

"응, 우리 나리. 그럼 내가 넣은 월급은 못 봤겠구나?"

"네……?"

"저번 주가 말일이었잖아. 그래서 날짜 계산해서 계좌로 보내 줬지."

그의 말에 나리의 얼굴이 종잇장처럼 구겨졌다. 문뜩 저번 주에 그가 자신의 계좌번호를 물어봤던 것이 떠올랐다. 그때 현승은 빌린 돈을 갚겠다고 했었다. 월급의 '월' 자는 꺼내지도 않았었다!

"나리야, 밥은 꼭 해 줘야 돼? 난 아침, 점심, 저녁을 다 먹어야 하거든. 기왕이면 야식까지 해 주면……."

"으악!"

나리가 새파래진 얼굴로 현승에게 소리쳤다. 무덤을 판 자신의 조동이를 실로 꿰매 버리고 싶었다. 하지만 완벽하게 서명까지 마친 고용 계약서에는 그에게 당근으로 제시했던 '식사 준비'가 너무나 선명하게 적혀 있었다. 더욱 오탈자 하나 없어 계약서를 수정하자고 말할 수도 없었다.

나리는 날카로운 눈으로 현승을 노려보았지만, 그녀에게 얻어 낼 만큼 다 얻어 낸 현승은 여전히 즐거운 얼굴이었다.

"나리야, 오빠한테 제대로 낚였다고 그랬지?"

"오빠는 무슨 오빠! 아저씨지!"

"응응, 아저씨로 하고 싶으면 아저씨로 하자."

"……."

"그럼 우리 나리가 아저씨 색시 해 주는 거네."

이제 질리는 콩나물국밥이라든가, 방부제 냄새가 나는 햇반과 안녕할 수 있었던 현승은 좋기만 한 것인지 헤실거리고 있었다. 하지만 나리는 현승이 제대로 밥을 먹을 수 있게 되어 좋아하는 것이 아닌, 승리에 도취된 얼굴이라 생각했다. 나리는 부글부글 끓는 속을 주체할 수가 없었다.

"후우."

깊게 심호흡을 한 나리가 생글 웃는 얼굴로 손을 내밀었다. 미소는 의도해 만들어진 것이었지만, 가장 큰 문제였던 먹거리가 해결됐다는 기쁨에 정신이 팔려 현승은 그녀의 표정 뒤에 숨겨진 날카로운 칼날을 발견하지 못했다.

"기왕 이렇게 된 거 잘해 봐요."

"응, 나리야. 잘 부탁해!"

손을 마주 잡고 몇 번 흔든 나리가 냉정하게 현승의 손을 털어 냈다. 그리고 앞에 그득하게 쌓인 책을 눈짓하며 말했다.

"그럼 이제 텅텅 비어 있는 아저씨 뇌 속만 채우면 되겠네요."

"으응……?"

"공부하자고요, 공부."

《귀금속 재료학》의 첫 장을 펼쳐 든 나리는 목차에 필히 현승의 머릿속에 넣어야 할 챕터를 노란색 형광펜으로 좍좍 그었다. 그녀의 손이 망설임 없이 움직일수록 현승의 안색은 파리해졌고, 총 20챕터에 달하는 목록 중 반 이상을 색칠한 나리는 현승의 앞에 책을 밀어 놓으며 말했다.

"다음 이 시간까지 꼭 봐 오세요. 틀릴 때마다 반찬은 한 가지씩 줄 거예요."

"나리야……. 그런 게……."

"그런 게 어디 있냐고요?"

나리의 물음에 현승이 재빨리 고개를 끄덕였다. 하지만 악마의 미소를 지은 그녀는 절대 봐줄 생각이 없다는 듯 싸늘하게 말했다.

"인테리어 공사가 끝나기 전까지 아저씨 머릿속이 블링블링한 귀금속으로 가득하게 만들어 드릴게요."

"어흑……!"

"월급 받는 직원으로서 당연한 것 아니겠어요?"

나리의 말에 현승은 테이블에 철퍼덕 엎어졌다. 힘 조절에 실패해, 머리와 테이블이 부딪히는 소리가 집 안 가득 쾅, 울렸지만 둘 중 어느 누구 하나 신경 쓰는 이가 없었다.

아침 7시. 부스스하게 자리에서 일어난 나리가 크게 하품을 한 뒤 기지개를 켰다. 오늘은 장을 봐야 하는 날이었기 때문에 이른 시간임에도 불구하고 반쯤 감긴 눈으로 욕실로 향했다. 철저히 주부의 삶을 살고 있다는 사실을 이때까지만 해도 나리는 아직 눈치 차리지 못하고 있었다.

나리는 깔끔하게 머리를 빗어 넘긴 뒤 부엌으로 향했다. 전날에 해 둔 찌개를 데우고, 밥솥에서 밥을 푸던 나리는 안방에서 나오는 병호의 모습을 보며 말했다.

"와서 앉으세요."

"그래, 쿨럭!"

거친 기침 소리에 나리의 미간이 찌푸려졌다. 며칠 전부터 기침을 하기 시작한 병호는 짧은 시간 동안 병을 키운 것인지 파리한 안색으로 의자에 앉았다.

나리는 걱정스러운 얼굴로 병호의 앞에 밥그릇을 놓으며 말했다.

"병원 다녀오세요."

"이 정도는 그냥 두면 괜찮아진다."

"그래도……."

"쓸데없는 소리 할 거면 밥이나 먹자."

무뚝뚝한 병호의 말에 나리가 콧잔등을 찌푸리며 말을 덧붙이려다 이내 입을 다물었다. 최근 공장의 사정이 많이 안 좋다는 것을 알기에 밥을 먹는 와중에도 나리는 슬쩍슬쩍 병호의 눈치를 보고 있었다.

병호는 채 몇 술 뜨기도 전에 자리에서 일어났다.

"더 안 드세요?"

"안 먹힌다."

무심하게 말한 병호가 욕실 안으로 슥 들어가 버리자, 나리 또한 들고 있던 수저를 내려놓은 뒤 구겨지려는 미간을 손가락으로 꾹꾹 눌렀다.

❋

무거운 발걸음을 옮기던 나리는 현승의 집으로 가기 전, 근처에 위치한 은행으로 향했다. 가방에서 낡은 통장을 꺼내어 통장 정리를 했고, 곧 최근에 '최현승'이란 이름으로 찍힌 내역을 보며 놀란 듯 몸을 떨었다.

"백, 백오십만이천 원?"

날짜는 현승이 말했던 저번 주 목요일이 찍혀 있었다. 한참 내역을 보고 있던 나리가 휴대전화를 꺼내 전화를 하려다 고개를 저었다. 아직은 그가 꿈나라에 있을 시간이었다.

"잘못 넣은 거 아니야?"

하지만 현승의 이름 뒤로 월급이란 글자도 함께 찍혀 있었다. 날짜를 헤아려 보면 그가 생각한 자신의 월급이 200만 원이란 계산이 나왔다.

나리의 콧잔등이 찌푸렸다. 그녀가 하는 일이라곤 현승이 지나간 길을 따라 널어놓은 옷가지를 빨래통에 넣고, 음식을 차리고, 그를 쥐잡듯 잡아 텅 빈 머릿속에 주얼리에 대한 상식을 주입시켜 주는 것이 전부다. 이게 월 200만 원을 받을 정도로 대단한 일인가?

"진짜 알 수가 없어."

지갑에 채 2만 원도 안 되는 금액만 들고 다니고, 카드 한 장 없는 남자. 어린아이처럼 밥을 내놓으라며 징징거리면서 뒷모습까지 신경 쓰고, 사람들의 시선이 닿는 곳곳마다 자신이 만만치만은 않다고 알리는 남자.

미간을 찌푸린 나리는 한숨을 뻑- 쉬었다.

"진짜 외계인 아니야?"

어쩌면 정말 그럴지도 몰랐다.

딩동, 딩동.

몇 번이고 초인종을 누르던 나리는 그래도 문이 열리지 않자 주먹을 말아 쥐고 문을 팡팡 두드렸다. 휴대전화로 그를 깨워 봤지만 소용이 없었다. 이미 달나라에 가 있는 그에게는 휴대전화 벨소리 따위 들리지 않는지, 스무 통 넘게 걸었지만, 단 한 번도 받지 않았다.

쾅쾅!

"이봐요! 아저씨! 문 열어요!"

짜증이 가득한 목소리로 버럭버럭 소리를 지르던 나리가 결국 현승을 깨우는 것을 포기하고 자리에 털썩 주저앉았다. 엉덩이로 대리석의 냉기가 느껴졌지만, 진이 빠진 그녀는 아무래도 좋은 듯 보였다.

그녀의 옆으로 파가 비죽 튀어나온 봉투가 하나 놓여 있었다. 나리는 제육볶음용으로 사온 돼지고기와 닭볶음탕을 하기 위해 사온 재료를 떠올리다 이내 입을 삐죽 내밀었다.

"오늘 밑반찬은 콩나물 무침에 국은 콩나물국, 밥은 콩나물밥이다."

중얼중얼 주문을 내뱉듯 웅얼거리던 나리가 주머니를 뒤져 휴대전화를 꺼냈다. 짜증이 가득한 얼굴로 계속해 전화를 걸던 나리는 30분 정도가 지나서야 전화를 받는 현승에게 소리를 질렀다.

"당장 문 열어요!"

―으응?

아직도 잠이 가득한 목소리. 해는 벌써 중천에 떴건만, 그는 아직도 침대 속이었다.

"문 열라고요, 문!"

나리는 전화를 끊은 뒤 주위에 던져두었던 봉투를 들고 자리에서 벌떡 일어났다.

후아, 후아. 나리가 심호흡을 내뱉었다. 화를 내고, 소리를 질러 말귀를 알아듣는 작자라면 그렇게 하리라. 하지만 현승은 그런 게 통할 인간이 아니었다.

"벌써 왔어?"

하지만 이런 다짐도 태평한 현승의 모습에 와르르 무너졌다. 이런 쌈 싸 먹어도 모자랄 인간. 그가 인생을 허비하며 살든 평생 잠자는 숲 속의 공주로 살든 상관 안 하겠으나, 자신을 문 앞에 30분 이상 세워 둔 것은 도저히 용서가 안 됐다.

시간은 금! 그녀가 가장 신뢰하는 말이자, 25년 동안 살아오며 지킨 소신이었다.

"벌써라니요. 해가 중천이거든요?"

그녀의 말에 현승은 손에 들고 있던 휴대전화로 시계를 확인했다. 10시 30분.

간밤에 오랜만에 마음을 먹고 책을 펴 든 그는 해가 떠오를 때쯤에야 잠자리에 들 수 있었다. 덕분에 아침 늦게야 잠자리에서 일어난 현승은 거칠게 신발을 벗어 던지는 나리의 모습에 기가 죽은 듯 눈치를 살피고 있었다.

나리는 자신의 뒤를 졸졸 따르는 현승의 인기척에 갑자기 휙 돌아섰다. 그 행동에 놀란 듯 몇 발자국 뒤로 물러서는 현승을 향해 나리는 이를 악물며 물었다.

"아저씨, 집 비밀번호 몇 번이에요?"

그녀의 턱이 움찔거리자 현승은 주문을 외는 사람마냥 비밀번호를 줄줄 불러 주어야 했다.

"파……팔팔오육오삼구이."

비밀번호도 참 그다웠다.

아침, 점심 모두 콩나물 밥, 콩나물국, 콩나물 무침, 콩나물…….

현승은 반쯤 핼쑥해진 얼굴로 눈에 들어오지 않는 책을 펴 들고 있었다. 그의 맞은편에 앉아 있는 나리는 굳은 얼굴로 골든 주얼리에서 발행하는 팸플릿을 보고 있었다.

그녀는 강아지처럼 동그란 눈동자가 자신에게 향해 있다는 것을 알면서도 애써 무시하는 중이었다. 저 간절한 눈동자가 무엇을 묻고 있는지 잘 알고 있었으니까.

'저녁도 콩나물이야?'

어떻게 해야 그가 괴로워하는지, 기뻐하는지도 모두 알고 있는 나리는 입을 비집고 나오려는 한숨을 애써 삼켰다. 지금 현재 저 남자에게 가장 중요한 것은 음식이었고, 그 음식은 결코 콩나물이 아니었다.

성질 같아서는 365일 콩나물로만 밥상을 도배하고 싶으나, 그건 현승에게 있어 학대란 것을 그녀는 너무나 잘 알고 있었다.

생각의 끝에 도달하자, 그녀는 또다시 별 시답잖은 고민을 하기 시작했다.

아동 학대일까, 동물 학대일까.

어른의 탈을 쓰고 있기는 했지만 어떨 때는 강아지처럼 굴기도 했고, 어떨 때는 징징거리고, 제 손으로는 무엇 하나 못하는 아이처럼 굴기도 했다.

고민 끝에 나리는 답을 내렸다.

"아동 학대네."

"응? 나리야, 뭐라고 했어?"

"아무것도 아니에요."

머리로만 생각한다는 것이 결국 입 밖으로 튀어나왔나 보다. 나리는 계속 자신의 눈치를 보고 있는 현승의 모습에 들고 있던 팸플릿을 내려놓았다. 그녀가 움직이자 현승의 몸이 또다시 움찔거린다.

"아저씨."

"으응?"

"저 월급이 얼마예요?"

현승은 갑작스런 질문에 눈을 깜빡였다.

"200만 원."

"왜요?"

"부족해?"

오히려 되묻는 말에 나리는 입을 꾹 다물었다.

"네."

"그럼 나리는 얼마를 원하는데?"

나리는 입술에 부드럽게 호를 그리며 묻는 그의 말에 잠시 생각에 잠겼다. 거기까지 생각이 닿아 물어본 것이 아니다. 그냥 단순한 궁금증 때문이었다.

나리는 어딘가 모르게 서늘하게 변한 그의 인상을 보며 어깨를 으쓱였다.

"그냥 해본 말이었어요."

"왜?"

"아저씨가 얼마나 쓸 수 있는지 궁금해서요."

"그게 왜 궁금한데?"

현승의 부드러운 미소와 다정한 어감에 나리는 눈을 깜빡였다. 뭐라 말해야 할까. 왜 갑자기 그런 의문이 들었는지, 그녀 스스로도 몰랐기에 나리는 한동안 눈을 깜빡이며 현승을 보았다.

"그냥요."

멍한 표정으로 앵무새처럼 입술을 달싹이는 나리의 모습에 현승은 작게 웃음을 내뱉었다. 그는 답을 알고 있다는 것처럼.

＊

욕실 벽에 붙어 있는 거울에 현승의 몸이 비쳤다.

처음 어머니의 레스토랑 〈secret〉에 갔을 때. 본사 레스토랑의 셰프의 손끝에서 탄생하는 음식은 그의 입에 꼭 맞는다는 사실을 알았다. 그 덕에 현승은 무려 한 달 사이에 20킬로나 불었었다. 바늘로 콕 찌르면 터질 듯, 물에 던지면 몸이 둥둥 떠오를 듯.

매일 그의 곁에 있어서인지, 그 큰 변화를 느끼지 못했던 크리스가 어느 날 갑자기 자신의 심각한 상태를 깨달았다. 그 후 억지로 헬스장에 끌려가서 관리를 당한 뒤론 꽤나 잘 유지되고 있는 몸이었다. 물론 이 몸을 만들기까지 현승의 피나는 노력과, 다이어트 식단을 직접 짜야 했던 셰프의 수고가 있었지만.

거울을 보는 현승의 얼굴이 차갑게 굳었다. 그의 시선은 허리를 크게 가로지르는 화상 자국을 향해 있었다. 그의 콧잔등이 찌푸려지더니 이내 마주하고 싶지 않은 모습이라는 듯 고개를 돌려 버렸다.

그의 얼굴에 상처가 떠올랐다. 지독한 화마가 지나간 자리는 이젠 희미해진 흉터만 남았지만, 아직도 그에겐 상처였고, 아픔이었다.

그는 따뜻한 물 아래서 샤워를 마친 후 늘 그랬던 것처럼 하체에 수건 한 장만 두르고 밖으로 나왔다. 젖은 머리카락을 손으로 툴툴 털던 그는 비밀번호를 누르는 소리에 걸음을 멈췄다. 한 발은 앞으로, 나머지 한 발은 뒤로 뺀 것이 엉거주춤한 우스꽝스러운 자세다. 몰래 사료를 빼먹다 주인에게 들킨 고양이 같은 모양새였다.

삑삑삑삑—

몇 번의 울림 뒤에 문이 열렸다. 나리다. 현승은 눈을 끔뻑거리며 나리의 얼굴을 멍하니 바라보았다. 그러곤 시선을 떨어뜨려 지금 자신의 행색을 재점검해 보았다.

알몸, 수건 한 장.

"끼—약!"

현승의 입에서 비명이 터져 나왔다.

난데없는 비명 소리에 나리가 들고 있던 장바구니를 바닥으로 툭 떨어트렸다.

시선이 얽혔다. 둘은 누가 먼저랄 것 없이 멍한 표정으로 입만 벌린 채 서로를 정신없이 바라보고 있었다.

큰일 났다! 현승은 붉어진 얼굴로 가려지지도 않는 상체를 가리려고 애썼다. 그러다 문득, 제 허리를 흉물스레 감싸고 있는 흉이 생각났다. 징그러운 뱀의 똬리 같은 그 흉. 그 누구에게도 보여 주고 싶지 않았던 자신의 치부가 머릿속에 떠오른 현승은 재빨리 허리에 둘러져 있던 수건을 쥐고 위로 끌어 올리려 애썼다.

문제는 거기서부터였다.

"노출증 환자였어요?"

나리는 건조한 눈으로 현승의 몸을 스윽 훑어보며 말했다.

"우리 나리, 너무 대담해!"

"벗은 건 제가 아니라 아저씨인데요?"

그건 그래. 나리의 말에 부정도 하지 못한 채, 현승은 몸만 부르르 떨었다. 그리고 그 순간, 현승의 허리에 감겨 있던 수건이 바닥으로 툭 떨어졌다.

"……."

"—엄마야!!"

"……."

수건이 떨어지며 치부는 물론이요, 남부끄러운 제 소중이를 들킨 남자의 자존심이 박살 났다. 현승은 엄마를 부르며 자리에 냅다 쪼그리고 앉았다. 그러고는 엉거주춤한 오리걸음으로 수건을 향해 어기적어기적 걸었다.

고지가 눈앞이다. 손만 뻗으면 잡아챌 수 있다는 것을 눈치채지 못한 현승은 성실히 걸음을 옮긴 뒤, 삽시간에 수건을 잡아챘다. 자리에서 벌떡 일어난 현승은 주워 든 수건으로 재빨리 제 앞을 가렸다. 그러곤 뒤돌아 방으로 뛰어 들어갔다.

"나리에게 불결한 걸 보여 주고 말았어."

양심의 가책을 느끼는 목소리로 중얼거린 현승은 탱글탱글한 엉덩이까지 모두 보여 줬단 생각은 하지 못하는 것인지 여전히 바닥으로 축 늘어져 있는 남성을 원망스러운 눈으로 보며 말했다.

"어흑, 장가는 다 갔어."

음울한 목소리와 함께 고개가 아래로 뚝 떨어졌다.

"깜짝이야."

나리는 순식간에 방 안으로 사라진 현승의 모습에 참았던 숨을 훅, 내뱉었다. 그제야 멈춰 있던 생각이 돌아왔다.

본의 아니게 처음 본 남성을 떠올리자, 이에 얼굴이 붉어질 무렵이었다.

쾅쾅.

방 안에서 벽에 무언가 둔탁한 것이 부딪히는 소리가 들렸다. 현승이 자해하는 소리를 듣자 붉어졌던 얼굴이 원래대로 돌아왔고, 그제야 입에서 웃음이 터졌다.

"픕."

남자의 맨몸을 보고 웃다니. 스스로가 생각해 보아도 앙큼했지만,

터져 나오는 웃음을 멈출 수가 없었다. 한참 그 자리에 서서 폭소를 터트리자 갑자기 방 안에서 소음이 뚝 끊어진다. 그 모습에 나리는 또다시 웃음을 터트렸다. 쥐 죽은 듯 조용한 침묵에 웃음이 끊이질 않는다.

오랜 시간이 흐른 뒤, 나리는 배가 저릿해지자 그제야 웃음을 멈췄다. 그리고 바닥에 아무렇게나 흩어져 있는 식자재를 봉지에 담은 후 부엌으로 향했다. 지금쯤 안절부절못하고 있을 현승을 떠올리면 더 골려 주고 싶은 마음이 커졌으나, 자신이 계속 웃고 있다간 그는 방 밖으로는 발 한 발자국 못 내밀 것이다.

사온 재료들을 씻고, 음식을 하는 동안 나리의 신경은 온통 현승이 있는 작은 방을 향했다. 뜸이 다든 밥솥이 흰 연기를 내뱉으며 조리가 끝났음을 알렸고, 가스레인지 위에 있던 찌개가 보글보글 끓기 시작했다.

그릇에 보기 좋게 음식을 담은 나리가 밥상 가득 내려놓고 현승이 무덤을 파고 있는 작은 방 문을 두드렸다.

똑똑.

"아저씨, 밥 드세요."

"……."

평소의 그라면 문을 열고 쪼르르 달려 나왔겠지만, 밥이 다 됐다는 말에도 현승은 묵묵부답이었다. 나리는 다시 한 번 무심한 어조로 말했다.

"진짜 안 먹어요?"

현승은 아마도 이번이 마지막 물음이라는 것을 알 것이다. 그래서 그도 부끄러움을 무릅쓰고 쥐꼬리만 한 목소리로 자신의 의사를 알려 온 것이리라.

"……머, 먹어."

"그럼 나오세요."

무심하게 말을 마친 나리가 먼저 부엌으로 걸음을 옮겼다. 그리고 수저를 꺼내 먼저 밥을 먹기 시작했다.

달그락, 달그락. 식기와 수저가 부딪히는 소리 몇 번. 얼마의 시간이 흐르지 않아, 조심스럽게 방문이 열리는 소리와 함께 들려오는 인기척에도 나리는 묵묵히 손을 움직였다. 곧 그녀의 맞은편에서 들려오는 소리에 나리는 속으로 작게 웃었다.

참 속도 좋다. 자신이라면 죽어도 방 밖으로 나오지 못했으리라. 하지만 그가 방을 빠져나오는 속도는 그의 고민만큼이나 짧았고, 수저를 움직이고 있는 그의 손만큼이나 빨랐다.

나리는 들고 있던 수저를 내려놓고 그를 바라보았다. 그녀의 시선을 느낀 현승은 몸을 움찔 떨며 고개를 더욱 아래로 숙였다. 밥이 입으로 들어가는지 코로 들어가는지 모를 정도로.

예전의 나리라면 이런 그의 모습에 한숨을 쉬거나 혀를 찼겠지만, 이젠 워낙 익숙해진 모습이라 무심한 얼굴로 현승을 관찰했다. 입고 있는 헐렁한 티셔츠 밑에 자리 잡은 자잘한 근육이라든가, 아슬아슬하게 가려져 있던 수건이 주르륵 아래로 떨어지고 봐버린 그의 나, 나…… 나체라든가.

엄한 생각에 순간 얼굴이 붉어지자 나리는 서둘러 고개를 저어 생각을 떨쳐 냈다.

"아저씨."

나리의 부름에 현승은 빠르게 움직이던 숟가락을 툭 떨어뜨려 버렸다.

쨍그랑.

유리와 수저가 부딪히는 소리가 날카롭게 울렸다.

"으응?"

"인테리어 공사는 어느 정도 진행됐대요?"

"다, 다음 주에 확인하기로 했어."

말을 더듬으면서도 또박또박 답을 잘하는 모습에 나리의 입술에 미소가 떠올랐다.

나리가 다시 한 번 현승을 불렀다.

"아저씨."

"응."

역시나 그는 시선 한 번 주지 않는다. 그 모습에 나리가 무심한 어조로 말했다.

"몸매 죽이던데요?"

"응. ……응?"

현승이 고개를 퍼뜩 들어 나리를 보았다. 그의 얼굴은 나리의 말에 당황해 굳어 있었다. 하지만 나리는 이와는 반대로 입술에 느른하게 미소까지 걸며 생글생글거리고 있었다. 불안할 정도로 밝은 나리의 모습에 현승이 입을 꾹 다물었다.

"그렇게 많이 먹으면서 어떻게 근육이 불끈불끈할 수 있어요?"

나리가 얇은 자신의 팔을 주물럭거리며 이야기할수록 현승의 얼굴은 붉으락푸르락 변했다. 삼색 신호등을 번갈아 가며 얼굴색을 바꾸던 현승은 반도 채 비우지 못한 그릇을 보며 울상을 지었다. 맛있게 먹고 있었던 밥이 순식간에 맛없어 보이는 것은 그가 인생을 살면서 몇 번 겪어 보지 못한 일이었다.

현승은 울먹이는 목소리로 외쳤다.

"나리 미워! 나 놀리는 거지?"

"그렇게 생각하세요?"

오히려 되묻는 그녀의 말에 현승은 재빨리 고개를 끄덕였다. 현승은 어느새 김샜다는 듯 수저질을 시작한 나리를 보았다.

저 아이가 봤을까? 징그러운 내 상처?

흉을 가리려다 보여 주지 말아야 할 것까지 보여 주게 된 현승은 좌절하며 고개를 푹 숙였다. 나리에게 모든 것을 들켜 버린 느낌이었다.

나리는 밥을 앞에 두고 한숨을 푹푹 쉬던 현승이 이번엔 똥 마려운 강아지마냥 자신을 보는 모습에 식어 버린 김치찌개 뚜껑을 덮었다. 아침 식사는 여기까지인 것 같다.

나리가 자리에서 일어나 식탁 가득 차려져 있던 그릇을 치울 때까지 현승은 망부석처럼 가만히 그녀의 행동을 눈으로 좇았다. 하고 싶은 말이 있으면 속 시원히 하면 될 것을. 답답하게 구는 그의 모습에 결국 먼저 입을 뗀 것은 나리였다.

"왜 그렇게 보세요?"

"나리야, 호, 혹시…… 봐, 봤어?"

"뭘요? 아아, 그거?"

나리의 시선이 자신의 아랫도리로 향하자, 현승은 붉어진 얼굴로 재빨리 다리를 모으며 외쳤다.

"나리! 이 앙큼한 것! 변태!"

"그거 아니면 뭐요? 아아."

말하는 와중에 그가 지칭하는 것이 무엇인지 알겠다는 듯 나리가 고개를 끄덕였다. 그리고 이번엔 그녀의 시선이 현승의 허리에 닿았다.

"그 상처 말하는 거예요?"

그녀의 물음에 현승은 고개를 끄덕였다. 그리고 불안한 듯 손을 꼼지락거리며 말했다.

"아, 안 징그러워?"

"아팠겠네요."

동문서답하는 나리의 말에 현승은 아래에 두었던 시선을 돌려 방을 나온 뒤 처음으로 그녀와 시선을 맞췄다.

"내가 묻는 건 그게 아니잖아."

입술을 뾰족하게 내민 현승이 웅얼거리며 말을 이었다.

"징그럽지 않아?"

"징그러워해야 해요?"

나리는 자신의 이야기를 듣고 몸을 움찔 떠는 현승의 모습에 입술을 깨물었다. 아무리 평소 바보같이 구는 남자라고 하더라도, 그에겐 큰 사고였던 모양인데 너무 가볍게 말한 건 아닐까, 고민이 되었다.

한참 둘 사이에 침묵이 흘렀다. 현승은 계속 무언가 이야기를 할 것처럼 굴다 입을 다물었고, 나리는 끈기 있게 그의 답이 흘러나오길 기다렸다.

오랜 시간이 흐른 후, 용기를 낸 현승이 입술을 달싹였다.

"……징그럽다고 했어."

"누가요?"

"처음으로 내 몸을 본 여자가."

이 남자의 연애 역사를 알고 싶은 마음은 없었으나, 그는 너무나 자연스럽게 자신의 첫 여자에 대해 이야기를 늘어놓고 있었다.

"20살 때 대학에서 만난 여잔데, 내 상처를 보더니 밥맛 떨어진다고 했어. 징그럽다고."

남의 고민을 듣는 건 기분 좋은 일이 아니다. 고민은 나누면 반이 되는 것이 아니라, 상대방의 마음까지 두 배가 되는 것이니까. 그리고 나리는 남이 자신의 고민을 털어놓는 것을 좋아하지 않았다. 혼자 알고 있으라고, 혼자. 속으로 작게 읊조린 나리는 한숨을 뻑 내쉬었다.

그의 심각한 얼굴을 보자, 차마 현승에게 그만 이야기하라고 말할 수가 없었다. 그는 아직도 그 날의 일을 가슴속에 담아 두고 아파하고 있었으니까.

어떤 위로의 말을 건네야 할까 고민하던 나리가 이번에도 툭 내뱉었다.

"그건 그 여자 잘못이에요."

"왜? 왜 그렇게 생각하는데?"

"남의 기분 따위 생각하지 않고 말했으니까."

"하지만 그 여자뿐만 아니라, 뒤에 만났던 여자들도 줄줄이 내가 싫다고 했는걸?"

현승의 말에 나리가 콧잔등을 찌푸렸다. 그의 말에 당장이라도 비웃어 주고 싶었지만, 심각한 그의 얼굴을 봐서 참기로 했다. 나리는 최대한 자신의 감정을 억제한 목소리로 말했다.

"근본적인 문제는 그게 아닙니다만?"

"그, 그럼……?"

나리는 진지하게 그의 단점에 대해 생각하기 시작했다. 잠시 생각했음에도 불구하고 그의 단점 수십 가지가 머릿속에 떠오른다. 하지만 현재 쇼크를 받은 상태인 현승에게 그 많은 것들을 줄줄 읊어 줬다간 당장이라도 눈물 바람을 할 것이다.

나리는 그의 단점 중 가장 심각한 것 몇 가지를 꼽아 이야기했다.

"초딩이잖아요."

"으응?"

현승의 벙찐 표정에도 나리가 입술을 짓이기며 말했다. 그간 쌓인 게 많았다는 듯.

"아저씨 초딩 좋아해요?"

"아니."

"왜요?"

"귀, 귀찮아서?"

"아저씨가 그래요."

나리의 말에 현승은 정말 충격을 받은 표정이었다. 순식간에 시퍼렇게 변해 가는 그의 얼굴색에도 나리는 독설을 멈추지 않았다.

"그리고 취미도 고약하죠."

"……."

"이미 알고 있는 답에 대해선 질문하지 마세요. 그거 상당히 기분 나빠요."

마치 제 속을 꿰뚫어 보듯 말하는 나리의 말에 현승의 입술이 부드럽게 호를 그렸다.

나리는 현승을 보았다. 또다. 묘한 웃음. 한참 그의 얼굴을 들여다보던 나리는 어깨를 으쓱인 후 싱크대로 향했다. 더 이상 제가 상관할 바는 아니다.

귀찮은 일을 털어 내고 본분을 되찾은 나리가 막 고무장갑을 끼고 설거지를 하려던 찰나, 현승이 그녀의 손에 들려 있던 고무장갑을 빼앗으며 말했다.

"설거지 내가 할게!"

현승의 말에 나리가 슬쩍 미소를 띠웠다.

"아주 좋은 생각이에요."

자정이 넘은 시각. 나리가 현관문을 열고 들어오자, 자동센서가 번뜩이며 어두운 실내를 밝혔다. 숙제를 제대로 하지 않은 현승과 한참 실랑이를 하느라 진이 빠진 나리는 굳게 닫혀 있는 아버지의 방을 힐끗 본 후 자신의 방으로 들어갔다.

어깨에 메고 있던 가방을 책상 위에 올려 둔 나리가 침대에 털썩 주저앉았다. 씻고 서둘러 잠자리에 들어야 했지만, 만사가 귀찮았다. 씻기도 귀찮았고, 생각하기도 귀찮다.

멍하니 앞을 보고 있던 나리가 퍼뜩 떠오른 생각에 몸을 움찔 떨었다.

"윽."

문득 깜짝 놀란 눈으로 자신의 아랫도리를 가리는 그의 모습이 떠올랐다. 순간 온몸에 소름이 오소소 돋더니, 발가락이 오그라들었다.

"아저씨도 아저씨지만, 참 나도 나다."

방에서 머리를 콩콩 박고 있었을 그를 떠올리며 웃음을 터트리기도 했다.

"미쳤어, 정말."

그가 어떻게 생각할까. 어쩌면 발라당 까진 아이로 생각할 수도 있다. 남자의 알몸을 보고도 아무렇지도 않게 행동하고, 말까지 딱딱 쏘아붙이다니. 아무리 간이 큰 나리라 하더라도, 스스로의 모습이 기가 찬 것인지 한동안 코웃음을 쳤다.

그러다 문득 그의 토실토실한 엉덩이가 떠오르자 갑자기 얼굴을 붉히더니 침대 위로 몸을 날렸다.

불끈 쥔 주먹으로 침대를 팡팡 내려치던 나리는, 배를 잡고 깔깔 웃던 자신을 보고 현승이 어떻게 생각할까 고민했다. 그러다 힘차게 휘두르던 팔을 순식간에 침대 위로 툭 떨어트리며 작게 몸을 떨었다.

"진짜 쪽팔려."

현승의 앞에 서면 평소의 자신이 아닌 것만 같았다.

그 생각을 나리는 그제야 했다.

침대에 누워 책을 읽고 있던 현승은 순간 나리의 얼굴이 머릿속을 스치고 지나가자 자리에서 벌떡 일어났다. 미친 듯이 뛰는 심장 위에 지그시 손을 올린 현승은 얼굴에 열이 오르는 것을 느끼며 작게 중얼거렸다.

"놀라서 그런 거야."

아침에 있었던 대참사 때문에 아직도 놀란 심장이 제 페이스를 찾지 못한 것이리라. 그래, 그런 것이다. 설마 그 작고 어린아이를 좋아한다거나 하는 불상사가 일어날 리는 없지 않은가.

"그래, 9살 차이라고. 최현승 넌 짐승이 아니야."

9살 차이라니……. 자신이 책가방을 메고 미친 망아지마냥 운동장을 뛰어다닐 때 그 아이가 태어난 거다. 그런 아이와의 가벼운 스킨십으로 가슴이 뛰거나, 총각마냥 화들짝 놀라는 것은 말이 안 된다.

"난 건강한 남자라고."

의미 모를 소리를 하던 현승은 거칠게 머리를 벅벅 긁었다. 그 아이는 자신에게 있어 친절한 아가씨이자, 무서운 선생님이라고 생각하며. 가끔 그녀가 귀여워 보이는 것은…….

"도, 동생이야. 귀여운 동생."

그것도 아~주 나이 차가 많이 나는 동생. 현승은 스스로에게 다짐을 하듯 몇 번이고 귀여운 동생이라고 되뇌며 고개를 끄덕였다. 하지만 곧 불쑥 떠오른 생각에 현승이 고개를 끄덕이며 혼잣말을 내뱉었다.

"안 될 건 뭐야?"

심각한 고민에 돌입하게 된 그는 한동안 생각에 잠겨 있었다.

나리는 그에게 고마운 사람이었다. 가끔 콩나물로 그를 학대하곤 하지만, 맛있는 음식도 해 주고 집도 깨끗하게 해 준다. 그리고 가까이하고 싶지 않은 것처럼 자신을 무시할 때도 있지만, 대체적으로 상냥했고 그가 부탁한 것은 되도록 들어주려고 노력했다.

더욱 그의 상처를 보고 처음으로 아무렇지도 않게 말해 준 사람이었다.

평소 그의 흉터를 본 사람들은 두 부류로 나뉘었다. 그를 위로하려고 하는 사람. 혹은 저도 모르게 인상을 찌푸리는 사람. 하지만 나리는 그 어느 부류에도 속해 있지 않은 사람이었고, 도리어 그의 상처를 보고 별생각이 없는 듯 굴었다.

"아니야, 정말 별생각이 없었을 거야. 암, 그렇고말고."

귀찮은 기색이 역력한 표정으로 이야기하던 나리를 떠올린 그는 한참이나 고개를 떠올렸다. 그러다 문득 떠오른 말에 인상을 팍— 썼다.

'초딩이잖아요.'

그녀가 평소 자신을 어린아이 대하듯 군다는 것을 알고 있었으면서도 직접 들으니 충격이 컸다. 이제껏 나리가 자신을 어떻게 보는지 단 한 번도 궁금해 본 적이 없었던 현승은 이날 오랜 시간을 들여 그녀가 한 말들을 하나씩 하나씩 되짚었다. 그리고 그녀가 자신을 어떻게 생각하는지 결론을 내리는 순간 고개를 푹 숙였다.

"아주 귀찮아할 거야."

그건 표정만 봐도 알 수 있었다. 어휴, 어휴 한숨을 쉬며, 어떻게 해야 자신의 이미지를 바꿔 놓을 수 있을지 심각한 고민에 빠진 현승은 이때 한 가지 간과한 것이 있었다.

　왜 애초에 그러한 생각을 하게 된 것인지. 왜 나리에게 잘 보이고 싶은지. 정작 가장 중요한 것은 고민하지 않은 채 하나, 둘 계획을 세우기 시작한 현승은 새벽 2시가 넘어서야 잠자리에 들 수 있었다.

　둘은 그날 밤, 서로 동상이몽에 빠져 있었다.

4.
마음을 푸는 비밀번호

늦은 밤, 방 안을 비추는 건 책상 위에 놓여 있는 스탠드 하나뿐이다. 책상 앞에 앉아 있는 현승은 머리를 긁적이며, 연신 노트를 뚫어져라 바라보고 있었다. 그때 머리를 송두리째 뽑아 버릴 듯 머리를 쥐어뜯더니 곧 결연한 시선으로 노트에 한 줄을 적어 내렸다.

나리가 좋아하는 것.

적는 폼 하나는 신중하기 그지없었으나, 저 한 줄을 적은 뒤로는 생각나는 것이 없는지 노트만 바라보고 있었다. 나리가 좋아하는 것이 무엇인지 생각해 본 적이 없었다. 더욱 그 아이를 위해 무언가 해 줘야 되겠다고 생각한 적도 없었고, 그 아이가 기뻐할 일도 생각한 적이 없었다.

시작이 반이라 했던가. 하지만 그 반뿐이었다.

한참 고민하던 현승의 얼굴이 울상이 되었다. 곧 눈물을 터트릴 것 같기도 했고, 자괴감이 떠오르기도 했다.

116

"적을 게 없어."

정확히 말하면 못 적겠다, 였다. 하얀 것이 종이요, 검은 것은 감출 수 없는 자신과 나리의 거리였다.

현승은 나리가 좋아하는 것을 적지 못하자, 이번엔 나리가 싫어하는 것과 귀찮아하는 것을 적어 보기로 했다. 그러자 종이는 순식간에 빽빽해졌다.

1. 내가 귀찮게 안하는 것.

나리는 가끔 자신을 어린애로 보는 경향이 있었다. 더욱 자신이 나리에게 원하는 바를 들어 달라고 말할 때는 더욱 그랬다.

2. 아침, 점심, 저녁 밥하는 것.

나리가 먼저 자신에게 해주기로 한 것이었지만, 가끔 귀찮아하는 것 같다. 더욱 그녀가 뭘 먹고 싶냐고 물어볼 때는 '나 귀찮으니 대충 챙겨 먹자.' 라고 은연중에 말하는 것이다.

그는 2번 밑에 꼬불꼬불한 줄을 긋더니 별표를 그렸다. 가장 중요한 포인트였다.

3. 내 전화.

전화를 받는 어투를 들어 보면 귀찮아하는 티가 났다. 대충 흘리듯 성의 없는 답이라든가, 은연중에 잡담할 거면 빨리 끊으라고 종용하는 분위기. 하지만 자신은 이 모든 것을 알고 있으면서도 밤늦게 나리를 붙들고 수다를 떨었으며, 괜히 할 말이 없음에도 전화한 것이 여러 번이었다.

4. 내 문자.

아주 성의 있는 문자에도 그녀는 단 한 번도 답을 준 적이 없었다.

그 뒤로 채워진 10번까지의 번호 모두 시작되는 것은 '내가' 였다. 한참 글을 적던 현승은 테이블에 이마를 콩— 박았다. 하나, 둘 정리하기 시작하니 나리가 왜 자신에게 '초딩'이라고 말했는지 알 것 같았다. 그리고 슬슬 자괴감이 들기 시작했다.

현승이 울먹이며 작게 중얼거렸다.

"결국 내가 옆에서 없어지는 게 가장 좋은 거잖아."

30분 동안 고민한 결과가 이것이라니. 현승은 코를 훌쩍이며, 빼곡하게 적은 종이를 찢어 공중에 날려 버렸다. 다음 날 아침, 이 종이를 치우는 나리가 또 한 번 자신을 싫어하게 될 줄은 생각하지 못하며.

새하얀 종이와 다시 씨름하기 시작한 현승은 나리에게 자신의 이미지를 '초딩'이 아닌 '좋아하는 사람'으로 탈바꿈하기 위해 한참을 씨름했다.

고민이 깊어지는 밤이었다.

❀

저녁에 먹을 반찬으로 돼지고기를 절이고 있던 나리는 뒤통수에 닿는 따가운 시선에 한숨을 쉬었다. 며칠 전부터 뜨겁게 따라붙는 남자의 시선을 그녀는 알고 있었다. 하지만 괜히 귀찮은 일이 생길까 묻지 않았던 그녀는 오늘 결국 두 손 두 발 들고 말았다.

"왜 그렇게 보세요?"

이 물음으로 인해 또다시 귀찮은 일에 휘말릴 수도 있지만, 차라리 그게 더 나으리라. 이젠 저 시선이 슬슬 무서워지기 시작했으니까.

나리는 몸을 움찔 떨며 고개를 젓는 현승의 모습에 한숨을 쉬었다. 그 속이 훤히 보이건만, 이제 와 아니라고 오리발을 내민다.

"정말 아무것도 아니에요?"

"응, 아무 일도 없어. 그런데 그건 왜 물어?"

"아저씨의 시선이 너무 음흉해서요. 마치 먹잇감을 눈앞에 둔 맹수 같달까."

나리의 직설적인 표현에도 현승은 아무것도 모르겠다는 듯 어깨를 으쓱였다. 하지만 나리는 그의 시선이 흔들리는 것을 놓치지 않았고, 그가 뭔가 일을 꾸미고 있다는 것에 확신을 가졌다.

"아무것도 아니면 됐어요."

식자재로 어지럽혀 있는 싱크대를 말끔하게 치우고 거실로 나온 나리는 자신을 따라붙는 시선을 애써 모른 척 책을 펼쳐 들었다. 그 순간 볼이 따끔해졌다. 뚫어져라 자신을 바라보는 현승의 시선은 진지하기 그지없다. 도대체 무슨 생각이야?

"정말 하실 이야기 없으세요?"

"으응……."

참다못해 터져 나온 목소리엔 날이 서 있었다. 그 때문일까. 기가 죽은 현승은 말꼬리를 늘어트리며 고개를 끄덕였다.

현승의 시선을 참다못한 나리가 벌떡 일어서자, 현승이 따라 일어나며 물었다. 마치 커다란 건수라도 잡은 사기꾼마냥 눈을 반짝이는 본새에 나리는 저도 모르게 답했다.

"왜?"

"목이 말라서요."

"물이면 돼?"

현승의 물음에 나리가 고개를 끄덕였다.

"내가 가져다줄게."

"네, 그럼 부탁해요."

발등에 불이라도 떨어진 사람마냥 부엌으로 향한 현승이 얼음까지 동동 띄운 냉수를 나리 앞에 내밀었다. 무심한 눈길로 얼음물과 현승의 얼굴을 번갈아 보던 나리의 콧잔등이 찌푸려졌다. 그제야 이 남자가 원하는 것이 무엇인지 알아차린 사람마냥.

"감사해요."

그녀의 칭찬에 현승의 얼굴이 화사해졌다.

"또 부탁할 것 있으면 말해 줘."

대단한 일이라도 한 사람처럼 고개를 끄덕인 현승이 자리에 앉아 그제야 오늘 하루 종일 같은 페이지만 보고 있던 책을 다음 장으로 넘겼다.

바닥이 보일 정도로 숨도 쉬지 않고 물을 꿀꺽꿀꺽 마신 나리가 컵을 테이블 위에 올려 두며 한숨을 쉬었다.

이 물 한 잔을 떠 주기 위해 하루 종일 자신의 눈치만 보고 있었던 것일까?

진짜 알다가도 모를 사람이었다.

※

먼지가 폴폴 날리는 인테리어 공사 현장은 각가지 자재로 엉망이었다. 자칫 한눈을 팔면 발이 걸려 넘어지기 딱 좋겠다고 생각하던 나리는 한쪽에서 공사 책임자와 진지한 얼굴로 이야기하고 있는 현승을 보며 걸음을 멈췄다.

공사 현장에 도착하자마자 구석구석 꼼꼼히 살펴본 현승은 마지막으로 인테리어 공사에 대해 조율 중이었다. 팔까지 걷어붙인 채 도면을 보며 본사에서 나온 직원과 진지하게 이야기를 나누고 있는 그는 겉으로 보기에는 아주 열정이 넘치는 사람처럼 보였다.

"여긴 투명한 유리가 설치되나요?"

"네."

VIP룸이 들어설 자리로 이동한 현승은 주위를 둘러보며 한숨을 쉬었다. 골든 주얼리 지점 중에서 가장 큰 VIP룸이었다. 백화점이나 유동인구가 많은 지점과는 달리 청담점은 한산한 위치였다. 충분히 손님을 설득시킬 수 있을 정도로 아늑한 분위기였으면 좋겠다고 생각한 그는 현장 관리자에게 수정 지시 사항을 말했다.

"투명한 유리 대신 조금 불투명한 것이었으면 좋겠습니다. 유리 자체를 바꾸는 것보단 외관을 크게 해치지 않는 선에서 스티커 종류를 붙였으면 하는데 괜찮을까요?"

"실내 디자이너와 이야기하겠습니다."

"네, 조명도 너무 밝은 것은 아니었으면 합니다. 조정 부탁드려요."

진지한 표정으로 일하는 현승을 처음 본 나리는 신기한 눈으로 둘을 보고 있었다. 일을 하는 데 방해가 되지 않도록 어느 정도 일정한 거리를 둔 채 한참이나 현승을 보고 있던 나리는 그가 이야기를 끝내고 자신에게 다가오자 괜히 바지를 툴툴 털어 냈다.

이런 그의 모습은 어색했다. 스토커처럼 하루 종일 눈으로 쫓는다든가, 점심 메뉴는 어떤 것이었으면 좋겠다는 등 쩍쩍거리는 모습과는 확연히 달랐다.

"나리야."

"왜요?"

"오늘은 이만 집에 들어가 봐."

현승의 말에 나리가 시계를 확인했다. 2시, 아직 집에 들어가기엔 이른 시간이었다. 의아한 얼굴로 자신을 바라보는 나리의 시선에 그가 막 설명하려던 찰나 주머니에서 휴대전화가 울렸다.

"어? 하나?"

―오늘 약속 잊은 건 아니죠?

"응, 안 그래도 곧 가려고. 장소는 내가 정해도 되지?"

전화를 받는 와중에 나리에게 양해를 구한 현승이 밖으로 나갔다.

나리는 웃는 얼굴로 통화 중인 현승의 모습에 미간을 찌푸렸다.

"여자 이름이었지?"

작게 중얼거린 나리가 거칠게 머리카락을 쓸어 올렸다. 왜 자신의 기분이 나빠지는 건지 이해할 수 없었다. 통화를 하며 웃고 있는 현 승을 보자 입안이 썼다.

통화를 끝낸 현승이 다시 가게 안으로 들어오며 말했다.

"나 약속이 있어서 이만 가볼게."

"약속 장소까지 갈 수 있겠어요?"

무심한 나리의 물음에 현승은 속 좋게 웃으며 말했다.

"응응, 몇 번 가봤던 곳이거든."

"그 여자랑요?"

나리의 말에 현승은 의아한 얼굴로 그녀를 보았다. 그의 긴 속눈썹 이 펄럭펄럭 움직였다. 나리는 난 아무것도 몰라요, 라고 말하고 있는 현승의 얼굴을 보자 더욱 짜증이 올라오는 것을 느꼈다.

"그럼 내일 봐요."

나리가 쌩하니 돌아서 가게를 나서는 것을 보며 현승은 고개를 기 울였다.

"우리 나리가 왜 저러지?"

방금 전까지만 해도 평소와 같았던 나리가 왜 저렇게 팽하니 토라 졌는지 이해할 수가 없었다.

꽃무늬

핑크색 사파이어와 파란색 사파이어가 촘촘하게 박혀 있는 시계를 확인하는 하나의 미간이 찌푸려졌다. 3시 30분. 그와 약속한 시간은 3시. 하지만 그는 머리털조차 보이지 않는다.

"그냥 갈까?"

하나가 작게 읊조렸다. 하지만 혼잣말처럼 내뱉은 말에 저도 모르게 고개를 저어 버린다. 그와 약속을 한 뒤 나타나지 않으면 어떤 꼴을 당하는지 그녀는 너무나 잘 알고 있다.

할아버지끼리 친해 어렸을 적부터 남매처럼 커 온 둘 사이엔 참 많은 일이 있었다. 그중 그녀가 중학생 때 약속시간에 늦는 그에게 화가 나 집으로 돌아가 버린 뒤로, 그녀는 자그마치 한 달 동안 그에게 시달림을 당해야 했다. 괴롭힘은 아주 사소하고 유치한 것부터 예민했던 사춘기 시절 그녀를 울릴 정도로 엄청난 것들까지 다양했다.

한숨을 쉬며 미리 주문한 커피를 마시고 있던 하나는 문을 열고 들어오는 현승의 모습에 손을 들어 자신의 위치를 알렸다.

주위를 두리번거리며 한참 하나를 찾던 그는 구석진 자리에서 손을 흔드는 그녀를 발견하곤 서둘러 걸음을 옮겼다.

"미안, 미안. 내가 많이 늦었지?"

"먼저 만나자고 했으면서 약속 시간에 늦지 말아요."

"동생님, 미안."

가볍게 사과한 현승이 맞은편에 앉으며 말했다. 순수하게 그가 사과하자 하나는 더 이상 할 말이 없다는 듯 작게 고개를 끄덕였다.

종업원에게 주문을 마친 현승은 턱을 괴고 하나를 살펴보았다. 영화를 관람하듯 그녀를 보던 현승의 입술에 슬쩍 미소가 걸렸다.

"프랑스에서 만나고 처음인가?"

"네."

시니컬하게 답한 하나는 뜨거운 커피를 홀짝였다.

현승은 완벽하게 세팅된 머리카락과 화장을 천천히 눈으로 훑었다. 그녀는 적어도 겉으로 보기엔 늘 그랬던 것처럼 화려한 모습 그대로 였다. 그녀의 속마음과는 달리.

며칠 전 충격에 젖어 있던 건욱의 전화를 받은 그는 완벽한 모습 너머 가려져 있는 그녀의 심경을 읽어 내곤 시선을 옮겼다.

끈질긴 현승의 시선에 하나는 잔을 내려놓으며 말했다.

"프랑스에서 만났던 그 여자랑은 잘 만나고 있어요?"

말을 돌리기 위해 꺼낸 주제는 아주 성공적이었던지 바짝 몸을 당 기고 있던 그의 몸이 뒤로 물러났다. 의자에 등을 기대고 앉은 현승 은 팔짱을 끼며 말했다.

"그때가 마지막이었지."

"그거 참 안타깝네요."

하나의 무심한 목소리에 현승은 크게 웃음을 터트렸다. 하하하! 그 의 호탕한 웃음소리에 의아한 시선이 그에게 닿았다.

"왜 그렇게 웃어요? 내 말이 그렇게 웃겼나?"

"응. 무척. 그리고 왠지 고맙기도 하고."

"뭐가요?"

"그때 네가 했던 말. 생각이 나서."

그때 하나는 아직도 이렇게 사냐고 자신에게 물었다. 그리고 그때 그는 여전히 그렇게 살고 있었고, 콤플렉스 덩어리로 살고 있어서 그 말에 욱 화를 냈다.

그래, 하나에게 화가 났다. 자신이 숨기고 살았던 모습을 정확히

124

바라보고, 알고 있고, 그렇게 말을 해서.

하지만 지금은 그렇지 않기에 그는 웃을 수 있었다. 그리고 말했다.

"나 좋아하는 사람이 생겼어."

나 많이 변했어, 라고.

"……."

"왜 그렇게 봐?"

현승은 눈을 갸름하게 뜨고 자신을 바라보는 하나의 모습에 웃는 낯으로 물었다. 그녀가 왜 자신을 그렇게 보는지 잘 알고 있음에도 묻는 말이었다.

하나는 한참의 시간이 흐른 뒤에야 입술을 뗐다.

"장난하지 마세요."

"장난이라니? 장난 아니야, 동생님. 나 엄청 진지해."

"……정말요?"

끄덕끄덕. 현승은 답 대신 고개를 끄덕였다.

그의 고갯짓에 하나의 눈이 점점 커지기 시작했다.

최현승이 여자를 좋아한다고? 말도 안 되는 일이었다. 한국에 있을 때 그리고 그녀가 유학을 떠난 뒤로도 그의 곁에 있던 여자들이 어떠한 꼴로 상처 받고 아파하는지 똑똑히 보았다. 그래서 그녀는 쉽게 의심을 떨쳐 버리지 못했다. 또 어떤 여자를 상처 주려고 저러는 거야?

"제가 오빠의 인생을 뭐라고 말할 자격은 없지만, 그래도 믿기지 않는 게 사실이네요."

그녀의 말에 현승의 얼굴에 서서히 미소가 번져 간다.

"응. 나도 믿기지 않는 게 사실이야."

"……."

"나도 내가 누군가를 좋아하게 될 줄은 몰랐어."

현승의 말에 하나는 한동안 테이블 위에 놓인 잔에서 시선을 떼지 못했다. 행복하다는 듯 웃는 그의 모습은 적응이 되질 않는다. 항상 사람과의 관계에서는 시니컬한 사람이었고, 믿지 못하는 사람이었다. 그런 사람이 누군가를 좋아한다니. 놀라워 말도 나오지 않는다. 하지만 이젠 그의 마음을 조금은 믿을 수 있을 것 같았다.

그는 표정을 꾸밀 줄 아는 영악한 사람이었지만, 거짓말은 하지 않는 사람이었다.

한참 현승의 얼굴을 보고 있던 하나가 천천히 고개를 끄덕였다.

"축하드려요."

무심한 어조에 현승은 저도 모르게 웃었다. 그래, 이런 아이였지. 냉정하고 차갑고 자신의 일이 아니라면 큰 관심조차 두지 않는 아이.

현승의 작게 고개를 끄덕였다. 그리고 오늘 하나와 만나기로 한 이유를 떠올리며 말했다.

"사표 냈다며?"

"……그리고 보면 오빠와 건욱인 사이가 참 좋아요."

돌려 말하는 법이 없는 현승은 이번에도 돌직구를 던졌다. 그는 왜 하나가 사표를 냈는지도, 지금 그녀의 심정이 어떤지도 모두 알고 있었다. 하지만 그는 거침이 없다.

"결국 도망가는 거야? 우리 하나, 그리고 보면 참 겁이 많아."

"뭐라고요?"

하나가 울컥 치솟는 화에 목청을 높였다. 하지만 현승은 이미 미지근하게 식어 있는 하나의 커피 잔을 내려다보며 말했다.

"그렇잖아. 유학 중에도 그렇고. 지금도 그렇고. 넌 늘 도망만 다니잖아."

"……오빠 말씀이 지나쳐요."

"응, 그건 나도 알아. 하지만 이하나."

잠시 말을 멈춘 그가 하나를 보았다.

"너도 건욱이한테 너무 지나쳐. 그 녀석이 바보 같아서 널 참아 주고 있는 거야. 둘 다 똑같은 겁쟁이라서 너희들은 여전히 제자리 걸음인 거야."

"……."

"제발 철 좀 들어라, 너희들."

현승의 말에 하나의 미간이 구겨졌다. 그에게 뭐라고 되받아치고 싶었지만, 입술에 본드를 발라 놓은 듯 딱 달라붙어 말할 수가 없었다.

말을 삼키는 하나의 모습에 현승은 앞에 놓인 아메리카노를 내려다보며 말했다.

"너희 둘 다 똑똑한 아이들이잖아? 더 이상 진전이 없는 관계라면 빨리 정리하는 것도 좋아. 미적거리고 있으면 이도 저도 안되잖아. 결국 더 상처 받을 거야."

"……."

그의 말에 하나는 천천히 고개를 끄덕였다. 그녀 또한 알고 있으니까. 이 지긋지긋한 관계를 지속할수록 상처 받고 심장이 너덜너덜해진다는 것을. 하지만 여전히 그럼에도 미적거리고 있는 자신의 마음을.

한참 말없이 테이블을 보고 있던 하나의 고개가 위로 향했다. 그녀는 말간 얼굴로 자신을 바라보는 현승을 보며 피식 웃음을 내뱉었다.

"오빠."

"응?"

"술 사 줄래요?"

하나의 제안에 현승의 얼굴이 창백하게 굳었다.

"지금?"

"네."

그녀의 답에 현승의 심장이 내려앉았다. 술을 궤짝으로 두고 마시는 하나와의 술자리는 현승에게 있어서도 꽤나 부담되는 자리였다. 하지만 그녀의 가슴을 벅벅 긁어 놓은 그는 자리에서 일어나 시계를 확인했다.

4시.

지금이면 적당하겠지? 적어도 해가 뜰 때까지 이어질 술자리에 그는 벌써부터 속이 미식거리는 것 같았지만, 어쩔 수 없었다.

그는 계략을 꾸미는 사람처럼 표정 관리를 한 뒤 외투를 걸치고 있는 하나에게 말했다.

"그럼 오빠 단골 바로 가자. 거기 분위기 좋더라."

"지갑은 무겁겠죠?"

"어련하시려고."

가볍게 답한 현승이 먼저 앞장섰다.

✳

오늘은 오후에 오라는 현승의 메세지를 받은 나리는 느즈막이 출근했다. 들어가니 허물처럼 바닥에 떨어져 있는 옷가지를 보고 나리는 구시렁거리며 그것들을 주워 들었다.

"인간이 먹고 싸고 자는 것밖에 할 줄 모르지."

입술을 뾰족하게 내민 나리는 화장실 안에서 양치를 하고 있는 현승을 노려보다 팩하니 고개를 돌렸다. 그러다가 셔츠에 찍혀 있는 붉은 립스틱 자국에 얼굴을 구겼다.

"얼씨구."

꼴에 남자라 이건가?

어제 여자와 약속이 있다며 룰루랄라 이야기하던 현승의 얼굴이 떠올랐다. 왜 그 모습을 떠올리는 지금 이렇게 화가 나는 건지는 잘 모르겠지만, 그래도 화가 나는 것은 어쩔 수 없었다.

나리는 옷가지를 빨래 통에 집어넣으며 한숨을 쉬었다. 이제 5개월 남았다. 인테리어 공사가 끝나고, 본격적으로 샵이 오픈하면 약 4개월하고도 보름이란 시간이 남는다. 그 시간 안에 기필코 흑자로 만들어 자신의 화를 돋우는 남자의 손아귀에서 벗어나고야 말겠다고 다짐한 나리는 막 욕실에서 나오는 현승을 노려보며 말했다.

"아저씨."

"으응? 나리는 아침부터 표정이 왜 그럴까?"

"이야기 좀 해요."

냉랭하게 말을 뱉은 나리는 늘 현승과 마주 앉는 테이블로 가 먼저 자리에 앉았다. 현승은 잔뜩 긴장한 얼굴로 걸어와 나리의 맞은편에 앉으며 말했다.

"나리야, 나리야. 아침부터 기분이 왜 이리 저조해?"

"숙제는 다 했어요?"

현승의 물음에 답 대신 칼을 날린 나리는 그의 몸이 움찔 떨리는 것을 보며 속으로 혀를 찼다. 그러면 그렇지.

하지만 오늘은 봐줄 생각이 없던 나리는 책을 펼쳐들며 말했다.

"다이아몬드의 대표적인 컷팅 방법을 뭐라고 해요?"

기습적으로 날아오는 질문에 몸이 굳은 현승은 입술을 달싹였다. 덜 말린 머리카락에서 물이 후두둑 떨어져 볼을 타고 흘러내렸지만, 현승은 닦을 생각도 하지 못한 채 눈을 굴리며 말했다.

"라운드 컷팅."

나리는 망설임 없이 나온 답에 놀라 눈을 깜빡였다.

"라운드 형태의 컷팅을 제외한 컷팅은 뭐라고 하는데요?"

"팬시 컷. 페어, 오벌, 에메랄드 컷 등이 있고, 2캐럿 이상의 다이아몬드에선 라운드 컷팅 보단 팬시 컷팅을 더 선호해."

이젠 묻지 않는 것까지 답하는 현승의 모습에 몇 가지 더 질문을 한 나리는 그 뒤의 문제까지 완벽하게 맞추자 할 말을 잃은 듯 보였다. 하지만 현승은 기분이 좋지 않아 보이는 나리를 보며 안절부절못하며 말했다.

"나리야, 왜 그래, 응? 아저씨가 뭐 잘못한 것 있어?"

"……아니요."

잘못이라면 늘 하고 있지만 이번에는 특별나게 잘못한 것은 없었다. 하지만 현승은 여전히 불안을 감추지 못한 얼굴로 말했다.

"그럴 리가 없는데. 내가 뭔가 잘못한 것 같은데."

자신도 모르게 귀찮게 한 것인가? 아니면 혹, 오늘도 점심이 하기 싫은 걸까? 현승이 빠르게 머리를 굴려 보았지만, 도무지 이유를 종잡을 수 없었다.

안절부절못하는 현승의 말에 나리의 입에서 비죽 웃음이 흘러나왔다. 왜 꼭 자신이 잘못했기 때문이라고 생각하는 걸까. 그냥 괜한 화풀이를 한 것뿐인데.

한참 비죽비죽 웃음을 터트리는 나리의 모습에 현승은 긴장한 얼굴로 나리를 보았다.

"아저씨."

"응?"

"공부하셨네요."

"으응……. 그거야 나리가……."

내가 공부하라고 해서 했다고? 그럴 리가 없다. 그가 일하는 모습을 보지 않았던가. 세심한 부분까지 신경 쓰는 그의 모습은 이제껏 나리가 보지 못했던 모습이다. 단순히 철없고, 경제관념이 없는 팔푼이는 그의 단적인 모습 중 하나였다.

어쩌면 뒷모습 하나, 시계 하나까지 신경 쓰며 구두를 깨끗이 닦는 그 모습이 진짜일지도 모른다. 그래, 어쩜 그는 그녀가 생각했던 것만큼 허술하지 않을지도 모른다. 깜짝깜짝 놀라며 초딩처럼 굴지만, 와이셔츠에 여자 립스틱을 묻히고 오는…….

거기까지 생각이 닿자 나리의 얼굴이 순간 붉어졌다.

"응? 그거야 해야 하는 거기도 하니까."

"왜요? 할아버지가 점찍어 준 여자랑 결혼하기 싫어서요?"

진지한 눈으로 물어보는 나리의 모습에 현승은 입을 꾹 다물었다. 늘 밝은 기운이 가득하던 그의 얼굴이 진지해졌다. 이 모습 또한 나리는 단 한 번도 보지 못했던 모습이었다.

"멍청한 사장은 싫다고 했잖아."

"그랬죠."

"나도 멍청한 인간은 되기 싫어."

진지한 그의 말에 나리는 문득 생각했다. 자신이 모르는 모습이 얼마나 더 남아 있을까. 매일 밥을 달라고 칭얼거리거나, 맛있는 음식을 보면 눈을 빛내는 모습. 일터에서 열정적인 모습으로 팔까지 걷어붙이고 사람들을 진두지휘하는 모습. 화들짝 놀라거나 불쌍한 척하며 도움을 구하는 모습. 그것 말고 얼마의 모습이 더 남아 있을까.

나리는 순간 떨리는 심장을 느끼며 무심한 어조로 말했다.

"아저씨."

"나리야, 왜 그래? 하고 싶은 말이 있으면 속 시원하게……."

"밥하기 귀찮아요."

"으응, 그래? 그럼 우리 외식할까?"

"……외식이요?"

진이 빠져 식사 준비 따위 하고 싶지 않았던 나리는 그의 유혹을 냉큼 받아들이며 고개를 끄덕였다.

"그럼 우리 나리 단골집으로 가자. 아저씨는 지금 무척 맛있는 음식이 먹고 싶어."

"단골집이요?"

"응응!"

"뭐…… 좋아요."

그녀의 음식이 질렸던 것일까? 현승의 표정이 밝아지는 것을 보며, 나리가 콧잔등을 찌푸렸다. 하지만 그와는 반대로 현승은 드디어 나리의 기분이 롤러코스터를 타듯 급작스럽게 변한 이유를 알아차렸다는 기쁨에 활짝 웃었다.

둘은 또다시 같은 공간에 있었지만, 서로의 마음은 다른 곳을 향해 있었다.

나리는 삐뚤어진 마음으로 자신의 손을 잡는 커다란 손을 보았다. 그리고 활짝 웃고 있는 현승을 올려다보며 예쁘게 웃었다.

"가요."

그녀의 미소에 현승은 괜스레 떨리는 가슴을 다독이며 나리와 함께 발 맞춰 걸음을 옮겼다.

※

현승은 『나리 기쁘게 해 주기! 플랜. 첫 번째. 되도록 외식을 많이 한다.』라는 문구를 진지하게 바꿔야 할지 고민하고 있었다. 나리를 귀찮게 하지 않고, 자신을 초딩이 아닌 남자로 봐 줬으면 하는 마음에서 시작된 플랜이었지만, 이젠 정말 한계였다.

"나리야, 음식 가지고 장난하면 못 쓰는 거야."

파란색 플라스틱 의자에 앉아 있는 현승의 얼굴이 터질 듯 붉어져 있었다. 다리를 벌리고, 무릎 위에 손을 얹고 앉아 있던 그는 다리를 달달 떨며, 양념이 묻어 있는 나무젓가락을 그릇 위에 올려 두었다. 그릇 위에는 보기에도 위험해 보일 정도로 붉은 닭발이 담겨 있었다.

현승은 정색하며 나리를 보았다. 하지만 나리는 현승의 반응이 귀여운 것인지 턱을 괴며 비실비실 웃고만 있었다.

"왜요? 내 단골집인데. 단골집으로 가자면서요."

"이건 음식이 아니야. 흉기지."

현승이 닭발이 든 접시를 손가락을 툭툭 치며 말했다. 입술은 닭발 몇 점에 퉁퉁 부어 있었고, 입에서는 계속 침이 넘쳐흐르는 것인지 쓥쓥, 소리를 내며 몇 번이고 삼켰다.

"원래 닭발은 소주랑 같이 먹어야 하는 거예요. 소주 잘 마셔요?"

나리가 소주를 따며 말하자, 현승은 고개를 끄덕이며 소주잔을 들었다.

"나 완전 잘 마셔."

"그래요?"

나리가 웃으며 그의 잔에 소주를 따라 주었다. 그러자 현승은 이미 한국의 술자리가 익숙하다는 듯 나리에게 병을 받아 들고 그녀의 잔에도 소주를 채워 주었다.

나리와 현승은 잔을 부딪쳤고, 나리는 거침없이 소주를 들이켠 후 미리 집어 둔 닭발을 입에 쏙 넣었다. 나리의 작은 입술이 오물오물 움직이자, 현승은 그녀를 따라 소주를 들이켠 후 작은 닭발 하나를 집어 입에 넣었다.

"으악. 그래도 매워!"

"원래 매운 맛에 먹는 거예요."

"그런데 나리는 왜 이렇게 매운 음식을 잘 먹어?"

현승이 물을 들이켰다. 나리는 닭발 하나를 더 집어 먹으며, 퉁퉁 부어 있는 현승의 입술을 보며 말했다.

"뜨거운 것도 잘 먹고, 매운 것도 잘 먹어요."

"그래?"

"네, 엄마가 좋아하셨거든요."

현승은 나리가 과거형으로 말한다는 것도 깨닫지 못한 채, 고개를 끄덕이며 계속 침을 삼켰다. 침샘에 구멍이 난 것인지 계속 입안 가득 침이 고였다. 나리는 연신 구겨지는 현승의 얼굴을 보며 복수에 성공했다는 사실에 입술을 느른하게 늘어트리며 말했다.

"음식은 남기는 게 아니에요. 알죠?"

"응, 알아."

나리가 현승의 앞에 놓여 있는 빈 잔에 소주를 따라 주자, 현승은 방긋방긋 웃으며 꿀떡꿀떡 잘도 마셨다.

둘은 주거니 받거니 소주를 들이켰다. 그가 소주를 잘 마신다고 한 것은 거짓이 아닌 듯, 테이블 위에 올려 있는 소주병을 모두 비웠는데도 그는 얼굴색 하나 변하지 않았다.

현승은 들고 있던 나무젓가락을 테이블 위로 훅 던져 버렸다. 그는 승리에 도취된 사람처럼 외쳤다.

"다 먹었다!"

닭발과의 싸움에서 승리한 그가 얼굴 가득 맺혀 있던 땀을 슥슥 닦으며 자리에서 벌떡 일어나자, 나리가 의아한 얼굴로 그를 올려다보았다. 현승은 나리의 손을 이끌어 자리에 일으켜 세우며 말했다.

"한국 사람은 2차 가야 하는 거야."

"그건 누가 말해 줬어요?"

현승의 입가에 느른한 미소가 걸렸다.

"할아버지가."

현승은 지갑에서 현금을 꺼내 계산한 뒤, 나리의 손을 이끌고 밖으로 나왔다.

나리는 늘 현승이 자신을 바라보던 자리에 앉아 그의 뒷모습을 보고 있었다. 현승은 늘 자신이 입던 꽃무늬 앞치마를 하고, 바쁘게 냉장고와 싱크대를 오고 가며 안줏거리를 만들고 있었다. 그가 재료 손질을 끝내고 손에 식칼을 들자 자신도 모르게 벌떡 몸을 일으켰다.

"정말 아저씨 혼자서 괜찮겠어요?"

"맡겨만 둬! 그럴싸하게 할 수 있어!"

떵떵거리며 말하는 현승의 얼굴엔 거짓 하나 없이 해맑았다. 못 미더운 얼굴로 현승을 보던 나리가 그의 옆에 서며 말했다.

"칼날이 아래로 향하도록 쥐어야죠."

나리의 말에 현승은 똑바로 칼을 쥐더니, 곧 능숙하게 토마토를 썰기 시작했다. 일정한 굵기로 토마토를 썰던 현승이 싱크대로 가 칼을 깨끗이 씻었고, 곧 제자리로 돌아오며 말했다.

"아직도 내가 못 미더워?"

"······거짓말쟁이."

"응? 뭐가?"

"아저씨의 손은 요리를 못 만든다면서요. 저주받았다고 그랬었잖
아요."

나리는 지난 날 현승이 자신에게 말했던 사실을 또박또박 이야기
해 주었다. 그녀의 말에 도마를 깨끗하게 닦은 현승이 치즈를 꺼내며
말했다.

"응, 맞아. 요리를 못 해."

"지금 아주 잘하고 계시거든요?"

그녀의 말에 치즈까지 완벽한 모양으로 썬 현승이 입술에 부드럽
게 호를 그리며 말했다.

"아주 간단한 것밖에 못해."

"왜요?"

그녀의 말에 현승은 잠시 말이 없었다. 비스킷을 놓고 토마토와 치
즈를 겹쳐 카나페를 만든 현승은 의아한 시선으로 자신을 보는 나리
의 입에 쏙 넣어 주며 말했다.

"맛있어?"

고개를 끄덕이는 나리의 고갯짓에 현승은 씨익 웃으며 예쁜 접시
에 카나페를 가지런히 쌓으며 말했다.

"다행이다. 그럼 먹자."

먼저 걸음을 옮긴 현승은 테이블 중간에 접시를 내려 둔 뒤, 와인
을 꺼내 먼저 자리에 앉았다. 오프너로 코르크 마개를 따는 현승의
팔뚝에 핏줄이 섰다. 단숨에 코르크를 딴 현승은 와인 잔의 반 정도
채운 후, 나리를 보며 웃었다.

"우리 나리, 왜 그렇게 봐?"

"아직 답을 안 해 주셨잖아요."

"음? 그게 왜 궁금한데?"

"……."

현승의 물음에 나리는 대답하지 못하고 입을 꾹 다물었다. 왜 그 자신도 그의 이야기가 궁금한지 모르겠다며. 한참 말없이 현승을 보던 나리가 정리되지 못한 머릿속 대신 아주 솔직히 제 속마음을 전했다.

"잘 모르겠어요. 그냥 궁금했어요."

"왜?"

현승은 답 대신 계속 질문만 던지고 있었다. 마치 스무고개를 하듯.

그의 물음에 나리가 곰곰이 생각했다. 왜 궁금할까? 잘 알지 못한다. 귀찮기만 했던 그의 존재가 조금 궁금해졌을 뿐이다. 아주 사소한 변화. 그것밖엔 없었다.

"그냥 궁금했어요. 별 뜻은 없고요."

"그래?"

현승은 보울(bowl)을 손으로 감싼 뒤 공중에서 부드럽게 원을 그렸다. 그의 움직임에 따라 잔에 있던 붉은색 액체가 작게 일렁였다. 그 모습을 눈으로 좇던 현승은 여전히 미간을 찌푸린 채 그의 말을 기다리고 있는 나리를 보며 말했다.

"글쎄, 그건 아마……."

"아마?"

"사랑의 전초전 아닐까?"

"……."

"그 사람에 대해 궁금해지고, 그 사람에 대해 알고 싶어지는 거. 모든 생각은 왜부터 시작하잖아. 나리는 그 왜를 시작한 것 아닐까?"

"……어딜 봐서요?"

한참 뜸을 들이다 내뱉은 그 한마디에 현승의 얼굴에 미소가 떠올랐다. 그는 한동안 나리를 보다 이내 활짝 웃으며 말한다.

"내가 그랬거든. 우리 나리를 보면서."

그는 나리에게 가벼운 농담을 던지듯 말했다. 그래서 나리는 그의 얼굴에서, 그의 목소리에서, 그의 작은 행동에서, 그가 지금 거짓을 말하는지 혹은 진실을 말하는지 알아차리려 애썼다. 그리고 곧 진심을 찾는 자신의 행동에 멈칫했다.

왜 이제 와 이 남자에게 진심을 찾으려고 애쓰는 거지?

자신은 이 남자가 성공적으로 샵을 안정화시킨 뒤 원래의 자리로 돌아가면 그만이었다. 평소 실수 없이 했던 일이 예상치 못한 결과를 초래해 잠시 곁에 있을 뿐이다. 만약 그가 할아버지와의 내기에서 지게 된다면, 그 뒤의 일은 또다시 어딘가 나사 하나가 풀린 듯 속을 알수 없는 이 남자와 거래를 하면 그만이었다.

"만약 할아버지와 한 내기에서 이기면 어떻게 하실 거예요?"

나리의 뜬금없는 물음에 현승은 무슨 이야기냐는 듯 눈을 깜빡였다. 그리고 한참 뒤 나리가 말을 돌렸다는 사실을 깨닫자 시무룩해졌다.

힝. 차였다. 하지만 현승은 겉으로 표현하지 못하고, 커다란 눈망울에 상처를 가득 담은 눈으로 나리를 보았다.

남자의 얼굴에 나리는 한숨을 내쉬었다. 이 남자가 자신에게 바라는 것은 도대체 무엇일까? 알 수 없는 감정들이 머릿속에서 뒤섞였다.

"아저씨."

"나리야."

둘의 입에서 동시에 말이 튀어나왔다. 나리는 현승에게 먼저 말하라는 듯 입을 꾹 다물었다.

현승은 들고 있던 와인 잔을 식탁 위에 내려놓으며 그녀의 얼굴을 뚫어져라 바라보았다.

어쩌면 마지막 기회일지도 모른다. 자신의 마음을 솔직하게 표현하는 건. 알다가도 모를 여자란 존재는 타이밍이 중요한 생물이었으니까. 그 타이밍을 현승은 알고 있었다.

"내가 자유의 몸이 되면 그땐 나리 애인 할 거야."

"네?"

나리의 눈이 동그랗게 변했다.

"난 이미 나리를 아주 많이 좋아하고 있거든. 그래서 나리가 뭘 좋아하는지, 나와 떨어져 있을 때 나리가 뭘 하는지 아주 많이 궁금해. 나리가 내 전화도 문자도 귀찮아하는 것 알고 있지만, 계속 궁금해."

"……."

"나리도 그런 것 아닐까?"

"……잘 모르겠어요."

나리의 말에 현승의 얼굴에 미소가 떠올랐다.

"그래도 싫은 건 아니지?"

그의 물음에 나리가 천천히 고개를 끄덕였다. 그 작은 끄덕임에 현승은 세상을 다 가진 사람마냥 활짝 웃었다. 그 미소가 너무 순수해 보여 나리는 한동안 그의 얼굴만 멀거니 들여다보았다.

한참 나리의 얼굴을 보며 웃던 현승은 굳은 다짐을 하듯 말했다.

"그럼 이제부터 내가 노력해야 되겠네."

"네?"

"나리가 날 좀 더 좋아할 수 있도록. 내가 열심히 노력할게."

그의 말에 나리는 저도 모르게 천천히 고개를 끄덕였다. 그리고 고개를 푹 숙여 열이 오른 얼굴을 숨겼다. 갑자기 내가 좋다니. 너무나 뜬금없는 고백에 당황과 동시에 부끄러운 마음이 솟았다.

그는 감정에 아주 솔직한 사람이었다. 거짓이 없는 사람이었고, 표현엔 아주 거침이 없었다. 다른 사람들은 다른 사람들의 눈에 비친 자신의 모습을 생각하며 행동했지만, 그는 그런 필터링 따윈 거치지 않은 채 모든 것을 터놓았다. 그래서 더욱 가슴이 떨렸다. 그 사람의 입에서 나온 말이 마치 제 입에서 나온 말처럼 발가락 끝이 간지러웠다.

붉어진 얼굴로 고개를 숙이고 있는 나리의 모습에 현승은 괴고 있던 팔을 풀며 벽걸이 시계를 확인했다. 벌써 새벽 2시를 넘어가고 있었다.

자리에서 일어난 현승은 자신을 따라 시선을 옮기는 나리를 보며 말했다.

"그럼 이제 우리 나리 집에 가야겠다. 시간이 많이 늦었어."

"……네?"

"응? 나리 집에 안 갈 거야? 아저씨랑 있을래?"

장난스러운 현승의 말에 자리에서 벌떡 일어난 나리가 서둘러 외투를 챙겨 들었다. 가슴 속에 몽글몽글 올라오는 감정의 존재를 모르는 그녀는 씩씩 현관으로 걸음을 옮기며 말했다.

"그럼 저 이만 가 볼게요!"

"데려다 줄게."

"됐거든요?"

팩하니 토라진 나리가 서둘러 신발을 신으며 말하자, 현승은 서둘러 손을 뻗어 나리의 팔을 단단하게 쥐며 말했다.

"위험해."

홧김에 잡힌 팔을 비틀어 빠져나오려 해도, 단단하게 잡힌 손은 꿈쩍도 하지 않았다. 한참 몸을 비틀며 작은 몸부림을 치던 나리는 곧 포기한 것인지 몸에 힘을 쪽 뺐다.

나리의 반항이 끝나자 그제야 손에 힘을 푼 현승이 씨익 웃으며 나리의 작은 머리통을 슥슥 쓰다듬었다.

"우리 나리, 착하다."

"무릎 안 아프세요? 엎드려 절 받는 느낌이에요."

"나리 앞에서는 한없이 가벼운 무릎이라 괜찮아. 그럼 옷 입고 나올게. 기다리고 있어."

나리는 미소와 함께 옷 방으로 들어가는 현승의 뒷모습을 보았다. 늘 콜택시까지 불러 주던 그의 매너가 오늘은 집 앞까지 계속될 것 같았다.

"진짜 알다가도 모르겠어."

그는 참 알 수 없는 사람이었다.

새벽 시간 강남역 사거리에서 택시를 잡는 일은 생각보다 힘들었다. 콜택시 또한 불타는 금요일 저녁이란 이유로 하나도 없었고, 둘은 한동안 발을 동동 구르며 부쩍 추워진 밤 날씨와 사투를 벌이고 있었다.

나리는 오늘 일기예보와는 달리 부쩍 다가온 겨울 날씨에 발을 동동 구르며 괜히 기상청을 욕하고 있었다. 그녀가 발을 구르는 것에는 그와의 어색함도 포함되어 있었음에도 불구하고.

빠르게 사 차선 도로를 달리고 있는 택시를 원망스러운 눈으로 보고 있는 나리의 모습에 현승은 입고 있던 외투를 벗어 그녀의 어깨에 조심스럽게 내려놓았다. 화들짝 놀란 나리가 현승을 보며 말했다.

"뭐예요?"

"으응? 나리가 추워하니까."

"아저씨도 춥잖아요."

입술을 뾰족하게 내민 나리가 두툼한 외투를 다시 그에게 건네자, 현승이 이마를 긁적였다.

"아저씨는 남자라서 괜찮아."

그 말을 하면서도 순식간에 찾아온 추위에 현승의 손끝이 파르르 떨렸다. 애써 추위에 떠는 모습을 나리에게 들키지 않으려 노력하고 있었지만, 딱 봐도 오들오들 떨리는 몸이 이대로 있다간 당장 내일 몸져누울 것만 같았다.

나리가 현승을 한심하게 쳐다보며 말했다.

"남자가 피하지방이 더 적거든요? 그래서 여자보다 더 추위를 탄대요. 전 견딜 만하니까, 아저씨 입으세요."

어쩜 말하는 것도 이렇게 똑 부러질까. 나리에게 잘 보이기 프로젝트를 하고 있던 현승은 영화에서는 백발백중 성공하던 방법이 그녀에겐 통하지 않자, 뻘쭘하게 외투를 입으며 나리를 보았다. 그녀는 또다시 발을 동동 구르고 있는 중이었다.

무드라고는 벼룩 간만도 없는 것.

속으로 투덜거리던 현승은 왼손으로 앞섶을 벌려 자신의 품속으로 나리를 이끌었다. 그러자 작은 나리가 순식간에 현승의 품으로 쏙 들어왔다.

"으앗."

"이럼 둘 다 따뜻하지?"

현승의 말에 나리의 몸이 긴장으로 굳어졌다. 머리 위에서 그의 숨결이 느껴졌다. 쿨워터 향. 평소엔 신경 쓰지 않던 것들이 갑자기 신경 쓰이기 시작하자, 온몸의 세포가 간질거리는 느낌이었다.

이 남자가 갑자기 왜 이러는 걸까? 선전포고 하듯 자신이 좋다 말하더니, 그 뒤에는 작은 스킨십조차 자연스러워졌다.

나리가 몸을 비틀며 그의 품에서 빠져나오려 애쓰며 말했다.

"이것 놔요. 왜 이래요, 갑자기?"

"응? 갑자기 아저씨 머리가 엄청 무겁네? 조금만 이러고 있자."

그녀의 정수리에 턱을 댄 현승이 넉살 좋게 말했다. 그의 말에도 한동안 몸을 비틀어 품속을 빠져나오려던 나리는 자신의 가슴 밑을 단단하게 감싸고 있는 팔에 한숨을 쉬었다. 자신의 힘으로 빠져나올 수 없었다.

그녀가 반쯤 포기했을 무렵 저 멀리서 노란색 헤드라이트 불빛이 번뜩였다. 장장 한 시간을 기다린 끝에 발견한 빈 택시에 팔을 허우적거리던 나리가 고개를 살짝 틀어 현승을 보며 말했다.

"이제 좀 놓으시죠, 아저씨?"

그녀가 고개를 돌리자 순간 둘의 시선이 가까이서 마주쳤다. 둘은 택시가 앞에 설 때까지 말없이 시선을 맞췄다.

"아."

"……."

심장이 뛰었다. 그러자 온몸에 긴장이 몰려왔다. 나리는 현승의 시선을 피하고 싶었지만, 마치 올가미에 걸린 짐승처럼 몸을 움직일 수가 없었다. 고개도 돌릴 수가 없다. 숨이 막혔다.

나리의 목을 꽉 조이던 긴장이 툭— 하고 터져 나왔을 때, 앞에 세워져 있던 택시가 **빵빵**, 클랙슨을 울렸다. 둘의 정신이 순간 돌아왔다. 하지만 심장은 여전히 미친 듯이 뛰고 있다.

"집까지 데려다 줄게."

"괜찮아요. 어린애도 아닌데. 그럼 내일 봬요."

나리가 후다닥 택시에 오르자, 곧 택시가 출발했다. 나리가 탄 택시 번호를 몇 번 읊조린 현승의 입에서 작은 신음이 흘러나왔다.

"어떻게 해. 못 참겠어."

초딩의 인내심이 슬슬 한계를 보이고 있었다.

한 번 좋아한다고 자각하자, 이젠 저 아이를 손에 넣고 싶어 온몸이 달아올랐다.

❋

열쇠를 돌려 문을 열고 안으로 들어온 나리는 순간 어깨에 메고 있던 가방을 바닥에 툭 떨어트렸다. 무슨 정신으로 집까지 온 것인지. 아직도 현승의 품속에 있었던 그 순간처럼 얼떨떨한 마음이 들었다.

'사랑의 전초전 아닐까?'

그의 목소리가 귓가에 생생했다. 단 한 번도 생각해 본 적이 없던 감정. 그리고 누군가에게 고백을 받는 것도 처음이었다. 어머니가 돌아가신 후, 고등학교를 다니면서부터 아버지 일을 돕느라, 그녀의 주변에는 늘 아버지 같은 아저씨들만 있었다.

"아저씨."

그래. 그도 아저씨였다. 그리고 그 또한 일 때문에 만난 사이였고, 어떻게 보면 6개월이란 시간만 두고 그의 일을 돕기로 한 상태였다. 아주 짧은 알바. 그 시간이 흐르면 그는 그의 자리로, 자신은 제자리로 돌아갈 일만 남아 있었다.

하지만 오늘 그가 한 말은 6개월 뒤의 미래를 말하고 있었다.

'내가 그랬거든. 우리 나리를 보면서.'

머릿속에 생생하게 울려 퍼지는 목소리에 나리는 순간 놀라 딸꾹질을 내뱉었다.

딸꾹, 딸꾹.

"그러니까 아저씨가 날 좋아한다는 거지? 딸꾹."

갑작스럽게 변한 감정. 갑작스럽게 다가오는 그의 목소리. 그녀는 그 모든 것이 낯설었다. 그리고 그녀에겐 너무나 어려운 감정이다. 남을 생각하고, 남이 좋아하는 것을 찾고, 남의 마음에 든다는 것은.

한참 현관문에 등을 기대고 서 있던 나리는 순간 안방 문이 열리며 거실로 나오는 병호의 모습에 퍼뜩 몸을 똑바로 세웠다. 어느새 갑자기 찾아온 종달새마냥 지저귀던 딸꾹질 또한 쏙 들어간 상태였다.

"이제 들어오냐."

무심한 병호의 목소리에 서둘러 바닥에 떨어져 있던 가방을 들고 일어선 나리가 말했다.

"네."

"요즘 너무 늦게 들어오는구나."

병호의 말에 나리의 콧잔등에 찡긋 주름이 잡혔다. 갑작스런 아버지의 관심에 반발심이 생긴 나리는 고개를 까딱인 후 방으로 들어가려 했다. 하지만 병호는 그녀가 방에 들어가는 것을 허락하지 않았다.

"대답하고 가."

싸늘한 병호의 말에 나리의 발걸음이 멈췄다. 문턱을 밟고 있던 나리가 가방을 방에 던져둔 뒤 뒤돌아섰다. 그리고 오랜만에 아버지와 마주 섰다. 병호는 근엄한 눈빛으로 나리를 보고 있었다.

어릴 적 어머니가 병으로 돌아가신 후, 단 한 번도 그녀에게 따뜻한 눈빛 한 번 보내 준 적이 없는 분. 가끔은 아버지의 무심함에 정말 가족이 맞을까, 생각했던 적도 여러 번이었다. 왜 아버지는 나에게 무심하기만 하실까. 왜 이렇게 나에게 관심이 없는 걸까. 왜 이렇게 나를 차갑게만 대하실까.

"그게 아버지랑 무슨 상관이에요?"

"말하는 본새하고는."

날카로운 나리의 말에 병호의 말에도 날이 서 있었다.

"제 일이잖아요. 제 일에 상관 않기로 한 거 아니셨어요?"

나리의 말에 병호가 헛기침을 여러 번 내뱉더니 곧 파리해진 얼굴로 말했다.

"말만 한 처자가 새벽이슬 맞고 다니는 거 좋은 일 아니다."

"다음부터 주의할게요. 저 방에서 쉬어도 될까요?"

나리가 답도 듣지 않고 먼저 방 안으로 들어가자, 곧 병호가 참고 있던 기침을 내뱉었다.

콜록콜록. 딸아이가 기침 소리를 들을까, 서둘러 손으로 입을 가린 병호가 비틀비틀 화장실로 걸음을 옮겼다. 그는 문을 쾅, 닫고 나서야 거친 기침을 내뱉었다. 그의 기침은 한참이나 계속되었다.

방 안으로 들어온 나리가 문에 등을 기대고 앉아 손으로 얼굴을 가렸다. 그리고 아버지에게 톡 쏘아붙인 자신을 원망하며 한숨을 내쉬었다.

"왜 그래, 정말."

하루 이틀도 아니면서. 아버지에게 뭘 기대한 것일까. 이 시간까지 무슨 일을 하고 늦게 들어왔는지 묻는 사소한 관심? 아니면 따뜻한 위로?

"정말 모르겠어."

현승에 대한 자신의 마음도, 아버지에 대한 자신의 마음도 도통 모를 밤이었다.

그녀에겐 모두 어려운 감정이었다.

5.
그 남자의 플랜

　진지한 얼굴로 지하철 노선도를 보는 나리의 입술이 빠르게 움직이고 있었다. 침을 튀어가며 지하철 노선도 강의에 열을 올리고 있던 나리는 문득 턱을 괴고 자신을 바라보고 있는 현승의 시선에 무심한 어조로 말했다.

　"왜 그렇게 봐요?"

　"나리는 좋아하는 게 뭐야?"

　현승의 물음에 나리는 얼굴을 구겼다. 그녀는 애써 부끄러움을 숨기려 인상을 찌푸렸지만, 얼굴은 이미 붉게 달아오른 뒤였다.

　이 남자 뭐야. 이 아저씨 뭐야! 뭐야! 뭐야! 그 눈빛은 뭐냐고!

　나리가 온몸으로 위협적인 분위기를 풍기며 말했다.

　"아저씨, 강남에서 청담동을 가기 위해선 지하철을 하나만 갈아타면 돼요."

　"나리는 혼자 있을 때 뭐해?"

"강남에서 지하철을 타서 건대입구에서 갈아타시면 돼요."

"나리는 친구 없어? 취미는 뭐야?"

계속되는 질문에 나리가 미간을 구기며 답했다.

"아저씨가 집에서 샵까지 지하철을 타고 올 수 있게 되면 그때 대답해 드릴게요."

나리가 날카로운 시선으로 현승을 노려보았다. 제발 이 쓸데기 없는 대화는 여기서 끝내고, 이젠 좀 생산적인 대화를 하자며. 하지만 그녀의 진지한 경고의 눈빛에도 현승은 어깨를 으쓱이며 장난스레 답했다.

"응, 근데 이거 꼭 공부해야 해?"

"물론이죠! 언제까지 택시만 타고 다닐 거예요? 다음 주부턴 샵으로 출근해야 하잖아요!"

매일 왕복 택시비만 해도 만만치 않은 금액이다. 그의 지갑 사정을 생각해 봤을 때, 결코 적은 금액이 아님에도 현승은 불만 가득한 얼굴로 나리를 보고 있었다.

"서울 지하철은 복잡해. 택시가 편한데……."

아니, 이 아저씨가 택시비로 재산 탕진할 일 있나!

굳이 그녀가 상관할 부분은 아니지만, 그에게 월급을 받고 있는 나리로서는 그의 지갑 사정이 궁해지지 않길 바라는 마음이 컸다.

"뉴욕에서도 지하철 타고 다녔을 거 아니에요!"

나리의 말에 현승은 눈을 깜빡였다. 그리고 도끼눈을 뜬 그녀를 보며 방긋 웃었다.

"응? 뉴욕에서는 운전하고 다녔는데?"

"뭐, 뭐요?"

나리의 눈이 동그랗게 변했다. 당황해서일까. 혀까지 꼬인 나리가 요상하게 물음을 내뱉자 현승은 히죽거리며 답했다.

"설마 이 나이에, 돈도 많은데 차 한 대 안 몰고 다녔겠어?"

그녀는 벙찐 얼굴로 그를 보았다. 그럼 면허가 없었다는 건······.

"아, 운전면허 교환을 아직 안 했거든."

현승의 말에 나리는 순간 주먹에 힘이 들어가는 것을 느꼈다. 그녀의 손에 들려 있던 지하철 노선도가 구겨졌다. 마치 배신이라도 당한 느낌이었다.

이젠 그녀의 화난 표정은 쉽게 구분할 수 있게 된 현승은 재빨리 말을 돌렸다.

"아, 배고프다. 나리야, 우리 밥 먹자."

그의 입에서 나온 말에 더욱 화가 난 것인지 나리의 얼굴이 시뻘겋게 변했다. 이젠 밥순이 취급까지? 이 남자가 보자 보자 하니까! 씩씩거리던 그녀는 애써 분을 삭이며 입술을 비틀었다.

"아저씨, 콩나물 비빔밥 어때요?"

"으응? 코, 콩나물?"

"네, 아삭아삭 맛있게 해 드릴게요. 잠시만 기다리세요."

나리가 전투적인 자세로 벌떡 일어나 부엌으로 향하자, 현승이 재빨리 그 뒤를 따랐다. 종종 걸음으로 부엌으로 향한 현승은 식탁 의자를 끌어다 앉았다. 그리고 벌써부터 콩나물을 씻고 있는 나리를 보며 말했다.

"나리야, 나리야."

"······말시키지 마세요."

싸늘한 그녀의 반응에 현승은 턱을 괴며 웃었다.

"우리 어제 술도 마셨는데, 콩나물국으로 하자."

그의 말에 나리가 바쁘게 움직이던 손을 멈췄다. 멈칫거리는 그녀의 행동에 현승은 더욱 밝은 얼굴로 말했다.

"어젠 잘 들어갔어?"

그의 말에 순간 나리의 얼굴이 어색하게 굳었다. 그녀의 모습이 재미있다는 듯 작게 키득키득 웃던 현승은 웃음기가 가시지 않은 목소리로 말했다.

"나리야, 나 돼지 두루치기라는 게 먹고 싶어."

"……돼지고기 사올게요."

나리가 서둘러 앞치마를 벗어 던지자, 현승은 고개를 끄덕이며 말했다.

"나리야, 나리야."

"왜, 왜요?"

"책상 첫 번째 서랍 보면 카드 있어. 그걸로 사."

"……카드요?"

의아한 기색이 역력한 나리를 보며 현승은 고개를 끄덕였다.

"내가 식비 안 줬잖아. 나리가 썼던 돈은 통장에 입금해 뒀고, 앞으로는 그 카드로 사."

"……카드 없다면서요. 설마……."

운전면허에 이어 두 번째 쇼크였다.

"아, 이번에 발급받았어."

현승의 말에 서둘러 거실로 향한 나리는 첫 번째 서랍을 열었다. 가지런히 놓여 있는 검은색 카드를 보며 어지러운 듯 이마에 손을 짚었다. 이제껏 현승을 거지에 운전도 못 하는, 얼굴만 멀쩡한 인간이라고 생각했던 나리의 생각이 와장창 깨졌다.

"이거 한도 없죠?"

"왜? 내가 돼지같이 먹기만 하니까 걱정돼?"

현승은 의자 등받이에 빰을 기대며 말했다. 그 말에 긍정도 부정도 하지 못한 나리는 물끄러미 그를 보았다. 그녀의 반응을 긍정이라 받아들인 현승은 장난스럽게 얼굴을 구기며 말했다.

"누굴 진짜 돼지로 아나! 한도 없는 거 맞거든? 그러니까 걱정 말고 돼지고기나 사오시지!"

여전히 그 자리에 서서 멍하니 카드를 내려다보는 나리의 모습에 현승이 자리에서 벌떡 일어나 그녀에게 다가갔다. 그리고 나리의 손을 잡으며 은밀한 목소리로 말했다.

"같이 갈까?"

"됐거든요?"

"정말 나리 혼자 다녀올 수 있겠어?"

아이를 대하듯 묻는 말에 나리가 잡힌 손을 팩하니 털어 내며 말했다.

"혼자 다녀올 수 있거든요?"

톡 쏘아붙이는 목소리에 현승이 고개를 끄덕였다.

"그럼 조심해서 다녀와요, 우리 나리."

나리는 등 뒤로 현관문이 탕, 닫히는 그 순간까지도 정신을 차리지 못했다.

"거지가 아니었어."

더욱이 그는 속빈 강정도 아니었다.

"역시 콩나물이 좋겠어."

나리가 사라진 자리를 끌끌 웃으며 바라보던 현승은 곧 엘리베이터 소리가 들리자 박장대소를 터트렸다.

"푸하하하!"

무뚝뚝하다고만 생각했던 아이였다. 가끔은 인생 다 산 노인네처럼 굴기도 했고, 어쩔 땐 제 또래의 아이들처럼 굴기도 했다.

다양한 색을 가지고 있는 아이였고, 재미있는 아이였다. 오랜 시간이 흘러도 계속 보고 싶고, 저 아이에 대해 계속 알고만 싶어진다. 이런 느낌이 사랑이겠지? 현승은 난생처음 느껴 보는 감정과 감각을 즐거운 마음으로 받아들였다.

"하하하."

한참 배를 잡고 웃던 현승은 테이블 위에서 삐릭, 삐릭 울리는 휴대전화를 보았다. 혹 나리일까 싶어 재빨리 액정을 살핀 그의 얼굴이 와자작 구겨졌다. 액정엔 나리의 이름 대신 '크리스'란 글자가 반짝이고 있었다.

"진드기."

이미 몇 백 번이나 그의 전화를 무시했던 현승은 늘 그래 왔던 대로 침대 위로 휴대전화를 훅 던져 버렸다. 그리고 엉덩이를 씰룩씰룩 흔들며 부엌으로 향했다.

그의 뒤로 침대 위에서 휴대전화가 반짝인다. 두어 번 그의 이름이 몇 번 더 반짝이던 휴대전화엔 곧 작은 글씨가 떴다.

「보스. 당장 전화 안 받으면 한국에서 뵙겠습니다.」

그의 문자가 뜨자마자 또다시 전화가 울렸다. 하지만 크리스의 경고 문자를 읽지 못한 현승은 시원하게 냉수를 들이켜고 있었다.

❀

부쩍 겨울이 다가오며 길에는 사람 하나 보이지 않았다. 오늘 저녁부터 날이 추워진다는 일기예보에 다들 일찍 집에 들어갔는지, 거리엔 개미 한 마리 보이지 않았다.

그렇게 세상에 온통 어둠이 내렸다. 곧 오픈을 앞둔 〈골든 주얼리〉 청담점을 제외하고서.

은은한 조명만 켜져 있는 내부를 훑어보고 있는 둘의 얼굴에 미소가 머물렀다. 아니, 현승의 얼굴에만 미소가 머물렀다. 나리는 긴장된 얼굴로 샵 안을 훑어보며 말했다.

"다음 주부터죠?"

"응응, 다음 주부터."

"그럼 오픈하고 5개월 뒤에는 흑자로 돌아가 있어야 아저씨가 이기는 거죠?"

"응응."

현승은 이래도 좋고, 저래도 좋다는 듯 활짝 웃고 있었다. 하지만 나리의 표정은 점점 어두워지고 있었다. 고급스러운 내부 인테리어는 그녀로선 감히 상상도 할 수 없을 만큼 엄청난 금액이 들어갔을 것이다. 그래, 금액을 알면 눈이 돌아갈 것이 뻔했다.

"내일 오픈식이랑 실버 라인 주얼리 쇼가 있을 거야."

현승의 말에 나리는 여전히 걱정스러운 얼굴로 고개를 끄덕였다. 하지만 현승은 이제 본격적으로 시작될 최 회장과의 내기가 즐겁기만 한 것인지 근심 걱정 따윈 없는 얼굴이었다. 현승이 계속 말을 이었다.

"내일은 할아버지도 올 거야."

"네."

"왜 다른 사람 이야기하듯 그래?"

"네?"

"나리도 가야지."

현승의 말에 나리가 무심한 어투로 말했다.

"제가 거길 왜 가요."

"그야 우리 할아버지도 오니까."

아니, 글쎄 그러니까 내가 왜 거길 가냐고요. 나리는 뒷말을 붙였다.

마치 다른 나라의 언어 같았다. 둘 다 한국말을 하고 있었지만, 핀트가 어긋난 대화는 나리의 가슴을 답답하게 만들었다. 그녀의 말에 현승은 부드럽게 미소 지은 채 나리의 머리를 쓰다듬으며 말했다.

"할아버지한테 우리 나리 보여 주고 싶단 말이야. 그러니까 꼭 같이 가야 한다?"

마치 아이를 설득시키듯 조곤조곤한 어조로 말하는 그의 모습에, 나리는 가만히 그를 올려다보며 무심한 어조로 말했다.

"더 싫어졌어요."

툭하니 내뱉은 나리가 뒤돌아서 샵을 빠져나가려 하자, 현승이 순식간에 나리의 팔을 끌어당기며 말했다.

"나리야, 나리야!"

"이거 왜 이래요? 놔요!"

나리가 앙칼지게 외쳤지만, 현승은 단단히 붙잡은 그녀의 팔을 놓아주지 않았다. 마치 자신의 목숨을 지탱하고 있는 동아줄을 잡은 사람마냥.

한참 씨름을 하던 현승은 발에 힘을 주고 버티는 나리의 허리를 감아 번쩍 들었다.

"꺅!"

다리가 땅에 안 닿아! 짜리몽땅한 나리의 다리가 공중에서 허우적거렸다. 하지만 현승은 파랗게 질린 나리의 얼굴을 아주 진지한 눈빛으로 보며 말했다.

"같이 가야 한다? 응?"

나리는 터질 듯이 벌렁거리는 심장을 느꼈다. 이 덜떨어진 아저씨가 자신을 바닥에 떨어트릴까 봐 서둘러 팔을 뻗어 그의 목을 꽉 끌어안았다. 움찔. 현승은 순간 움직임을 멈췄다.

"내, 내려 주세요. 진짜 무섭거든요? 전 바닥에서 발이 떨어지면 무지하게 불안하단 말이에요."

나리의 숨결이 목에 닿았다. 온몸에 오소소 소름이 돋았고, 심장은 터질 듯이 쿵쾅쿵쾅 뛰었다. 아아, 가슴속에서 피어오르는 감정에 현승은 따뜻한 여체가 자신의 품에서 떨어져 나가지 않았으면, 하고 꼭 잡고 있었다.

"아저씨, 네에? 내려주세요. 제발요."

애원이 길어지자 그제야 정신을 차린 현승이 조심스럽게 나리를 바닥에 내려놓았다.

발바닥에 땅이 닿는 느낌이 들자 그제야 현승의 목을 감싸고 있던 팔을 푼 나리는 도끼눈을 뜨며 현승을 보았다. 하지만 얼빠진 얼굴로 자신을 내려다보는 현승의 모습에 나리가 미간을 찌푸렸다.

"아저씨, 진짜 나빠요. 못됐어."

남자는 혼이 나가 버린 얼굴이었고, 더 이상 떼를 쓰지도 않았다. 아니, 두근두근한 외출 준비를 끝낸 여인이 과하게 볼터치를 한 것마냥 얼굴이 붉어져 있었다.

"아, 아저씨?"

"……응?"

"절대 안 갈 거예요. 절대!"

팩하니 뒤돌아선 나리가 샵을 빠져나가자 그제야 정신 차린 현승이 서둘러 그녀의 뒤를 따라갔다.

"아, 왜에— 같이 가자, 나리야."

현승은 한참 나리의 뒤를 따르며 징징거렸다. 하지만 냉정한 나리는 단 한 번도 현승을 뒤돌아보지 않았다.

"나리야, 나리야. 우리 나리야. 응?"

현승은 그녀의 이름을 계속 부르며 뒤따랐다. 그러다 순간, 현승은 바람결에 날리는 머리카락 사이로 붉어진 나리의 볼을 발견했다. 그가 걸음을 멈췄다.

"나리야?"

"……아씨, 왜 계속 불러요!"

승질을 내던 나리가 휙 하니 뒤돌아섰다. 그녀의 얼굴은 빵빵하게 부풀어 오른 풍선 같았다. 심술이 나는지 볼에 바람을 빵빵하게 불어 넣은 나리는 입술을 뾰족하게 내밀며 여전히 투덜거리고 있었다.

그 모습을 두 눈에 담은 현승의 입술이 느른하게 풀렸다.

"좋아해."

갑작스러운 고백에 혼이 나간 듯 나리의 눈빛이 멍하니 변했다. 현승은 나리를 보며 웃고 있었다. 그의 입술 사이로 흘러나온 고백마냥 눈빛 또한 달콤했다.

"저도 알고 있거든요? 그러니까 제발 그 소리 좀 그만하세요."

"정말? 정말 알고 있어?"

"네."

시큰둥한 나리의 말에 현승의 미소가 더욱 진해졌다.

"그래? 그러면 이젠 사랑한다고 말해야겠다."

❀

깨끗이 씻고 침대에 누운 나리는 때에 맞춰 울리는 휴대전화에 미간을 찌푸렸다. 항상 이 시간이 되면 전화가 울렸다. 그리고 늘 전화를 건 상대는 현승이었다. 그녀의 예상대로 액정에 뜬 현승의 번호에 나리의 미간이 찌푸려졌다.

"여보세요?"

신경질적인 목소리로 전화를 받은 나리는 들려오는 그의 밝은 목소리에 기운이 쭉 빠져나가는 느낌이었다.

—우리 나리 깨끗이 씻었어?

나리의 입에서 한숨이 흘러나왔다. 그래, 짜증을 내서 뭐하나. 화를 내서 뭐하나. 이 사람은 그런 것에 신경도 쓰지 않는데.

"네, 아저씨는요?"

기운이 쭉 빠진 목소리로 답한 나리는 곧 자장가처럼 들려오는 현승의 목소리에 침대에 벌러덩 누웠다. 이젠 익숙해진 통화에 적당히 걸러 듣는 필터링까지 생기니, 잠이 솔솔 왔다.

그 순간 옆방에서 기침 소리가 들려왔다.

콜록, 콜록.

언제부터 저 기침 소리를 들어왔는지 기억도 나지 않는다.

—내일 꼭 같이 가야 해. 같이 가지 않는다면 내가 무슨 짓을 할지 몰라.

"그러니까 내가 왜 거길 같이 가야 하냐고요. 전 아저씨의 일을 돕겠다고 했지, 강아지처럼 아저씨 뒤를 따라다니기로 한 건 아니거든요?"

—내가 나리를 많이많이 좋아하고 사랑하니까 같이 가야 하는 거야.

말도 안 되는 궤변을 늘어놓는 현승의 말에 나리의 얼굴이 종잇장처럼 구겨졌다. 그녀의 짜증을 아는지 모르는지 현승이 계속 말을 이었다.

—나리가 같이 가 주지 않으면, 난 가다가 또 길을 잃을 것이고, 그럼 바다 건너 제주도까지 갈지도 몰라.

"그걸 협박이라고 하는 거예요?"

—응, 물론이야.

시시콜콜 이야기를 늘어놓는 현승의 말에 나리가 결국 두 손 두 발다 들었다. 계속 안 가겠다 말해 봤자, 입만 아프다는 사실을 깨달은 나리가 힘없이 말했다.

"알았어요, 알았어. 갈게요. 가면 되죠?"

—응응, 우리 나리 착하다.

또또 저 말투. 저가 더 아이같이 굴면서 가끔 어른처럼 달래듯 자신을 대할 땐 화가 난다. 그가 나리보다 9살 연상이라든가, 조금 있으면 빼도 박도 못하는 서른 중반이라는 점 따위 나리의 기억 속에서 사라진 지 오래였다.

"저 이제 잘 거예요. 그럼 내일 봬요."

뚝, 하니 전화를 끊은 나리가 씩씩거리며 자리에서 일어났다.

"능구렁이."

잘 생각해 보면 늘 이 남자의 요구를 들어주고 있었다. 자신도 모르는 사이에. 어떠한 수단과 방법을 가리지 않고서 늘 원하는 답을 얻어 내곤 하는 그에게 늘 지는 기분이었고, 늘 속는 기분이었다.

"아니야."

어쩌면 엄청난 고단수가 아닐까, 생각하던 나리가 머리를 벅벅 긁었다. 아니다. 그가 고단수일 리는 없다. 단순히 자신이 너무나 착하고 마음이 약해…….

"우씨! 그럴 리가 없잖아!!"

이제야 제 처지를 깨달은 것인지 한참이나 한숨을 뻑뻑 쉬어 댔다. 이 남자, 엄청난 고단수다. 자신을 밥순이로 만든 것은 물론이요, 부탁을 하면 모두 들어주게 된다. 어쩌다 이렇게 된 것일까? 한참 미간을 찌푸리며 고민하던 나리는 옆방에서 들려오는 격한 기침 소리에 자리에서 벌떡 일어났다.

똑똑.

노크하고 안방으로 들어간 나리는 침대에 걸터앉아 거친 기침을 내뱉고 있는 병호를 보며 말했다.

"약은 드셨어요?"

인기척을 미처 알아차리지 못한 병호가 재빨리 기침을 수습하며 고개를 들었다.

"괜찮다."

얼마나 기침을 한 것일까. 두 눈이 붉게 물들어 있었다. 그 모습에 한숨을 쉰 나리가 서랍장을 뒤져 가정상비약 통을 꺼냈다. 어느새 거실로 따라 나온 병호가 말을 덧붙였다.

"걱정할 정도는 아니다."

병호의 말에도 나리는 약과 물을 함께 건넸다. 나리는 병호가 자신의 눈치를 살피며 받아 들지 않자, 손을 흔들었다. 얼른 받으라며. 순간 물이 찰랑이며 컵 속에 있던 물이 흘러넘쳐 손을 적셨다.

"약 드시고, 계속 기침하면 내일은 병원에 가 보세요."

나리의 눈치를 슬쩍 보며 약을 받아 든 병호가 단숨에 약을 삼켰다. 그 모습을 눈으로 좇던 나리가 빈 잔을 받아들며 말했다.

"그럼 주무세요."

물컵을 싱크대 안에 넣은 나리가 걸음을 옮기자, 그 뒷모습을 보고 있던 병호가 할 말이 있는 것인지, 나리를 부르려다 이내 건조한 눈을 비볐다. 피곤한 기색이 역력한 병호의 얼굴에 순간 알 수 없는 감정이 떠올랐다.

그때 방으로 들어가던 나리의 발걸음이 멈췄다. 반쯤 문턱에 발을 걸치고 있던 나리가 슬쩍 뒤돌며 말했다.

"아프지 마세요."

나리의 말에 병호의 눈이 커졌다. 깜짝 놀란 병호의 시선과 마주친 나리가 서둘러 방 안으로 들어갔다.

쾅.

등 뒤로 문이 닫혔다. 문에 기댄 나리가 한참 벌렁거리는 가슴 위로 손을 올려놓았다. 가슴이 쿵쾅, 쿵쾅 뛰었다. 왜 아빠와 하는 이 사소한 대화에서 가슴이 뛰는지 모르겠다.

한참 가슴을 꾹 누르고 있던 나리가 한숨 같은 말을 내뱉었다.

"아, 긴장된다."

침대로 천천히 걸음을 옮기던 나리가 베개 옆에서 깜빡이는 휴대전화를 들었다. 편지 모양으로 반짝이는 액정은 문자가 왔음을 알렸다. 액정을 옆으로 밀자 곧 익숙한 저장명이 보였다.

소녀 감성 최 사장.

현승에게서 온 문자였다.

「내일 8시 30분까지 오피스텔로 올 것. 잘 자, 나리야.」

나리의 미간이 찌푸려졌다. 벽에 걸린 시계를 보자 새벽 2시가 훌쩍 넘어 있었다.

"이런 건 좀 일찍 말하라고."

✤

시간 약속은 칼이다. 나리가 인생에서 가장 중요하게 여기는 말 중 하나. 제일 으뜸으로 꼽는 말이라면 시간은 금이다, 정도겠다. 아침 일찍 일어나 씻고 현승의 집 앞에 온 나리는 초인종 소리에도 별 답이 없는 인터폰을 보며 미간을 찌푸렸다.

"이 인간이 정말."

오늘도 여전히 꿈나라인 것일까. 몇 번이고 초인종을 더 눌러 봤지만 상대는 여전히 묵묵부답이었다.

한참 고민하는 얼굴로 인터폰을 보던 나리가 한숨을 쉬고 비밀번호를 누르려던 찰나였다. 문이 열리더니 웬일로 말끔하게 차려입은 현승이 활짝 웃으며 말했다.

"왔어?"

"……정말 2012년에 종말이 오는 건가요?"

웬일로 일찍 일어났냐는 말을 고도의 개그로 승화시킨 나리가 콧잔등을 찡긋거렸다. 그에게선 은은한 스킨 향까지 났다. 현승이 문밖으로 나오며 말했다.

"가자."

"벌써요?"

그의 차림은 격식에 맞췄다기보다 댄디했다. 반쯤 캐주얼한 복장을 눈으로 훑던 나리가 다시 시선을 올려 날렵한 턱 선을 보았다.

"주얼리 쇼는 3시 시작이잖아요."

나리의 물음에도 현승은 말없이 나리의 팔을 이끌고 엘리베이터로 향했다. 영문도 모른 채 1층을 누르려던 나리의 손을 현승이 막으며 말했다.

"지하로 갈 거야."

"네?"

오늘의 그는 온통 알 수 없는 것투성이다. 지구가 종말하는 거냐는 그녀의 물음에도, 쇼가 3시부터 시작인데 왜 외출을 서두르는 것인지도, 왜 1층이 아닌 지하로 내려가는 것인지도. 그는 그 어떠한 물음에도 답을 해 주지 않았다. 그저 느긋한 표정으로 손목시계를 확인하며 점점 낮아지는 층 숫자만 들여다볼 뿐이다.

띵, 맑은 소리와 함께 엘리베이터 문이 열렸다. 나리의 팔을 이끌고 매끈한 검정색 차량 앞으로 간 현승은 리모컨을 눌러 차 문을 열며 말했다.

"나리랑 시승식부터 해야지."

"……아저씨 차예요?"

최 회장에게 선물을 받았다는 차량과는 다른 것이었다. 좀 더 때깔이 좋아 보았고, 그녀 또한 잘 알고 있는 곳의 차량이었다. 동그라미네 개가 겹쳐 있는 로고를 보던 나리가 자연스럽게 문을 열어 주는 현승에게로 시선을 돌렸다. 저 차를 사려면 20년 동안 숨만 쉬고 살아야겠지? 갑자기 현승의 존재가 낯설어 보였다.

"아가씨, 타실까요?"

"……싫어요."

"왜? 나리는 이 차가 싫어?"

그냥 아저씨 지금 그 모습이 싫어요. 자신에게는 그저 덜떨어진 아저씨 주제에.

입술을 뾰족하게 내민 나리가 의아한 얼굴로 고개를 기울이는 현승의 모습에 고개를 저었다. 그래, 그는 원래 이러한 모습이었는지도 모른다. 그녀가 발견하지 못한, 아니, 발견하고 싶지 않았던 모습.

"그런 게 아니에요."

"그럼?"

동그란 눈을 깜빡이는 현승의 모습에 나리의 시름이 깊어졌다. 더 이상 이 남자와 말해 봤자 뭐할까. 잠시 느낀 낯선 감정에 그의 본질 자체를 달리 봐 버렸다.

그녀는 차 문을 열어 주는 현승을 보다 이내 고개를 저었다. 그리고 조심스럽게 차에 올랐다. 나리는 그가 문을 닫고 운전석에 오르는 모습을 눈으로 좇았다. 새 차에서 나는 특유의 가죽 냄새를 뚫고 그의 스킨 향이 가슴 깊은 곳에 스며들었다.

콩닥콩닥.

가슴이 뛰기 시작한다. 그 울림이 그녀 본인에게도 잘 느껴질 정도로 크게.

그걸 느끼는 순간, 나리의 얼굴이 푸르죽죽하게 변했다 원래대로 돌아왔다. 사람이 심장이 안 뛰면 어떻게 살아? 당연한 거라고! 당연한 거야! 속으로 몇 번이나 다짐하듯 외치더니 이내 현승을 곁눈질했다.

그는 아주 익숙하게 핸들을 한 손으로 돌리고 있었고, 거칠게 끼어드는 차량에도 능숙하게 대처하며 운전을 하고 있었다.

이 사람은 누굴까? 면허도 없고, 지갑에는 늘 2만 원만 가지고 다니며, 매일 배가 고프다고 투정을 부리던 그 사람이 맞긴 한 걸까?

한참 현승을 바라보던 나리의 눈빛이 몽롱하게 변했다. 생각에 잠겨, 그를 뚫어져라 보고 있다는 사실을 인식하지 못하던 나리는 웃음기가 묻어 있는 현승의 목소리에 퍼뜩 정신을 차리며 말했다.

"나리야, 왜 그런 눈으로 봐?"

"제가 어떤 눈으로 보고 있는데요?"

그녀의 물음에 현승의 미소가 더욱 진해졌다.

"마치 사랑에 빠진 소녀처럼 보고 있잖아."

뜨끔. 놀란 가슴이 또다시 빠르게 뛰기 시작했다.

"왜? 새삼 나한테 반했어?"

장난스런 그의 말에 나리의 고개가 창밖을 향해 휙 돌아갔다. 그녀는 아무런 답도 하지 못하고, 그저 침묵으로 일관했다.

치마를 벗고 있던 나리는 문득 탈의실 문에 붙어 있는 거울에 비친 자신의 모습에 행동을 멈췄다.

"이게 도대체 뭐하는 짓이야."

마치 인형이 된 기분이었다. 현승의 손에 이끌려 청담동 고급 살롱으로 들어온 그녀는 그가 고른 옷을 그의 손짓에 따라 갈아입었고, 어느새 여덟 번째 옷을 벗어 던지고 아홉 번째 원피스를 손에 쥐고 있었다.

남자들의 로망이라는 흰 원피스부터 시작해 핑크빛 투피스, 그리고 그다음은 개나리색 큐브 드레스까지. 마치 시상식장에 가는 여배우들이 드레스를 입어 보듯 계속해서 옷을 갈아입던 나리는 손에 들려 있는 아홉 번째 살굿빛 원피스를 보며 미간을 찌푸렸다.

남자의 센스는 인정하겠으나, 그 센스가 한 벌에만 국한되어 있는 것이라면 얼마나 좋을까. 옷을 갈아입는 것 또한 엄청난 칼로리를 소비하는 일이니, 나리의 입이 댓 발 나오는 것은 어찌 보면 당연했다.

이게 정말 마지막이야. 속으로 다짐하듯 읊조리던 나리는 거울에 비친 낯선 자신의 모습을 본 뒤 문을 열고 밖으로 나갔다. 그 순간, 자리에 앉아 휴대전화를 조몰락조몰락하고 있던 현승이 자리에서 벌떡 일어났다.

"이, 이상하죠?"

나리는 짧은 치마가 어색한지, 연신 손으로 내리며 말했다. 그녀가 이제껏 입은 옷 중 가장 짧은 옷이었고, 그녀가 평소 입고 다니는 옷과 가장 거리가 멀기도 했다.

현승은 멍한 시선으로 한참 나리를 보더니 이내 입술을 느른하게 풀며 말했다.

"우리 나리 예쁘다."

멍하니 풀려 있던 눈빛에 생기가 돌자 눈이 부셨다. 그의 웃음에 나리가 속으로 당신 웃는 모습이 더 예뻐요, 라는 망발을 내뱉으려다 꾹 참았다. 순간 떠오른 생각에 그녀의 미간이 찌푸려졌다.

입을 크게 벌리며 웃던 현승이 옆에 서 있던 직원을 향해 말했다.

"이걸로 할게요."

"네, 알겠습니다. 고객님, 메이크업과 헤어 세팅부터 시작하겠습니다."

나리가 현승을 보았다. 도대체 어떻게 된 영문이냐는 듯 답을 바라는 얼굴이었지만, 현승은 다시 한 번 손목시계를 확인하며 말했다.

"난 쇼 장 가 보고 올 테니까, 우리 나리 예쁘게 변신해 있어."

"아, 아저……."

"고객님, 그럼 2층으로 안내해 드리겠습니다."

그녀의 말이 끝나기도 전에 현승이 냉정하게 샵을 빠져나간다. 그에게 아직 묻지 못한 말이, 들어야 할 답변이 많았지만, 차에 오른 현승은 빠르게 청담동을 벗어났다.

많은 사람들이 오고 가며 바쁜 걸음을 옮기고 있었다. 어떤 이는 헤드셋을 낀 채로 사람들에게 소리를 치고 있었고, 사람들은 그의 지시를 따라 동선을 그리느라 진땀을 빼고 있었다.

5시간 뒤, 이곳에서 대한민국에서 첫 번째로 꼽히는 골든 주얼리 실버 라인 런칭이 있었다. 총 30여 점의 세트와 10개의 단독 링 라인을 선보이는 만큼 골든 주얼리 사 내부에서도 신경을 써서 진행하고 있었고, 최 회장의 특별 지시가 내려질 정도로 모두 촉각을 곤두세우고 있었다.

그 모습을 멀리서 바라보고 있던 현승은 모델들의 워킹을 보고 있는 하나에게 천천히 걸음을 옮겼다. 하나는 그들이 입고 있는 의상과 주얼리가 잘 어울리는지 매의 눈으로 지켜보고 있었고, 옆에 있는 의상 디자이너와 간간이 상의를 주고받고 있었다.

마지막 최종 확인이 끝난 것인지 옆에 있던 의상 디자이너가 서둘러 대기실로 후다닥 걸음을 옮기자, 현승은 하나의 어깨를 툭— 치며 자신이 온 것을 알렸다.

"그 날은 잘 들어갔어?"

그날, 평소 그녀와는 달리 머리끝까지 술에 취해 몸도 가누지 못했었다. 현승은 계획했던 대로 새벽에 잘 자고 있는 건욱에게 연락했고, 그는 흐트러진 차림으로 고급 바까지 달려 와야 했다.

'어떻게 된 일이야?'

건욱은 원망하는 얼굴로 현승에게 물었다. 현승은 그 물음에 어깨를 으쓱이며 물었었다. 어떻게 할 거냐고. 하나가 지금 지내는 곳은 알고 있냐고.

건욱은 가벼운 답과 함께 그녀를 안아 들고 현승의 시야에서 사라졌다.

'내 오피스텔로 데려갈 거야.'

꼭지가 돌 때까지 술을 마신 하나를 말리지 않은 그에게 서운했던 것인지 건욱의 얼굴에는 원망이 서려 있었다. 하지만 현승은 동생의 원망에도 사라지는 둘의 뒷모습에 음흉한 미소를 지었었다.

'멍석까지 깔아 줬는데도 하나 못 잡으면 넌 정말 고자다.'

건욱에게 하지 못한 말을 내뱉으며 현승은 엄청난 술값을 계산한 뒤 바를 나왔었다.

그 일이 있은 뒤 오랜만에 만난 하나였다. 그리고 하나는 그날의 일은 까마득하게 잊었다는 듯 현승을 보았다.

"아, 오빠."

하나의 눈빛이 서늘하게 변했다. 그의 존재가 반갑지 않다는 듯. 그날 분명 무슨 일이 있었던 것이 분명했다. 하지만 현승은 굳이 묻지 않았다. 묻지 않아도 건욱의 얼굴만 보면 계산이 나올 것 같았다. 현승은 주위를 두리번거렸다. 건욱의 존재를 찾으려 애썼지만, 족히 수십 명이 뒤엉켜 있어 쉽지가 않았다.

현승은 자신의 시선 조금 밑에 위치한 하나의 눈을 바라보며 말했다.

"건욱인?"

"최 팀장님을 왜 저한테서 찾으세요."

"너희들 껌딱지잖아. 지독한 껌딱지. 볼 꼴 못 볼 꼴 다 봤으면서도 지독하게 붙어 다니는."

그녀의 까칠한 반응에도 현승은 생글생글 웃으며 말했다. 하지만 하나는 여전히 서늘한 시선을 거두지 않았다.

"이젠 아니에요."

"이젠 아니야? 하지만 다시 돌아왔잖아?"

현승의 말에 하나의 얼굴이 종잇장처럼 구겨졌다. 그와 함께 자존심도 구겨졌다.

항상 이 남자의 화법에는 남의 상처를 헤집는 가시가 숨어 있었다. 더욱 현승을 안 지 20년이 넘었지만, 그는 늘 다른 주제로 그녀의 가슴을 헤집었다. 물론 그 주제가 건욱으로 한정된 지는 꽤 시간이 흘렀지만.

하나가 땀에 젖은 머리카락을 쓸어 올리며 말했다.

"무대 뒤쪽에 있어요."

"흐음. 디자이너들까지 총출동할 정도면 이번 쇼가 꽤 중요하긴 하나 보다."

현승이 고개를 끄덕이며 말하자, 그걸 이제야 알았냐는 듯 하나가 눈을 가늘게 뜨며 말했다.

"무슨 꿍꿍이세요?"

"응? 뭐가?"

"이미 알고 있는 답을 되묻는 것만큼 악질은 없다고 말씀드렸던 것 같은데요."

하나의 말에 현승의 얼굴에 음흉한 기운이 머물렀다 순식간에 사라졌다. 아직도 모르고 있는 걸까? 하나는 꽤 눈치가 빠른 아이라 생각했건만, 그것도 아닌가 보다.

한참 하나를 보며 알 수 없는 표정을 짓던 현승은 주위가 소란스러워지자 천천히 고개를 내려 하나의 귓가에 입술을 가져다 댔다. 다른 여자라면 자신의 이런 사소한 행동에도 긴장감에 몸이 딱딱하게 굳는 걸 느꼈지만 웬만한 강철보다 단단한 심장을 가진 하나는 호락호락하지 않았다.

현승은 낮은 음성으로 읊조리듯 말했다.

"그래야 내가 조금 덜 미안하지 않겠어?"

"이게 무슨 짓이에요?"

하나가 곱게 립스틱을 발라 놓은 입술을 일그러트리며 말하자, 현승은 어느새 멀찍이 서서 자신의 모습을 바라보고 있는 건욱과 시선을 맞추며 말했다.

"난 이 세상에서 동생님을 놀리는 게 가장 즐겁거든."

천천히 허리를 편 현승이 불쾌감에 일그러진 하나의 얼굴을 마주하며 말했다.

"그리고 너도 내 동생님이니 거기에 포함."

즐거운 이야기를 하듯 음율을 넣어 이야기한 현승이 하나의 어깨를 툭툭 두드린 후, 바짝 얼어 있는 건욱에게 다가갔다. 먼지를 잔뜩 뒤집어쓰고 있는 건 하나와 마찬가지였지만, 건욱의 얼굴에선 빛이 났다. 아, 잘생긴 놈, 이라는 말이 저절로 나올 정도로 우월한 유전자를 뽐내는 건욱의 얼굴을 눈으로 훑은 현승의 입술이 느른하게 벌어졌다.

"아직도 그대로야?"

현승은 '내가 멍석까지 깔아 줬는데 그대로면 넌 게이.'라는 마음이 고스란히 남긴 눈동자로 건욱을 보았다. 그의 눈빛에 담긴 뜻을 알아차린 건욱의 얼굴은 미간을 찌푸리며 말했다.

"형이 신경 쓸 건……."

건욱이 겨우 말을 내뱉자, 현승은 개구진 장난을 하는 아이마냥 말했다.

"왜 상관이 없겠어. 너희 커플에게 내 인생이 달려 있는데."

"뭐……?"

현승은 건욱의 어깨에 내려앉아 있던 먼지를 손으로 툭툭 치며 말했다.

"할아버지가 꽤 깐깐하잖아."

"……."

"그래서 너희 커플을 방패막으로 세워 볼 참이거든."

현승의 말에 건욱은 알 수 없다는 듯 고개를 저었다. 한배에서 태어난 한핏줄이었지만, 현승은 가끔 그도 이해할 수 없는 일을 저지르고, 평소 숨기고 있던 음흉한 속내를 드러낼 때가 있었다. 마치 지금처럼 저러한 표정을 지을 때.

"진짜 아무 일 없었어?"

"형, 설마 무슨 일이 있다고 하더라도, 그걸 형한테는 말할 생각은 없어."

건욱의 똑 부러지는 말에 현승은 어깨를 으쓱였다.

"뭐. 굳이 말하지 않아도 돼. 넌 얼굴에 다 드러나니까, 알아서 판단할게."

현승이 얄밉게 말하자, 건욱은 도대체 무슨 생각이냐며 물어보려 했다. 하지만 현승은 아주 바쁜 일이 있는 사람처럼 손목시계를 확인하며 말했다.

"할아버지는?"

"2시 30분쯤 도착한다고 하셨어."

"그럼 미리 쇼 장에 들르라는 할아버지의 말씀은 이행했으니, 이만 나리에게 가봐야겠다."

"나리?"

건욱의 물음에 입술을 크게 늘어트린 현승이 생각만으로도 좋은지 한참이나 웃었다. 그가 천사처럼 해맑은 표정을 지었다.

"너희가 방패막이 되어 줘야 할 사람."

꿍꿍이를 숨긴 그는 천사의 가면을 쓴 악마였다.

도대체 무슨 짓을 당한 것인지 모르겠다. 현승이 자신을 샵에 홀로 버리고 간 악행을 저지른 지, 30분째. 나리는 아주 짧은 시간 동안 변신을 거듭하고 있는 중이었다.

아무렇게나 묶어 올린 머리카락을 다시 감고 싹둑싹둑 가위질을 할 때만 해도 나리는 불안감을 감출 수 없었다. 몇 번이고 왜 이러냐고 헤어 디자이너의 손을 붙잡고 싶은 마음뿐이었다.

디자이너가 롤로 앞머리를 말고, 요즘 한참 핫한 연예인이 드라마에서 하고 나왔던 스타일로 펌을 할 때쯤 나리는 어느새 반쯤 포기 상태였다. 그건 헤어가 끝나고 메이크업을 하러 온 디자이너를 마주할 때 또한 마찬가지였다.

"고객님께서는 피부가 하얘서 핑크 톤도 아주 예쁠 것 같아요. 원래 핑크가 동글동글한 인상인 분들께 아주 잘 어울리는 컬러거든요."

무뚝뚝한 표정을 감추지 못했던 헤어 디자이너와 달리, 메이크업 디자이너는 아주 수다쟁이였다. 거울에 비치는 자신의 모습을 보던 나리의 눈이 몽롱해질 정도로.

엄청난 수다로 나리의 정신을 쏙 빼놓은 디자이너는 아래층에 현승이 도착했다는 소식에 서둘러 하이라이트로 마무리 작업을 해 주었다.

"다 됐습니다."

"아, 네. 감사합니다."

얼떨떨한 마음에 자리에서 일어난 나리는 검은색 정장 차림의 여성이 주는 옷과 구두를 들고 탈의실로 들어갔다. 방금 전 현승이 골랐던 옷이었다.

기계적인 몸짓으로 옷을 갈아입고, 다 낡아 해진 운동화 대신 구두로 갈아 신은 나리는 전신 거울에 비치는 자신의 모습을 멍한 시선으로 바라보았다.

"예쁘다."

그녀 또한 여자가 아닌가. 하루 정도는 공주님이 된 착각에 빠져드는 것도 나쁘지는 않으리라. 하지만 그녀의 헤어와 의상. 메이크업에 든 돈이 백 단위가 훌쩍 넘는 것이 자꾸 뇌 속을 떠나지 않았다.

나와는 달라.

평소의 자신이라면 감히 상상도 못하는 금액. 그런 금액을 그는 자신을 위해 잘도 써 댄다. 순간 현승과의 거리가 더욱 멀어진 것 같았다. 거울 속에 보이는 예쁘게 꾸민 자신의 모습이 더 이상 예쁘게 보이지 않았다.

"최 사장님께서 아래층에서 기다리고 계세요."

탈의실을 빠져나오자 직원이 그녀에게 종이 가방을 건네며 말했다. 가방 안에는 그녀가 입고 온 저가 옷이 들어 있었다. 들고 나온 운동화를 대충 가방 안에 구겨 넣은 나리가 천천히 고개를 끄덕였다.

또각, 또각. 익숙하지 않은 하이힐은 뒤꿈치를 아프게 했지만, 나리는 최대한 허리를 꼿꼿하게 펴며 아래층으로 내려왔다.

고급스러운 소파에 앉아 느른하게 몸을 기대고 있던 현승은 힐과 대리석이 부딪히는 소리에 고개를 돌렸다.

예쁘게 변신한 그녀의 모습에 천천히 걸음을 옮긴 현승은 계단에서 미처 다 내려오지 못하고 걸음을 멈춘 나리의 앞에 섰다. 족히 8cm 힐에 계단 위에 서 있는 나리와 현승의 시선이 똑바로 마주했다.

"우리 나리 진짜 예쁘다."

현승의 얼굴이 살짝 붉어졌다. 이 정도로 변할 줄은 몰랐는지 앞으로는 나리에게 자주 예쁜 옷을 사주겠다고 현승은 다짐했다.

혼이 쏙 빠질 정도로 예뻤다. 정신쯤 빠지면 어떠랴. 여자의 변신은 무죄 아닌가.

현승은 아무 말 없이 토라진 얼굴로 자신을 바라보는 나리의 시선에 고개를 기울였다. 왜 삔또가 상한 것일까? 늘 그랬던 것처럼 예상되는 바가 없었다.

"왜 그래?"

현승의 물음에 입술을 뾰족하게 내민 나리가 툭 내뱉었다.

"외계인."

"응?"

다른 행성에 사는 외계인. 나와는 다른 사람. 본질부터. 뿌리부터. 그 생각이 계속 머릿속에 맴돌았다.

"아저씨랑 난 달라요."

아주아주 많은 것이. 그 생각에 나리는 가슴 한켠이 찌르르 아파 오는 것을 느꼈다.

골든 주얼리에서 처음으로 선보인 실버 라인은 애시당초 세웠던 저가 정책에서는 많이 벗어난 가격으로 산정되었지만, 화려함은 골드 제품에 뒤처지지 않았다. 심플한 디자인부터 시작해, 커플링까지. 액세서리의 기능보다는 주얼리적인 측면을 더욱 내세우며, 많은 사람들로부터 관심을 받았다.

그 관심에 대한 단적인 예를 든다면 지금 현재 쇼 장 안에 있는 사람들의 면면만 봐도 알 수 있었다. 요즘 대한민국 연예계에서 가장 핫하다는 연예인이 첫 줄을 모두 차지하며 모델 워킹에 따라 시선을 옮기고 있었다. 그 뒷줄부터는 초대장을 받은 VIP 회원들이 자리 잡고 있었고, 제일 뒷좌석에는 주얼리 잡지사들에서 나온 기자들이 차지하고 앉아 다음 호에 어떠한 기사를 실을지 골머리를 썩고 있었다.

제일 첫 번째 줄. 현승의 옆에 앉아 있던 나리는 화려한 조명 속에서 걸음을 옮기고 있는 모델들을 눈으로 좇았다. 하지만 그녀의 눈에는 반짝이는 보석은 담기지 않았다. 정신줄을 놓은 채 보는 것들이 머릿속에 들어올 리가 없었다.

쇼는 한 시간 동안 진행이 되었다. 마지막 모델과 함께 손을 잡고 나온 건욱은 사람들의 박수 소리에 맞춰 고마움을 전했고, 마지막으로 쇼가 끝났음을 알렸다.

또다시 넓은 쇼 장 안이 번잡해졌다. 현승은 자신의 옆에서 긴장한 시선으로 주위를 두리번거리는 나리를 곁눈질하며 남몰래 웃고 있었다.

귀여워. 그 말만 머릿속에 둥둥 떠 있었다. 너무너무 귀여워 주머니 속에 쏙 넣어 다니고 싶었다. 그러기엔 사이즈가 너무 컸지만. 그래도 자신만 아는 곳에 꼭꼭 숨겨 두고 혼자만 보고 싶었다. 그런 이기심이 문뜩 들 때쯤, 멀리서 다가오는 최 회장의 모습에 현승이 걸음을 옮겨 그의 앞에 섰다.

"건욱이는 만나고 오셨어요?"

"바빠서 말도 못 붙여 봤다."

현승과 이야기를 하면서도 최 회장의 시선은 뒤를 향해 있었다. 현승의 어깨 너머. 긴장한 시선으로 이쪽을 바라보고 있는 나리를 슬쩍 바라본 최 회장이 헛기침을 내뱉으며 말했다.

"이놈아, 너무 어린 것 아니냐?"

"성인이면 됐죠."

"양심도 없지. 쯧쯧."

혀를 차는 솜씨가 한두 번 해 본 솜씨가 아니었다.

"제가 우연히 가슴에 담은 사람이 어린걸요."

장난스럽게 웃던 현승은 웃으며 다가오는 사람들로 인해 입을 굳게 닫았다.

"최 회장님. 성공적인 쇼, 축하드립니다."

주얼리 협회 회장이 먼저 다가와 최 회장에게 손을 내밀었고, 둘은 한동안 업계 전반적인 이야기를 나누었다. 옆에 서 있던 현승 또한 솜씨 좋게 질문을 받아 내고 있었고, 어느새 이야기는 앓는 소리로 연결되었다.

"요즘 여기저기서 문 닫는다, 경기가 너무 힘들다, 아주 난리도 아닙니다. 종로 쪽도 규모가 많이 줄었고……."

협회 회장의 이야기가 길어지자 그를 따라 걱정스러운 얼굴로 혀를 끌끌 차던 최 회장이 현승에게만 들리도록 작은 목소리로 말했다.

"그렇게 좋냐? 저 아가씨 뚫어지겠다."

"어쩌겠어요? 한 시라도 안 보면 가시방석에 앉아 있는 것 같은데."

씩 웃으며 말을 받아친 현승은 건욱과 이야기를 나누고 있는 나리의 모습을 보며 웃었다. 건욱에게 먼저 다가가 악수를 청한 나리는 어느새 눈을 빛내며 고개를 끄덕이고 있었다.

나리의 얼굴에서 빛이 나는 것만 같았다. 화려한 조명 아래 선 모델보다, 영원히 사라지지 않는 빛을 지닌 다이아몬드보다, 나리는 자신에게 더 값어치 있고, 소중한 존재였다.

"언제 소개시켜 줄 거야."

"지금요."

"흐음."

"대놓고 타박하시면 저 어떻게 행동할지 몰라요. 마음에 안 드셔도 어쩔 수 없습니다. 둘째 며느리는 할아버지가 그렇게도 마음에 들어 하는 하나로 무조건 찍어 바를 테니, 나리는 무조건 예뻐해 주세요."

"덜떨어진 놈."

최 회장의 욕에도 현승은 표정 하나 바꾸지 않았다. 긴 이야기를 늘어놓던 주얼리 협회 회장이 다가온 기자와 악수를 나눴다. 둘은 대화 코드가 맞은 것인지 한참이나 이야기를 나누고 있었다.

그들에게 양해를 구한 둘은 나리와 건욱이 있는 곳으로 걸음을 옮겼다. 어느새 친해진 것인지 반짝이는 눈으로 건욱을 보는 나리의 얼굴에 심상치 않은 기운이 돌았다. 순간 현승의 얼굴이 구겨졌다.

저 핑크빛 블링블링은 뭐야! 아니, 이것들이!

"건욱아, 오늘 수고했다."

"아, 할아버지."

최 회장은 건욱에게 다가와 그의 어깨를 툭툭 쳤다. 그 모습을 보고 있던 나리의 몸이 움찔 떨렸다. 그녀의 눈동자가 빠르게 움직이더니 최 회장을 중심으로 양쪽에 서 있는 현승과 건욱을 놀란 눈으로 보았다. 하지만 나리의 시선과 최 회장의 시선이 마주치자 그녀의 고개가 아래로 툭 떨어졌다.

"아가씨는 누구죠?"

최 회장이 근엄한 목소리로 말하자 현승이 옆구리를 쿡 찔렸다.

'그러지 마시라고 했잖아요!'

'이놈아! 그럼 뭐라고 하냐!'

투닥대는 둘의 모습을 나리는 미처 발견하지 못한 듯 그녀의 고개가 더욱 아래로 떨어졌다.

'잘해 주라고요!'

'이놈이 그래도!'

최 회장과 현승의 시선이 빠르게 오고 가는 것을 보던 건욱의 얼굴에 미소가 머물렀다. 딱 봐도 사이즈가 나왔다. 그의 꿍꿍이를 모두 읽은 건욱은 여전히 최 회장에게 정신이 팔려 있는 현승에게 말했다.

"나리 양 정식으로 소개시켜 줘, 형."

'아씨, 할아버지! 나리가 고개를 못 들잖아요!'

'니놈이 앞뒤 분간 못 하는 모습에 내가 고개를 못 들겠다!'

눈빛으로 엄청난 양의 대화를 주고받는 둘의 모습에 건욱은 한숨을 쉬었다. 그러다 순간 옆에서 들리는 작은 목소리에 고개를 돌렸다.

"두 분…… 설마 형제세요?"

"아, 네."

나리의 몸이 움찔 떨리더니 잘생긴 건욱의 얼굴과 미간을 찌푸리며 최 회장과 대거리를 하고 있는 현승의 얼굴을 번갈아 보았다.

이게 말이 돼? 나의 우상이 저 덜떨어진 인간의 동생이라고?

나리의 입이 쩍 벌어지다 원래대로 돌아왔다. 어느새 정신을 차린 현승이 나리의 몸을 자신 쪽으로 이끌어 건욱과 멀찍이 떨어트려 놓으며 말했다.

"요즘 제 일 도와주는 사람이에요."

"그런 사이치고는 아주 긴밀해 보이는구나."

"할아버지!"

"버르장머리 없는 자식! 어디 할애비 앞에서 소리를 질러!"

"제가 잘해 주라고 했잖아요!"

"그거랑 소리 지르는 거랑 무슨 상관이야!"

둘은 이젠 눈빛이 아니라 목소리 높여 다투었다. 잡지나 텔레비전에서 보던 골든 주얼리 사의 회장이 목청 높여 싸우는 모습이라. 상상조차 하지 못했던 모습인지 나리는 한동안 바짝 얼어 있어야 했다.

꽃

"왜 최건욱 씨가 아저씨 동생이란 거 말씀 안 해 주셨어요?"

"응? 내가 말 안 해 줬던가?"

시끌시끌한 쇼 장을 빠져나오자마자 둘은 근처에 위치한 바로 향했다. 나리는 웨이터가 안내해 주는 자리에 앉자마자 입술을 뾰족하게 내밀며 말했다. 그리고 방금 전 꿈만 같았던 시간을 떠올렸다.

독일에서 가장 많은 사랑을 받고 있고, 오랜 전통과 장인 정신을 자랑하는 세계적인 명품 주얼리 브랜드 Regenbogen(레겐보겐). 최건욱은 그곳에서 10개가 넘는 디자인팀을 총괄하는 디자이너였다. 잡지에서 우연히 그에 대한 기사를 본 나리는 그 후로 그 남자의 팬이 되었다. 오래된 전통만큼이나 인종 차별이 심한 레겐보겐에서 최고의 자리까지 오른 남자. 그런 남자를 어떻게 존경하지 않을 수가 있을까.

"물론이죠! 단 한 번도 말씀해 주신 적 없으세요."

"근데 딱 보기만 해도 닮지 않았나? 동생님이랑 같이 있으면 그런 이야기 많이 들었는데."

그의 말에 나리가 눈을 가늘게 뜨며 그의 얼굴을 뜯어보았다. 하지만 선한 인상의 현승과 조금 날카롭고 냉랭한 인상의 건욱은 한 형제라고 보기엔 무리가 있었다.

현승의 얼굴을 뜯어보던 그녀는 순간 떠오른 생각에 콧잔등을 살풋 찌푸렸다. 갑자기 이 남자가 무척 불쌍하게 보였다. 어쩌다가 모든 유전자를 동생에게 양보해서…….

"휴."

자신도 모르게 깊은 한숨이 흘러나왔다.

현승이 막 그녀에게 왜 그러냐고 물어보려던 찰나 검은색 드레스를 입은 여성이 커튼을 걷고 룸 안으로 들어오더니, 오랜만에 온 그를 반기며 말했다.

"최 사장님 오랜만이세요. 오픈 준비는 잘 끝나셨어요?"

"네."

"다음에 꼭 한 번 찾아가야겠네요."

높은 옥타브로 이야기를 하는 여성이 요염한 눈빛을 숨기지 않으며 말을 이었다.

"오늘은 다른 분이시네요?"

그녀의 말에 순간 나리의 얼굴에 균열이 생겼다. 나리가 고개를 번뜩 들어 그를 보았고, 날카로운 그녀의 시선에 현승의 몸이 움찔 떨렸다.

"늘 찾으시는 걸로 준비해 드리겠습니다."

핵폭탄을 터트린 여성은 뭐가 그리도 즐거운지 깔깔 웃으며 룸을 나섰다. 그녀의 그림자가 사라지자 나리가 그제야 꾹 다물고 있던 입술을 달싹였다. 입술에 곱게 발려 있던 립글로즈가 눈이 부시도록 반짝였다.

"참 자주 오시는 곳인가 봐요."

"아, 아, 그게……."

"아, 그러고 보니 그때 아저씨 와이셔츠에서 립스틱 자국을 봤는데, 같이 오는 분이 그 여성분이신가 봐요?"

"나리야, 그게 아니고……."

기가 죽어 절절매며 변명을 늘어놓으려던 현승은 문득 깨달은 사실 한 가지에 나리의 얼굴을 물끄러미 보았다. 하지만 나리는 현승의 눈초리에 담긴 뜻을 알아차리지 못한 채 조잘조잘 이야기를 늘어놓았다.

"아저씨, 그러고 보면 참 야돌이인 것 같아요."

이야기를 듣고 있던 그의 입술이 부드럽게 휘었다. 씨익 웃는 폼이 예사롭지 않았다. 턱을 괴고 이야기를 듣고 있던 현승은 날카롭게 나리의 시선에 어깨를 으쓱였다.

"제 이야기 제대로 듣고 있는 거 맞아요? 입이 있으면 말을 해 보세요."

"흐음."

기분 좋은 한숨을 내뱉은 현승이 말했다.

"우리 나리 질투하는 거야?"

"질투요? 그게 뭔데요? 먹는 거예요?"

나리가 당황한 흔적 없이 되받아쳤지만, 이미 머릿속에서 즐거운 상상을 마친 현승은 이래도 좋고, 저래도 좋은 듯 삐죽 튀어나온 나리의 입술에서 시선을 떼지 않으며 말했다.

"지금 나리가 하는 거."

생글생글 웃는 그의 얼굴에 나리의 미간이 팍— 찌푸려졌다. 그리고 더 이상 참을 수 없다는 듯 꾹꾹 눌러 온 짜증을 한꺼번에 터트렸다.

"정말! 며칠 전부터 왜 이러세요? 자꾸! 진짜 이상하다고요!"

"내가. 아니면 네가?"

"누구긴 누구겠어요! 당연히 아저씨죠!"

나리가 씩씩거리며, 분을 참지 못하며 외쳤다.

"좋아한다고 하지 않나! 내가 아저씨를 좋아하기 일보 직전이라고 하질 않나! 좋아하는 게 뭐냐고 물어보고, 매일 저녁마다 전화하고!"

"좋아하니까."

현승의 말에 나리의 입이 꾹 다물어졌다. 혼이 나간 듯 나리의 시선이 멍하니 현승에게 닿았다.

그는 웃고 있었다. 어느 날, 그녀가 너무나 예쁘다고 생각했던 그 미소를 얼굴 가득 피우며.

"사랑하니까."

나리는 순간 숨을 헐떡였다. 순수한 빛만 담고 있는 눈동자는 굳이 달콤한 언어로 고백하지 않더라도 그의 마음을 모두 보여 주고 있었다.

사랑한다. 사랑한다. 사랑한다…….

그 말이 그녀의 귓가에서 메아리 쳐 울렸다.

"내가 민나리를 그렇게 생각하니까."

계속 좋아한다고, 사랑한다고 말하기.

그는 현재 두 번째 플랜을 실행하는 중이었다.

사랑하니까.

그 말이 계속 귓가에 맴돌았다. 그건 아침에 일어나서 하루를 준비할 때나, 모든 일과를 끝내고 침대에 누웠을 때나 똑같았다. 늘 그의 목소리가 들렸고, 세뇌를 당하듯 달콤한 말이 가슴에 스며들어 떠날 줄 몰랐다.

나리는 요즘 들어 그런 생각이 들었다. 이 모든 것이 어쩜 최현승에게 홀려 일어난 엄청난 사태일지도 모른다고. 그녀는 잠시 그렇게 생각하며, 열심히 밥을 먹고 있는 그를 힐끗 보았다.

오늘은 현승이 좋아하는 반찬으로 식탁 한가득 차려져 있었다. 언제부터였던가. 보기만 해도 행복해지는 노란 빛깔의 계란말이가 먹고 싶다는 말을 대차게 무시했던 나리는 아침부터 심혈을 기울여 계란을 말았다. 현승이 원하던 보기만 해도 행복해지는 노란 빛깔인지는 모르겠지만.

현승이 맛있게 밥을 먹는 모습에 고개를 숙인 나리가 다시 식사를 했다. 이번엔 현승이 고개를 들어 나리의 모습을 살폈다. 나리는 멸치 볶음에 들어간 땅콩을 젓가락으로 쏙쏙 집어 먹고 있었다. 그 모습을 물끄러미 보던 현승은 고개를 푹 숙였다.

'좋았어!'

현승의 얼굴에 알 듯 모를 듯 음흉한 미소가 떠오르자 그 낌새를 알아차린 나리의 입에서 깊은 한숨이 흘러나왔다. 이 인간, 또 무슨 꿍꿍이야. 이젠 그가 조금만 움직이더라도 겁부터 집어먹게 되는 자신의 모습이 싫었지만, 그래도 무서운 것은 어쩔 수 없다. 그의 생각이 어디로 튈지 모르니까.

그리고 그런 그의 뜻 모를 미소에 담겨 있던 꿍꿍이가 밝혀진 것은 얼마의 시간이 흐르지 않아서였다.

오늘은 샵 직원 교육이 있다며, 출근을 하지 말라고 했던 현승의 말을 따라, 해가 중천에 뜰 때까지 침대에서 미적거리던 나리는 초인종 소리에 부스럭 몸을 일으켰다.

딩동, 딩동.

거울에 비친 자신의 모습에 대충 머리를 수습한 나리가 문을 열었다. 순간, 사람의 얼굴이 아닌 커다란 박스가 눈에 들어왔다.

"이, 이게······."

"민나리 씨죠?"

"네, 그런데요?"

나리의 말에 남성은 기계를 내밀며 말했다.

"서명해 주세요."

누가 보낸 건지 확인도 하지 못한 채 나리는 서명 기계를 받아 들었고, 남성은 그 짧은 시간에 네 개나 되는 커다란 박스를 집 안으로 옮겼다.

의아한 얼굴로 서명을 마친 나리가 기계를 건네자, 남자는 갈 길이 바쁘다는 듯 집을 빠져나갔고, 나리는 위협적일 만큼 높게 쌓인 박스를 멍하니 보았다.

그 순간, 그녀의 눈에 낯익은 이름이 보였다.

보낸 이: 최현승
받는 이: 이쁜 우리 나리

"뭐, 뭐야?"

현승이 자신에게 택배를 보낼 일이 뭐가 있을까. 한참을 고민하다 제일 위에 있는 박스를 열었고, 곧 나리의 얼굴이 구겨졌다. 왠지 모르게 뒷골이 서늘해졌다. 나리는 부랴부랴 남은 박스를 모두 열어 보았다. 그리고 곧 나리의 얼굴에 짜증이 치솟았다.

"이게 다 뭐야!"

박스 안에 들어 있는 것은 모두 견과류였다. 그중 땅콩이 제일 많은 비중을 차지했고, 차례대로 호두와 아몬드가 뒤를 따르고 있었다. 1년 내내 먹어도 다 못 먹을 양이었고, 하물며 작은 가게를 열어 장사를 해도 될 정도로 엄청난 양이었다.

한참 난감한 얼굴로 박스를 보고 있던 나리가 순간 짜증이 오르자 서둘러 걸음을 옮겨 방에 들어갔다. 그리고 베개 옆에 있던 휴대전화를 들어 익숙한 번호를 눌렀다. 지금쯤 그가 청담점으로 발령이 날 팀장과 이야기를 나누고 있다는 생각 따위 하지 못한 채.

다행인지 불행인지 현승은 얼마의 시간이 걸리지 않아 전화를 받았고, 나리는 그의 인사를 듣기도 전에 버럭 소리부터 질렀다.

"뭐하는 짓이에요, 이게!"

—응, 뭐가?

"이 많은 걸 누가 다 먹어요! 아깝잖아요!"

—하지만 나리가 좋아하잖아.

"좋아하지 않아요! 아니, 그걸 떠나서 이건 낭비라고요, 낭비!"

—두고, 두고 먹으면……

"뭘 두고두고 먹어요! 장사해도 되겠구만!"

이 아까운 것들 어쩌라고요! 뒷말을 삼킨 나리가 씩씩거리며 열을 뿜었다.

나리가 기뻐할 줄 알고 밤새 인터넷을 뒤져 상품을 구입해 보낸 현승은 뜻 모를 그녀의 반응에 머리를 긁적였다. 어떻게 해야 할지 몰라 말없이 나리의 화만 받아 냈다.

"아저씨는 가만히 있어 주는 게 제 멘탈 보호를 위해 좋겠어요!"

—나, 나리야? 그 말은…….

"반품할 거니까 그렇게 아세요!"

전화를 뚝 끊은 나리가 부엌 옆에 쌓여 있는 박스를 보며 버럭 소리를 질렀다.

"미쳐, 정말!"

버럭 소리를 지른 나리는 분을 삭이지 못해 온몸을 부들부들 떨었다.

후아, 후아. 크게 심호흡을 해 보지만, 부글부글 끓는 속은 쉬이 가라앉지 않았다.

그때였다.

딩동딩동.

또다시 불길한 초인종 소리에 나리의 몸이 움찔 떨렸다.

"누구세요?"

"택뱁니다!"

건장한 사내의 목소리에 나리는 조심스럽게 문을 열었다. 그리고 또다시 엄청난 양의 박스를 멍한 눈으로 보았다.

하나, 둘, 셋…… 여덟…….

"이건 뭐예요?"

"보자. 안흥항에서 왔네요."

사내는 기계를 나리에게 내밀며 말했다.

"서명해 주세요."

나리는 얼굴을 굳힌 채 서명을 마쳤다. 그사이 사내는 꽤나 무거운 박스를 집 안으로 척척 들여다 놓았고, 나리는 그 모습을 허망한 눈길로 바라보았다.

"그럼 수고하세요."

사내가 집을 나서자마자 나리는 식탁 위에 올려 뒀던 커터 칼로 박스를 뜯었다. 그러자 그녀의 코끝에 비릿한 냄새가 풍겨 왔다.

"……최현승."

나리가 음울한 목소리로 중얼거렸다. 택배 안에는 끔찍할 만큼 많은 게와 대하가 들어 있었다. 견과류처럼 유통기한이 길지도 않은. 상온에 노출되면 쉽게 상하는. 해산물이 여, 여덟 박스나…….

"최현스응!"

나리는 집 안 가득 울릴 정도로 커다랗게 현승의 이름을 불러 댔다. 반면 전화를 끊은 현승은 여전히 고개를 기울이고 있었다.

"나리가 왜 화를 내지?"

이때의 그는 아직 양의 문제라는 것을 깨닫지 못하고 있었다.

나리는 서늘한 시선으로 찜통 앞에 서 있었다. 그리고 그녀에게서 멀찍이 떨어져 있던 현승은 온몸을 배배 꼬며 엄청난 기운을 내뿜는 나리의 뒷모습을 향해 말했다. 그의 목소리는 쥐꼬리만큼 작았고, 부들부들 떨리는 것이 잔뜩 겁을 집어 먹은 모습이었다.

"나리야아, 미안해애."

그의 사과에도 나리는 여전히 답이 없었다. 그래, 답이 없을 만도 했다.

그녀는 벌써 두 시간째 게를 찌고 있는 중이었다. 보통 한 솥을 찌는 데 드는 시간이 20분가량이니, 아주 오랜 시간 게와 씨름을 하는 중이었다.

그것만 있으면 다행이게?

그녀는 싱크대 옆에 잘 손질되어 있는 대하를 보며 미간을 찌푸렸다. 대하 또한 산처럼 쌓여 있었다.

저건 또 언제 삶는다? 복장이 터져 죽을 것만 같았다.

"나리야아, 나리야. 우리 나리야. 그냥 버리자. 응? 아저씨는 꽃게 별로 안 좋아……."

"그러게 왜 일을 치셨어요. 이 아까운 걸 어떻게 버려요?"

그녀의 말에 현승은 입을 꾹 다물었다. 입이 열 개라도 할 말이 없다. 그녀의 말대로 사고를 친 것이니까.

나리는 그날 집으로 배달되어 온 게와 대하를 봉지에 일일이 담아 공장으로 들고 갔다. 직원들에게 4인 식구가 먹을 수 있을 정도로 풍족하게 나눠 줬지만, 그래도 전부다 처리를 할 수는 없었다. 어떻게 다 처리를 하겠는가? 잠시 집에 뒀는데도 온 집 안에 비린내가 밸 정도의 양이었는데…….

결국 다음 날 일찍, 남은 양을 바리바리 싸들고 오피스텔로 온 나리는 바짝 쫀 얼굴로 자신을 바라보는 현승에게 말했다.

'미치지 않고서야.'

그래, 미치지 않고서야 어떻게 이 많은 양을 병호와 자신이 다 먹을 수 있을 거라 생각한 것인가.

그리고 지금 이 꼴이었다. 다른 날보다 조금 이른 시간에 그의 오피스텔로 와 점심시간이 다 돼 가도록 게만 찌고 있었다.

아이고, 내 팔자야. 속에서 저절로 앓는 소리가 흘러나왔다.

나리는 찜통을 열어 꽃게를 꺼냈다. 알맞게 삶아진 게는 붉은색을 띠고 있었고, 나리는 능숙하게 게를 집어 한 쪽에 쌓아 두었다.

그녀는 또다시 남은 게를 찜기 안에 넣었다. 그녀의 기계적인 움직임에 현승의 얼굴이 울상이 되었다.

그녀가 엄청난 양의 꽃게와 대하를 다 삶은 것은 그로부터 5시간이 지난 뒤였다. 식탁에 놓인 엄청난 양의 꽃게와 대하를 보며 현승은 맞은편에 앉아 있는 나리를 보았다. 쌓여 있는 게 때문에 나리의 얼굴이 보이지 않아 허리를 힘껏 들어야 겨우 그녀의 옆모습이 보였다.

현승은 나리에게 말했다.

"수, 수고했어."

"먹죠? 남기기만 해 봐요."

"나, 나리야…… 상식적으로 생각해 봐. 이걸 다 어떻게 먹어?"

"다행이네요. 아저씨한테도 상식이란 게 있어서."

짧게 답한 나리가 무심한 표정으로 대하 하나를 집어오며 말했다.

"이건 아저씨가 보내온 것 중 3분의 1도 안 되는 양이에요. 이 양을 보세요. 아저씨가 보낸 택배가 상식적이라고 생각하세요?"

"……."

"대답 못 하시는 것 보니, 상식과는 많이 벗어난 양이란 걸 아셨나 보네요. 이제라도 알아서 다행이에요."

나리는 능숙하게 대게 껍질을 벗겨 낸 뒤 초장에 찍어 입에 넣고 오물오물 씹었다. 입 안 가득 대게를 욱여넣은 나리는 껌을 씹듯 질 겅질겅 씹어 삼켰다. 그리고 또다시 대하 하나를 집어 와 껍질을 깠다.

나리가 한참이나 대하를 먹고 있을 때였다. 현승은 그 긴 시간 동 안 단 한 개도 집어 먹지 못한 채 멍한 눈만 껌뻑이고 있었다. 그가 음식을 앞에 둔 채 고사를 지내고 있자, 나리가 물었다.

"왜 안 드세요?"

"……난 껍질을 깔 줄 몰라."

"……."

"미안해, 나리야. 나는 하등 쓸모없는 인간이야."

"……아시니 다행이에요."

울컥 또다시 화가 솟았지만, 나리는 애써 감정을 감췄다. 그리고 자리에서 일어나 현승의 옆에 앉으며 말했다.

"아저씨가 손이 많이 가는 건 알고 있었지만, 오늘은 유독 더 해 요."

"어흑, 미안해."

"아니에요."

나리는 의도된 미소를 지은 뒤, 꽃게 하나를 집어 와 껍질을 뜯어

내 숟가락으로 등딱지를 긁어냈다. 그리고 현승의 앞에 수저를 내밀며 말했다.

"아저씨, 아—"

"나리가 먹여 주는 거야?"

눈을 빛내며 말하는 현승의 모습에, 나리는 대답 대신 고개를 끄덕였다. 그녀의 고갯짓에 현승의 얼굴이 밝아졌다. 그는 입을 벌려 넙죽 잘 받아먹었고, 나리는 쉼 없이 손을 움직여야 했다. 손끝이 저릿해질 정도로.

"나리야……."

"왜요?"

무심한 나리의 목소리에 현승의 눈에 눈물이 고였다. 투명한 눈물은 겉으로 보기에도 티가 날 정도로 눈가에 동그랗게 맺혀 있었고, 손으로 툭 건든다면 아래로 또르르 흘러내릴 것 같았다. 하지만 나리는 들고 있던 숟가락을 현승의 앞에 흔들며 말했다.

"자, 아—"

식탁 위는 어느새 게 껍질과 대하 껍질로 난장판이 되어 있었다. 하지만 나리는 웃는 얼굴로 손을 멈추지 않았다. 먹기 싫다며 떼를 쓰는 아이에게 밥을 먹이듯 나리의 손이 그의 뺨으로 향했다. 엄지와 검지 손가락으로 현승의 볼을 눌러 입을 벌리게 한 뒤 억지로 숟가락을 쑤셔 넣은 나리는 차마 씹지 못하고 입 안에 담고 있는 그의 모습에 활짝 웃었다.

"왜 그러세요? 드셔야죠."

"으으으응."

"뭐라고요?"

"으으으웅!"

더 이상 못 먹겠어! 입에서 비린내가 나! 바다의 맛이 느껴진다고! 입 안 가득 담고 있던 게살 때문에 제대로 말할 수 없었던 현승은 양 손을 말아 쥐고 식탁을 탕탕 두드리며 온몸으로 표현했다. 그의 말은 또렷하지 않았지만, 나리는 정확히 알아들을 수 있었다. 하지만 짐짓 모른 척 대하를 가져와 껍질을 까며 말했다.

"아저씨가 해산물을 그렇게 좋아하실 줄 누가 알았대요? 앞으로 자주 밥상에 올려야겠어요."

"—......."

"저 근데 껍질 엄청 잘 까죠?"

난생 처음 음식으로 고문을 당해 본 현승은 말을 잃은 채 입을 꾹 다물었다. 입안에서 퍼석퍼석한 게살이 굴러다녔다. 하지만 그의 위 는 더 이상 음식물을 받아들이지 못했다.

한참 얼음이 된 얼굴로 식탁을 내려다보는 그의 모습에 나리는 그 제야 손을 멈췄다. 아직도 꽤 많은 양이 남았지만, 오늘은 여기까지 하는 것이 좋았다. 정말 더 먹였다간 그가 대성통곡을 할 것 같았으 니까.

자리에서 일어나 싱크대로 간 나리는 진득거리는 양손을 물로 씻 어 내며 말했다.

"다음부터 보내시려거든 제발 적당하게 보내 주세요. 그럼 기쁜 마 음으로 받을 수 있어요."

"......."

"아저씨가 이번처럼 너무 많은 양을 보내면 다 먹지 못한다고요."

"......."

"제가 무슨 말 하는 건지 알겠죠?"

나리의 말에 현승은 혼이 난 뒤 당근으로 타이름을 당하는 아이처럼 커다랗게 고개를 끄덕였다. 나리는 행주에 손을 닦아 낸 뒤 현승에게 다가갔다. 그리고 창백한 안색을 한 현승의 입 앞으로 손을 내밀었다.

"먹기 싫으면 뱉으세요."

그녀의 말에 현승은 재빨리 고개를 저었다. 하지만 쉽게 음식물을 삼키지 못했다. 괜한 곳에서 고집을 피우는 그의 모습에 나리가 한숨을 내쉬며 말했다.

"이제 화 안 낼게요. 그러니까 그만 뱉어요."

그녀의 허락이 떨어지자, 현승은 그제야 식탁 구석에 있던 휴지에 입 안 가득 굴러다니던 게살을 뱉어 냈다.

"나리야."

"……네?"

"난 결코 널 음식으로 고문하려던 게 아니었어."

"알아요."

곧바로 나온 답에 현승은 한숨을 푹푹 쉬었다.

"다음에는 적당히 보낼게."

그녀가 원하던 답이 그의 입에서 흘러나왔다. 그 순간 나리의 입에서 참다못한 웃음이 터져 나왔다. 풋, 그녀의 웃음에 현승의 고개가 번뜩 들렸다.

"나리야."

그의 목소리가 푸르르 떨렸다.

"왜요?"

"좋아해."

"알아요."

평소처럼 그녀의 목소리에 짜증이 묻어 있지 않다. 오히려 밝은 웃음이 묻어 나온다. 현승은 은은한 미소로 웃고 있는 그녀를 눈에 담았다.

예쁘다. 하루 종일 찜통 앞에 서 있느라 땀에 절은 모습이었지만, 그 모습조차 현승의 눈에는 예쁘게만 보였다.

"좋아해."

"거참, 안다니까요."

가벼운 나리의 어조에 현승은 정신 빠진 사람마냥 헤헤 웃었다. 방금 전까지만 해도 울상이었던 그의 얼굴에 웃음이 번지자 나리는 개구진 얼굴로 바닥을 손가락질했다.

"아저씨. 바닥에 떨어졌어요."

"응?"

그의 고개가 아래로 뚝 떨어지자 나리는 생전 보지 못했던 그의 정수리를 보며 말했다.

"나사요. 다시 머리에 끼우세요."

"뭐랏? 지금 아저씨 놀리는 거야?"

"설마요."

나리는 이때까지만 해도 그가 열심히 세 번째 플랜, 좋아하는 것 많이 사 주기를 시행 중인지 몰랐다. 알았다면, 진즉 말렸으리라.

이 특별한 택배에 대해. 그와 함께 산해진미를 먹는 것이 익숙해지기 전에 말이다.

6.
상처에는 반창고

평화로운 주말. 골든 주얼리 제품에 대해 일목요연하게 정리해 놓은 팸플릿을 읽으며 비 맞은 중마냥 웅얼거리던 현승은 테이블 위에 올려뒀던 휴대전화가 몸을 떨며 울리자, 인상을 썼다.

자신에게 연락해 올 사람은 최 회장과 나리, 청담점 총괄 매니저, 그리고 뉴욕에서 이를 부득부득 갈고 있을 크리스가 전부였다. 총괄 매니저 유리는 낮에 통화를 했고, 최 회장은 제주 서귀포점 오픈식에 참여하느라 그에게 딱히 연락할 일이 없었다. 그리고 나리는 눈앞에 있었다. 그럼 딱 한 명이 남는다.

크리스.

지난 두 달 동안 그가 무시하고 있는 존재의 전화였다.

눈에서 레이저 광선을 쏠 듯 휴대전화를 노려보던 현승은 진동이 끊기자마자 또다시 울리기 시작하는 휴대전화를 보자 노이로제에 걸릴 것만 같았다. 그가 악을 쓰며 소리를 지르려던 찰나, 현승의 옆에 커피를 내려놓은 나리가 물었다.

"전화 안 받아요?"

"응, 생각 같아서는 평생 안 받고 싶어."

현승이 이를 악물며 말했다. 적대감이 가득한 그의 얼굴에 나리가 고개를 기울였다.

"왜요?"

"악마야."

"누가요?"

"크리스."

평소에는 조잘조잘 수다를 늘어놓던 현승이 이 문제에 대해서는 묻는 것까지만 답했다. 이름을 보기도 싫다는 듯 휴대전화를 뒤집어 놓은 현승의 시선이 다시 팸플릿으로 향했다. 그때 또다시 휴대전화가 울렸다.

"아씨! 진짜!!"

"이번에는 제 전화거든요?"

나리가 현승을 보더니 액정을 확인했다. 거기엔 평소 개인적으로 연락할 일이 없는 이의 이름이 떠올라 있었다. 재영이었다. 재영은 오랫동안 병호의 곁을 지킨 세공사로, 가끔 어이없는 실수를 저지르는 숙련공이었다.

무슨 일이지? 의문이 떠오르자 나리는 서둘러 전화를 받았다.

"안녕하세요, 심씨 아저씨. 무슨 일이세요?"

―나리야, 큰일 났다! 큰일!

전화를 받자마자 인사 대신 호들갑부터 떠는 재영의 목소리에 나리의 얼굴에 의문이 떠올랐다. 하지만 그 의문은 곧 풀렸다.

―지금 병원이다! 사장님 쓰러지셨어!

"네? 아버지가요……?"

─그래! 얼른 와라, 얼른!

현승은 점점 새파랗게 질려 가는 나리의 얼굴에 고개를 기울였다. 그는 전화를 끊자마자 자리에서 벌떡 일어나는 나리의 팔을 붙잡으며 물었다.

"무슨 일이야? 왜 그래?"

"아, 저, 근무 시간에 죄송한데요. 먼저 가 봐야 할 것 같아요."

물음에 대한 답변 대신 다른 말이 튀어나오자 현승의 얼굴이 굳었다. 나리는 횡설수설하며 서둘러 벗어 뒀던 외투와 가방을 챙겨 들고 있었다. 눈에는 어느새 눈물이 가득 맺혀 있었고, 툭 건드리면 당장이라도 쏟아질 것처럼 글썽글썽했다.

처음 보는 나리의 모습에 늘 미소를 머금고 있던 현승의 입술이 한 일자로 변했다. 심각해진 그의 얼굴을 미처 알아차리지 못한 나리는 헛손질을 하며 가방을 바닥에 툭 떨어트렸다.

"왜 그런데? 이유는 말해 줘야 할 것 아니야."

현승이 집요하게 묻자 그제야 나리가 행동을 멈췄다. 그의 얼굴을 물끄러미 바라보던 나리의 눈동자에서 결국 눈물이 떨어졌다.

"아버지가 병원에 계시대요. 쓰러졌다고 빨리 오래요. 보호자가 필요하다고요."

병호가 쓰러졌다는 이야기를 듣자마자 꾹꾹 눌러 왔던 울음이 터졌다. 아직은 20대 중반의 나이. 세상에 가족이라곤 병호 하나인 그녀에게 그 소식은 대단한 충격으로 다가왔는지, 어느새 닭똥 같은 눈물을 흘리고 있었다.

나리의 이야기에 표정을 굳히고 있던 현승이 서둘러 방에서 외투를 꺼내오며 말했다.

"같이 가자."

"아저씨가 왜요?"

아무렇게나 눈물을 닦아 낸 나리가 훌쩍이며 말했다. 하지만 현승은 답 대신 나리의 손을 이끌며 말했다.

"우리 나리 똑 부러지는 거 아는데, 이번만 아저씨 말대로 하자? 알았지?"

"······."

서둘러 신발을 신은 현승은 아무 말 없이 눈물을 뚝뚝 흘리고 있는 나리의 모습에 한숨을 쉬었다. 처음 보는 나리의 모습에 걱정돼 미칠 것만 같았다.

"왜 이렇게 울어? 아버지 돌아가신 것 아니야. 그냥 피곤하셔서 그런 걸 거야."

"하지만 나도 모르게 눈물이 계속······."

"우리 나리 그만 뚝! 신발 신자."

나리의 앞에 한쪽 무릎을 꿇고 앉은 현승은 그녀의 발에 신발을 신겨 주었다. 양쪽 신발을 모두 신긴 현승이 자리에서 일어나 나리와 시선을 맞췄다. 눈물은 뚝 그쳐 있었지만, 나리의 눈동자엔 여전히 눈물이 그렁그렁했다.

현승은 손을 뻗었다. 그리고 나리의 머리를 쓰다듬어 주었다. 그의 입술에 부드러운 미소가 떠올랐다.

"그래, 우리 나리 착하다."

불안감이 어느새 조금, 아주 조금은 가라앉아 있었다.

"호들갑 떨지 마라."

양쪽 눈이 팅팅 부어 앞도 제대로 보이지 않았다. 걱정스러운 마음에 한달음에 달려온 나리는 병실 침대에 누워 무뚝뚝하게 말하는 병호의 모습에 그제야 안도의 한숨을 내뱉었다. 하지만 안심이 되자, 다른 감정들이 그녀의 마음을 비집고 들어왔다. 누누이 병원에 가라 말씀을 드렸건만 병호가 병을 키운 것만 같았다. 그래서 화가 났다.

"아, 형님. 왜 그렇게 말을 해요. 나리는 걱정돼서 달려왔는데."

"어떻게 호들갑을 안 떨어요! 폐렴이라니요! 제가 그러게 누누이……!"

"마치 네 엄마처럼 구는구나."

병호가 헛기침을 내뱉으며 말했다. 그는 별 뜻 없이 말한 것이겠지만, 받아들이는 나리의 입장에선 그렇지 않았다.

"왜 또 어머니 이야기예요? 제발 그만하세요!"

버럭 소리를 지른 나리가 병실을 빠져나갔다. 그 모습을 멍하니 바라보던 현승은 병호와 재영을 번갈아 보았다. 둘의 얼굴에 동시에 슬픔이 머물렀다 흔적도 없이 사라졌다. 무슨 일이지? 미적거리며 병호의 어깨에 손을 올리는 재영의 모습에 현승은 뒤돌아 병실을 빠져나왔다.

나리를 찾으려 고개를 돌리던 그가 곧 얼마 떨어지지 않은 곳에 서 있는 것을 발견하곤 서둘러 걸음을 옮겼다. 나리의 눈에는 눈물이 찔끔 맺혀 있었고, 코끝은 붉게 변해 있었다.

현승은 거칠게 눈물을 닦는 나리의 손을 잡아 내렸다.

순간 그녀의 볼 위로 눈물이 투둑 흘러내렸다. 현승은 조심스럽게 손을 뻗어 나리의 눈물을 닦아 주었다. 위로의 말을 꺼내야 할까? 위로라면 어떤 위로가 좋을까?

한참 고민하던 현승은 위로 대신 따끔한 충고를 건넸다.

"나리야, 아버지한테 그렇게 성질내면 안 돼."

"그렇지만 너무 화가 나요."

"누구한테? 아버지한테?"

현승의 물음에 나리가 고개를 저었다.

"저 자신한테요."

"왜? 왜 나리한테 화가 났는데?"

"참 무심해서요. 무심한 제가 싫어요."

코를 훌쩍이던 나리가 붉어진 눈을 들어 현승을 보았다. 그는 무표정한 얼굴로 나리를 보고 있었다. 평소 밝은 미소가 늘 감돌던 입술이나, 생기가 넘치던 눈동자 대신에. 한참 나리의 얼굴을 내려다보고 있던 현승이 천천히 입술을 뗐다.

"응, 그러니까 살아 계실 때 잘해 드려야 해. 나중엔 너무 늦어서 하고 싶어도 할 수가 없을 때가 오거든. 그때 나리가 슬프지 않으려면, 지금부터 조금씩 바꾸면 되는 거야."

진지한 그의 목소리는 평소보다 톤이 낮았다. 진중한 현승의 목소리를 듣던 나리는 문득 그가 이제껏 가리고, 숨기고 있던 그의 본모습을 보는 것 같은 기분이 들었다. 진지한 그의 시선에서 벗어날 수 없었다. 고개를 돌리고 싶었지만, 제 부끄러운 모습을 고스란히 비추고 있는 눈빛은 올가미가 되어 나리의 시선을 놓아주지 않았다.

한참 그의 얼굴을 올려다보던 나리가 고개를 돌렸다.

"저 세수 좀 하고 올게요."

천천히 복도 끝으로 사라지는 나리의 뒷모습을 보던 현승은 문득 걸음을 옮기려던 발을 멈췄다. 움직임을 멈춘 현승은 멀어져 가는 나리의 뒷모습을 멀건이 보았다.

플랜 네 번째. 위로가 필요할 때, 힘들 때 나리의 곁에 있어 주기. 하지만 그 옆에 특별히 달린 주석에는 「그 대신 귀찮게 안 할 것」이란 특별 주문이 적혀 있었다.

지금 나리의 뒤를 따라가면 안 된다. 나리는 약해진 자신의 모습을 보여 주고 싶지 않아 자리를 옮긴 것일 테니까. 굳어 있던 현승의 얼굴이 어느새 느른하게 풀렸다. 나리가 마음 정리하고 돌아올 때까지 기다리는 것이 자신이 할 일이었다.

문을 열고 안으로 들어온 현승은 병실 안을 훑었다. 재영은 잠시 자리를 비운 것인지 병실에는 병호, 그 혼자였다. 현승은 미처 병호에게 인사를 건네지 않았다는 것을 깨닫곤 허리를 꾸벅 숙였다.

"안녕하세요, 최현승이라고 합니다. 나리가 일하는 곳에서 사장으로 있습니다."

"아, 안녕하세요."

"말씀, 편하게 하세요."

현승의 말에 병호가 어색하게 고개를 끄덕였다. 현승은 어색하게 굳어지는 그의 얼굴에 작게 미소 지었다. 나리는 아버지보단 어머니를 훨씬 많이 닮은 것인지 표정을 제외하곤 비슷한 점을 찾아볼 수 없었다.

"그러세."

"나리에게 말씀 많이 들었습니다."

현승의 말에 병호의 미간이 찌푸려졌다.

"하하, 뭐라고 이야기했는지 궁금하기도 하고, 무섭기도 하구만."

병호의 말에 현승은 애써 밝은 표정으로 말했다.

"나리가 오는 동안 많이 무서워했어요. 그러니까 너무 마음 상해하지 마세요."

위로에도 병호의 얼굴은 밝아지지 않았다. 어두운 그의 표정에 현승은 입술을 달싹이다 굳게 닫았다. 한참을 그러고 있던 병호가 곧 용기 내어 이야기를 시작했다.

"나리는……."

"잠시 화장실에 다녀온다고 했어요."

"많이 울던가?"

짧은 물음에 현승은 잠시 뭐라고 말해야 할지 몰라 멈칫했다. 사실대로 이야기해야 할까? 거짓말보단 사실을 이야기하는 것이 좋을 것 같아, 천천히 고개를 끄덕였다.

"그렇구만."

병호는 더 하고 싶은 이야기가 남아 있다는 듯 굴었지만 말을 아꼈다.

"어떻게 위로를 해야 할지 모르겠어요. 나리의 저런 모습은 처음이거든요."

"그러게. 나도 잘 모르겠네. 딸아이를 어떻게 위로해야 할지."

현승의 얼굴에 의문이 떠올랐다. 병호는 어느새 고개를 푹 숙이고 있어 어떠한 표정을 짓고 있는지 알 수 없었다.

현승은 유난히 좁아 보이는 병호의 어깨를 보았다. 궁금한 것이 많았지만, 그 또한 병호처럼 말을 아꼈다. 그 대신 밝은 어투로 말했다.

"아버지, 나리에 대해서 아주 많이 가르쳐 주세요."

현승의 말에 병호는 허탈한 웃음을 지으며 말했다.

"뭐? 나리에 대해서라면 나보다 자네가 더 잘 알걸세."

사이가 많이 안 좋은가? 그러고 보면 나리의 엄마도 보이지 않았다.

플랜 다섯 번째, 나리에 대해 많은 것을 알도록 노력하자고 생각했다. 그리고 그것을 적으며 현승은 그래도 아주 조금, 아주 조금은 나리에 대해 알고 있다 생각했다. 하지만 병호와 나리의 미묘한 관계를 눈으로 확인한 현승은 아직도 그녀에 대해 모르는 것이 많다고 결론 지었다.

나리야 넌 어떤 사람이니? 그 생각에 빠져 있을 무렵 나리가 문을 열고 안으로 들어왔다.

토끼처럼 붉어진 눈을 천천히 깜빡이던 나리는 죄인 마냥 고개를 숙이고 있는 병호에게 말했다.

"담당 선생님이 입원해서 경과를 지켜봐야 한다고 하세요. 집에 가서 짐 챙겨 올게요."

"그, 그래."

나리가 먼저 홱 하니 병실을 빠져나가자, 얼떨떨한 얼굴로 둘의 모습을 보던 현승은 콧잔등을 구겼다. 그리고 나리가 나간 문을 보며 서둘러 병호에게 허리를 굽혀 인사했다.

"그럼 다음에 또 찾아뵐게요, 아버님."

병실을 나오자 어느새 나리가 저 멀리 걸어가고 있었다. 빠르게 걸음을 옮기던 나리가 엘리베이터 앞에서 멈췄다. 나리의 옆에 선 현승은 곁눈질해 그녀의 표정을 살폈다. 나리의 표정은 어느새 평상시대로 돌아와 있었다. 붉게 물든 눈만 아니라면 평소의 그녀라 해도 믿을 정도였다.

현승이 자신의 눈치를 보고 있다는 것을 눈치챈 나리가 무심한 어조로 말했다.

"아저씨."

"응?"

"위로해 주세요."

겉으로 보기엔 평상시와 같았다. 아주 똑같았다. 하지만 그녀의 마음은 그렇지 못했다. 아파했고, 불안해했고, 두려워했다. 지난 기억

하나에.

현승은 무심한 눈으로 그녀를 보았다. 방금 전까지만 해도 선하던 눈빛이 차가우리만큼 공허했다.

그녀의 눈빛에 현승은 입을 굳게 다물었다. 위로? 어떠한 위로를 원하는데. 그의 눈빛이 말했다. 한참 앞만 바라보고 있던 나리가 고집스럽게 말했다.

"위로해 줘요. 힘든 부탁인가요?"

그녀의 말에 현승이 움직였다. 나리의 팔을 잡아챈 현승은 그녀를 거칠게 이끌었다. 나리의 얇은 팔목을 잡고 있는 손에 힘이 들어갔다.

"아."

나리의 입에서 가는 신음 소리가 흘러나왔다. 하지만 현승은 걸음을 멈추지 않았다. 비상계단으로 통하는 두터운 쇳덩이 문을 열고 한 층 아래로 내려갔다.

탁, 탁, 탁.

둘의 발소리가 얽혔다. 그리고 둘은 주위의 모든 소음이 사라지고 나서야 걸음을 멈췄다.

현승은 나리를 차가운 시선으로 내려다보며 말했다.

"민나리."

"……왜요?"

"내가 어떻게 해줄까?"

"……."

"내가 어떻게 해야 널 위로할 수 있어?"

조용한 비상구 안에 현승의 목소리가 울렸다. 그 목소리는 곧 메아리가 되어 그녀의 가슴에 들어왔다.

"어떻게 해줘야 해?"

"……"

"나리는 늘 어렵기만 해서 내가 어떻게 위로해 줘야 할지 모르겠어. 난 바보니까. 그래서 나에게 화가 나."

"……"

"나리야, 말해 줘. 내가 어떻게 해야 하는지."

현승의 물음에 나리가 천천히 눈을 깜빡였다. 어떤 위로를 받으면 좋을까? 어떻게 해야 울렁이는 나의 마음이 조금이라도 가라앉을 수 있을까? 생각이 깊어질수록 무심했던 나리의 눈이 잔잔하게 흔들렸다.

오랜 생각의 끝에 나리가 말했다.

"안아 주세요."

"그거면 돼? 정말? 그거면 되겠어?"

거친 숨소리가 나리의 이마에 닿았다. 그와 동시에 나리의 답이 흘러나왔다.

"……네."

현승은 손을 뻗어 동그란 나리의 어깨를 잡았다. 그리고 천천히 나리를 품으로 이끌었다.

토닥토닥. 현승의 손길이 너무 따뜻했다.

두근두근. 그 손길에 맞춰 가슴이 뛰었다.

눈물이 날 것 같았다. 이 품이 너무나 믿음직해서, 이 품이 너무나 따뜻해 눈물이 나왔다.

"아프면 나에게 말해 줘. 별 도움 안 되겠지만, 미덥지 않겠지만, 그래도…… 그래도……."

현승의 목소리가 떨렸다. 그는 마치 울고 있는 것 같기도 했다. 흔들리는 나리의 모습에 그는 더욱 흔들렸다.

아파, 아프다. 미친 듯이 뛰는 그의 심장이 외쳤다.

"아저씨, 고마워요."

나리가 뭔가 말해 줬으면 좋겠는데…… 난 너에 대해서 아주 많이 알고 싶은데…….

나리는 끝끝내 입을 열지 않았다.

※

하루 이틀 시간이 흘렀다. 폐렴으로 판정 난 병호는 한동안 병원 신세를 져야 했고, 나리는 현승의 오피스텔 대신 병실로 출근을 하는 날이 많아졌다. 자연스레 샵으로 출근해야 하는 현승과 병실에 붙어 있어야 하는 나리는 만나지 못하는 날이 많아졌다.

밤늦게 집으로 돌아온 나리는 휴대전화 액정에 닿은 볼이 따끈따끈해졌지만, 예전처럼 그에게 전화를 끊으라며 윽박지르지도, 짜증을 내지도 않았다.

병실을 나서는 순간부터 혼자 집에 들어가면 위험하다는 문자 하나에 그녀 손으로 직접 전화를 걸었고, 어느새 익숙하게 현승과 오늘 하루 있었던 일을 이야기로 나누었다.

조금 늦게 일어나 병원으로 온 이야기나, 점심은 병원 식당에서 간단히 정식을 먹었다든가, 아버지의 건강이 많이 좋아졌다든가.

현승은 쾅, 하며 현관문 닫히는 소리가 들리자 밝은 목소리로 말했다.

―집이야?

"네, 지금 들어왔어요."

―응, 우리 나리 많이 피곤하겠다.

"아저씨가 더 피곤해 보여요."

—우리 나리 아저씨 걱정해 주는 거야?

네. 나리는 쩍쩍 갈라진 그의 목소리를 들으며 하려던 말을 꾹 눌러 삼켰다. 청담점이 오픈하고 나서, 현승은 눈코 뜰 새 없이 바빴다. 실버 라인이 예상보다 훨씬 반응이 좋은 것 같았다. 현승의 말을 빌리자면 코딱지만 한 가게에 사람이 뭐 그리 많이 오는지, 요즘은 사람의 목소리만 들어도 기가 질릴 정도라 했다.

한참 침묵으로 답하던 나리가 용기 내어 말했다.

"네."

—정말? 진짜?

현승의 목소리가 눈에 띄게 밝아졌다. 기뻐하는 그의 모습에 청개구리 심리가 발동한 나리가 입술을 뾰족하게 만들며 말했다.

"아니요. 장난이에요."

—에이, 아저씨는 나리 마음 다 알고 있어.

"정말요? 그럼 이만 전화 끊어요."

메고 있던 가방을 내려놓은 나리가 식탁 의자를 끌어 앉으며 말했다. 통화 시간은 어느새 1시간을 훌쩍 넘기고 있었다. 조용한 집 안이 싫어 그와 더 오랫동안 통화하고 싶었지만 나리는 새벽 1시를 넘긴 시간을 보며 다시 한 번 힘주어 말했다.

"아저씨 피곤하니까."

—아니야. 아저씨는 나리 목소리 더 듣고 싶어.

순간 나리의 몸에 소름이 오소소 돌았다. 이 남자가 보자 보자 하니까. 요즘 따라 입에 기름이라도 발라 놓은 것인지 능글맞고 소름 돋는 이야기를 아주 쉽게 한다. 미간을 찌푸리던 나리가 무심한 어조로 말했다.

"왜요?"

―그야 나리가 너무너무 보고 싶은데, 못 보니까. 목소리라도 듣고 싶어서.

그의 이야기를 듣자, 나리도 문뜩 그의 모습이 보고 싶어졌다.

"그럼 내일 볼까요? 내일은 공장에서 오랫동안 일 봐 주신 이모가 와 계시기로 했어요."

나리가 용기 내어 말했다. 충동적으로 내뱉은 말이지만, 입 밖으로 내뱉으니 그가 정말 보고 싶어졌다. 왜 이런 감정이 드는 것일까? 나리의 고개가 살짝 기울어졌다. 가슴속에서 두근두근, 행복한 기운이 올라왔지만 현승의 입에서 흘러나오는 말에 순간 따뜻한 기운이 사라졌다.

―어떻게 하지? 아저씨 내일 약속 있는데.

"약속이요? 무슨 약속이요?"

―음. 말하기 곤란해.

현승의 말에 나리의 미간이 구겨졌다.

"왜 말하기 곤란해요? 혹시 데이트라도 해요?"

―응.

말해 주고 싶지 않다는 듯 현승은 더 이상 뒷말을 잇지 않았다. 그에게서 속 시원한 답을 얻어 내지 못한 나리가 무슨 데이트냐고, 어떤 여자냐고 더 추궁하려다가 입을 꾹 다물었다. 갑자기 왜 자존심이 상하는지, 왜 그의 말에 상처 받은 여자처럼 기분이 나빠지는 건지 모르겠다.

아직은 알아차리지 못한 자신의 감정에 나리는 한참이 지나서도 현승이 아무 말도 없자, 싸우자는 어투로 쏘아붙였다.

"해 줄 말이 없다 이거죠? 그런 사람이랑 더 이상 통화하고 싶지 않아요. 이만 끊을게요."

　─어, 어? 나리야?

　자신을 부르는 현승의 목소리에도 나리는 가차 없이 전화를 끊어
버렸다. 그리고 나서 더러운 물건인 마냥 식탁 위로 휴대전화를 던져
버리며 한쪽 눈썹을 치켜 올렸다.

　"언제는 내가 좋다며!"

　이 야돌이. 바보. 바람둥이!

　한참이나 속으로 그를 껌 씹듯 질겅질겅 씹어 대던 나리가 자리에
서 벌떡 일어났다. 방금 전까지만 해도 좋았던 기분이 어느새 자취를
감춰 버렸다.

　병실 문을 빼꼼히 연 현승이 안을 살폈다. 병호의 말대로 오늘은
나리가 병실에 오지 않은 것인지, 그 혼자 침대에 누워 있었다.

　병호는 밝게 인사하며 들어오는 현승의 모습에 몸을 일으켰다.

　"아버님, 저 왔어요!"

　"아, 최 사장 왔는가."

　며칠 사이, 현승이 자주 얼굴 도장을 찍어서 그런지 병호의 얼굴은
불편한 기색 없이 맞아 주었다. 현승은 사온 음료를 냉장고에 넣으며
말했다.

　"몸은 괜찮으세요?"

　"많이 좋아졌네."

　"나리는 제가 여기 오는 것, 모르고 있죠?"

　"그래, 자네가 말하지 말라고 해서 말하지 않았어."

　"정말 감사해요."

　현승은 냉장고 정리가 끝낸 뒤, 병 하나를 병호에게 건네며 말했다.

208

"이건 뇌물이에요."

"뇌물이 늘 참 간소하구만."

장난스럽게 말하는 병호를 따라 웃은 현승이 의자를 끌어와 그의 옆에 앉으며 말했다.

"그래도 아버님이 제일 좋아하는 오렌지 주스니까 말씀해 주실 거죠?"

넉살 좋게 이야기하는 현승의 말에, 병호의 입술에 미소가 걸렸다.

가끔 나리 몰래 찾아오는 이 최현승이란 남자는 자신의 딸에게 아주 관심이 많은 사람이었다. 굳이 나리나 그를 통해 듣지 않아도, 그가 딸을 아주 많이 좋아하고 있다는 것쯤은 이들보다 좀 더 세상을 오래 산 사람이라 알 수 있었다.

그래서일까. 그는 현승이 궁금해하는 나리의 지난 과거에 대해 아는 부분까지는 아주 솔직히 말해 줬고, 답답한 병실 생활을 조금씩 견뎌 나가고 있었다.

오늘은 또 어떠한 주제를 꺼낼까. 병호가 가벼운 어조로 물었다.

"그래, 그럼 오늘은 뭐가 듣고 싶은가?"

지난 일주일 동안 나리가 공장 일로 병실을 찾지 못할 때에 맞춰 병호를 찾아온 현승은 그녀에 대해 많은 이야기를 들었다. 어떨 땐 학창 시절의 이야기를 듣기도 했고, 어떨 땐 아주 어린 시절의 이야기를 듣기도 했다.

오늘은 어떤 이야기가 좋을까? 고민하던 현승은 이제껏 가장 듣고 싶었지만 차마 꺼내지 못했던 주제를 꺼냈다.

"나리의 어머니에 대해서요."

"흠, 그게 왜 궁금한가?"

병호의 물음에 현승은 바닥으로 향해 있던 시선을 들어 그의 얼굴을 보았다. 세월을 비껴나지 못한 병호의 얼굴은 자글자글 주름져 있었다. 그리고 그 얼굴 위로 걱정과 슬픔이 조금은 묻어나 있었다. 묻지 말아야 했던 것일까?

입을 꾹 다물고 곰곰이 생각에 잠겨 있는 현승의 모습에 병호가 입술 끝을 부드럽게 올리며 웃었다.

"못 해 줄 이야기도 아니지만."

"아……. 죄송해요. 하시기 힘든 이야기라면 다른 걸로……."

현승의 말이 채 끝나기도 전에 병호는 이야기를 시작했다.

"아내는 음식을 참 못했네. 그래서 나리가 어릴 적부터 아내의 요리 스승이 되어 주었지."

"아……."

"참 사이가 좋은 모녀였네. 나란 사람은 끼어들 자리가 없을 정도로. 그런데."

순간 말을 멈춘 병호가 깊은 한숨을 내쉬었다. 잠시 뜸을 들인 그가 곧 말을 이었다.

"나리가 고등학교를 다닐 때 그 아이 엄마가 교통사고로 죽었어. 아마 이번에도 내가 병원에 있다고 해서 깜짝 놀랐을 거야."

처음 듣는 이야기에 현승의 눈이 놀라 벌어졌다. 그가 눈을 동그랗게 뜨며 자신을 바라보고 있다는 것이 느껴졌지만, 병호는 이야기를 멈추지 않았다.

"그 아이 엄마가 죽고 나서 한동안 참 많이 힘들어했네. 연애 기간까지 합치면 족히 20여 년을 마음에 담은 사람인데, 어떻게 슬프지 않을 수가 있었겠어."

"아……."

"많이 사랑했네. 아주 많이."

"……."

"나 홀로 슬퍼했네."

"……."

"그래서 그 아이를 신경 쓰지 못했어. 딸아이는 제 어미를 아주 많이 닮았어. 그 아이의 얼굴을 볼 때마다 슬퍼졌네. 그래서 보지 못했어."

담담한 병호의 이야기에 현승은 숨을 죽였다. 아직도 그 슬픔을 완전히 회복하지 못한 것인지 병호의 눈빛이 울렁였다.

"그러다 문득 깨닫고 보니 딸아이와 아주 멀어져 있었어. 회복하기에는 너무 늦은 뒤였네. 그 긴 시간 동안 딸아이는 제 어미도, 그리고 나도 잃었던 거야."

말을 마친 병호는 입맛이 쓴지 표정을 구겼다. 한참 말을 잇지 못하던 병호가 시선을 들어 현승을 보았다.

"그래서 부녀지간이긴 하지만 남처럼 살았네. 난 그 아이가 날 신경 쓰느라 자신의 꿈을 포기하고 주저앉는 모습이 싫어 타박을 했지만, 그 아이가 느끼기엔 그렇게 느껴지지 않았나 봐. 자신을 방치하는 느낌이 들었을 거고, 그렇게 생각을 할수록 더욱 상처 받았을 거야."

"……."

"난 자네가 딸아이의 곁에 있어 주는 게 참 고맙네. 아직은 잘 모르지만, 자네가 내 딸을 아주 많이 좋아한다는 것만은 느껴지거든."

살짝 미소 지은 병호가 손가락을 들어 때가 꼬질꼬질하게 낀 반창고를 보여주며 말했다.

"그리고 아주 작은 내 상처에도 바로 치료를 해주지 않았나."

고개를 내려 반창고를 보는 병호의 얼굴에 즐거운 미소가 떠올랐다.

"자네라면 내 딸아이의 상처도 잘 치료해 주겠지."

말을 마친 병호는 한동안 말이 없었다. 그리고 모든 이야기를 들은 현승 또한 말이 없었다.

좁은 병실 안에 침묵이 돌았다. 예상치 못한 아픈 나리의 과거 때문에 현승은 한동안 생각을 정리하느라 말하지 못했고, 병호는 그가 과거사를 듣고 어떠한 반응을 보일지 몰라 입을 꾹 다물고 있었다.

생각의 결론을 내린 현승의 눈동자에 생기가 돌았다.

"고맙습니다, 아버님."

그 한마디가 끝이었다. 하지만 그의 눈빛에서 모든 답을 들은 병호는 안도의 한숨을 내쉬며 고개를 끄덕였다.

이 주 만에 현승의 오피스텔을 찾은 나리는 현관문을 여는 순간 몸이 얼어붙었다.

"이 망할 인간."

엉망, 엉망, 이런 엉망도 없었다. 돼지도 여기선 살지 않겠다고 가출할 정도로. 일주일에 네 번씩 집을 청소해 주던 아주머니가 갑작스럽게 그만두며, 가정부를 구한다는 이야기는 들었지만, 설마 일주일이란 짧은 시간에 이렇게 될 줄이야. 집은 마치 폭격이라도 맞은 것처럼 보였다.

엉망인 거실 꼴을 보며 부엌으로 향한 나리가 몸을 움찔 떨었다.

"뭐야? 뭐 먹고 산 거야?"

부엌은 바깥과는 달리 상당히 깨끗했다. 싱크대 위로 내려앉은 먼지를 제외하고선 그녀가 마지막으로 정리해 뒀던 모습 그대로. 순간 나리가 뒤돌아 냉장고로 향했다. 문을 열자 역시나 그녀가 마지막에 사 뒀던 식자재가 썩어 있었다.

"휴."

인생에 사는 것이 먹는 낙뿐인 사람인데, 무슨 낙으로 살았대?

걱정스러운 마음에 냉장고 문을 닫은 나리가 거실을 향해 시선을 던졌다.

"빨리 끝내자."

우선 저것부터 싹 치우고 난 다음에 현승을 위해 뭐라도 좀 만들어 두는 게 좋겠다 생각하며, 나리는 바쁜 걸음을 옮겼다.

그리고 정확히 한 시간이 흐른 뒤. 집 안은 점점 제 모습을 찾아가는 반면 나리의 입은 걸레를 문 양 점점 더러워지고 있었다.

"이 썩을 인간. 들어오기만 해봐라."

당장 3일에 한 번씩 청소기 정도는 돌려 놓게 만들겠다며 벼르고 별렀다. 그게 안 된다면 가정부라도 빨리 구하라고 독촉을 하든가.

한겨울임에도 이마에 땀이 삐질삐질 맺힐 정도로 청소를 한 나리는, 커다란 쓰레기봉투를 들고 부엌으로 오다 바닥에 떨어져 있는 포스트잇 종이를 주웠다.

아버지 반창고

동글동글한 글씨체로 정성스럽게 써둔 글귀를 보며 나리가 고개를 기울였다. 그러고 보니 현승에게서 단 한 번도 부모님에 대한 이야기를 들어 본 적이 없다는 생각이 문득 떠올랐다.

의아한 마음도 잠시. 비밀번호가 삑삑삑삑 눌리는 소리에 나리가 한 걸음에 현관 쪽으로 걸음을 옮겼다.

피곤한 기색이 가득한 얼굴로 신발을 벗고 있는 현승의 모습에 나리는 허리에 손을 얹으며 말했다.

"데이트는 잘 끝나셨어요?"

"응? 나리다."

헤헤, 웃으며 오도도 걸어오던 현승은 나리의 얼굴이 심상치 않자 자리에서 우뚝 멈췄다. 오랜만에 보는 나리는 반갑기 그지없지만, 저렇게 인상을 찌푸리고 있는 모습을 보자 무서운 마음이 먼저 들었다.

왜 저러지? 왜 저렇게 날 보지? 왜? 왜?

현승의 머릿속에 계속 Why? 란 의문만 둥둥 떠다녔다.

"아저씨, 날 좋아한다고 하셨죠?"

"응, 나리 좋아."

망설임 없이 흘러온 답에 나리의 눈동자가 차가워졌다.

그녀는 현승에게 한 걸음 더 다가서며 말했다.

"전 그런데 아저씨가 점점 싫어지려고 해요."

"왜?"

"사람답게 삽시다, 좀!"

❀

강남에 위치한 화려한 바와는 달리 모던한 인테리어와 부드럽게 흐르는 재즈 선율이 귀를 사로잡는 곳. 직장인들이 많이 찾는 곳인지 여기저기 앉아 있는 셔츠 차림의 사내들을 눈으로 훑었다. 그때 그의 시선에 구석 자리에 앉아 있는 건욱이 들어왔다.

"동생님, 오랜만."

"어, 형 왔어?"

현승은 건욱의 맞은편에 앉으며 말했다. 주얼리 쇼 이후로 처음 만났으니 오랜만이라면 오랜만이다.

현승은 동생을 보았다. 날카로운 선이긴 하지만, 얼굴은 그가 보기에도 참으로 잘생긴 얼굴이었다. 그와 잠시 지냈을 때도 여자들이 침을 흘리며 소개팅을 해 달라 조를 정도였으니, 그의 외모를 칭찬하는 건 입만 아픈 허튼짓이었다.

현승은 잘생긴 얼굴 위로 어둡게 그늘이 내려 있는 것을 보며 무심하게 물었다.

"왜? 하나랑 무슨 일 있어?"

"……뭐."

아무 말도 하지 못하는 것을 보면, 무슨 일이 있긴 한가 보다. 건욱의 표정을 살피던 현승이 건욱의 앞에 잔을 내밀며 말했다.

"그래? 우리 건욱이, 예쁜 하나랑 일하는 소감이 어때?"

"형, 생글생글 웃는 얼굴로 칼 꽂지 마. 형이 안 그래도 충분히 아프니까."

잔에 술이 차자, 둘은 누가 먼저랄 것도 없이 스트레이트 잔을 기울였다. 식도를 타고 넘어가는 뜨거운 느낌에도 현승은 아무렇지도 않은 얼굴로 잔을 내려놓으며 말했다.

"얼굴 보니까 다시 붙어먹은 건 아닌 것 같고……."

"……안 만난다니까."

"어머나, 어떻게 인간 일을 장담하나? 그것도 남녀 사이 일을."

현승은 도사처럼 테이블을 탕탕 내려치며 말했다. 그의 말에 건욱은 한숨을 내쉬었다.

"할아버지는 도대체 무슨 생각이신 건지……."

"노망이 난 거지, 노망이."

현승은 혀를 찼다. 할아버지는 기력이 빠질 법도 하건만, 어떻게 된 게 갈수록 체력이 좋아지는 것 같다. 현승은 정정한 최 회장을 떠올리며 턱을 괴었다. 그리고 앞에 놓인 오징어 몸통을 골라 우적우적 씹으며 말했다.

"뭐, 가족이라곤 달랑 셋이니까, 더 늘리고 싶으신 거 아닐까?"

"뭐……?"

"너랑 나. 결혼시키고 싶으신 거지."

현승의 말에 건욱은 처음 듣는 이야기라는 듯 눈을 깜빡였다. 순진한 동생의 모습에 현승은 씹던 오징어를 그의 눈앞에서 흔들며 말했다.

"하나까지 같이 부르신 거 보면 네 짝은 하나인 것 같고."

현승은 포인트인 '하나'에서 오징어를 더욱 격하게 흔들며 말했다. 그의 말에 건욱은 테이블 위에 놓인 호박색 양주병을 보며 작게 읊조렸다.

"이미 오래전에 끝난 사이야."

그들의 관계를 모두 알고 있는 현승이 혀를 끌끌 찼다. 동생 놈의 얼굴을 보니, 지독하게 차여 놓고 아직도 잊지 못하고 있는 것 같았다. 뭐, 눈치 빠른 노인네는 그 사실을 기가 막히게 알아낸 것 같고.

"뭐, 그거야 네 사정이고. 할아버지 생각은 다르실 테니까."

그리고 내 마음도 말이야. 현승은 뒷말을 삼켰다. 건욱은 어느새 생각에 잠겼다. 무슨 생각을 하는지는 모르나, 세차게 흔들리는 그의 눈빛을 보면 하나 생각을 하고 있는 게 분명했다. 건욱은 지난 기억만으로도 상처 받은 것인지 어느새 시선이 아득히 멀어지고 있었다.

쯧쯧, 멍청한 놈. 얼굴만 잘났지 순…… 지가 순정마초야, 뭐야?

속으로 혀를 찬 현승은 잔을 들며 그의 앞에 내밀었다.

"제사 지내? 우리 술 좀 마시자."

"아, 어."

잔을 드는 동생을 보며 현승은 한숨을 쉬었다. 인간이 좀 약아도 될 텐데, 정직하게 자신의 생각을 고스란히 비치는 동생 놈의 눈빛에 그는 기운이 빠지는 것 같았다.

건욱이 잔을 비우며 말했다.

"형은 요즘 어때? 청담점은 괜찮아?"

"응. 뭐, 너무 바빠서 문제지. 실버 라인 덕도 있고."

"형이 할아버지 뜻대로 따라줄진 몰랐어."

건욱의 말에 현승은 힘없이 웃었다. 주구장창 삐뚤어졌던 지난날 자신의 모습을 떠올렸다.

주얼리 쪽에서 일하길 바랐던 할아버지의 바람을 무시하고 무작정 뉴욕으로 떠났을 때, 할아버지의 역정을 받아 내는 것은 오로지 건욱이었다. 착한 동생은 자신의 몫까지 늘 참아 왔고, 자신을 대신해 할아버지의 바람을 들어줬다.

문득 어느 날 정신 차리고 보니 그는 동생에게 참으로 많은 죄를 저지른 뒤였다.

"그럼 어쩔 거야? 계속 10대 청소년처럼 반항이나 할까?"

"형은 싫은 건 죽어도 안 하잖아."

"죽을 만큼 싫지 않나 보지."

건욱의 곧은 시선이 현승에게 향했다. 건욱은 놀란 듯 눈을 깜빡이며 말했다.

"형 변했다."

"응응, 내 생각도 그래. 철 좀 든 것 같지?"

씨익 웃는 현승의 모습에 건욱은 정직하게 고개를 끄덕였다. 좀 에둘러 답할 법도 하건만 그의 하나뿐인 동생은 참 정직한 놈이었다.

현승은 턱을 괴고 동생의 모습을 보았다.

"왜 그런 눈으로⋯⋯."

"건욱아, 나 좋아하는 사람이 생겼어."

현승의 말에 건욱은 쇼 장에서 봤던 자그마하고 귀여운 나리를 떠올리며 말했다.

"그때 봤던 그 아가씨?"

"응. 난 나리가 참 좋아. 내 상처를 보고도 아무렇지도 않게 말해 준 첫 사람이니까."

첫 사람. 자신이 꺼낸 말이건만 현승은 가슴 한켠이 부풀어 오름을 느꼈다.

건욱은 자신의 눈을 똑바로 쳐다보지 못하는 형의 모습에 한숨을 내쉬었다. 누누이 죄책감은 가지지 말라고, 아주 어렸을 때 우연히 생긴⋯⋯ 그러니까 사내아이들이라면 으레 어릴 적 생길 수 있는 상처라고 말을 해도 현승은 들어먹지 않았다. 오히려 그 이야기를 할수록 자신의 실수 때문에 동생의 몸에까지 화상 자국을 남겼다는 사실에 더욱 죄책감을 느끼고 아파했다. 별것 아닌데. 이런 흉터쯤이야.

"그래서 그 이야기 하려고 부른 거야? 형도 알겠지만, 나 요즘 무척⋯⋯."

"아니야. 설마 내가 동생님한테 연애 상담해 달라고 불렀겠어?"

현승은 헤헤 웃으며 가방에서 스케치북 하나를 꺼내 그의 앞으로 내밀었다.

"한 번 봐줘."

"이게 뭔데?"

건욱은 스케치북을 펼쳐 들며 물었다. 주얼리가 렌더링 되어 있는 그림을 눈으로 훑으며 말했다.

"꽤 노력한 흔적은 보이네."

"네가 보기엔 어때?"

"뭐가?"

"이 그림을 그린 사람이 디자이너가 된다면 성공할 수 있을까?"

현승의 물음에 건욱은 미간을 찌푸렸다. 형이 늦깎기에 진로를 다시 선택하는 것은 아닐까, 고민하는 얼굴이었다. 그의 생각을 읽어 낸 현승이 고개를 저으며 말했다.

"나리 거야."

"뭐? 그런데 이거 제품들이……."

"응. 걔가 그렇게 인생을 허비하며 살았더라고. 만약 네가 봤을 때 나리가 디자이너로서 가능성이 있다면 그 아이의 길을 열어 주는 건 어떨까, 생각이 들어서."

"그걸 형이 왜?"

"뭐든 해 주고 싶거든."

그의 마지막 플랜 열 번째. 그 아이가 자유로울 수 있도록 도와주고 싶었다. 그 아이가 현실에 얽매이지 않고 하고 싶은 일을 하며 살길 원했다. 그 길을 그가 열어 줄 수만 있다면, 자신의 모든 힘과 인맥을 동원해서라도 그 길을 빨리 걷도록 만들고 싶었다. 나리가 행복해할 수 있다면. 그 아이가 즐거워할 수 있다면 그는 무슨 짓이라도 할 수 있을 것만 같았다.

"그리고 그 아이가 하고 싶은 일을 하면서 행복하게 살길 원해."

현승의 말에 건욱은 천천히 고개를 끄덕였다. 형이 그러한 마음을 먹었다면, 동생 된 도리로 조금은 도와줄 용의가 있었다. 남의 디자인을 베낀 렌더링에서 그 어떠한 재능을 발견하지 못했다 하더라도.

❀

어색했다. 요즘 간호하느라 병호와 부쩍 붙어 있었던 나리였지만, 아직 같은 공간에 둘만 있으면 저절로 입이 무거워졌다. 무슨 말을 해야 할까? 발가락부터 머리끝까지 긴장이 흘렀다. 그때였다.

드륵드륵.

주머니에 들어 있던 휴대전화가 몸을 울렸다. 진동 소리에 병호의 눈을 슬쩍 보다 전화를 꺼내 액정을 확인했다.

소녀 감성 최 사장.

늘 눈치코치 없이 굴던 현승이 이번에는 타이밍을 맞춰 문자를 보내 왔다.

「나리야! 로비로 나와!」

가타부타 이유도 없이 내려오라는 문자를 보자 나리의 입술에 미소가 걸렸다. 이젠 제법 익숙해진 패턴이다. 뜬금없이 불러내고, 기쁘게 해 주려 노력하고, 칭찬까지 바라는 모습. 오늘은 또 어떤 일로 자신을 놀라게 해줄까. 이젠 기대감마저 들었다.

1층 로비로 내려온 나리는 사람들의 시선을 받으며 서 있는 현승을 보았다. 남자, 여자 할 것 없이 수많은 시선이 그에게 머물러 있었다. 생소한 광경에 나리가 걸음을 멈췄다.

벽에 등을 기대고 창밖을 바라보는 그의 모습은 겉으로 보기엔 화보 속의 모델처럼 멋있어 보였다. 팔목을 걷어 시계를 확인하던 그는 언뜻 닿은 시선 끝에 나리가 서 있는 것을 보며 허리를 곧게 세웠다. 그리고 자신을 찾지 못한 것이라 생각한 것인지 크게 손을 흔들었다.

"나리야!"

그에게 닿아 있던 사람들의 시선이 순식간에 나리에게 향했다. 갑작스럽게 모이는 시선에 얼굴이 붉어진 나리가 서둘러 걸음을 옮겨 그에게 향했다. 해맑게 웃는 그의 모습엔 부끄러움은 보이지 않았다. 서둘러 그의 팔을 밖으로 이끌며 낮게 중얼거렸다.

"정말 부끄럽게 왜 이래요?"

"응? 뭐가?"

"다 쳐다보잖아요. 빨리 나와요!"

작게 읊조린 나리는 사람들의 시선을 피해 서둘러 밖으로 나왔다. 뉴스에서 말했던 것처럼, 완연히 겨울이 왔다는 소식처럼 밖은 추웠다. 한낮에도 하얀 입김이 솔솔— 나올 정도로 추운 날씨에 현승은 서둘러 자신이 감고 있던 목도리를 벗어 나리의 목에 감싸 주며 말했다.

"날이 진짜 추워."

나리는 그의 온기가 고대로 남아 있는 목도리에 얼굴을 푹 파묻으며 고개를 끄덕였다. 그의 말대로 날이 정말 추워졌다.

"나리 밥도 못 먹고 있을 것 같아서, 죽 사왔어."

그가 아까부터 들고 있던 정체불명의 종이 가방에서 보온병을 꺼냈다. 그릇에 죽을 더는 그의 손이 덜덜 떨린다. 추위에 붉게 얼어붙은 현승의 손을 보던 나리는 자신의 손에 그릇을 들려 주는 모습에 무심한 어조로 말했다.

"근데 꼭 여기서 먹어야 해요? 안에 휴게실도 있는데……."

나리의 말에 현승의 한쪽 눈썹이 씰룩였다.

"그런 건 빨리 말해 줘야지, 나리야."

"보기 드물게 아저씨의 행동이 너무 빨라서 미처 막을 새도 없었는걸요?"

"어쩌지……."

이미 벤치 위로 차려진 음식을 보며 현승이 중얼거렸다. 귀찮지만 도로 음식을 싸들고 안으로 들어가는 것이 좋을까, 춥긴 하지만 이 자리에서 서둘러 음식을 먹는 것이 좋을까, 고민하는 기색이 역력한 얼굴이었다.

그의 얼굴을 보고 있던 나리가 비닐에 싸 있는 숟가락을 뜯으며 말했다.

"이렇게 먹는 것도 재미있는 것 같아요. 우와, 죽 맛있겠네요."

나리가 밝은 어조로 말하며, 서둘러 전복죽을 한 숟갈 입에 넣었다. 죽이 입안에서 사르르 녹았다. 아버지 병간호를 하느라, 그녀 또한 안색이 좋지 않았다. 그럴 만도 했다. 새벽 일찍 나와 하루 종일 병수발을 들고, 늦은 시간이 되어야 집으로 돌아갔던 일정을 생각해 보면. 더욱 병원의 짙은 약 냄새는 멀쩡한 사람 또한 아프게 만들었다.

현승은 새하얗게 질린 나리의 얼굴을 걱정스럽게 보며 말했다.

"괜찮아?"

"의사 선생님이 내일이면 퇴원할 수 있을 거라고 했어요. 오늘 마지막 검사도 했고요."

"아버지 말고 너. 너 말이야."

현승의 말에 나리는 막 입안에 찔러 넣은 수저를 빼냈다. 그릇 위에 숟가락을 내려놓은 나리가 현승의 얼굴을 올려다보았다. 그의 얼굴에 확연하게 드러난 걱정에 나리의 얼굴에 희미한 미소가 걸렸다.

"전 괜찮아요, 아저씨."

감정을 숨긴 채, 연극 무대에 선 배우마냥 웃는 나리의 모습에 현승은 입술을 꾹 깨물었다. 손을 뻗어 나리의 어깨를 다독여 주고 싶었지만, 어느새 고개를 숙이고 죽을 먹기 시작한 그녀의 모습에 현승은 손가락을 꿈틀거릴 뿐, 차마 움직이지 못했다.

나리는 말없이 죽을 먹기 시작했고, 덜어 놓은 음식을 모두 먹고 나서야 숟가락을 내려놓았다. 현승은 말없이 빈 그릇을 치우는 나리를 도왔고, 펼쳐 놓은 음식을 모두 치우고 나서야 자리에서 일어났다.

현승은 추위에 노출된 나리의 손이 빨갛게 부르터 있는 것을 보며 손을 뻗었다. 얼음장처럼 차가운 나리의 손을 붙잡아 올린 현승은 따뜻한 입김으로 나리의 손을 녹여 주었다.

"호호! 우리 나리, 안 춥다. 안 춥다."

중얼거린 현승은 나리의 손이 미지근할 때까지 한참 입김을 불어 주었고, 나리는 그가 하는 행동을 그대로 받아들였다. 나리가 말없이 그의 얼굴을 올려다보자, 현승은 아쉬움에 미소 지으며 말했다.

"추우니까 빨리 들어가."

"……."

"아버님께 안부 인사 전해 드리고."

벤치 한 곳에 놓여 있던 종이 가방을 나리의 손에 들려 준 현승은 부드럽게 미소 지으며 말했다.

"아버님 거야. 죽이니까, 속 괜찮으실 때 드시라고 해."

그제야 왜 단출한 점심이 왜 죽인지 깨달았다. 아버지 거까지 챙겨 오느라 메뉴를 죽으로 통일한 것 같았다.

현승의 말에 말없이 그를 올려다보던 나리가 미소 지었다. 그의 얼굴엔 아쉬운 기색이 가득했다.

"힘든 일 있으면 연락하고."

그리고 그녀 또한 아쉬움이 가득했다. 예전에는 매일 붙어 있다시피 했는데, 요즘 들어 그와 함께 있을 수 있는 시간이 줄어만 갔다. 그것이 너무너무 아쉬웠다.

"고마워요."

나리가 해맑게 웃으며 말했다. 입술을 늘어트리며 웃는 모습에 현
승은 순간 숨을 멈추고 그녀를 보았다.

예뻤다. 참 예뻤다. 나를 보고 웃는 저 아이의 미소가 너무 예뻐
순간 숨을 쉴 수가 없었다. 오랜 시간 나리를 보던 그가 천천히 손을
뻗었다. 나리의 동그란 어깨를 감싸 쥐었다. 그리고 천천히 고개를 내
렸다.

"아."

둘의 입술이 닿으려던 찰나 현승은 고개를 돌려, 나리의 어깨에 얼
굴을 묻었다. 귀까지 빨개진 현승은 숨을 들이마셨다.

하아, 하아. 어쩌지? 어떻게 하지?

그의 머릿속이 여러 생각으로 들어찼다. 그리고 순간, 그녀에게 어
떤 변명을 해야 할까. 지금 자신의 마음은 무엇일까. 여러 생각으로
뒤엉켜 있던 그의 머릿속이 단 하나의 생각으로 모아졌다.

좋아, 좋아. 나리가 너무 좋아.

현승의 머릿속에는 오직 그녀의 생각뿐이었다.

이마에 닿는 따뜻한 기운에 현승은 순간 크게 숨을 들이켰다. 온몸
이 따끈따끈하게 달아오르는 것 같았다. 그때였다. 나리가 작은 목소
리로 읊조렸다.

"애쓰지 마세요."

"응?"

현승의 입에서 놀란 음성이 튀어나오자, 나리는 아무렇지도 않은
무심한 어조로 말했다.

"다 보이니까, 애쓰지 말라고요."

나리의 말에 마법처럼 용기를 낸 현승이 고개를 들었다. 나리는 여

전히 무심한 눈초리였다. 평소라면 그라면 무표정한 그녀의 얼굴에 움찔 쫄기부터 했겠지만, 오늘의 현승은 달랐다. 나리의 작은 얼굴을 손으로 감싼 그가 입술을 내렸다. 그리고 차가운 겨울바람에 부르터 있는, 입술을 촉촉하게 머금었다.

닿았다. 둘의 마음이. 차가운 가슴에 온기를 불어넣었다.

천천히 입술을 뗀 현승의 손끝이 파르르 떨렸다. 나리의 얼굴을 감싸고 있어, 그의 떨림은 고스란히 그녀에게 전해졌다. 하지만 그보다 더 떨고 있었던 나리는 그의 떨림을 미처 알아차리지 못했다. 나리는 붉어진 자신의 얼굴을 가리기 위해 고개를 푹 숙였다.

"뭐, 뭐예요?"

당황한 나리가 자신을 내려다보는 그의 시선을 느끼며 애써 아무렇지도 않은 척 말했다.

"뭐냐고요."

숨기려 했으나, 숨기지 못한 떨림이 목소리에 고스란히 드러났다. 그녀만큼이나 떨고 있던 현승은 바르르 떨고 있는 그녀의 모습에 기쁨에 가슴이 부풀어 오름을 느꼈다.

나리를 품으로 끌어안은 현승이 그녀의 정수리에 입술을 맞추려고 할 때였다. 그때야 부끄러움에 놓쳤던 나리의 멘탈이 돌아왔다. 퍼뜩 정신을 차리자 자신의 얼굴 앞에 다가와 있는 그의 얼굴에 화들짝 놀라, 남자의 넓은 가슴을 힘껏 밀어냈다.

"다 안다며."

"이, 이게 아니라……."

나리가 말을 더듬으며 거세게 고개를 흔들자 뾰루퉁 화가 난 현승이 버럭 소리를 질렀다.

"그럼 뭐야!"

"사, 사장님의 마음을 알고 있다고요!"

나리가 변명하듯 소리를 질렀다. 온몸에 개미가 기어 다니는 것처럼 근질근질거렸다. 날 좋아한다는 마음이라든가, 소중하게 대하는 마음이라든가, 날 위해 많은 것들을 해주고 있다든가, 그런 것을 안다는 것이지 이 아저씨가 무작정 얼굴을 들이대고 싶은 것을 알고 있다는 것은 아니었다!

"응? 내가 키스하고 싶은 걸 안다는 게 아니라?"

"우, 우씨!"

낯부끄러운 말에 나리의 얼굴이 터질 듯 부풀어 올랐다. 이 남자는 도통 부끄러움을 모르는 것 같았다. 어떻게 그런 말을! 그런 말을!

하지만 현승은 거기서 멈추지 않았다.

"좋아해."

좋아해. 좋아한다. 나리야, 좋아해.

최근 이 주 사이에 너무나도 많이 들어온 말이었다. 그래서 가끔은 장난스럽게 느껴지는. 그래서 반발심마저 드는. 나리는 애써 빵빵하게 부풀렸던 얼굴에 바람을 푸시식 빼며 말했다.

"알아요."

"사랑해."

"그것도 알아요."

"나리는?"

"……."

처음 되돌아온 물음에 당황한 나리가 입을 꾹 다물었다. 뭐라고 답해야 할까? 늘 좋아한다, 사랑한다 들었지만, 답을 해 준 적은 없었다. 장난하지 말라고 해야 하나? 하지만 그건 어쩜 그의 마음을 너무 무시하는 말일지도 모른다.

그녀의 고민이 깊어지자 참다못한 현승이 먼저 말을 꺼냈다.

"나리는 어떻게 생각해?"

진지한 그의 얼굴에 차마 장난스럽게 넘길 수 없었다. 웃기지 말라며, 웃어넘기고 싶은데 그럴 수도 없었다. 남자의 눈빛이 너무나 따뜻해서. 웃고 있는 그의 눈빛에 부끄럽다며 차마 내뺄 수가 없었다.

"그, 그게."

더듬더듬 내뺄은 말에 가슴이 뛰었다. 쿵쾅쿵쾅 심장이 뛰었다.

"응, 나리야."

"……."

어느새 한 발자국 떨어진 그는 웃었다. 너무나 예쁘게. 활짝 웃는 그의 모습에 숨이 막혔다.

"저, 아버지한테 가 봐야겠어요."

떨리는 마음에 벤치 위에 올려 뒀던 봉투를 든 나리가 그에게서 한 발자국 떨어졌다. 조금 멀찍이 떨어져서 그를 바라보자, 현승은 멍한 표정으로 나리의 움직임을 보고 있었다.

"이건 꼭 전해 드릴게요."

죽이 든 봉투를 흔든 나리가 서둘러 자리를 뜨자, 현승은 그녀가 사라진 자리를 허망하게 쳐다보고만 있었다.

"답은 해 주고 가야지."

더듬더듬 내뺄은 현승이 고개를 푹 숙였다.

"언제까지 기다려야 해애……."

띠띠띠띠—

비밀번호가 눌리고, 곧 현관문이 열렸다. 비척비척, 집 안으로 들어온 현승은 들고 있던 종이 가방을 바닥에 툭 떨어트렸다.

"하아."

입에서 깊은 한숨이 흘러나왔다. 입고 있던 옷을 벗어 던지고 곧장 침대로 향한 그는 매트리스가 출렁일 정도로 온몸에 힘을 빼고 침대에 벌러덩 누웠다.

"민나리 진짜."

현승은 붉어진 얼굴을 가리기 위해 커다란 손으로 가렸다. 하지만 얼굴은 다 가려지지 않는다. 귀 밑이 붉어졌고, 목소리는 가뭄에 갈라진 땅처럼 거칠어졌다.

'좋아해.'

그는 평소처럼 자신의 마음을 털어놓았다. 주체할 수 없는 마음을. 꾹꾹 눌러 담아지지 않아 비집고 나오는 마음을.

한 번, 두 번, 세 번 터놓자 점점 욕심이 생기기 시작했다. 이제껏 앵무새처럼 계속 좋아한다고만 말했다. 자신의 마음을 고백하는 것만으로도 충분하다고 생각했다.

하지만 이젠 그녀의 답이 듣고 싶었다. 사람의 욕심이 그렇지 않은가. 하나를 얻으면 좀 더 큰 것을 얻길 바란다. 아주 치졸한 그 생각 하나로 그는 더 큰 것을 바라며 물었다.

'나리는 어떻게 생각해?'

그래, 듣고 싶어졌다. 그래서 물었다. 하지만 나리는 자신의 물음에 답하지 않고, 순식간에 도망쳐 버렸다.

언제까지 기다려야 할까. 언제까지.

"힘들다."

조급해지는 마음을 억누르는 것에 점점 한계가 오기 시작했다.

침대에 누워 멍하니 천장을 바라보던 현승은 순간 울리는 초인종 소리에 몸을 일으켰다.

딩동.

멍한 눈으로 현관문을 바라보던 현승이 천천히 발을 내려 자리에서 일어났다. 그리고 더듬더듬 천천히 발걸음을 옮겨 현관으로 향했다. 그의 행동은 아주 느렸고, 얼굴에는 긴장감마저 보였다.

딩동.

밤늦게 찾아온 방문객은 성질이 아주 급한 사람인지 그 짧은 시간을 참지 못하고 또다시 초인종을 눌렀다. 그러자 이번엔 현승의 행동이 조급해졌다.

순식간에 현관문으로 다가간 현승은 방문객이 누군지 확인하지도 않고 문을 열었다. 그리고 순간 그의 눈에 들어오는 나리의 모습에 현승은 한 발자국 뒤로 물러섰다.

"하아, 하아. 아저씨."

나리가 거친 숨을 내뱉었다.

"어, 어?"

놀란 현승이 더듬거리자, 가슴을 몇 번 쿵쿵 두드린 나리가 침을 꼴깍 삼켰다. 그러더니 여전히 거친 목소리로 말했다.

"저 아저씨 좋아해요."

"손에 든 건 뭐냐?"

병호는 마치 괴한에 쫓기는 여자마냥 헐떡이며 병실 안으로 들어온 나리에게 물었다. 나리는 얼이 빠진 얼굴로 한동안 숨을 고르더니 이내 손에 들려 있는 종이 가방을 내려다보았다.

"아, 아…… 사장님이 왔다 가셨거든요."

"최 사장? 그런데 네 얼굴이 왜 그 모양이냐."

병호가 미간을 찌푸리며 물었다. 새하얗게 질린 얼굴로 넋이 나간 사람처럼 구는 나리의 얼굴을 보자 걱정부터 몰려왔다.

나리는 병호의 물음에도 한참이나 종이 가방을 내려다보더니 이내 고개를 저었다.

"아무것도 아니에요."

나리는 그렇게 말하며 저 스스로를 합리화시키려는 사람처럼 고개를 끄덕였다.

그래, 아무것도 아니야. 늘 들어오던 장난스러운 그의 고백이 좀 더 진지해졌을 뿐. 딱 거기까지였다. 그래, 거기까지야. 거기. 괜히 내가 도망친 거라고!

의자를 끌어와 앉는 나리의 모습을 걱정스레 바라보던 병호가 다시 한 번 물었다.

"정말 아무 일도 아니야?"

그의 물음에 막 의자에 앉으려던 나리가 어정쩡한 자세로 병호를 보았다. 병호의 얼굴에 나리는 고개를 끄덕이다 말고 모든 행동을 멈췄다.

정말 아무 일도 아닐까? 그의 진지한 고백과 자신의 마음을 물어오는 행동이. 정말 아무 일도 아니야?

그렇게 되묻자 나리는 저도 모르게 고개를 저었다.

아무 일도 아닐 리가 없지 않은가. 이제껏 단 한 번도 자신의 마음을 진지하게 물어 온 적이 없는 그가 처음으로 자신의 의사를 물어왔다.

난 어떻게 생각하냐고. 충분히 마음을 고백했으니 너 또한 마음을 털어놓으라며.

"아……."

그런데 자신은 피해 버렸다. 겁쟁이처럼. 도망쳐 버렸다.

늘 그를 떼쟁이에 초딩이라며 놀렸던 것은 자신이었는데. 이제 보니 아니었다. 자신이 더욱 겁쟁이였고, 떼쟁이였다. 이기심이 넘쳐 그의 호의를 받아들이면서 정작 답을 구할 때는 말해 주지 않았다. 얼마나 이기적인가. 얼마나 못됐는가.

단 한 번도 그의 마음을 진지하게 생각해 본 적이 없다는 변명을 늘어놓기엔 그의 마음을 안 지 너무 오래되었다. 그는 계속 자신에게 좋아한다, 사랑한다 말했다. 그 장난처럼 가볍게 하는 말에 진심이 담겨 있다는 것을 알았다. 그래서 말하지 않았는가. 모두 알고 있으니 너무 애쓰지 말라고.

순간 어정쩡한 자세를 곧게 편 나리가 들고 있던 종이 가방을 병호의 품에 안겨 주었다.

"아버지, 저 다녀올 데가 있어요."

나리의 말에 병호는 굳은 나리의 시선을 올려다보았다. 그리고 천천히 고개를 끄덕이며 무심하게 말했다.

"그래, 늦지 말거라. 오늘은 바로 집에 들어가고."

그의 허락이 떨어지자 나리는 인사도 없이 서둘러 병실을 빠져나왔다. 병원에서 뛰면 안 된다는 것을 알고 있으면서도 조급해진 마음에 1층에 있는 엘리베이터를 보고 비상구로 뛰어갔다.

계단과 운동화가 거칠게 부딪혔다. 발바닥이 아플 정도로 빠르게 달렸다. 서둘러 병원을 벗어났고, 곧 평소 택시가 길게 늘어서 있던 곳으로 달려갔다.

늦은 저녁이어서 그런지 택시 정류장에 서 있는 차는 단 한 대도 없었고, 나리는 조급한 마음에 발을 동동 굴렀다.

"우씨, 왜 이렇게 안 와."

동글동글한 얼굴에 조급함이 서렸다. 그리고 그 마음은 1분, 1초가 흘러갈수록 더욱 커져서 택시에 오를 때쯤엔 숨까지 차올랐다.

"아저씨, 강남역이요. 빨리 가 주세요!"

"아가씨가 많이 급한가 보구만."

택시 기사의 말에 나리는 크게 고개를 끄덕였다.

"네, 엄청 급해요."

그녀의 말에 택시 기사는 빠르게 차를 몰았고, 나리는 창밖으로 슝 슝 지나가는 풍경을 멍하니 바라보며, 현승을 만나자마자 무슨 말부터 꺼내야 할지 고민했다.

미안해요. 우선 사과부터 해야 할까? 아니면 너무 기다리게 해서 죄송한 마음이에요. 저도 아저씨와 같은 마음이에요, 정도면 될까? 오만 가지 생각이 머릿속에 둥둥 떠올랐지만, 도착했다는 말에 순간 공중에 흩어 사라졌다.

"감사합니다!"

서둘러 택시비를 치른 나리가 차에서 내렸다. 그리고 순간 그에게 해야 할 말이 퍼뜩 떠올랐다.

좋아해요.

그래, 이게 좋겠다. 빙빙 꼬지 말고, 내 마음 그대로를 표현하는 말. 재지 말고, 솔직하게 털어놓는 것이 가장 좋을 것이다. 그리고 도망쳐서 미안하다고 사과도 해야겠다.

익숙한 오피스텔 안으로 달려 들어간 나리는 순간 제일 꼭대기 층에 멈춰 있는 엘리베이터를 보며 미간을 찌푸렸다. 한 시가 급해 죽겠는데, 오늘따라 되는 일이 없다 생각한 나리가 비상구 문을 열어젖히고 계단을 뛰어 올라가기 시작했다.

내 용기가 사라지기 전에 그를 만나야 했다. 처음 하는 고백이니, 조금은 몸은 사리자는 얼토당토않은 생각이 들기 전에 그에게 말해야 했다. 여자의 자존심을 말하며 되지도 않는 객기를 부리기 전에 그의 앞에 서 있어야 했다.

그 생각만으로 숨이 턱까지 차오를 때까지 뛰어 올라가던 나리가 익숙한 호수를 보자마자 초인종부터 눌렀다.

딩동, 소리와 함께 나리가 허리를 굽혔다.

"헉, 헉."

거친 숨소리를 내뱉으며 그가 어서 나오길 기다렸지만, 안에서는 아무런 인기척도 들리지 않았다. 설마 집에 돌아오지 않은 것일까? 또다시 조급해졌다. 그는 아주 오래, 자주 자신에게 사랑한다 고백하며 마음을 열길 기다렸건만, 자신은 이 짧은 시간도 참지 못해 발을 동동 굴렀다.

딩동, 또다시 초인종을 눌렀다. 그러자 그때서야 현관문이 열리더니 현승이 모습을 드러냈다.

"하아, 하아."

숨이 찼다. 그래서 말을 하기가 쉽지 않았다. 멍한 그의 표정을 보자 웃음이 터져 나올 것만 같았다.

"아저씨."

"어, 어?"

그래도 나리는 웃음을 꾹 눌러 담았다. 지금은 그에게 자신의 마음을 솔직하게 털어놓아야 할 때였다.

답답한 심장을 두어 번 쿵쿵 두드리더니 이내 허리를 곧게 폈다.

"저, 아저씨 좋아해요."

미소 띤 나리가 얼떨떨한 얼굴로 자신을 바라보는 현승의 눈을 똑바로 마주쳤다. 초점을 잃은 그의 시선에 나리는 다시 한 번 또박또박한 어조로 말했다.

"하고 싶은 이야기가 아주 많은데 들어가도 될까요?"

평소엔 허락을 구하지 않고도 오피스텔을 들락날락거렸지만, 지금 이 순간만큼은 그의 허락을 받아야 할 것 같았다.

그녀의 물음에도 현승은 아무런 대답을 주지 못했다. 눈앞에서 자신에게 좋아한다고 고백한 사람이 정말 나리가 맞는 것인지, 혹은 이 모든 것이 꿈이 아닌지 의심되기 시작했다. 그래서 천천히 걸음을 옮겨 나리의 앞에 섰다.

"들어가도 돼요?"

손을 뻗어 나리의 정수리 위에 내려놓은 현승의 얼굴에 기쁨이 서렸다. 만져졌다. 나리의 촉감이 느껴졌다. 그럼 분명 자신의 눈앞에서 예쁘게 웃고 있는 건 나리가 맞았다. 꿈이 아니라.

그녀의 물음에 현승은 천천히 고개를 끄덕였다.

"응, 들어와."

"네, 그럼 잠시 실례할게요."

현승의 옆을 스쳐 지나가 오피스텔 안으로 들어온 나리는 언제나 앉던 소파에 앉고 그가 안으로 들어오길 기다렸다. 곧 삐리릭, 소리와 함께 도어록이 걸렸다.

현승은 조금 떨어진 곳에서 그녀를 바라보고 있었고, 나리는 평소와는 달리 조금 들뜬 표정으로 그를 올려다보고 있었다.

현승은 이 모든 것이 꿈이 아니라 생각이 들자 이젠 긴장이 되기 시작했다. 둘만 있는 공간에서 긴장감에 손바닥이 젖는 것은 처음 느껴 보는 이질감이었다.

나리와 멀찍이 떨어져 앉은 현승은 신기한 생명체마냥 나리를 관찰했다. 그의 표정을 찰떡같이 알아차린 나리가 말했다.

"이리 오세요."

"으응?"

"이리 오라고요."

나리의 부름에 어정쩡하게 자리에서 일어난 현승이 그녀에게 다가갔다. 나리는 자신의 앞으로 다가온 현승을 보며 말했다.

"앉으세요."

"응."

현승이 말 잘 듣는 아이처럼 나리의 앞에 쪼그리고 앉았다. 나리는 자신과 시선을 맞추는 현승의 모습을 보며 말했다.

"아저씨."

나리의 말에 현승은 잔뜩 기가 죽은 얼굴로 고개를 끄덕였다.

"전 아저씨가 좋아요."

"진짜?"

현승이 되물었다. 믿기지 않는다는 듯. 평소 그녀의 행동을 봐서 그가 믿지 못하는 것도 무리는 아니었다. 방금 전까지만 해도 현승의 고백에 뒷걸음질부터 치지 않았던가. 그가 자신의 마음을 믿지 못하고 되묻는 것에 서운해할 필요는 없었다. 그래서 지금부터 이 단순한 남자의 뇌리 속에 민나리는 최현승을 엄청 좋아하고 있다는 사실만 주지시켜 줄 차례였다.

"저 지금 엄청 못생겼죠?"

나리의 말에 현승은 그녀의 얼굴을 살펴보았다. 추운 날씨에 붉어진 얼굴과 부르튼 입술. 바람에 휘날려 머리카락은 귀신 산발이 되어 있었지만, 현승의 눈에는 그저 귀여운 우리 나리였다.

현승은 도리도리 고개를 저으며 말했다.

"아니야, 우리 나리 귀여워."

"그래요? 못나지 않았어요?"

"응."

현승의 말에 나리가 희미하게 웃으며 말했다.

"아저씨."

"응?"

"아직 제 대답 듣고 싶은 거 맞죠?"

나리의 물음에 현승은 비참했던 지난 시간을 떠올렸다. 그의 물음에 답도 해 주지 않은 채 도망가는 나리의 뒷모습에 허탈감을 느끼기도 했다. 하지만 나리가 용기 내어 자신에게 달려오지 않았던가. 지난 상처는 차차 나리에게 받아 내면 될 터였다.

나리는 멍한 현승의 얼굴을 바라보았다. 그의 얼굴을 보자 순간 나리의 얼굴에 개구진 미소가 떠올랐다.

"원하는 게 생겼어요."

"그게 뭔데?"

현승의 물음에 나리가 웃음을 지우고 무심한 눈길로 현승을 보며 말했다.

"안아 주세요."

"으응?"

"안아 주세요."

처음에는 잘못 들었을 것이라 생각하던 현승이, 잘못 들었던 것이 아니란 것을 깨닫자마자 혼이 나간 얼굴로 그녀를 올려다보았다. 나리는 마치 여왕처럼 현승을 내려다보며 말했다.

"싫어요?"

"우리 나리…… 왜 그래."

뭐 잘못 먹었어? 라고는 차마 말하지 못한 채 현승이 눈을 깜빡이자 나리가 어깨를 으쓱였다.

"싫으면 말구요."

나리가 자리에서 일어날 것처럼 굴자 현승이 손을 뻗어 그녀를 조심스레 안았다. 나리는 순간 자신을 폭 안는 그의 손길에 눈을 깜빡이다 이내 빙그레 웃었다. 현승은 좁은 나리의 어깨에 얼굴을 묻으며 말했다.

"돼, 됐어?"

그의 귀가 새빨갛게 변해 있었다. 그의 물음에도 나리는 한참 말이 없다 곧 따뜻한 그의 품을 살며시 밀어내며 말했다.

"네."

현승은 새빨갛게 변한 얼굴로 씨익 웃는 나리의 얼굴을 올려다보았다. 그는 부끄러움에 자라목이 되어 고개를 저었다. 뭔가 홀린 기분이었다.

나리는 자신과 눈을 마주치지 않는 그의 얼굴에 보조개가 쏙 들어가도록 웃으며 말했다.

"그럼 앞으로 잘 부탁드려요."

처음으로 제대로 된 나리의 웃음을 본 놀란 현승이 숨을 들이켜자 그녀는 자리에서 일어나 서둘러 시계를 확인했다. 너무 늦지 않게 집으로 돌아가라던 병호의 이야기가 떠올랐다.

"그럼 전 이만 가볼게요."

"아, 아, 응."

자신도 모르게 답한 현승은 나리가 현관문으로 향하자 그 모습을 눈으로만 좇았다. 그때였다. 나리가 갑자기 뒤돌아서며 그를 불렀다.

"아저씨."

"응?"

"현관 앞까지 배웅도 안 해 주실 참이세요?"

평소의 나리라면 시크하게 문을 닫고 갔으련만 갑작스럽게 찾아온 나리는 몸에 다른 영혼이라도 들어와 있는 것인지 도통 적응이 되지 않았다.

강아지처럼 쪼르르 다가온 현승이 늘 나리를 배웅하곤 하던 자리에 멈춰 서서 말했다.

"응, 나리야. 잘 가."

"네, 아저씨 좋은 꿈꾸세요."

"응응."

"연락할게요."

"어……?"

"연락하겠다고요."

처음 들어본 말에 현승이 놀라 다시 한 번 묻자, 나리가 못을 박듯 조잘거렸다. 막 현관문을 열고 밖으로 나가려던 나리가 갑자기 뒤돌아섰다.

움찔, 그녀의 작은 행동에 현승의 몸이 떨렸다.

재빨리 걸음을 옮긴 나리가 그의 앞으로 다가와 뒤꿈치를 들었다. 종아리에 힘이 바짝 들어갔고, 고개도 한껏 치켜들어야 했다. 그 노력에 나리의 입술이 겨우 현승의 볼에 짧게 닿았다 떨어졌다.

"아저씨, 그럼 진짜 갈게요."

"어, 어……?"

현승이 어버버거리는 사이 나리가 현관문을 열고 나섰고, 그는 닭

쫓던 개마냥 그녀가 사라진 자리를 보고 있었다.

그제야 얼굴을 도리도리 저었다. 한참이나 벙찐 얼굴로 바닥을 보던 현승은 나리의 체온이 닿았던 볼에 손바닥을 올려놓았다.

"홀린 기분이야."

마치 꼬리 아홉 개가 달린 구미호에게 홀린 기분이었다.

❀

나리는 문이 드르륵 열고 들어오는 의사를 보며 자리에서 일어났다. 서른 중반 정도 되어 보이는 의사는 핑크색 간호복을 입은 여성에게 차트를 받아들며 말했다.

"기침은 어떠세요?"

"안 합니다."

"가래는요?"

"괜찮아졌습니다."

의사는 병호에게 간단한 몇 가지를 물어보았고, 병호는 그 물음에 모두 괜찮다고 답했다. 간략한 질문 끝에 의사는 차트에 짧은 멘트를 기입하며 말했다.

"기흉도 없네요. 퇴원하셔도 될 것 같습니다."

"아이고, 의사 선생님 감사합니다."

긴장한 얼굴로 젊은 의사 이야기를 듣던 병호는 그제야 안심이 되었는지, 활짝 웃었다. 그건 옆에 있던 나리 또한 마찬가지였다. 퇴원 수속에 대해 설명해 주던 간호사가 밖으로 나가자, 병호가 입고 있던 환자복을 만지작거렸다.

"그럼 전 퇴원 수속 밟고 올게요."

간단한 짐을 꾸린 나리가 자리에서 일어나며 말했다. 병호가 갈아입을 옷을 침대 위에 내려놓은 나리가 병실 문을 열고 나서려 하자, 병호가 서둘러 나리를 붙잡으며 말했다.

"병원비는……."

근 2주를 입원해야 했던지라, 병원비 또한 꽤 만만치 않게 나왔을 것이다. 살기가 바빠 보험이다, 뭐다 하나도 들어 놓지 못한 것을 말년에 와서 후회할 줄 몰랐던 병호가 조심스럽게 말하자, 나리가 지갑을 챙겨들며 말했다.

"걱정하지 마시고, 옷 갈아입고 계세요."

1층으로 내려가던 나리가 청구서를 확인했다. CT촬영부터 시작해, 항생제, 입원실 비용까지 백만 원이 훌쩍 넘게 찍혀 있는 청구서를 보자 한숨이 나왔다. 할부로 몇 개월을 긁어야 할지 고민하던 나리가 원무과에 도착해 긴 줄 뒤에 섰다.

"306호, 민병호요."

30분을 기다리고 나서야 겨우 창구 앞에 선 나리가 카드를 내밀었다. 하지만 빠른 속도로 키보드를 누르던 원무과 직원은 이상하다는 듯 고개를 기울이며 말했다.

"수납되셨습니다."

"네? 그럴 리가 없는데요?"

나리의 말에 여직원은 며칠 전 있었던 일을 떠올리며 말했다.

"이틀 전에 멋진 남자분이 오셔서 계산하고 가셨어요. 아, 잠시만요. 삼 일분 병실료를 더 내고 가셨네요. 거슬러 드릴게요."

원무과 직원의 말에 나리는 얼떨떨한 얼굴로 고개를 끄덕였다.

멋진 남자분? 그 말에 순간 한 사람이 떠올랐다.

더듬더듬 걸음을 옮기던 나리는 직원이 재발행해 준 영수증을 보았다. 현금으로 모두 계산을 마쳤다며, 이십만 원이 넘는 돈까지 거슬러 줬다고 영수증에 찍혀 있었다.

최현승……. 이 인간이 증말! 속으로 버럭버럭 소리를 지르던 나리는 갑작스럽게 자신의 어깨를 감싸는 손길에 놀라 고개를 번쩍 들었다.

"나리야, 아버님 퇴원 준비는 끝났어?"

남자의 얼굴은 반짝반짝 빛이 났다. 하지만 와자작 구겨진 나리의 얼굴은 도통 펴질 줄 몰랐다.

현승의 품에서 빠져나온 나리가 그의 얼굴을 날카롭게 노려보았다.

"……저 동정하세요?"

나리의 말에 이번엔 현승의 얼굴이 차갑게 굳었다. 그녀가 왜 이렇게 자존심을 세우는지 이해할 수 없다는 듯 나리를 보던 현승은 한숨을 쉬며 말했다.

"아니, 내가 어떻게 나리를 동정해. 나리는 나보다 할 줄 아는 게 훨씬 많은걸."

"아니에요. 아무것도 바라지 않고 도와주는 건 동정이에요."

나리의 말에 현승은 한숨을 쉬었다.

"그럼 나리도 아저씨 동정하는 거야?"

그의 말에 나리가 의아한 시선으로 그를 보았다.

"나리는 뭔가 바라고 날 좋아하는 게 아니잖아."

"……아저씨."

"좋으니까 좋은 거지. 그럼 된 거 아닐까?"

"……."

그럼 된 게 아니에요. 제 자존심은요. 내 마음은요. 적선하듯 던져주는 돈에 상처 받은 난요! 하고 싶은 말이 가슴속 가득 쌓였지만, 나리는 말 대신 그를 노려보는 것으로 답을 대신했다.

잔뜩 화가 난 나리의 얼굴에 현승은 몸을 낮춰 그녀와 시선을 맞췄다.

"하고 싶은 말이 있으면 해."

"……이런 거 싫어요."

"이런 게 뭔데?"

"아저씨가 주는 돈이요."

고집스러운 나리의 말에 현승은 다시 한 번 그녀를 설득하기 위해 조곤조곤 말했다.

"나리에게는 아주 큰돈일지 몰라도 아저씨한테는 아주 적은 액수야."

"……그래도 너무 미안하다고요. 그리고 막, 막, 부담스럽……."

"나리는 내가 주는 돈이 부담스러워?"

현승의 얼굴이 순간 차가워지자 나리는 미처 말을 끝맺지 못하고 입을 꾹 다물었다. 현승은 말을 멈추지 않았다.

"왜? 왜 부담스러운데? 나 무리하는 거 아니야."

"……."

"나리가 좋아서, 그냥 나 혼자서 미친놈처럼 그러는 거야."

"……."

"나리가 나를 도와주는 것처럼…… 나도 내가 할 수 있는 일을 하는 거야. 나리는 뭐든 다 잘하니까, 내가 도와줄 수 있는 건 이것밖에 없는걸."

그의 말에도 나리는 여전히 답이 없었다. 순간 그의 얼굴에 균열이 갔다. 말을 멈춘 현승이 천천히 허리를 폈다. 그의 움직임을 따라 나리가 시선을 옮겼다. 굳은 듯 꾹 다물고 있는 나리의 입술에 도리어 현승이 상처 받아 버린 것인지 그는 깊은 한숨을 내쉬었다.

"그래도 부담스러우면 나리가 돈 많이 벌어서 갚아. 그럼 됐지?"

냉랭하게 뒤돌아선 현승이 걸음을 옮겼다.

"아."

상처 받은 그에게 뭔가 말을 해줘야 했지만, 나리는 입술을 달싹일 뿐 별말을 하지 못했다. 그가 병호의 병실로 들어가 아버지에게 살갑게 굴 때도, 그의 차에 짐을 싣고 집으로 돌아올 때도. 마지막 아버지에게 허리 숙여 인사한 뒤 뒤돌아설 때까지도.

나리는 상처 받은 그를 잡지 못했다.

망할 자존심 때문에. 자존심이 뭔지 그녀를 옭아맸다.

쾅, 문이 닫힌 뒤에도 나리는 여전히 제자리였다. 그녀의 모습을 의아하게 느낀 병호가 말했다.

"둘이 무슨 일 있냐."

"……왜 그렇게 생각하세요?"

나리의 물음에 병호는 순간 자신의 머릿속에 떠오른 이야기를 딸아이에게 해줘야 할까, 말까 망설였다.

최 사장은 자신의 기분을 감추지 못하는 순수한 사람이었고, 병호의 눈에는 그 모습이 고스란히 들어왔다. 그래서 둘 사이에 무슨 일이 있나, 라고 예상만 할 뿐, 둘에게 차마 묻지 못했다.

"그냥 그런 생각이 들었다."

"……네."

짧게 답하는 딸아이의 모습에 병호는 나리의 어깨를 툭툭 두드린 후 방으로 들어갔다. 딸아이가 처음으로 겪는 연애 문제에 훈수를 두는 것보단 스스로가 깨닫고 겪게 하는 것이 더 좋으리라 판단했다.

달칵, 소리와 함께 병호가 방 안으로 들어가자 그제야 나리가 천천히 굳어 있던 발을 움직였다. 문을 열고 복도를 달렸다. 천천히, 천천히, 그리고 빠르게.

엘리베이터 앞에 서 있는 현승의 뒷모습에 잠시 걸음을 멈췄던 나리가 순식간에 그에게 다가갔다. 그리고 허리를 와락 껴안았다.

"……죄송해요."

"뭐가?"

"……다요."

못나서 미안해요. 괜한 자존심 세워서 미안해요. 아저씨 상처 받게 해서 미안해요. 수많은 잘못들이 머릿속에 둥둥 떠다녀서, 무엇부터 꺼내야 할지 몰랐다.

자신의 허리를 꽉 껴안고 있는 나리의 손을 푼 현승이 천천히 뒤돌아섰다. 그리고 자신의 가슴께 정도밖에 안 되는 나리를 품에 꼭 안았다.

그의 입에서 깊은 한숨이 흘러나온다. 그 또한 처음 겪어 보는 감정이 주체가 되지 않는다. 사랑하는 여자에게 상처 받는 것은 처음이기에, 그게 너무나 아파 아직은 어린 나리를 온전히 품어 주지 못했다. 그래서 자신이 미웠다.

이기적이어서 미안해. 못돼 먹어서 미안해. 널 다 이해해 주지 못해 미안해.

그의 머릿속에도 오만 가지 생각이 둥둥 떠다녔다.

둘은 한동안 아무 말 없이 서로의 체온을 느끼고 있었다. 두근두근, 둘의 심장이 닿아 똑같은 속도로 뛰기 시작했다.

눈을 감고 나리의 체향을 들이마시던 현승이 천천히 입을 뗐다. 수만 가지 감정에 격해진 마음 때문일까. 그의 목소리가 조금 갈라져 나왔다.

"나리야."

"네."

"미안해."

"……죄송해요."

도리어 돌아온 그의 사과에 나리의 목소리가 흔들렸다.

"너무 이기적이게 굴어서 미안해."

"……."

"그런데 앞으로도 계속 이기적이게 굴지도 몰라. 난 네가 잘됐으면
하는 마음에서…… 네가 좀 더 편하게 지냈으면 하는 마음에서……
계속 강요할지도 몰라. 아니, 강요할 거야."

"……."

"그러니까…… 미리 미안해."

현승의 사과에 나리가 더욱 그의 품속으로 파고들었다.

왜 이 순간 눈물이 나오는 걸까.

눈물의 정체를 미리 알아차리지 못한 나리는 한동안 소리 죽여 그
의 품에서 울었다.

"미안해요……. 아저씨."

✽

서늘한 기운이 감도는 회장실 안. 현승과 최 회장의 앞에 물 잔을
내려놓는 정 비서의 손이 푸르르 떨렸다. 마치 폭풍 전야와도 같은
두 사람을 보니 어서 물 잔을 내려놓고 사라지는 게 좋겠다 생각한
그는 서둘러 몸가짐을 바로 잡았다. 그리고 둘의 앞에 잔을 내려놓고
는 서둘러 회장실을 벗어났다.

정 비서가 사라지자 최 회장은 그제야 서늘한 표정을 풀고 물을 한

모금 마셨다.

"그래, 하자는 거래가 뭐냐."

최 회장이 먼저 운을 띄웠다.

어젯밤. 무작정 전화를 걸어 온 현승은 거래를 제안하고 싶다고 했다. 그게 무엇이냐 물어도 끝까지 찾아뵙고 말씀드리겠다는 손주 놈의 고집에 결국 긴긴 겨울밤을 뜬 눈으로 샌 최 회장은 불퉁한 얼굴로 현승을 보았다.

최 회장의 말에도 현승의 입술은 쉽게 열리지 않았다.

"설마 내기 때문이냐? 샵이라면 운영이 잘되는 걸로 알고 있다."

최 회장의 말에 그제야 현승의 고개가 천천히 들렸다. 날카로운 최 회장의 시선을 마주한 현승은 오랜 세월 사업을 하며 키워 온 그의 기백에도 밀리지 않는 흔들림 없는 시선을 보내 왔다.

처음 보는 현승의 얼굴에 최 회장의 눈썹이 찌푸려졌다. 도대체 무슨 생각인건지. 속을 알 수가 없었다.

"나리를 골든 주얼리에 입사시키려 합니다."

"뭐?"

순간 최 회장의 목소리가 갈라졌다. 낙하산 인사를 제일 싫어하는 현승이 아니던가. 그 손주 놈의 입에서 먼저 낙하산 인사를 뽑아 달라 제안이 들어오자 최 회장은 적잖이 놀란 듯 그를 보았다. 최 회장의 포스에도 굴하지 않은 현승은 아주 느릿한 어조로 자신의 의사를 그에게 전했다.

"부서는 디자인 1팀입니다. 건욱이도 한 번 가르쳐 보겠다고 했습니다."

"건욱이까지?"

두 손주 놈이 합심해 꾸민 일에 최 회장의 입에서 헛웃음이 흘러나왔다. 하지만 현승은 여전히 흔들림 없는 시선으로 최 회장을 보았다.

"월급은 제가 지급하는 걸로 하겠습니다. 허락해 주세요."

처음은 모든 일이 결정된 것처럼 말하더니, 결국은 부탁조로 끝났다. 최 회장은 관찰하듯 현승의 얼굴을 보더니 혀를 끌끌 차며 말했다.

"니놈이 그렇게 오지랖이 넓은 놈인지 몰랐구나. 약은 놈이라고 생각했더니."

"저 지금도 약았어요, 할아버지. 약았으니까 뻔뻔하게 내 색시를 할아버지 회사에 밀어 넣죠."

"아니까 다행이다."

최 회장의 비난 아닌 비난에도 현승은 빙그레 웃기만 할 뿐, 더 이상 말을 덧붙이진 않았다. 최 회장은 현승의 빙글거리는 얼굴을 보았다. 그리고 그곳에서 진심을 읽어 냈다.

이 녀석 진짜 좋아하는가 보군. 평생 총각 귀신 못 면하고 살다 죽으려나 보다, 생각했던 손주 놈의 뜻밖의 연인에 최 회장은 좋아해야 할지 대놓고 반대를 해야 할지 고민하기 시작했다. 그리고 그 고민은 길지 않았다. 이 질문 하나로 모든 것을 결정할 수 있었으니까.

"결혼할 생각이냐?"

"물론이죠."

망설임 없이 흘러나온 대답에 최 회장은 속으로 안도의 한숨을 쉬었다. 건욱이보다 더 말썽꾸러기에 다루기 힘들었던 현승이 먼저 색시 삼을 여자가 있다며 말해 왔다. 최근 청담동을 책임지고 있는 매니저에게 물어보니 일에도 꽤나 열정을 가지고 있었고, 걱정했던 것보다 훨씬 잘해 내고 있었다.

그럼 더 이상 무엇을 바라랴. 여기까지면 됐다 생각한 최 회장은 느른한 미소를 지으며 말했다.

"언제?"

"글쎄요. 우리 색시가 허락해 줘야 가능하죠."

"사내놈이 그것 하나 밀어붙이지 못해서. 쯧쯧."

"전 이 세상에서 나리가 제일 무서워요. 그래서 그 아이가 싫어하는 일은 절대 하고 싶지 않아요."

현승의 말에 최 회장의 얼굴이 구겨졌다. 여자에게 절절매는 손주 놈에게 어떤 욕을 날려줘야 할까 심오하게 고민하던 최 회장은 순간 자신의 멍청함을 실토하는 현승의 모습에 작게 고개를 끄덕였다.

"바보 같죠?"

"그래, 병신 팔푼이 같다."

"저도 알고 있어요."

하지만 그가 웃는 모습이 너무나 예쁘고 행복해 보여, 최 회장은 더 이상 말을 덧붙이지 못했다. 지가 행복하다니 그걸로 됐다. 평생 홀로 살다 죽을 줄 알았던 녀석이 제 짝을 찾았다니 그걸로 족하다. 최 회장은 더 이상 반대할 이유를 찾지 못했지만, 애써 근엄한 척 이야기를 늘어놓았다.

"그럼 한번 데리고 와라. 보고서 이야기하자."

"설마 또……."

"네놈이 좋다면 그걸로 됐다. 뭘 더 바라겠어."

흠흠, 최 회장이 헛기침을 내뱉으며 말하자, 현승은 여전히 굳은 얼굴로 고개를 끄덕였다.

"우리 나리한테 겁주지 마세요. 그럼 평생 미운 다섯 살 코스프레를 하면서 살 거니까."

"거참, 알았대도!"

한동안 현승의 으름장에 최 회장은 진땀을 빼야 했다.

❀

"식사하세요."

부엌에서 들리는 나리의 부름에 서류를 향해 있던 현승의 시선이 순간 부엌을 향했다. 요즘따라 부쩍 샵에 신경 쓸 일들이 많아지자 그는 몸이 두 개라도 모자랄 나날을 보내고 있었다.

그래도 얼마 만에 가지는 나리와 둘만의 시간인데. 예전에는 당연했던 시간들이 병호가 병원에 입원하면서 가질 수 없었던 현승은 오피스텔 가득 풍기는 음식 냄새에 미소를 지었다.

"우와, 맛있겠다."

식탁 가득 차려진 음식에 현승의 입술이 부드럽게 호를 그렸다. 그러다 이젠 이 만찬이 얼마 남지 않았다 생각하자 나물 반찬 하나도 소중하게 느껴졌다.

현승은 나리가 건네는 수저를 받아 들고 가장 먼저 맑은 소고기 무국부터 한 술 떠먹었다. 깔끔한 맛에 절로 웃음이 나왔다.

"역시 우리 나리 최고야."

두어 번 더 나리를 칭찬한 뒤에야 수저질을 제대로 하기 시작한 현승을 보며, 그제야 나리도 수저를 들었다.

둘은 한동안 말없이 음식에 집중했다. 아니, 겉으로 보기엔 그랬다. 하지만 둘은 서로 다른 생각에 잠겨 기계적으로 수저를 움직이고 있을 뿐이다. 나리는 며칠 전, 그의 애달픈 말을 떠올리고 있었고, 현승은 곧 나리에게 털어놓을 말들을 어떻게 해야 잘 포장을 할 수 있을까 고민했다.

조용한 와중에 식사가 끝났고, 현승은 자리에서 일어나 그릇을 치우는 나리를 도왔다.

"나랑 이야기 좀 하자."

막 식탁을 열심히 행주질하던 나리가 현승의 말에 고개를 기울였다.

"지금요?"

"응."

"알았어요. 잠시만요."

마저 식탁을 치운 나리가 행주까지 깨끗하게 널고 나서야 현승의 앞에 앉았다. 늘 그녀가 앉던 자리. 그가 앉던 자리였다. 하지만 그는 평소와 다른 눈으로 나리를 보고 있었다. 평소와는 조금 다른 분위기. 그래서 이 익숙한 공간이 순간 낯설게 느껴졌다.

"나리야, 기분 나쁘게 생각하지 말고 들어."

그 말에 나리가 고개를 끄덕이자 잠시 뜸을 들이던 현승이 어렵사리 이야기를 꺼내 놓았다.

"이건 내가 널 동정해서 하는 말이 아니야."

"알았어요. 그러니까 아저씨가 하고 싶은 이야기가 뭔데요?"

그녀가 들을 준비가 되었다는 듯 양손을 가지런히 모으며 이야기하자, 현승은 자리에서 일어나 책꽂이에 꽂아 둔 스케치북을 꺼내와 그녀의 앞에 내밀었다.

"이건……."

"응, 나리는 나중에 커서 뭐가 되고 싶어?"

나리는 이미 자신은 다 큰 성인이라고 외치려다 말고 입을 꾹 다물었다. 그가 지금 말하는 '커서'는 '나이'의 문제가 아니었다. 그래서 지금부터 그가 꺼내놓을 말들은 며칠 전 그가 했던 '미리 미안해.'에 대한 연장선이란 것을 직감적으로 알 수 있었다.

현승은 나리의 답을 굳이 구한 것이 아닌지 계속해 말을 이었다.

"나리야, 사람은 하고 싶은 일을 하면서 살아야 해."

"그래서 하고 싶은 말씀이 뭔데요?"

아직 그의 입에서 본론이 나오지 않았지만, 나리는 본능적으로 그가 하고자 하는 말이 무엇인지 알 수 있을 것만 같았다.

"나리는 디자이너가 되고 싶지 않아?"

"되고 싶다면요?"

"그러면 아저씨가 도와줄 수 있을 것 같아."

그의 말에 나리가 입을 앙다물었다. 눈물이 나올 것만 같았다. 그가 미리 겁을 주듯 꺼내 놓은 사과가 그녀의 입을 다물게 만들었다.

"사람들은 자신이 하고 싶은 일을 다 하면서 살지 않아요."

그래서 고작 한다는 말이 이 정도였다. 그 이상, 그 이하, 더 좋은 말은 떠오르지 않았다.

"하지만 할 기회가 온다면 무조건 잡겠지."

"그건 아저씨처럼 있는 집 자식들이나 할 수 있는 이야기거든요?"

자신도 모르게 뾰족한 말이 나왔지만, 현승은 무심하고 무뚝뚝한 나리가 자신을 위해 많은 것을 참고 있다는 것을 아닌지 부드러운 어조로 말을 이었다.

"응응, 그건 나도 알고 있어. 하지만 우리 나리는 내가 도와줄 수 있으니까…… 나리가 하고 싶은 일을 할 수 있잖아."

"이번에도…… 동정은 아니겠죠?"

아저씨가 할 수 있는 일. 아주 쉬운 일 중 하나겠죠? 나리는 그 말을 굳이 내뱉지 않았다. 이 말을 하는 순간 자신이 너무나 좋아하는 최현승이란 남자가 또다시 상처 받을 걸 알고 있었기에.

"응. 내가 나리를 너무 좋아해서 해 주고 싶은 일이야."

"……아저씨."

나리의 부름에 현승은 천천히 고개를 끄덕였다.

"난 나리를 위해서 뭐든 해 주고 싶어."

열 번째 플랜. 드디어 그 마지막 이야기를 나리에게 꺼내 놓은 현승은 활짝 웃는 미소로 말했다.

"그래서 나리의 꿈도 이루어 주고 싶어. 나리가 원하는 일을 하면서 살기를 원해. 그래서 나리가 정말 행복하기를 원해."

"……."

"당장 답을 해 달라는 건 아니야. 잘 생각해 봐."

현승의 말에 나리가 천천히 고개를 끄덕였다. 그리고 맑은 눈동자로 현승을 보며 물었다.

"제가 막 고집을 부려서 아저씨 제안 거절한다고 해도……."

나리가 미처 답을 맺지 못하고 입을 다물자 현승은 여전히 맑은 얼굴로 고개를 끄덕였다.

"난 네가 어떠한 선택을 하든 존중해."

"……감사해요."

"응, 나도 고마워."

네가 답을 고민한다는 것 자체가 날 위하는 마음이라는 걸 아니까. 현승은 웃으며 뒷말을 붙였다. 그리고 시무룩하게 고개를 숙이고 있는 나리의 머리를 끌어안았다.

"네 미래니까 잘 고민해 봐. 그리고 내가 기뻐할 수 있는 답을 줘."

그녀가 부담스러워할 것을 알면서도 현승은 뒷말을 붙였다. 나리가 올바른 선택을 하길 바라며.

"이기적이어서 미안해."

그의 품 안에 있던 나리가 고개를 저었다.

7.

보스의 매력

쏴아아—

욕실 안에서 물줄기가 쏟아져 내리는 소리가 들렸다. 인기척을 묻어 버린 소리는 한동안 계속되었고, 곧 달칵 소리와 함께 정적이 찾아들었다. 한동안 조용하던 오피스텔 안은 곧 반쯤 감긴 눈으로 비척비척 걸어 나오는 현승에 의해 깨졌다.

촉촉하게 젖은 머리카락을 미처 닦을 새도 없이 옷 방으로 들어간 현승은 로션 통을 들더니 미간을 찌푸렸다.

"아 참."

사야지, 사야지, 말만 하면서 미처 사 놓지 못했다. 빈 통을 한참 바라보던 현승은 곧 서랍을 뒤져 샘플을 찾아낸 뒤, 대충 얼굴에 수분을 보충해 주었다. 그리고 색별로 잘 정리된 옷장을 열고 망설임 없는 손길로 옷을 골라 낸 뒤 빠르게 출근 준비를 마쳤다.

그의 아침이 본격적으로 시작되었다.

지하에 세워 둔 차량에 오른 뒤 시동을 걸었다. 내비게이션이 켜지자마자 최근 목록을 검색해 샵 위치를 설정한 뒤 부드럽게 핸들을 움직였다.

밤새 눈이 내린 것인지 세상은 온통 하얀색이었다. 눈 때문에 꽁꽁 언 도로 위로 차량들은 조심스럽게 운행 중이었고, 버스를 기다리는 사람들은 발을 동동 구르며 추위를 물리치기 위해 노력 중이었다. 빨간 신호등이 켜지자 천천히 차를 멈춘 현승은 창밖의 모습을 무심하게 바라보았다.

"참, 열심히들 산다."

그의 입에서 자조적인 웃음이 섞여 나왔다. 그러다 문득 자신 또한 저들과 별반 다를 것 없는 생활을 한 지 꽤 오래되었다는 것을 깨달은 현승은, 자신을 변화시킨 존재를 떠올리며 부드럽게 웃었다. 방금 전 지었던 냉소적인 웃음과는 달리 머리가 띵할 정도로 달콤한 브라우니만큼 달달한 웃음이었다.

"우리 나리, 보고 싶다."

이젠 입에 달고 사는 말. 달고 사는 이름. 그 이름에 아침부터 기분이 좋아진 현승은 속주머니에서 휴대전화를 꺼내 익숙한 번호로 문자를 보냈다.

「사랑하는 우리 나리. 너무너무 보고 싶다.」

문자를 보내자마자 신호등이 다시 초록색으로 변했다. 그러자 거기에 맞춰 그의 차 또한 천천히 앞으로 나아갔다.

이젠 오피스텔만큼이나 익숙한 샵 앞에 도착한 현승이 능숙하게 주차한 후 차에서 내렸다. 부지런한 직원들은 어느새 오픈 준비를 마친 뒤였고, 현승이 들어서자마자 모두들 허리를 숙여 인사했다. 현승 또한 가증스러운 '멋진 사장님'의 가면을 쓰고서 그들에게 일일이 인사를 건넸고, 곧 그의 뒤를 따르는 유리에게 말했다.

"5분 뒤에 회의 시작합니다."

"네, 알겠습니다. 사장님."

오늘도 완벽한 화장과 코디로 중무장한 유리가 사무적인 웃음을 짓자, 현승은 복층 형태로 되어 있는 샵을 눈으로 훑은 뒤 2층 사장실로 올라갔다.

외투를 벗어 옷걸이에 걸어 둔 뒤 의자에 앉았다. 컴퓨터를 켜고 오늘 오전에 있을 미팅 자료를 프린트하던 현승은 노크와 함께 문을 열고 들어오는 유리의 모습에 자리에서 일어났다.

"들어오세요."

그의 허락이 떨어지자마자 십여 명이 넘는 직원들이 사장실 안을 가득 메웠다. 앤티크한 테이블에 둘러앉은 직원들에게 일일이 서류를 나눠 준 현승이 가장 상석에 앉아 직원들을 바라보았다. 직원들은 최근 샵의 매출이 떨어지고 있어서 그런지 꽤나 긴장한 얼굴이었다. 잔뜩 얼어 있는 모습에 현승이 박수를 쳤다.

짝. 짝.

"집중해 주세요."

현승의 말에 시선이 순식간에 모아졌다. 하나, 둘, 일일이 눈을 맞춘 현승은 서류 첫 번째 페이지를 보며 옆에 앉아 있던 유리를 보았다. 그러자 유리가 자리에서 일어나 최근 샵의 문제를 직원들에게 일일이 읊어 주고 있었다.

"최근 실버 라인에 대한 관심도가 떨어지면서, 덩달아 샵의 매출도 떨어지고 있습니다. 거기에 대해 해결 방안을 직원들에게 보고서로 제출하라고 했습니다."

유리의 말이 이어지자, 직원들은 저마다 자신이 형식상 냈던 보고

서를 보며 미간을 찌푸리고 있었다. 다른 샵에 있을 때는 그저 판매 직원으로 혹은 마케팅 직원으로 있으면서 샵 전체의 매출에 대해 신경 쓴 적이 없었던 사람들인지라, 현승의 지시가 너무 어렵게만 느껴졌었다. 그리고 직원들의 어려움은 보고서에 그대로 녹아 있었다.

"김서희 매니저."

"아, 네."

"자리에서 일어나 보고서 내용을 말해 주세요."

이건 또 무슨 수치 플레이란 말인가. 더듬더듬 자리에서 일어난 서희가 미간을 찌푸렸다. 그리고 자신이 제출한 말도 안 되는 보고서를 읽기 시작했다.

"전체 매출을 증진시키기 위해 청담동에서 새로운 이벤트를 진행했으면 좋겠습니다."

"어떤 이벤트 말이죠?"

갑작스럽게 날아드는 현승의 질문에 서희가 입을 꾹 다물었다. 그녀의 모습에 현승은 그녀의 보고서를 세세히 읽으며 말했다.

"이벤트를 했으면 좋겠다고 올렸으면서 거기에 대한 내용은 전혀 없네요."

"아, 그, 그게⋯⋯."

서희가 아무런 말도 못 하고 입을 꾹 다물자 옆에 있던 유리가 그녀를 거들었다.

"김서희 매니저의 보고서에는 이벤트 관련해서 내용은 없지만, 김시혁 씨의 보고서에는 이벤트와 관련된 내용이 있습니다."

유리의 말에 따라 몇 장 보고서를 넘긴 현승이 수십 개에 달하는 이벤트 내용을 빠르게 훑고 있었다. 현승의 작은 행동 하나, 하나에 직원들의 몸이 움찔움찔 떨렸다.

골든 주얼리 사 최 회장의 손주. 일반 사람들이 보기에는 가만히만 있어도 우러러보게 되는 로열패밀리인 그가 뿜어내는 포스는 남달랐다. 그의 분위기 하나에, 말 하나에 기가 죽은 직원들은 그와 눈이 마주치지 않기 위해 최선을 다하고 있었다.

한참 심각한 얼굴로 회의에 집중하고 있던 현승은 주머니에서 울리는 진동 소리에 슬쩍 휴대전화를 꺼냈다. 그리고 순간 떠오르는 그의 미소에 사람들이 여기저기서 숨을 헐떡였다.

'헉!'

'지금 사장님 웃은 거 맞지?'

직원들은 서로 눈빛 교환을 하며 소곤댔지만, 휴대전화 액정을 보고 있는 그의 귀에는 아무런 말도 들리지 않았다.

「저도 보고 싶어요.」

짧은 그 문자 하나에 현승의 기분은 하늘을 날듯, 붕— 하고 떠올랐다.

서둘러 답장을 보내려던 현승은 곧이어 오는 문자에 헤벌쭉 웃었다.

「오늘 오피스텔 갈 거예요. 일 끝나고 빨리 와요. 기다릴게요.」

그는 너무너무 행복해 미칠 것만 같았다.

삑삑삑삑—

비밀번호를 누르고 오피스텔 안으로 들어온 나리는 장바구니를 식탁 위에 올려놓은 뒤 한숨을 쉬었다.

"아, 팔 아파."

무리하게 장을 봐서일까. 주먹을 말아 쥐어 어깨를 팡팡 두드린 나리가 오랜만에 온 현승의 오피스텔을 둘러보았다. 그의 집답지 않게 지나치게 깨끗한 오피스텔 안은 사람의 흔적이라곤 침대 위에 아무렇게나 널브러진 이불이 전부였다. 요즘 눈코 뜰 새 없이 바쁘다던 그의 이야기는 진짜인지, 오피스텔에서 하는 일이라곤 잠을 자는 것이 전부인 듯 보였다.

"진짜 바쁜가 보다."

한숨을 쉰 나리가 먼지 하나 내려앉아 있지 않은 오피스텔을 둘러보았다.

한동안 음식을 못 해 줬던 나리는 이 남자가 요즘 뭘 먹고 다니는지 슬슬 걱정이 되기 시작했다. 유달리 입맛이 까탈스러운 사람이니 많이 힘들 것이리라.

천천히 걸음을 옮기던 나리가 책상 위에 놓여 있는 노트 한 권에 미간을 찌푸렸다.

"뭐지?"

이끌림에 노트를 펼쳐 든 나리는 동글동글한 글씨체로 적혀 있는 글귀에 기가 막힌 듯 헛기침을 내뱉었다.

"허!"

나리 기쁘게 해 주기!

플랜 1. 되도록 외식을 많이 한다.

플랜 2. 계속 좋아한다고, 사랑한다고 말하기(세뇌가 중요하다).

플랜 3. 좋아하는 것 많이 사주기.

플랜 4. 위로가 필요할 때, 힘들 때 나리의 곁에 있어 주기(그 대신 귀찮게 안 할 것).

플랜 5. 나리에 대해 더 많이 알기(적을 알아야 백전백승!).

플랜 6. 나리를 위해 똑똑해지기(ex. 운전면허, 공부, 카드 발급 받기!!).

플랜 7. 하루에 한 번씩 웃게 해 주기.

플랜 8. 상남자 되기(잦은 스……스킨십. 아니면 네이버 지식인 고수 intoo를 찾아 없앤다).

플랜 9. 나리가 싫어하는 일은 하지 말기(마지막 주는 특히. 나리도 마법에 걸리면 무섭다).

플랜 10. 나리가 자유로울 수 있도록 도와주기.

8번을 보던 나리의 얼굴이 와자작 구겨졌다. 인터넷까지 검색해 본 거야? 어휴, 한숨이 나왔다. 이 남자를 어떻게 하면 좋을까, 란 생각과 함께. 그리고 그 밑에 있는 9번에서는 짜증이 버럭 솟았다.

"이 변태가 진짜."

그 밑으로도 플랜 11, 12, 13이란 글자가 적혀 있었지만 그곳은 채워 있지 않았다. 다만 제일 밑에 적혀 있는 글귀에서 그의 고뇌가 느껴졌다.

모르겠다……. 어흑. 최현승 이 바보.

자세히 살펴보자 4번부터는 다른 날에 쓴 것인지, 글자색이 다르다. 하루 만에 다 적은 것이 아닌 듯, 그의 고민이 보이자 이젠 비실비실 웃음마저 나온다.

"이따위로 집만 안 어지럽히면 정말 좋아해 줄 텐데."

책상 위에도 그의 흔적이 남아 있었다. 컵을 싱크대까지 가져다 놓는 것도 그에겐 너무나 힘든 일인지, 여러 개의 컵이 쪼로로 놓여 있었다.

　한참 노트를 보던 나리는 삐리릭 소리와 함께 현관문이 열리자 노트를 다시 책상 위에 올려 둔 뒤 현관으로 향했다.

　피곤한 기색이 역력한 현승이 현관문을 열고 비척비척 걸어 들어오고 있었다.

　"어? 아저씨?"

　"헤헤, 나리 보고 싶어서 일찍 왔지."

　힘없이 웃는 그의 모습에 나리는 순간 걱정이 되었다. 창백하리만큼 파리한 얼굴은 그의 피곤을 단적으로 보여 주고 있었다.

　"얼굴이 왜 그래요?"

　"한동안 잠을 못 잤더니……."

　목소리엔 힘이 하나도 없었다. 천천히 걸음을 옮긴 현승은 양팔을 벌려 나리를 꼭 안았다. 그리고 웅얼웅얼 옹알이하는 아이마냥 말을 이었다.

　"사랑하는 나리다. 진짜 있었네."

　"피곤하면 가서 주무세요."

　"으응."

　"밥은요?"

　"먹었어."

　"그럼 씻고 와요."

　나리의 말에 말 잘 듣는 강아지마냥 옷 방으로 향한 현승이 순식간에 편안한 차림으로 갈아입고 밖으로 나왔다. 곧장 욕실로 들어가 깨끗이 세안을 마친 뒤, 비척비척 걸어 나와 침대에 털썩 걸터앉았다.

　반쯤 감긴 그의 눈을 보니 안쓰러웠다. 나리가 그의 앞으로 다가가 촉촉하게 젖어 있는 머리카락을 쓰다듬으며 말했다.

"알았어요. 그럼 안 깨울게요."

"나리 갈 때는 꼭 깨워. 데려다 줄게. 꼭 깨워야 한다."

몇 번이고 당부한 현승이 침대 속으로 꼬물꼬물 들어갔다. 순식간에 작게 코까지 골며 잠든 그의 모습에 한숨을 쉰 나리가 커튼처럼 드리워진 현승의 앞머리를 살짝 걷어 낸 뒤 짧게 입을 맞췄다.

"좋은 꿈꾸세요, 아저씨."

그가 깨지 않도록 조심스럽게 걸음을 옮긴 나리가 식탁 위에 있던 식자재를 정리하기 시작했다. 처참하리만큼 아무것도 들어 있지 않은 냉장고를 가득 채운 뒤, 그의 흔적이 닿았던 옷 방으로 향했다. 순간 화장대 위에 덩그러니 놓여 있는 다 쓴 로션 통이 보였다. 거칠었던 그의 얼굴을 떠올린 나리가 화장품 제품 이름을 기억한 뒤, 다시 원래의 위치에 내려놓았다.

그에게 여태 받기만 했으니 이젠 그녀도 뭔가 그를 위해 해 줘야겠다는 생각만 머릿속에 둥둥 떠올랐다. 그게 아무리 로션같이 사소한 것이라 하더라도.

작은 알람 소리가 울렸다. 어제 외투에 넣어 놓고 휴대전화를 미처 꺼내지 않아 아주 먼 곳에서 들리는 소리였다. 그 소리에 몸을 뒤척이던 현승이 순간 뭔가 떠오른 듯 번쩍! 눈을 떴다.

어제 나리에게 그렇게 신신당부하며 집에 갈 때 깨우라고 했건만. 말이라곤 지독시리 안 듣는 나리가 자기 몰래 집에 갔다는 사실에 조금 화가 났다. 하지만 이내 눈앞에 보이는 나리의 모습에 현승의 눈이 왕방울만 해졌다.

나리는 그의 시야가 닿는 곳. 아주 가까운 곳에서 고른 숨을 내뱉으며 잠들어 있었다. 작게 입맛을 다시며 도롱도롱 코를 고는 그녀의 모습에 깜짝 놀랐던 현승이 곧 부드럽게 미소 지었다.

"착한 것."

애초에 집에 가지 않았으니, 나리는 그를 깨울 필요가 없었던 것이다.

한참 나리의 얼굴을 보며 헤벌쭉 웃던 현승은 나리의 앙증맞은 입술에 소리 죽여 입을 맞췄다.

쪽, 쪽, 쪽.

연달아 세 번이나 입을 맞춘 현승이 자리에서 조심스럽게 일어났다. 나리가 일어나기 전 커피 정도는 내려 두는 것이 좋겠다 생각한 그가 막 부엌으로 향할 때였다. 그의 시선에 노트 한 권이 보였다. 분명 서랍장에 넣어 뒀던 것 같은데 버젓이 책상 위에 있자, 의아한 얼굴로 노트를 펼쳐 들었다.

그가 정성스레 적었던 플랜 밑으로 적혀 있는 글귀 하나. 제 글씨체가 아닌 나리의 글씨체로 적혀 있는 문구에 현승의 얼굴이 순간 얼이 빠졌다.

쓸데없는 걱정할 시간에 얼굴이라도 한 번 더 보여 주죠?

"풋!"

웃음이 터졌다. 나리의 앙증맞은 문구에 기쁨이 터져 나왔다. 참을 수 없는 기분에 종종종 걸음을 옮긴 현승은 나리의 옆에 누웠다. 그리고 여전히 새근새근 잠들어 있는 나리의 얼굴을 보았다.

"예쁜 것."

참 예쁘게도 잔다. 너무너무 귀엽다. 깨물면 안 되겠지? 그럼 나리가 짜증내겠지?

차마 나리가 깰까 봐 입 밖으로 내뱉지 못하는 말을 가슴속으로 삼킨 현승은 조심스럽게 손을 뻗어 나리를 품으로 끌어왔다.

작고 따뜻한 여체에 현승의 양 볼이 핑크빛으로 물들었다. 부끄러움에 떠오른 것이 아니라, 행복함에, 가슴 가득 차오르는 감정에.

"보여 주지, 뭐."

작게 읊조린 현승은 나리의 정수리에 코를 묻은 후 다시 눈을 감았다.

너무나 평화로운 아침이었다.

❀

해가 중천에 뜬 시간이었다. 주말이라 아침부터 계속 늘어져 있던 나리는 늘 한 몸처럼 들고 다니던 휴대전화가 요란스러운 소리를 내며 울리자, 서둘러 액정을 확인했다. 액정에는 '소녀 감성 최 사장' 글자가 반짝이고 있었다.

기쁨에 단숨에 전화를 받은 나리는 순간 울먹이는 목소리로 버럭 소리를 지르는 현승의 말에 깜짝 놀라 몸을 움찔 떨었다.

―나리야 큰일 났어! 큰일!

"무슨 일이신데요?"

―늦잠을 자 버렸어!

"……."

순간 할 말을 잃은 나리가 곧 정신을 차리고 혀를 끌끌 찼다. 그래, 아저씨는 원래 이런 사람이었지. 순간 콩깍지가 한 꺼풀 벗겨지는 소리가 들렸다.

"그럼 저한테 전화하지 말고 얼른 출근 준비를 하셔야죠."

나리의 말에도 현승은 연신 칭얼칭얼거렸다. 목소리는 다급함과 슬픔, 좌절. 수많은 감정이 뒤섞여 있어 그의 감정을 고스란히 드러냈다. 현승은 곧 울음이라도 터트릴 것처럼 외쳤다.

—그러려고 했는데…… 그러려고 했는데!

"그런데요?"

—집에 도둑이 들었어! 옷이 하나도 없어!

나리의 눈썹이 꿈틀 움직였다.

"다른 물건은요?"

—모두 그대론데 옷만 없어! 어떻게 해!

급해 죽겠는데! 현승이 뒷말을 붙였다.

"하아."

오랜만에 보는 그의 본모습에 한숨이 절로 나왔다. 그리고 그에게 당신의 옷장을 손수 턴 것은 도둑이 아니라 본인이라고 일깨워 주었다.

"드라이클리닝 맡기시고 안 찾아오신 것 아니에요?"

나리의 말에 현승은 아무런 답도 하지 못했다. 그의 침묵을 긍정으로 받아들인 나리의 입에서 또다시 깊은 한숨이 흘러나왔다. 하아. 이 인간을 정말 어떻게 하면 좋을까. 예전에는 무시하고 넘겼을 모습이지만, 이젠 아니다. 언제까지 지속될 관계일지는 모르지만, 세상에서 가장 긴밀한 사람이 된 그의 덜떨어짐을 '내 일이 아니니 상관없어!'라고 무심히 넘겨 버릴 수는 없었다.

속으로 끙, 앓는 소리를 낸 나리가 말을 이었다.

"오늘 샵으로 갈까요? 아버지 몸 괜찮아지셨으니, 이제 일 도와 드려야죠."

나리는 자신의 물음에도 부스럭거리는 소리만 드릴 뿐 답을 하지 않는 현승에게 재차 물었다.

"네?"

—아, 괜찮아. 괜찮아. 그리고 오늘은 약속이 있어서 샵에는 안 가.

"약속이요?"

—응, 나리야! 아저씨 지금 바쁘니까 나중에 전화할게!

가장 급하고 당황스러울 땐 자신을 찾던 남자가 무슨 약속이냐 묻는 말에는 답도 하지 않은 채 전화를 뚝 끊어 버렸다.

한참 허망한 얼굴로 휴대전화를 바라보던 나리가 콧잔등을 찡긋거렸다.

"아저씨는 내가 보고 싶지도 않나?"

살짝 서운함이 몰려왔다. 이미 검게 변한 액정을 한참이나 바라보고 있던 나리가 자리를 훌훌 털고 일어났다. 목마른 자가 우물을 판다고 하지 않는가.

"쳇, 내가 간다. 가!"

그가 보고 싶으니 직접 움직일 수밖에.

현승의 눈가가 촉촉하게 젖어 있었다. 외투가 하나도 들어 있지 않은 옷장을 보던 현승이 서둘러 무릎을 꿇고 닥치는 대로 옷을 꺼내고 있었다.

"우씨……. 어떻게 해."

흑흑. 슬픈 그의 얼굴에서 마치 울음소리가 들리는 듯했다. 연신 울먹울먹거리던 현승은 잠에서 깨어나자마자 보았던 문자 하나를 떠올렸다.

「인천공항입니다. 30분 내로 오지 않으시면 직접 움직이겠습니다.」

문자는 크리스에게 온 것이었다. 저승사자 같은 놈! 전화 좀 안 받았기로서니 한국까지 쫓아오다니! 드럽고 치사해서 전화한다! 문자를 본 순간 가장 먼저 튀어나온 것은 욕설이고, 문자가 3시간 전에 와 있다는 것을 안 순간엔 절망감이 쓰나미처럼 몰려왔다. 그가 벌써 몇 달째, 근 300통에 달하는 전화를 쌩 깠다는 사실 따위 그의 머릿속에는 남아 있질 않았다.

현승은 연신 울먹이며 봄 티셔츠를 여러 개 꺼내 겹겹이 겹쳐 입고 있었다. 그때였다.

딩동.

초인종 소리와 함께 세 겹째 옷을 입고 있던 현승의 움직임이 순간 멈췄다. 와장창. 무언가 가슴속에서 부서져 내리는 소리가 들렸고, 곧 촉촉하게 젖은 눈망울이 흔들렸다.

더듬더듬 발걸음을 옮긴 현승이 문을 열자, 크리스가 씨익 웃었다.

이 악마 같은 놈! 날 괴롭히지 못해 안달이지! 차마 입 밖으로 꺼내지 못한 말을 속으로 삼킨 현승이 커다란 목소리로 악을 썼다.

"여긴 어떻게 알고!"

"제가 보스에 대해 모르는 것이 있겠습니까."

파란 눈동자에 금발. 하지만 그의 한국어 발음은 완벽했다. 크리스는 날카로운 눈초리를 부드럽게 휘며 웃었다.

"그럼 안으로 들어가도 되겠습니까, 보스?"

"썩 가 버려!"

"절 한국으로 불러들이신 건 보스십니다."

짧게 말을 내뱉은 크리스가 캐리어를 끌고 오피스텔 안으로 들어왔다. 머리부터 발끝까지 검은색 잉크를 몽땅 쏟아부운 듯 음침한 녀석이 자신의 영역 안으로 발을 들여놓자 현승은 그에게서 경계의 눈초리를 거두지 않으며 뒤를 따랐다.

그의 인기척을 느껴서일까. 크리스가 먼저 이야기를 꺼냈다.

"호텔로 가기 전 들렀습니다. 한국은 처음인데 참 아름다운 곳입니다."

말을 마친 그가 뒤돌아섰다. 그리고 이제야 제대로 들어오기 시작한 현승의 모습에 미간을 와자작 구겼다. 크리스의 표정이 어두워지자 현승의 몸이 절로 움찔 떨렸다.

"제가 보내 준 옷들은 어떻게 됐습니까?"

움찔. 그가 또 한 번 몸을 떨었다.

"시, 신경 쓰지 마!"

"또 클리닝을 보내고 안 찾아오신 겁니까? 제가 이래서 보스에게 신경을 끊을 수가 없습니다."

"제발 끊어 줘!!"

현승이 악을 쓰며 외쳤다. 절규까지 담겨 있는 목소리였지만, 크리스는 가소롭다는 듯 팔짱을 끼며 말했다. 목소리는 높낮이 없이 평온했지만, 그게 오히려 더 공포스럽게 느껴졌다.

"잊으셨습니까? 처음 보스를 만났을 때를 잊을 수가 없습니다. 처음에는 웬 거지가 레스토랑 앞에 쓰러져 있나 했더니, 설마 옛 오너의 아들일 줄이야. 여섯 달 동안 아이스크림만 먹고 살았다는 이야기에 제가 얼마나 놀랐는 줄 아십니까?"

"그, 그건!"

"또. 입에 맞는 음식을 찾은 뒤, 제가 레스토랑 일에 바빠 정신을 놓은 사이 몇 킬로가 찌셨습니까? 정확히 23.7kg이셨습니다. 어린아이 하나가 더 붙어 계셨단 말이죠. 한 달 만에."

"……."

"또 5년이나 산 뉴욕에서 틈만 나면 길을 잃지를 않나. 주요한 미팅에 참석하실 때 자료를 잊고 가시질 않나. 한 번은 칼자루를 잘못 쥐어 손가락이 날아갈 뻔하고, 틈만 나면 넘어져서 뼈가 아작 나기 일쑤셨죠. 그뿐입니까?"

"······."

"더 말하면 입만 아프니 여기까지 하겠습니다. 제가 보스를 모신 지 10년입니다. 그동안 보스를 사람으로 만드느라 얼마나 노력한지 아십니까?"

쉼 없이 흘러나온 이야기에 현승은 꿀 먹은 벙어리마냥 입을 뻥긋거렸다.

크리스는 동그란 눈을 깜빡이는 현승의 모습을 보았다.

"옷 벗으세요."

도리도리. 현승이 고개를 저었다. 그리고 절대 옷을 벗을 수 없다는 듯 양팔로 자신의 몸을 껴안았다. 그 모습에 크리스가 한쪽 눈썹을 하늘로 치켜 올렸다. 왜? 왜 저렇게 과민 반응이지? 그리고 저 표정은 뭔가 숨기는······. 생각이 거기까지 닿자 크리스가 성큼성큼 걸음을 옮겼다. 그러자 현승은 거기에 맞춰 그에게서 벗어나기 위해 필사적으로 도망 다녔다.

"보스!"

"싫어!"

현승이 버럭 소리를 질렀지만, 결국 크리스의 손바닥 안이다. 지난 10년 동안 그렇지 않았는가. 그가 아무리 도망치려고 애를 써도 언제나 그의 손에 붙들렸다.

바닥에 쌓여 있던 책에 발이 걸려 침대 위로 넘어진 현승은 눈물이 글썽한 눈으로 자신의 티셔츠를 들쳐 올리는 크리스의 모습에 좌절했다. 그리고 모든 게 끝났다는 듯 순순히 배를 까보였다.

그의 뽀얀 속살에 현승이 얼굴을 가렸다. 절망적인 시선을 크리스에게 보여 주기 싫었다. 이 악마! 이 악마! 그 생각만이 현승의 머릿속을 지배했다.

크리스가 그의 똥그란 배를 본 순간 버럭 소리를 내려 했다. 하지만 순간 뒤에서 들리는 목소리에 둘의 고개가 현관 쪽으로 향했다.

"둘이 뭐해요?"

나리가 인상을 굳히며 둘을 보고 있었다. 그렇지 않겠는가? 남자 둘이 침대에 뒤엉켜 있는 모습을 본다면 누구나 그러한 표정을 지을 것이리라. 더욱이 남자의 아래에 깔려 있는 사람은 현승이었다. 티셔츠를 들치고 있는 남자와 모든 것을 받아들인 듯 얼굴을 가리고 있는 현승의 모습은 그녀로 하여금 분노를 일으키게 했다.

그녀를 사랑한다는, 그리고 그녀가 너무나 사랑하는, 그 남자가 웬 금발의 외국인에게 결박되어 침대에 누워 있었다.

나리의 목소리에 순간 손을 퍼뜩 치운 현승이 온몸을 비틀어 댔다. 하지만 그보다 족히 10cm나 더 큰 크리스를 밀치고 나리에게 달려가기엔 현승의 힘으론 역부족이었다.

"나리야아!"

살려 달라고 현승이 애원했다. 그 애원만이 정적이 머문 방에 유일한 소란스러움이었다.

나리는 눈앞에 있는 잘생긴 백인 남자를 보았다. 남자는 커다란 키에 차가운 인상이었지만, 여느 잡지에서나 볼 법한 모델 같았다.

나리는 싫은 기색이 역력한 얼굴로 크리스를 소개하는 현승을 보았다.

"그러니까 뉴욕에서 아저씨 일을 도와주는 사람이란 거죠?"

나리의 말에 현승이 고개를 천천히 끄덕였다.

"응."

짧은 답에 나리가 순간 무심한 눈초리에 의식적으로 미소를 걸었다. 그리고 손을 쭉 뻗어 크리스 앞으로 내밀며 말했다.

"안녕하세요. 민나리라고 해요."

나리의 말에 크리스는 연신 나리의 표정을 살피는 현승을 보았다. 그리고 대충 둘의 관계를 파악해 낸 것인지 그녀의 손을 맞잡으며 말했다.

"보스를 살찌운 분이 당신이군요."

크리스의 말에 나리가 어떻게 알았냐는 듯 그의 얼굴을 보았다. 작고 동글동글한 나리의 얼굴에 크리스가 부드럽게 미소 지었다.

"보스를 잘 부탁드립니다."

그의 미소를 나리가 홀린 듯 바라보자 재빨리 손을 뻗은 현승이 나리의 두 눈을 가려 버렸다. 그리고 입술을 뾰족하게 내밀며 나리의 귓가에 작게 속삭였다.

"나리야. 크리스는 게이야. 뉴욕 본점 셰프랑 그렇고 그런 사이라고!"

그러니까 그런 눈으로 보지 마!! 괜한 것에 질투를 불 싸지르던 현승이 게이란 말에 나리의 어깨가 움찔 떨리자, 그제야 안심한 듯 손을 풀었다.

"보스 제가 언제부터 게이였습니까. 저 여자 좋아합니다."

"나리야, 믿지 마. 저건 악마의 속삭임이야. 다 거짓부렁이야."

현승이 입술을 뾰족하게 내밀며 투덜거리자, 크리스의 입술에 음흉한 미소가 걸렸다. 거짓말한 대가를 톡톡히 치르게 해 주겠다는 듯.

"저분은 조금이라도 신경을 끄는 순간 망가집니다. 돼지같이 살이 찐다든가. 아사 직전까지 굶는다든가."

"아⋯⋯."

"내가 언제!"

현승이 반항하듯 외쳤지만, 나리는 그의 말에 한 치의 거짓도 없다는 듯 고개를 끄덕였다. 그녀 또한 100% 공감하는 이야기였다. 하지만 크리스는 괜한 반항을 하는 현승에게 지난날 중 하나를 꺼냈다.

"저에게 큰 잘못을 하시고 난 후, 도망 다니느라 한 달 동안 레스토랑에 나오시지 못하셨죠. 전 끼니 때문이라도 오실 줄 알았는데, 그땐 보스의 고집을 몰랐던 때거든요. 그리고 한 달 뒤에 제가 두 손 두 발 들고 집으로 찾아갔을 때 침대에서 죽어 가던 사장님을 보았습니다."

"크리스!"

현승이 얼굴을 붉히며 외쳤다. 그리고 나리의 눈치를 보며 왜 그런 이야기를 늘어놓냐며 입이 싸다고 연신 항의하듯 크리스를 향해 윽박지르고 있었다. 하지만 나리는 그들의 이야기에 귀 기울이고 있지 않았다. 이제껏 현승의 또 다른 모습이라고 생각했던 것이 모두 이 사람에 의해 가꾸어진 것이란 것을 깨달았다.

이 인간의 뒷모습이 완벽하다거나, 겉보기엔 멀쩡해 보이는 게 다 크리스 덕이라는 걸.

의자에 앉아 호로록, 홍차를 마시던 크리스가 잔을 놓고 자리에서 일어났다.

"호텔에 체크인을 해 둔 뒤 한국에서 오픈하는 1호점에 가 봐야 합니다."

"그래! 얼른 가 버려."

"그럼 민나리 양. 다음에 뵙겠습니다."

크리스가 깍듯하게 나리에게 허리를 숙여 인사하자, 덩달아 자리에서 일어난 나리가 어정쩡하게 허리를 숙였다. 크리스가 캐리어를 끌며 현관으로 향하던 찰나 생각 하나가 떠 오른 것인지 뒤돌아서며 말했다.

"내일부터 각오하십시오, 보스. 제가 직접 한국까지 출장 오게 만드신 것에 대해서는 톡톡히 대가를 치르실 겁니다."

"……."

"살이 너무 많이 찌셨습니다. 레스토랑 오너가 살이 디룩디룩 쪄 있으면 어느 손님이 그 레스토랑을 찾겠습니까?"

내일부터 또다시 지옥의 다이어트가 시작됨을 에둘러 말한 크리스가 문을 닫고 나갔다. 그가 사라진 자리를 멍하니 보던 현승은 기운이 쏙 빠진 듯 고개를 푹 숙였다.

"난 죽었다."

끔찍했다. 이렇게 끔찍할 수가 없었다.

나리는 좌절한 현승의 모습에 고개를 끄덕였다. 현승과 크리스의 관계를 알게 되었다. 저 망아지마냥 철없는 현승이 여지껏 멀쩡하게 사람 구실하며 살 수 있었던 것도 다 그 사람 덕택이리라. 모두 옳은 말만 해서 나리는 차마 현승의 편을 들어줄 수가 없었다. 대신 위로라도 건네는 것이 좋겠다 생각했는지, 나리가 자신의 앞을 가리키며 말했다.

"아저씨, 이리 와 보세요."

침대에 앉은 나리가 자신을 부르자, 현승이 비척비척 걸어와 바닥에 철푸덕 앉았다. 침대에 걸터앉은 나리가 그를 내려다보며 말했다.

"왜 그렇게 죽상이에요?"

"······악마가 왔으니까."

그의 말에 씨익 웃은 나리가 그의 얼굴을 양손으로 붙잡았다. 그리고 허리를 숙여 입술에 짧게 뽀뽀했다. 놀란 현승이 쳐다보자 나리는 보조개가 쏙 들어갈 정도로 크게 미소 지으며 말했다.

"괜찮아요. 악마도 원래는 천사였으니까."

나리의 위로에도 현승은 여전히 얼빠진 사람처럼 그녀를 올려다보았다. 정신을 차리지 못하고 눈만 끔뻑끔뻑거리던 현승이 급기야 입가지 헤— 벌리자 나리가 한쪽 눈썹을 찌푸리며 말했다.

"아저씨?"

그녀의 부름에 퍼뜩 정신이 돌아온 것인지 현승이 손을 뻗어 나리의 뒤통수를 끌어왔다.

둘의 입술이 부드럽게 맞닿았다. 짜릿짜릿. 온몸의 세포가 달콤한 향내에 취해 요동쳤다. 입을 벌려 나리의 아랫입술을 부드럽게 머금은 현승은 나리의 입술을 벌리고 안으로 침입했다. 가지런한 치열을 혀로 훑고 그녀가 주는 감각에 온몸을 맡겼다.

따뜻하다. 너무 달콤하다. 그 생각만이 머릿속을 지배하자, 순간 참지 못한 욕망이 터져 나왔다. 부드럽게 맞추던 입술은 어느새 점점 거칠어지기 시작했다. 자신의 타액으로 번들거리는 촉촉한 나리의 입술을 이로 잘근 깨문 현승은 순간 나리의 몸이 떨리자 깜짝 놀라 몸을 뗐다.

"헉, 헉."

둘의 숨소리가 오피스텔 안을 울렸다. 갑작스러운 흥분에 온 정신을 빼앗겼던 현승은 헝클어진 나리의 모습을 물끄러미 바라보고 있었다.

잠시의 침묵이 흐른 뒤, 현승이 작게 읊조렸다.

"플랜 11번이 생각났다."

"……그게 뭔데요, 아저씨?"

나리의 목소리가 흥분으로 갈라졌다. 난생처음 들어보는 자신의 목소리에 깜짝 놀란 나리가 눈을 동그랗게 뜨고 현승을 보았다. 현승은 그녀에게 부드럽게 미소를 보내며 말했다.

"우리 나리가 먼저 마음을 열 때까지 기다려 주기."

그의 웃음에서 빛이 났다. 달콤한 그 미소에 나리는 넋을 놓은 듯 한동안 말이 없었다. 하지만 나리가 예쁘다고 생각한 미소 뒤로는 악한 마음이 무럭무럭 자라나고 있었다.

그는 속으로 지식인 고수 intoo를 찾아 어떻게 족칠까 생각하느라 바빴다.

'잦은 스킨십? 이눔의 시키. 없애 버리겠어!'

그의 욕정에 불을 질러 버린 사람을 찾아내리라 마음먹은 현승의 눈에 번뜩 살기가 떠올랐다.

※

크리스의 경고대로, 현승은 다음 날부터 정말 쥐 잡듯 잡혀야 했다. 새벽녘부터 크리스에게 뒷덜미를 붙잡혀 헬스장에 나가야 했고, 오전에는 청담동 골든 주얼리 점을 관리하고, 오후에는 크리스를 따라 한국에서 오픈할 〈secret〉 1호점 일을 하느라, 시간을 분 단위로 쪼개 가며 움직였다.

—나리야, 나 힘들어 죽겠어.

밤마다 그는 나리에게 통화해 힘들어 죽겠다고, 제발 살려 달라며 애원을 했지만 그녀라고 해서 뾰족한 수는 없었다. 그녀 또한 현승의 얼굴을 볼 수 없는 나날이 많아지자 크리스를 그에게 떨어트려 놓을 수 있다면 무슨 일이라도 할 수 있을 것 같았다.

"1호점 오픈은 일이 어느 정도 남았는데요?"

—직원도 다 뽑고, 이제 가게 문 열기만 하면 돼.

"그럼 크리스는 언제 뉴욕으로 가요?"

—……

그녀의 물음에 현승은 아무런 말도 하지 못했다. 그 또한 알 수 없었으니까.

한동안 둘 사이에 침묵이 흘렀다. 접점이 없다 보니 딱히 할 말이 없었다. 바쁜 나날을 보내고 있는 현승과 마찬가지로 나리 또한 퇴원한 지 얼마 되지 않은 아버지를 따라 공장으로 출근하다 보니, 둘은 자연스레 조금씩 멀어지고 있었다.

그 생각이 들자 나리는 순간 서글픈 마음이 들었다. 로미오와 줄리엣처럼 아버지와 크리스가 현승과 자신의 사이를 갈라놓고 있는 것만 같았다. 그래서 슬펐다. 현승이 보고 싶어 미쳐 버릴 것만 같았다.

외로움에 한숨을 쉬던 나리는 순간 들려오는 현승의 목소리에 귀를 쫑긋 세웠다.

—나리야, 보고 싶다.

그가 말하자 순간 침대에 편안히 누워 있던 몸이 벌떡 세워졌다. 침대에 앉아 벽걸이 시계를 확인한 나리가 재빨리 방 안을 훑으며 외투를 찾았다.

"저도요. 저도 아저씨가 보고 싶어요."

보고 싶다 말하자 더더욱 보고 싶었다. 생각에 계기가 있자, 끝도 없이 그가 보고 싶어졌다. 나리가 발걸음을 옮겨 외투를 챙겨 들며 말했다.

"아저씨, 저 지금 갈게요!"

그 말을 끝으로 답도 듣지 않은 나리가 전화를 뚝 끊어 버렸다.

방문을 열고 밖으로 나온 나리가 안방을 힐끗힐끗 바라보며 소리 죽여 신발을 신었다. 잠금장치까지 최대한 소리 죽여 연 나리가 조심스레 문을 닫았다.

달칵.

작은 소리와 함께 천천히 걸음을 옮기던 나리의 발걸음이 점점 빨라지기 시작했다. 그리고 최대한 빨리 그에게 달려가기 위해 앞만 보고 달렸다.

"뭐, 뭐야?"

현승은 검게 변한 액정을 보며 더듬더듬 말을 내뱉었다. 지금 오겠다는 말과 함께 뚝 끊긴 전화를 보며 머리를 긁적이던 현승은 나리가 정말 집에 오는 것인가 고민하다 천천히 고개를 저었다.

"에이, 그럴 리가 없지."

새벽 2시였다. 가부장적이고, 보수적인 병호를 봤을 때 나리가 이 시간에 그의 집으로 올 리가 없지 않은가. 너무나 간절한 바람에 그가 헛것을 들은 것이라 생각한 현승이 휴대전화를 훅 던져 버리고 침대에 누웠다. 그러다 순간 자신의 집으로 달려와 좋아한다고 고백했던 나리의 모습이 떠올랐다. 민나리가 누군가. 한다면 하는 아이가 아닌가.

"설마 진짜 오는 거 아니야?"

자리에서 벌떡 일어난 현승이 서둘러 침대 구석에 떨어져 있던 휴대전화를 주워 나리의 번호로 전화를 걸었다. 하지만 어떻게 된 것인지 나리가 전화를 받지 않는다. 까랑까랑한 여자가 계속해 고객이 전화를 받을 수 없다고만 앵무새처럼 떠들어 대자, 현승이 서둘러 옷방으로 뛰어갔다.

"이 망아지!"

옷장을 열어 겨울 외투 하나를 꺼낸 현승이 막 옷을 꿰어 입으려던 찰나, 반바지 차림의 하체를 내려다보았다. 이러고 나가면 딱 얼어 죽기 좋겠다. 올해 중 가장 추운 겨울밤이라는 일기예보가 떠오르자, 서둘러 반바지를 훌렁훌렁 벗어 던지고 긴 바지로 갈아입었다. 막 목도리와 외투를 들고 밖으로 나가려던 현승은 밖에서 미약한 소리가 들리자 걸음을 멈췄다.

딩동, 딩동.

"아저씨. 아저씨!"

나리의 목소리였다. 초인종 소리와 함께 섞여 들어온 나리의 목소리에 현승은 들고 있던 외투를 던져 버리고 밖으로 뛰쳐나갔다. 그리고 재빨리 현관문을 열어 온몸이 꽁꽁 얼어 있는 나리를 보았다.

허술한 차림으로 여기까진 온 것일까. 외투 안으로 슬쩍 보이는 잠옷에 순간 나리를 봤다는 기쁨보다 화가 먼저 치솟았다.

"민나리."

"헤헤, 저 와 버렸어요."

나리가 해맑게 웃으며 현승의 품에 안겼다. 그러자 현승은 화를 천천히 가라앉히며 나리의 정수리 위해 손을 얹었다.

"위험하게 이게 뭐하는 짓이야."

"그래도 너무너무 보고 싶었는걸요."

현승의 머릿속은 나리의 말에 기쁨과 함께 풀리지 않는 화로 인해 엉망진창이었다. 먼저 화를 내야 하는지, 기뻐해야 하는지 분간이 되질 않는다.

"내가 정말 너 때문에 못살겠다."

"저도 아저씨 때문에 못살겠어요."

"얼씨구."

"정말이에요."

혼날 것을 직감적으로 알아서일까? 현승의 허리에 팔을 두른 나리가 현승을 올려다보며 생글생글 예쁘게도 웃었다. 이 모습을 보고 어떻게 화를 낼까. 현승은 김샜다는 얼굴로 말했다.

"자, 그럼 이제 집에 가야지."

"에? 벌써요? 싫어요!"

"쓥. 오빠 말 듣자?"

"오빠는 무슨! 아저씨지!"

토라진 나리가 입술을 뾰족하게 내밀었다. 그가 너무 보고 싶어 여기까지 달려왔건만. 집에 가자는 말에 서운함이 몰려왔다.

보고 싶어서 왔는데! 함께 있고 싶어서 왔는데!

나리가 도끼눈을 뜨며 자신을 올려다보자, 현승은 동그랗고 작은 나리의 어깨를 잡고 돌려세워 현관 밖으로 밀어냈다.

그의 등 뒤로 쾅! 소리와 함께 문이 닫혔다. 그와 함께 복도에 설치된 자동 센서가 깜빡이며, 주위를 밝혔다.

현승은 여전히 날카로운 눈동자로 자신을 올려다보는 나리에게 한 발자국 다가섰다. 그리고 얼음장처럼 차가운 나리의 얼굴을 커다란 손으로 감쌌다.

"민나리."

"왜요."

나리의 목소리에 여전히 가시가 숨어 있었지만, 진지하기 그지없는 그의 표정에 시선을 피했다. 서운한 것은 서운한 거고, 진지한 현승의 표정이 무서운 건 무서운 것이다. 나리가 시선을 피했지만, 손으로 다시 그녀의 얼굴을 끌어온 현승은 단숨에 입술을 내려 핑크빛이 도는 나리의 입술에 입을 맞췄다. 현승이 순식간에 입술을 가르고 안으로 들어가 짧지만 강렬한 키스를 한 뒤 천천히 얼굴을 뗐다. 나리는 얼이 빠진 사람마냥 그를 올려다보았다.

"난 이제 슬슬 한계야."

"……."

"지금 집 안으로 들어가면, 내가 너한테 무슨 짓을 할지도 몰라. 그래도 괜찮아?"

그의 진지한 어투 속에 욕망이 숨어 있었다. 그리고 나리에게 경고하고 있었다.

더 이상 참아 주지 못해.

진지한 그의 얼굴을 올려다보던 나리가 그와 시선을 마주하며 천천히 고개를 끄덕였다. 그녀의 작은 움직임에 현승의 눈이 점점 커지기 시작했다.

"네."

"뭐?"

"아저씨랑 전 사랑하는 사이잖아요. 그 정도 각오도 안 하고 있었을까 봐요? 저 이래 봬도 성인이에요. 사랑하는 연인이 어떻게 하는지 정도는 다 알고 있어요. 그러니까……!"

나리의 말이 채 끝나기도 전에 현승은 그녀가 어디에도 도망가지 못하도록 단단히 붙잡았다. 그리고 빠르게 익숙한 비밀번호를 눌렀다. 삐리릭 소리와 함께 문이 열리자, 현승은 망설임 없이 오피스텔 안으로 걸음을 옮겼다.

쾅.

문이 닫혔다.

둘이 사라진 복도엔 어둠만 남았다.

8.

PAsT 혹은 FUTURE

쾅.

등 뒤로 문이 닫혔다.

거칠게 신을 벗어 던진 현승은 미적미적 자신의 속도에 따라오지 못하는 나리를 돌아보았다. 그의 무거운 시선에 나리의 몸이 움찔 떨렸다. 오랫동안 둘의 시선이 마주했다.

두근두근.

거기에 맞춰 심장이 뛴다.

한참 나리의 얼굴을 보던 현승이 손을 뻗어 나리의 허벅지 밑으로 손을 찔러 넣었다. 단숨에 나리를 번쩍 안아 든 그가, 성큼성큼 오피스텔 안으로 걸어 들어갔다.

공중에 몸이 떠오르자, 나리가 자연스레 그의 목에 팔을 두른 뒤 어깨에 얼굴을 묻었다. 귀까지 붉어진 채 한참이나 그의 품에 안겨 있던 그녀는 등 뒤로 매트리스가 닿자 조심스레 손을 풀었다.

침대에 걸터앉은 채 양팔로 나리를 가둔 현승이 침을 꼴깍 삼켰다. 목이 탄다. 불구덩이를 삼킨 듯 가슴이 뜨거워졌다.

"괜찮아?"

그의 물음에 나리는 천천히 고개를 끄덕일 뿐 아무런 말이 없다. 그녀의 허락이 떨어지자 현승의 얼굴에 서서히 미소가 피어오른다.

됐다. 드디어 잡았다. 그 생각만이 머릿속을 둥둥 떠다녀, 그 외의 것들은 생각할 수도 없었다. 오직 자신의 눈앞에 있는 나리. 그녀만이 보였다.

천천히 입술을 내린 현승은 조심스레 나리의 입술을 머금었다. 그러자 온몸이 흥분에 점점 뜨거워진다. 달아올랐다.

한참 나리의 입술을 머금던 현승이 천천히 고개를 들었다. 그녀를 가질 수 있다는 생각이 들자 이젠 오만 가지 잡생각이 든다.

나리는 처음이겠지? 많이 아플 텐데. 부끄러움에 차마 자신을 바라보지 못한 채 가슴 쪽에 시선을 두고 있는 작은 나리를 보자 걱정이 들었다. 하지만 점점 부풀어 오르는 자신의 남성을 느끼자 나리를 갖겠다는 생각은 점점 더 확고해졌다.

"아!"

순간 떠오른 생각에 현승이 놀란 듯 짧은 신음을 내뱉었다. 그 소리에 용기 내어 고개를 든 나리가 그의 모습을 의아하게 바라보았다. 점점 촉촉해지는 그의 눈망울을 보며 물었다.

"무슨 일……."

"콘돔이 없어."

그런 게 현승의 집에 있을 리가 없다. 그의 집에 피임기구라니. 가당키나 한가. 철이 들면서 여자에 관심을 가진 뒤로, 그도 남자인지라 여럿 여자들을 만났다. 그의 나이를 볼 때 적지도, 많지도 않은. 하지

만 그의 속살을 처음 본 여자에게서 '징그럽다.' 혹은 '토가 쏠린
다.' 라는 이야기를 들은 뒤로 차마 다른 사람에게 자신의 몸을 보여
줄 수 없었다. 아니, 보여 주기 싫었다.

처음으로 가지고 싶다고 생각한 나리를 제외하고서.

현승은 촉촉한 눈망울로 자신을 올려다보는 나리의 모습에 밀착시
키고 있던 몸을 떼었다.

"그럼 어쩌죠?"

그녀의 말에 현승은 두 가지 경우의 수를 생각해 보았다.

그냥 한다. 하지만 이 경우엔 너무나 위험하다. 아이가 생기면 나
리를 책임지지 못하겠다든가 하는 문제는 아니었다. 다만, 미래에 대
해 구체적으로 나리와 상의한 적이 없었다. 당연하게 할아버지 앞에
서는 결혼하겠다 호언장담한 그지만, 그건 그의 생각일 뿐 나리의 생
각은 아니었다. 더욱이 그냥 그녀를 가지는 것은, 나리를 소중히 대하
지 않는 행위였다.

두 번째 경우의 수. 안 한다. 하지만 이 경우엔 자신이 죽을 것만
같았다. 수도승처럼 살았던 지난 나날을 떠올리면 끔찍하게까지 느껴
진다. 더욱 당장이라도 욕정을 풀어 놓지 않으면 뻥 터져 버리겠다고
시위하는 자신의 소중이를 생각하면 더욱 이 기회를 포기할 수 없었
다.

나리의 얼굴을 한참이나 바라보던 현승은 침대에서 일어나 부끄러
움에 이불을 끌어오는 나리의 모습을 보았다.

"사올게."

"지금요?"

"응."

서둘러 벗어 던졌던 외투를 주운 현승이 평소와는 달리 꼼꼼히 지

갑까지 챙긴 후 오피스텔을 빠져나왔다. 지하에 서 있는 엘리베이터에 작게 욕설을 내뱉은 현승은 한참이나 불안한 듯 다리를 달달 떨어댔고, 1층에 내려오자마자 서둘러 꽤나 먼 거리에 있는 편의점을 향해 빠른 걸음을 옮겼다.

편의점에 도착하자마자 콘돔부터 집어 든 현승은 알바생에게 종이곽을 내밀었다. 그는 부끄러움도 모른 채 카드를 내밀었고, 대학생으로 보이는 알바생은 아무렇지도 않게 계산을 마쳤다.

또다시 빠르게 걸음을 옮겼다. 뚜벅, 뚜벅. 마치 경보선수처럼 주머니에 손을 넣고, 손끝에 닿는 종이 느낌에 조급증을 느끼며 빠르게 걷다 저 멀리 오피스텔이 보이자 이번엔 달리기 시작했다. 숨이 턱턱 막힐 정도로 전속력으로 달려, 1층에 서 있는 엘리베이터를 탔다.

삑삑삑삑—

비밀번호를 누르는 손길은 다급했다. 도어록 열리는 소리와 함께 신발을 벗어 던지던 현승은 문뜩 자신이 슬리퍼만 신고 외출했다는 사실에 실소를 지었다. 최현승. 급하긴 급했나 보다.

현승은 한참 현관문 앞에 서서 웃고 있었다. 그러다 심호흡을 깊게 쉰 뒤 걸음을 옮겼다. 천천히 걸음을 옮기며 다급한 마음에 외투부터 벗던 현승이 순간 움직임을 멈췄다.

하얀 이불에 폭 파묻혀 있던 나리가 몸을 뒤척였다.

"으음."

아주 다디단 꿈을 꾸는지 잠꼬대까지 한다.

"미, 민나리⋯⋯."

현승은 작게 신음을 내뱉었다. 집에 도착해서 가장 먼저 보고 싶었던 모습은 이런 모습이 아니었다. 발그스름한 얼굴로 이제 왔냐며 자신에게 손을 뻗는 모습을 기대했단 말이다!

현승은 좌절한 표정으로 들고 있던 콘돔을 바닥에 툭— 떨어트렸다. 그리고 천천히 침대 쪽으로 걸음을 옮겼다.

뚜벅, 뚜벅. 나리의 앞에 서서 맑은 나리의 얼굴을 내려다보고 있던 현승은 자신도 모르게 손을 뻗었다. 그리고 순간 손이 나리에게 닿기 직전 그는 엄청난 인내력으로 손가락을 오그라트렸다.

"어쩌지."

현승의 눈이 크게 울렁였다. 작게 읊조린 현승은 비 맞은 중마냥 계속 웅얼거렸다. 어떻게 하지. 어쩌지. 깨워야 하나? 흑흑. 어쩌지?

어쩔 줄 몰라 나리를 내려다보는 그의 얼굴에 순간 원망까지 비쳤다. 내가 얼마나 빨리 다녀왔는데. 종아리에 알이 배기도록 후다닥 뛰어갔다 왔는데, 그 짧은 순간을 못 참고 잠을 자? 매정한 것! 내 마음이 활활 타오르도록 기름까지 부어 놓고! 이 무책임한 것!

"민나리."

현승은 아주 작게 나리의 이름을 불렀다.

"자? 정말 자는 거야? 무정하게 나만 이렇게 내버려 두고 자는 거야?"

깨우지 말아야 할까? 깨우지 말아야 할까?

그의 얼굴에 고뇌의 흔적이 가득했다. 하지만 곧 그의 생각이 하나로 모아지기 시작했다.

어떻게 깨우겠는가? 한동안 병호의 병실을 지키느라, 그 다음에는 퇴원 뒤에도 몸조심을 해야 한다는 의사의 말에 하루가 멀다 하고 밤 10시까지 공장에 붙어 있는 아이였다. 더욱 나리는 새 나라의 어린이가 아닌가. 평소 잠이 많이 없는 아이가 곯아떨어진 것을 보면 그간 축적되었던 피곤이 얼마나 컸는지 알 수 있었다.

결국 욕정 대신 나리의 휴식을 선택한 현승은 턱을 괴고 잠이 든 나리의 모습을 보았다.

오물오물. 앵두처럼 빨갛고 작은 입술을 연신 움직이며 자는 나리의 모습에 문득 심통이 나 충동적으로 짧게 입을 맞췄다.

쪽. 소리와 함께 현승은 불만이 가득한 목소리로 읊조렸다.

"이 나쁜 지지배."

현승의 커다란 눈망울에 또다시 눈물이 맺혔다. 요즘 그는 눈물이 마를 새가 없었다.

고뇌의 밤이 깊어 간다.

눈 위로 바로 내리쬐는 햇볕에 번뜩 눈을 뜬 나리가 화들짝 놀라 몸을 일으켰다. 그녀의 머릿속에 순간 어제 저녁 있었던 일들이 떠올랐다.

"아차."

잠시만 눈을 붙인다는 것이 아주 온몸이 개운하도록 자 버렸다. 어쩔 줄 몰라 손톱을 뜯던 나리는 문득 옆에서 들리는 작은 숨소리에 고개를 돌렸다.

"아저씨⋯⋯?"

작은 부름에도 현승은 미동조차 없이 잠들어 있었다.

한참 현승의 풀어진 얼굴을 보고 있던 나리의 얼굴에 미소가 머물렀다. 꾸밈없이, 완전 해제되어 잠들어 있는 현승의 모습을 보자 왜 웃음이 나오는지 모르겠다. 천천히 손을 뻗어 현승의 얼굴을 조심스럽게 쓰다듬던 나리는 잠들어 있는 그가 들을세라 아주 작은 목소리로 말했다.

"참 잘생겼다."

누구 애인인데 이렇게 잘생겼을까? 누구 애인은 누구 애인이야.

"당신 애인이죠."

갑작스럽게 들려오는 남성의 목소리에 놀란 나리가 퍼뜩 제자리에서 뛰었다. 쿵덕쿵덕. 심장이 떨어져 나갈 것처럼 놀라 버렸다. 슬그머니 고개를 돌린 나리는 언제 들어온 것인지 현관문 앞에 서 있는 크리스의 모습을 보며 얼떨떨한 얼굴로 말했다.

"어, 어떻게……."

어떻게 들어왔는지. 혹은 어떻게 내 속마음을 알았는지. 그 긴 두 가지 질문을 함축적으로 내뱉은 나리는 망설임 없이 침대로 다가오는 크리스의 모습에 서둘러 이불을 끌어와 몸을 가렸다. 옷을 제대로 갖춰 입고 있긴 했지만, 다른 사람에게 잠옷 차림을 보여 주는 일은 썩 유쾌한 경험이 아니었다.

"얼굴에 다 써 있습니다."

"아."

"제가 깨우는 것보단 나리 양이 깨워 주시는 게 더 좋을 것 같습니다."

보스의 정신 건강을 위해서요. 크리스가 말을 덧붙이자 나리가 천천히 고개를 끄덕였다. 그녀의 답에 만족한 듯 크리스가 익숙하게 부엌으로 향하며 말했다.

"아침은 제가 준비하겠습니다."

"아, 제가……."

"보스는 다이어트 식단을 드셔야 하거든요. 나리 양의 정성 가득한 음식도 좋지만, 현재는 저칼로리 음식만 드셔야 합니다."

무심한 어조로 내뱉은 그가 냉장고를 열어 식자재를 꺼내자, 나리는 그의 뒷모습을 묘한 눈초리로 바라보았다. 늘 자신이 서 있었던 자리. 늘 자신이 하던 일. 그걸 남이 해준다고 하자 기쁜 마음보다는 서운했다. 그리고 조금 화가 나기도 했다. 하지만 나리는 크리스에게 그만 내 주방에서 나와 달라는 말을 전하지 못한 채, 작은 소란에도 여전히 두 눈을 꼭 감고 있는 현승에게로 고개를 돌렸다.

"아저씨."

나 왜 이래요. 이상해요. 다른 사람이 대신 식사 준비를 해주면 기뻐야 하는 것 아닌가요? 그런데 다른 사람이 내 자리를 차지한 것만 같아 기분이 나빠요. 왜 그럴까요?

말없이 현승을 바라보던 나리가 더 이상 지체할 시간이 없음을 깨달았다. 오늘 헤어지면 또다시 언제 만날지 모른다. 그래서 그와 조금이라도 더 함께 있고 싶었던 나리는 천천히 손을 뻗어 아주 미약한 움직임으로 그를 깨웠다.

"아저씨, 일어나요. 아침이에요."

하지만 평소의 그답지 않게 현승이 천천히 눈을 떴다. 그리고 어제 저녁의 원망과 애통은 모두 잊은 채 활짝 웃으며 말했다.

"나리, 굿모닝."

"네, 아저씨도 굿모닝."

달콤했던 어제와는 달리 무심하게 인사를 건넨 후 자리에서 일어나는 나리의 모습에 현승이 의아한 얼굴로 몸을 일으켰다. 손을 뻗어 단숨에 나리의 작은 머리통을 끌어온 현승이 막 그녀의 입술에 입을 맞추려던 찰나였다. 순식간에 현승의 입술 위로 작은 손을 올려 막은 나리가 볼퉁한 목소리로 말했다.

"크리스가 왔어요."

"……응? 나리야. 내가 아침부터 헛소리가 들리는……."

"지금 부엌에서 음식 준비하고 계시니까, 얼른 씻고 준비하세요. 전 크리스를……."

나리의 말이 채 끝나기도 전에 현승이 버럭 소리를 질렀다.

"안 돼!"

둘이 또 무슨 눈빛 교환을 하려고! 애써 뒷말을 삼킨 현승은 자리에서 일어나 나리의 작은 어깨를 붙잡았다. 그리고 친히 욕실까지 그녀를 모셔 가며 속마음을 숨긴 채 말했다.

"우리 나리부터 씻어."

"하지만……."

"서랍 위에 보면 새 칫솔 있으니까 그걸로 이 닦아. 알았지?"

현승의 얼굴에 떠 있는 어색한 웃음이 얼떨결에 고개를 끄덕인 나리가 욕실 문을 열고 안으로 들어갔다. 문이 닫히는 것을 보고 있던 현승은 마지막까지 웃음을 지켰고, 그녀가 제 눈앞에서 사라지자마자 신경질적으로 뒤돌아섰다. 그리고 행복하고 즐거운 아침을 망친 장본인이 있는 부엌으로 향했다.

어제 잡다 만 무드를 오늘이라도 잡아 보려고 했건만! 이 크리스 망할 녀석! 내 인생에 도움이 안 되는 녀석! 진짜 게이나 되라!

속으로 오만 악담을 쏟아붓던 현승은 오늘도 역시 블랙 일색인 크리스의 뒷모습을 보며 팔짱을 꼈다.

"아침부터 무슨 일?"

"보스는 아침부터 연인에게 소리를 지르시군요. 그건 침대에서도 충분한데."

"뭐, 뭣!"

"제 말이 틀렸습니까, 보스? 여자에게 소리 지르는 남자는 최악입니다."

떼를 쓰며 소리를 지르는 것은 더 최악이구요. 크리스의 말에 현승의 얼굴이 새파랗게 굳었다.

나리와 난, 너처럼 불결하고 더러운 인간이 아니라며 쏘아붙이려던 현승은 곧 욕실 문이 열리는 소리에 입을 꾹 다물었다. 그리고 이를 악물며, 마치 이 모든 상황들을 예상하고 있었다는 듯 싱글벙글 웃는 크리스의 모습을 보며 낮게 경고했다.

"설마 이것도 뉴욕에서의 일에 대한 복수의 하나라면…… 크리스. 넌 지금 고양이의 코털을 건드린 거야."

"고양이가 얼마나 사나워질 수 있는지 기대해 보겠습니다."

둘 사이에 신경전이 오고 갔다. 현승은 날카로운 눈으로 크리스를 쏘아보았고, 크리스는 여유로운 미소로 그를 대적했다. 부엌으로 온 나리는 심상치 않은 둘의 모습을 보며 물었다.

"무슨 일 있으세요?"

"아니. 그냥 아침 메뉴가 마음에 안 들어서."

나리의 물음에도 대충 얼버무린 현승은 식탁 의자를 빼주며 말했다.

"우리 나리. 아침 먹자. 저 아저씨는 빼고."

현승이 적대감 가득한 얼굴로 크리스를 힐끗 보며 말하자, 얼떨결에 식탁에 앉은 무심한 눈길로 현승을 올려다보며 말했다.

"왜 그렇게 말씀하세요? 크리스 씨. 여기 와서 앉으세요."

나리가 자신의 맞은편 자리를 가리키며 말하자, 크리스가 부드럽게 웃으며 고개를 끄덕였다.

"네, 감사합니다. 나리 양."

현승을 향해 씨익 웃어 보인 크리스가 나리의 맞은편에 앉으며 말했다.

"그럼 보스는 씻고 오십시오. 꼴이 말이 아닙니다."

"……."

"나리 양, 어서 드십시오. 음식이 식겠습니다."

"아, 아, 네. 감사합니다."

현승의 눈치를 슬쩍 보던 나리가 수저를 들자, 그의 얼굴이 울상이 되었다. 힘없이 욕실로 향하는 그가 자신의 옷을 내려다보며 한숨 쉬었다.

❋

눈길 위를 빠르게 달리던 차가 점점 속력을 줄이더니 곧 멈춰 섰다. 나리는 집에 도착했음에도 불구하고 차에서 내릴 수가 없었다. 핑크색 잠옷을 꼬깃꼬깃 만지던 나리가 현승의 얼굴을 힐끗 보았다. 굳어 있는 얼굴이 많이 화가 나 있는 것 같았다. 그를 기다리지 못하고 잠든 것에 대한 사과를 해야 함에도 불구하고, 심각한 현승의 얼굴을 보자 어떤 말부터 꺼내야 할지 몰랐다.

현승을 힐끗 곁눈질하던 나리가 한숨 섞인 어조로 말했다.

"아저씨, 죄송해요."

"……뭐가?"

"그냥…… 다요."

잔뜩 기가 죽은 목소리로 웅얼거리는 모습에 현승은 작게 고개를 저었다. 이 아이가 미안할 게 뭐가 있단 말인가.

현승은 실망감이 가득한 얼굴이었지만, 애써 아무렇지 않은 척 말했다.

"외박했다고 혼나겠다."

"……갈게요."

"그래, 우리 나리 조심히 들어가."

힘없이 손을 흔들어 준 현승은 나리가 차에서 내렸다. 헤어짐이 아쉬운지 나리가 차에서 내린 뒤에도 손을 흔들며 이별을 늦추었다. 현승은 추운 날씨에 나리의 몸이 얼까 걱정되어 계속 들어가라고 손짓했다. 하지만 나리는 집에 들어가지 않은 채 그 자리에 서 있었다.

촉촉하게 젖은 눈으로 쳐다보는 자신을 바라보는 눈초리에 현승이 단숨에 차에서 내렸다. 차를 둘러 나리의 앞에 선 현승은 자신을 올려다보는 나리의 작은 얼굴을 손으로 감싸 쥐었다. 아주 짧은 사이, 차가운 겨울바람에 꽁꽁 얼어 버린 나리의 뺨을 커다란 손으로 녹여 주던 현승이 작은 목소리로 말했다.

"아쉽다."

"……저도요."

"계속 같이 있고 싶어."

현승은 부드러운 미소로 말했다. 그 말이 마치 프러포즈처럼 느껴졌다.

나리가 숨을 들이켰다. 그리고 천천히 다가오는 그의 입술에 자연스레 눈을 감았다. 따뜻했다. 꽁꽁 얼어 있는 몸을 단숨에 녹일 정도로. 하지만 그의 입술이 온몸을 따뜻하게 녹여 주면 녹여 줄수록 이별의 아쉬움은 더욱 커져만 갔다.

현승은 아랫입술을 부드럽게 머금으며 나리의 허리에 손을 뻗어 몸을 더욱 밀착시켰다. 허리가 활처럼 휘도록 바짝 몸을 끌어안은 현승은 입술 사이로 새어 나오는 나리의 신음 소리를 단숨에 집어삼키며 거칠게 입술을 머금었다.

아, 좋다.

현승의 입술이 부드럽게 휘었다.

해가 중천에 뜬 대낮. 아파트 경비실 앞에서 주위는 돌아보지 못한 채 서로를 음미하고 있었다. 마음이 통한 지 얼마 되지 않은 커플은 뜨거웠고, 또 서로를 바라보느라 다른 것들은 생각하지도 못했다. 그 때였다.

"대낮에 이게 무슨 짓이야!"

뒤에서 들려온 벼락같은 목소리에 화들짝 놀란 현승이 입술을 떼고 뒤를 돌아보았다. 언제 나온 것일까. 병호가 외출복 차림으로 둘을 향해 삿대질을 하고 있었다.

"민나리!"

"아, 아버지."

깜짝 놀란 나리가 얼떨떨한 목소리로 말했다. 눈앞에서 얼굴을 붉힌 채 자신을 바라보고 있는 사람이 정말 자신의 아버지가 맞나 의심스러운 목소리였다. 그렇지 않은가. 낮 1시. 아버지는 공장에 계셔야 할 시간이었다.

혼비백산한 현승이 그제야 정신을 차린 것인지 허리를 폴더처럼 접었다.

꾸벅.

현승은 허리를 펴며 붉으락푸르락 얼굴에 단풍이 물든 병호를 보았다.

"너희들……."

병호가 나리와 현승의 얼굴을 번갈아 보며 말했다.

"당장 따라 들어와."

먼저 획 하니 몸을 돌려 아파트 안으로 들어가는 병호의 뒷모습을 보던 나리가 얼굴을 와작 구겼다. 그리고 옆에서 옷을 정리하는 현승을 보며 말했다.

"가요."

"응?"

"집에 가세요. 아버지한테는 제가 말씀드릴게요."

나리가 차가운 어조로 말했다. 그리고 더 하고 싶은 말이 남았다는 듯 입술을 달싹였다. 하지만 현승은 언제나 그랬듯 맑게 웃으며 작게 고개를 저었다.

"아니야. 같이 들어가자."

"……가라니까요."

"그래도 아저씨가 잘못한걸? 나리 집에 일찍 보냈어야 했는데. 깨워서 보냈어야 했는데, 그러지 못했잖아. 아저씨 욕심 때문에. 그러니까 아버지께 죄송하다고 말씀드려야지."

"……."

"자, 가자."

현승은 나리에게 손을 뻗었다. 그리고 바닥을 향해 뚝 떨어져 있는 손을 잡았다.

나리는 자신의 손을 따뜻하게 감싼 채 먼저 발길을 옮기는 현승의 뒤를 따랐다.

무거운 시선으로 현승을 보는 병호의 얼굴이 딱딱하게 굳었다. 준엄한 얼굴로 현승의 얼굴에서 나리의 얼굴로 시선을 돌린 그는, 나지막한 목소리로 말했다.

"민나리. 다 큰 기집애가 외박이라니. 내가 널 그렇게 키웠니."

"……."

"너도 성인이니까, 잘하리라 믿었다. 하지만……."

병호의 이야기가 이어질수록 나리의 얼굴이 차갑게 굳었다. 당장이라도 그게 아버지랑 무슨 상관이냐고 외치고 싶었다. 하지만 나리의 얼굴에 반항심이 서리자, 현승은 그녀의 손을 따뜻하게 잡으며 작게 고개를 저었다.

나리가 아무 말 없이 고개를 푹 숙이자 병호가 헛기침을 내뱉었다. 그리고 옆에서 딸아이의 손을 잡고 있는 현승을 보았다.

"최 사장이 말해 볼 텐가? 둘이 이 시간까지 어디 있었는지!"

병호의 외침에 현승이 허리를 숙이며 말했다.

"죄송합니다."

"죄송하다? 그걸로 모든 걸 날 이해할 수 있다 생각하는가? 딸아이가 들어오지 않아, 집에서 걱정하는 난 생각하지 못했단 말인가! 최 사장, 그렇게 생각이 짧은 사람이었나?"

병호의 말에 현승이 의기소침해졌다. 짧았던 자신의 생각에 반성하는 그의 모습과는 달리 나리의 얼굴은 점점 차갑게 굳어졌다.

"아저씨가 왜 고개를 숙여요?"

"나리야."

"제 말이 틀렸어요?"

버럭 소리를 지른 나리가 자리에서 일어났다. 그리고 깜짝 놀란 눈으로 자신을 바라보는 둘의 시선을 무심한 눈으로 보았다. 입술이 비틀어졌다. 이제 와 아비 노릇을 하려는 병호의 행동에 기가 찰 지경이다.

날 무시하고, 내가 옆에 있든 없든 상관하지 않았던 사람이다. 그런 사람이 이제 와 무슨 자격으로 아버지 노릇을 한단 말인가.

삐뚤어진 나리의 마음에 반발심이 계속해 솟았다.

"아버지가 그게 무슨 상관이에요? 왜 이제 와 제 인생에 참견하시는 건데요!"

"나, 나리야."

병호가 더듬더듬 나리의 이름을 불렀다. 하지만 나리는 속에 감춰 두었던 날카로운 칼을 꺼내 무작정 휘둘렀다.

"상관하지 마세요! 이제까지 그랬던 것처럼 신경 *끄시라고요!*"

"……."

나리의 고함에 병호의 고개가 바닥으로 뚝— 떨어졌다. 감정의 골이 깊어질 대로 깊어진 두 사람의 모습에 현승은 한숨을 쉬었다. 그리고 걸음을 옮겨 뒤돌아서는 나리의 손을 잡았다.

자신의 손을 감싸는 따뜻한 기운에 나리의 고개가 돌아갔다. 그리고 근엄한 얼굴로 자신을 올려다보는 현승의 얼굴에 그녀의 몸이 움찔 떨렸다.

당신 왜 나 그렇게 보는데요? 아무것도 모르면서. 나와 아버지에 대해서는 아무것도 모르면서 왜 날 그렇게 보는 거예요? 난 비난 받을 행동 따윈 하지 않았다고요!

나리가 온몸으로 억울함을 외쳤다. 하지만 현승은 그녀의 손을 잡아 이끌어 원래의 자리에 앉혔다. 그리고 원망스러운 눈길로 자신을 바라보는 나리에게 충고했다.

"아버지한테 그러는 거 아니야, 나리야. 그건 버르장머리 없는 거야."

나중에 아버지가 없을 때 후회해도 소용없다고. 나중에 잘하고 싶을 때 이미 곁에 안 계실지도 모른단 말이야. 하지만 현승의 마음을 알 리 없는 나리는 고개를 푹 숙여 모든 시선을 피해 버렸다. 그녀의 모습에 한숨을 쉰 현승은 고개를 돌려 병호를 보았다. 병호는 나리의 말에 깊은 상처를 받은 듯 10년은 더 늙어 있었다.

"죄송합니다. 아버님."

"아, 아니다. 최 사장은 이만 가보게."

무릎을 짚고 자리에서 일어난 병호가 휘적휘적 안방으로 들어갔다. 그 뒷모습을 안타까운 눈으로 바라보던 현승은 여전히 바닥을 보고 있는 나리의 어깨에 손을 얹으며 말했다.

　"나리야."

　"그만 가보세요, 아저씨."

　자리에서 일어난 나리까지 방으로 들어가 버리자, 현승의 입에서 깊은 한숨이 흘러나왔다.

　나리가 너무 늦게 깨달아 후회를 하지 않았으면, 빌고 또 빌었다.

✳

　정신없이 바쁜 나날이었다. 현승의 스케줄을 본다면…… 과히 살인적인 스케줄이라 할 수 있겠다.

　새벽부터 그의 일과는 시작된다. 현승은 일어나자마자 오피스텔 근처에 위치한 헬스장으로 향했다. 반만 뜬 눈으로 헬스장에 도착해 트레이너와 1:1 트레이닝을 하면 온몸의 근육이 나 좀 살려 달라 아우성을 질러 댔다. 하지만 레스토랑의 오너가 디룩디룩 살이 쪄 있으면 손님이 떨어진다며, 오너로서 노력을 하라는 크리스의 말에 현승은 참으로 오랜만에 헬스기구와 씨름을 해야 했다.

　깨끗이 씻은 후 오피스텔로 돌아와, 크리스가 맞춰 준 코디에 따라 옷을 갈아입은 그가 출근하기 위해 차에 오르면 마치 계획표를 짠 것마냥 시계는 7시 50분을 가리켰다. 하지만 현승은 잠시 숨 돌릴 틈도 없이 샵으로 향한다.

　낮에는 청담점을 둘러보느라 바빴다. 유리에게 매출표를 받고 검토를 하며, 점점 떨어지는 매출을 어떻게 올릴 수 있을까 고민해야 했다. 하루가 멀다 하고 마케팅 직원들을 불러, 이 어려운 시기를 어떻게 탈출해야 할지 고민해야 했고, 회의 결과 괜찮은 아이디어는 직접 시행했다. 하지만 매출은 그가 생각했던 것처럼 쉽게 오르지 않았다. 할아버지와 약속했던 시기가 3개월도 채 남지 않은 시점에서 그의 고민이 깊어지는 건 어쩔 수 없었다. 주얼리에 대해 안 지 얼마 되지 않은 '주얼리 초보 최현승'은 아직 주얼리 사업에 관한 모든 것이 어려웠다.

저녁에는 크리스와 함께 한국에서 첫 오픈 할 〈secret〉에서 밤을 지새웠다. 한국 사람들의 입맛에 맞는 요리 구성과 코스 구성부터 시작해, 직원 교육까지 쉴 새 없이 바빴다. 거의 막바지 작업이라 그런지, 오픈을 한 달여 일 앞두고 현승의 신경은 잘 벼려진 칼날마냥 날카로웠다. 간간이 나리의 얼굴을 보기 위해서라도 그는 더욱 노력하고 있었고, 옆에서 보는 사람이 걱정될 정도로 과한 업무량을 소화해 내고 있었다.

그는 지금 오기로 버티고 있는 중이었다. 그의 인생에는 없던, 안 될 일에는 쉽게 포기하던 성미 대신 자신에게 주어진 일을 닥치는 대로 소화하느라 잠잘 시간을 쪼개 가며 일하고 있었다.

"보스, 오늘은 이만……."

크리스는 문득 시계 바늘이 새벽 6시를 가리키는 것을 보며 말했다. 평범한 이들은 잠들었을 시간. 어느 부지런한 사람들은 아침을 준비하고 있을 시간이었다.

크리스는 현승의 눈 밑으로 짙게 드리워진 그늘을 보며 다시 한 번 그를 불렀다.

"보스."

"되도록 레스토랑 일은 빨리 마무리하고 싶어."

현승은 대답을 한 뒤 다시 레시피로 시선을 돌렸다. 그의 얼굴에 감출 수 없는 피곤이 묻어나 있었다.

"왜 그렇게 성급하게 구십니까, 보스."

세상 그 누구보다 여유로운 사람이 보스 아니십니까. 옆에서 보고 있는 사람마저 걱정시킬 만큼 천하 태평한 사람이 왜 갑자기 조급하게 구십니까. 크리스의 말에 현승의 얼굴에 슬그머니 미소가 떠올랐다.

"지금은 내가 신경 쓸 것이 한두 개가 아니거든."

"네……?"

"내 일 말고 신경 쓸 일이 더 많이 생겼단 말이야."

그의 알다가도 모를 말에서 본뜻을 찾아낸 크리스가 고개를 끄덕였다. 그리고 조그마한 소녀를 떠올렸다.

민나리. 그 사람이 어떻게 현승을 변화시켰는지는 모르겠으나, 크리스는 머리가 아픈 듯 이마에 손을 짚는 현승의 모습에 한숨을 쉬었다. 한 번 꽂힌 일엔 말려도 소용이 없다는 것을 알지만, 끔찍할 정도로 엉망인 현승의 얼굴을 보자, 어떻게 해서든 말려야 할 것 같았다.

다시 한 번 크리스가 말했다.

"그래도 오늘은 댁에 돌아가셔서 쉬시는 게 좋을 것 같습니다. 운동도 여기까지……."

"크리스."

"네, 보스."

"그냥 평소 하던 대로 해. 갑자기 사람이 바뀌면 죽을 때가 됐다는 거거든. 그러니까 갑자기 바뀌지 마."

현승의 말에 크리스의 얼굴에 슬며시 미소가 떠올랐다.

"정말 평소대로 해도 되겠습니까?"

장난스런 그의 말에 현승이 서류에서 시선을 떼지 않은 채 고개를 끄덕였다.

"응, 그리고 미안하지만 커피 한 잔 줄래?"

"네, 알겠습니다."

크리스가 자리에서 일어나 이미 인테리어가 끝난 주방으로 향했다. 〈secret〉마크가 찍혀 있는 머그컵에 인스턴트 커피를 타 홀로 나온 크리스는 작은 조명만 켜져 있는 텅 빈 레스토랑 안, 홀 중심에서 열심히 서류를 넘겨 보고 있는 현승의 모습에 깊은 한숨을 쉬었다.

"가끔은 보스가 참 걱정이 됩니다."

차라리 미친놈처럼, 정신 빠진 사람처럼 굴 때가 더 좋았다. 지금처럼 그의 뒷면에 있는 모습을 발견할 때면 오히려 그에게서 시선을 떼지 못하겠다. 그를 옆에서 모시면서 가끔 저런 낯선 모습을 발견할 때면 크리스는 가슴 깊은 곳에서 우러나오는 걱정 근심에 안절부절못하곤 한다. 끔찍할 만큼 놀라운 집중력을 보일 때의 그는…….

"내가 잡을 수 없을 만큼 먼 곳으로 갈 것 같아서."

자신의 곁에 있을 그릇이 아닌 것을 깨닫곤 한다. 좀 더 위에. 좀 더 먼 곳에 있는 사람처럼 느껴진다.

한참 그를 바라보고 있던 크리스가 고개를 숙였다. 그리고 처음 그를 만났던 그날의 일을 떠올리고 있을 때였다. 멀리서 자신을 바라보고 있는 시선을 느낀 것인지 현승이 자리에서 일어났다.

"왜 거기서……."

"보스!"

우당탕.

현승의 몸이 기우뚱 기울더니, 곧 바닥으로 떨어졌다. 그가 쓰러지면서 스쳐 간 테이블과 의자가 바닥에 나뒹굴었다. 깜짝 놀란 크리스가 서둘러 그에게 달려갔다. 그리고 파리한 안색으로 눈을 감고 있는 현승의 상체를 끌어안고 그의 뺨을 톡톡 두드렸다.

"보스! 보스! 눈을 떠 보십시오! 보스!!"

절규처럼 외친 그 말에도 현승은 쉽게 눈을 뜨지 못했다.

서둘러 그를 들쳐 업은 크리스가 레스토랑을 빠져나갔다. 추운 날씨 때문인지 길거리엔 택시 한 대 보이지 않자, 크리스는 빠른 발걸음으로 길거리를 질주했다. 크리스의 움직임에 현승의 몸이 들썩였다. 앞코가 뾰족한 구두를 신고서 눈길을 초인적인 힘으로 달려가는 크리스의 얼굴에 다급함이 보인다.

"보스. 보스."

길을 뛰면서도 크리스는 계속해 현승을 불렀다. 하지만 새하얀 얼굴 위로 드리워진 그늘은 쉽게 거둬지지 않았다.

무작정 뛰던 크리스가 저 멀리서 달려오는 택시를 향해 손을 휘저었다. 다급한 그의 몸짓에 거친 타이어 소리와 함께 택시가 멈춰 섰다. 택시 기사의 도움을 받아 현승을 뒷좌석에 조심스럽게 눕힌 크리스가 더듬더듬 말했다.

"제일 가까운 병원으로 가주십시오."

"네, 알겠습니다."

크리스만큼이나 다급한 어조로 답한 기사가 서울 시내를 질주하기 시작했다. 차는 채 20분도 되지 않아 멈춰 섰고, 곧 그를 들쳐 업은 크리스가 병원 응급실 문을 열고 안으로 들어갔다. 빈 침대에 현승을 눕힌 크리스가 지나가던 의사를 붙잡으며 외쳤다.

"저 환자 좀 봐주십시오."

"앞에 먼저 온 환자가 있으니 순서를……."

"보스부터 봐주십시오! 보스부터!"

끔찍했던 그날의 기억을 떠올리며 크리스가 외쳤다. 그때의 그도 그랬다. 갑작스럽게 쓰러진 뒤, 아주 오랜 시간이 지나서야 눈을 떴었다.

"제발!"

그리고 다른 사람처럼 굴었었다. 그때의 그는. 그리고 지금 두 눈을 꼭 감고 잠들어 있는 그가 마치 그럴 것만 같았다.

살기를 띤 그의 눈빛에 바짝 쫀 의사가 지나가던 인턴을 붙잡으며 말했다. 새벽 2시에 들어온 교통 사고환자로 인해 하얀 가운은 온통 피칠갑이 되어 있었다.

"어이, 황 선생."

"네?"

두 눈에 잠이 가득한 인턴이 멈춰 서자, 크리스의 팔을 털어 낸 의사가 말했다.

"저기 있는 환자 좀 봐주세요."

"아, 네. 알겠습니다."

인턴이 현승이 누워 있는 침대로 향하자 그제야 안심이 된 것일까. 크리스가 천천히 바닥으로 추락하더니 땀이 가득한 이마를 쓸어내렸다.

날이 밝기 전 서둘러 아침상을 준비하고 외출 준비를 마친 나리는 집을 나서기 전 안방 문을 보았다. 쥐 죽은 듯 조용한 공간. 나리는 인기척 하나 없는 집 안을 둘러보다 서둘러 집을 나섰다. 아직은 병호의 얼굴을 보기가 너무 어색했다.

바닥이 얼어 종종 걸음을 옮겼다. 현승의 오피스텔로 가기 위해 빠르게 걸음을 옮기던 나리는 주머니에 들어 있던 휴대전화가 울리자 걸음을 멈췄다.

우웅우웅.

진동과 함께 울리는 벨소리를 들으며 액정을 확인하던 나리의 얼굴에 의아함이 서렸다.

"응?"

소녀 감성 최 사장.

그를 만나러 오피스텔로 향하고 있었던 나리는 새벽부터 걸려 온 그의 전화를 의아하게 바라보았다. 그러다 곧 그를 보고 싶어 아침부터 서두른 자신의 마음과 새벽부터 전화를 건 그의 마음이 통했다는 사실에 기뻐하며 전화를 받았다.

"아저씨! 저 지금 아저씨한테 가는 길……."

―나리 양.

"어?"

나리는 현승의 목소리 대신 중저음의 목소리에 콧잔등을 찌푸렸다. 누구세요? 나리의 물음에 상대는 한숨 섞인 목소리로 말했다.

―나리 양. 크리스입니다.

"……에?"

―지금 병원입니다. 사장님께서 쓰러지셔서…….

크리스의 말에 나리가 숨을 들이켰다. 그리고 어떤 말을 해야 할지 몰라 멍하니 서 있었다. 출근을 하는 사람들로 지하철 입구가 북적북적거렸다. 하지만 그중 나리만이 시간을 잃은 듯 멈춰 서 있었다.

나리가 숨을 들이켰다. 그리고 흔들리는 눈으로 저 멀리 시선을 던진 채 떨리는 목소리로 말했다.

"그, 그게……."

―여기 상길 병원 202호입니다. 과로로 쓰러지신 거니까, 너무 걱

정하지 마시고…….

"아, 지, 지금, 지금 갈게요."

—네, 기다리고 있겠습니다.

뚝, 전화를 끊은 나리가 서둘러 주위를 두리번거렸다. 그리고 역 근처에 길게 줄을 늘어서고 있는 택시를 향해 빠르게 걸음을 옮겼다.

나리의 두 눈동자엔 눈물이 그렁그렁했다. 갑작스러운 소식에 정신이 나가 버릴 것만 같았다. 숨을 쉴 수 없을 정도로 당황한 그녀는 더듬거리며 목적지를 말한 후 빠르게 움직이는 창밖 풍경을 보았다.

"아저씨……."

나리가 작은 목소리로 읊조렸다. 그리고 그녀의 간절한 마음이 그에게 닿길 바라며 천천히 눈물을 감았다. 결국 참지 못한 눈물이 툭— 하고 떨어져 내렸다.

"오셨습니까?"

병실 문을 열고 들어오는 나리의 모습에 간이 의자에 앉아 있던 크리스가 몸을 일으켰다. 왕방울만 해진 눈에는 눈물이 그렁그렁했다. 시계를 확인한 크리스는 채 30분도 되지 않아 병원에 도착한 나리의 모습에 한숨을 쉬었다. 그녀는 더듬더듬 걸음을 옮겨 잠들어 있는 현승의 곁으로 다가왔다. 그 모습에 크리스가 안심하라는 듯 한숨을 쉬며 말했다.

"방금 전에 잠드셨습니다. 연락을 안 드리려고 했는데, 정신을 잃은 채 나리 양 이름만 불러서요."

크리스의 말에 나리의 눈동자에 또다시 눈물이 고였다. 차오르다 결국 투둑— 바닥으로 떨어지는 눈물을 닦을 생각도 하지 못한 채 거친 현승의 얼굴을 떨리는 손길로 조심스럽게 쓰다듬었다. 손끝이 떨려 힘 조절이 되지 않았다.

"왜, 왜……."

나리가 미처 말을 끝맺지 못하고 입을 꾹 닫는 모습에 크리스는 거칠게 머리를 쓸어 올렸다.

"과로랍니다."

"과, 과로요? 일이 그렇게……."

"예전의 보스라면 적당히 하셨을 겁니다."

그런데 요즘 부쩍 조급해하셨습니다. 여유가 최대의 무기인 사람이었는데. 크리스의 말에 나리가 천천히 고개를 끄덕였다. 어느새 의자에 앉아 원망스러운 눈으로 잠든 현승의 얼굴을 보던 나리의 입에서 안도의 한숨이 흘러나왔다. 그 모습을 곁에서 지켜보던 크리스가 막 병실을 빠져나가려고 할 때였다. 나리가 뒤도 돌아보지 않은 채 조용한 목소리로 말했다.

"요즘…… 아저씨 말이에요. 많이 변한 것 같아요. 예전에는……."

"글쎄요. 그건 누구보다 나리 양이 잘 알고 계시지 않을까요?"

오히려 되묻는 크리스의 말에 나리가 의아한 시선으로 그를 돌아보았다. 크리스는 무심한 눈길로 현승을 향해 시선을 두고 있었다.

"그게……."

"예전에 보스가 절 처음에 만났을 때 말입니다. 참 여유로운 사람이었습니다. 세상을 이렇게 편하게 사는 사람도 있구나, 라고 생각될 정도로요. 그런 사람이 소중한 것을 잃게 생기자 바뀌더군요."

"……."

"음식도 못하는 사람이 어머니의 레스토랑이 망할지도 모른다는 사실에 미친 듯이 일했습니다. 자신이 원하고 바라는 일에는 무서울 정도로 집중력을 보이는 사람입니다. 그때도 소중한 레스토랑을 지키기 위해 하루에 2시간도 자지 못하고 일에만 매달리셨죠. 보스께서 레스토랑에 손을 댄 지 3년도 되지 않아, 체인점이 50개로 늘어났습니다."

"……."

"그는 순식간에 성공하기 위해서 많은 것들을 포기하셨습니다. 먹는 것을 포기했고, 잠을 포기했고, 사생활을 포기하셨죠. 덕분에 처음 쓰러지셨을 때 한 달 동안 꼬박 잠만 잤습니다. 그때를 떠올릴 때면 아직도 몸이 떨립니다. 정말 죽은 줄 알았거든요."

"……."

"레스토랑처럼 또다시 지킬 것이 생긴 겁니다."

크리스의 긴 이야기에 나리가 입을 굳게 다물었다. 마치 자신을 위해 현승이 무리를 하며 일을 했다고 하는 것만 같았다. 아니, 그랬다. 자신을 만나기 위해 잠을 줄였고, 빨리 레스토랑 일을 정리하기 위해 무리해서 일을 했다고 했다.

그것도 모르고…… 난 밤늦게 아저씨를 찾아가고. 보고 싶다고 떼쓰고. 위로는 못 해 줄망정. 힘드냐고 말 한 마디 못 건넬망정…….
나리의 얼굴에 후회가 떠올랐다.

"예전엔 제가 보스를 지키기 위해 노력했습니다. 그가 무리하지 않게 곁에서 돌봤습니다. 아니, 점점 멀어져 가는 보스를 따라 잡기 위해 저 스스로가 노력했다고 말하는 것이 옳겠군요."

"아……."

"하지만 오랜만에 만난 보스가 그렇게까지 무리를 하고 있는지는 몰랐습니다. 예전보다 더 참을성이 생긴 것인지."

아니면 당신을 사랑하는 마음이 커서 미처 제가 눈치를 못 챈 것인지…….

크리스가 깊은 한숨을 내쉬었다. 멍하니 자신의 얼굴을 바라보는 나리의 모습에 서늘한 기운이 가득한 그의 얼굴에 미소가 머물렀다.

"다음부터는 나리 양에게 부탁을 해야겠습니다. 보스의 곁에서 지켜봐 달라고요."

"……제가요?"

나리의 물음에 크리스가 천천히 고개를 끄덕이며 말했다.

"네, 이젠 제가 따라가기엔…… 보스가 너무 멀어져 버렸거든요."

그리고 예전엔 그에게 첫 번째로 중요했던 레스토랑이 이젠 순위가 밀려 버렸다. 하지만 언젠가 그가 레스토랑으로 돌아올 그 날을 위해, 그가 빈자리를 지켜야 되지 않을까.

말을 마친 크리스가 병실을 빠져나갔다. 탁, 소리와 함께 문이 닫히자 나리의 시선이 천천히 현승에게 향했다.

현승은 평안한 얼굴로 잠들어 있었다. 아무런 감정도 담지 않고 있는 그 모습을 보자 눈물이 날 것만 같았다. 과로로 쓰러질 만큼 최선을 다하고 있는 사람인데. 몸이 견디기 힘들 정도로 몰아붙였던 사람인데…… 자신의 앞에서는 티 하나 내지 않고 늘 웃는 얼굴이었다. 맑은 얼굴을, 달콤한 미소를 떠올리자 눈물이 날 것만 같았다.

"아저씨……."

이런 그의 모습은 낯설다. 음식을 달라고 떼를 쓰거나, 오피스텔에서 함께 뒹굴며 장난을 거는 그의 모습이 눈앞을 스치고 지나갔다.

"아저씨."

이런 그의 모습을 그녀는 모른다. 일에 매달리느라 자신을 사지로 몰아넣는 그의 모습은 처음 보는 것이다. 하지만 그는 원래 이러한 사람이라고 한다. 자신은 모르는 이 모습이 그의 본모습이라 한다.

"……일어나요."

그리고 나에게 익숙한 그 미소를 보여 줘요. 지금 아저씨는…… 내가 아는 그 사람이 아닌 것 같아요. 너무 먼 곳에 있는 사람인 것 같아요.

고개를 숙인 나리가 작게 읊조렸다.

"미안해요."

"……."

"무리하게 만들어서 미안해요."

눈물이 났다. 무심한 자신에게. 아무것도 모른 채 그의 앞에서 웃고만 있었던 자신의 모습에. 진지하게 자신에게 미래를 말했던 그의 모습을 떠올리자, 스스로가 너무 원망이 되어 견딜 수가 없었다.

"저도 자랄게요."

철없이 이 자리에 멈춰 있지 않고. 아저씨처럼 큰 사람이 되기 위해. 저도 아저씨를 품을 수 있게 노력할게요.

현승의 손을 양손으로 잡고 있던 나리의 눈에서 눈물이 흘러내렸다. 현승의 손을 타고, 팔목을 타고 흘러내린 눈물은 결국 시트를 적시고 말았다.

한참 눈을 깜빡이며 눈물을 쏟던 나리는 갑작스레 자신의 손을 잡는 손길에 고개를 들었다. 언제 깬 것일까. 현승이 웃는 얼굴로 자신의 손을 잡고 있었다. 나리는 울음이 가득한 목소리로 말했다.

"아저씨……."

나리의 부름에 현승은 여전히 잠이 가득한 목소리로 말했다. 가뭄에 갈라진 땅마냥 끔찍한 목소리였다.

"우리 나리, 왜 울어."

"그냥 눈물이 계속……."

미처 말을 끝맺지 못하고 나리가 입술을 악물자, 현승의 미간이 살짝 찌푸려졌다.

"나 일어나면 나리한테 많이 뚜드려 맞아야겠다."

"……훌쩍."

"우리 나리 울리고…… 아저씨가 미안해."

현승의 말에 나리가 서둘러 고개를 저었다.

"그, 그런 말 하지 마세요."

불퉁하게 말을 내뱉은 나리가 거칠게 눈물을 닦았다. 그리고 반쯤 감긴 눈으로 자신을 바라보는 현승의 눈길에 자리에서 일어났다. 나리는 그의 배를 겨우 가리는 이불을 들어 목까지 덮어 준 뒤 입술을 뾰족하게 내밀며 말했다.

"어서 주무세요."

"나리가 그러고 있으면 마음 편히 못 자잖아."

힘없이 웃은 현승이 손을 내밀었다. 그리고 작게 흔들며 잡아 달라 떼를 썼다. 그의 손길에 다시 자리에 앉은 나리가 양손으로 커다란 손을 잡으며 말했다.

"됐죠?"

"으응. 나리야. 고마워."

늘어진 테이프마냥 중얼거린 현승이 눈을 감았다. 그리고 약기운에 순식간에 깊은 잠에 빠져 들었다. 나리가 부드럽게 낮은 목소리로 말했다.

"좋은 꿈꾸세요."

크리스는 침대 헤드에 등을 기대고 앉아 서류를 읽고 있는 현승의 모습을 무심한 눈길로 바라보았다. 과로로 병원에 입원한 주제에 손에서 일을 놓지 못하는 그의 모습을 보자 기가 차다 못해 아무런 감흥도 느껴지지 않는다.

문 앞에 서 있는 크리스의 모습을 힐끗 바라본 현승이 서류를 무릎 위에 올려 두며 말했다.

"알아. 나도 내가 진짜 한심한 거."

"아시면 브레이크 좀 거십시오."

크리스의 말에 현승은 작게 웃을 뿐 아무런 말도 없었다. 자신의 말은 귓등으로도 듣지 않을 거란 걸 알고 있어서일까. 크리스는 어깨를 으쓱이더니 곧 그의 얼굴만큼이나 냉랭한 목소리로 말했다.

"보스. 헬스는 그만하셔도 됩니다."

"뭐?"

정말 의외였던지 현승이 고개를 번뜩 들어 크리스의 얼굴을 보았다. 커다란 현승의 눈동자에 크리스가 말을 이었다.

"레스토랑 일도 제가 마무리하고 오픈하겠습니다."

"사람이 갑자기 변하면 죽어."

현승의 말에 크리스의 얼굴에 미소가 떠올랐다. 이럴 때 한국 사람들은 어떻게 말하더라? 사돈 남 말 하네였나? 자신이 모시는 상사가 한국 사람이란 이유로 10년 동안 꾸준히 한국말을 배워 온 크리스는 익숙하게 그의 말을 되받아쳤다.

"그럼 저보다 보스가 먼저 죽어야 할 겁니다."

자신이 할 말은 모두 끝났다는 듯 입을 꾹 다물었다. 그리고 그의 답이 들려오기도 전에 뒤돌아 문을 열고 밖으로 나왔다. 이걸로 됐다, 생각했다. 그가 레스토랑의 일로 무리를 한다면 그의 일을 덜어 주면 그만이다. 늘 그랬던 것처럼. 그가 스스로 브레이크를 잡지 못한다면 자신이 일을 덜어 가면 된다.

깊은 한숨을 내쉰 크리스는 최대한 빨리 한국 1호점을 열기 위해 서둘러 걸음을 옮겼다. 그때였다. 복도 멀리서 걸어오던 나리와 크리스의 시선이 마주쳤다. 물을 떠온 것인지 그녀의 손에는 물이 가득 찬 물통 하나가 들려 있었다.

급히 어딘가로 향하는 크리스의 모습에 나리가 물었다.

"어디 가세요?"

"보스의 일을 좀 덜어 줘야 하지 않겠습니까. 레스토랑 일 마무리하러 갑니다."

"아……."

나리는 뭔가 할 말이 있는 듯 손가락을 꼼지락거리며 미적거렸다. 꼼지락꼼지락 움직이는 나리의 손을 바라보던 크리스가 온몸에 주고 있던 힘을 풀었다. 그리고 나리의 입이 열리길 기다렸다. 머리부터 발끝까지 검게 차려입은 모습과는 달리 파란 눈동자가 아름다운 바닷빛으로 울렁였다.

그가 자신이 이야기하길 기다리고 있다는 것을 눈치챈 나리가 용기 내어 고개를 들었다. 그리고 크리스의 시린 눈동자와 마주하며 말했다.

"전 어떻게 해야 할까요?"

현승이 병원에 입원하고서부터 오랫동안 해 온 고민이었다. 하지만 답을 얻지 못한 물음. 현승의 곁을 오랫동안 지켰던 그라면 잘 알고 있을 것이라 생각하는 답. 그래서 나리는 물었다. 전 어떻게 해야 하나요? 어떻게 해야 그의 곁에서, 그의 짐을 덜어 줄 수 있을까요? 나리의 물음에 이미 답을 알고 있었지만, 크리스는 정확한 질문을 얻기 위해 되물었다.

"뭐가 말입니까?"

"아저씨를 위해서…… 전 어떻게 변해야 할까요?"

크리스는 무심한 눈길로 자그마한 나리를 보았다. 초롱초롱하게 빛나는 눈빛. 생기가 가득한 눈동자에 크리스는 한참이나 그녀의 모습을 내려다보았다. 똑 부러지는 아가씨였지만 거기까지였다. 아직은 어리고 미숙한 사람. 하지만 똑똑한 사람이기도 했다. 자신의 부족함을 솔직히 터놓을 수 있는 사람은 흔치 않았으니까.

짧은 침묵이 흘렀다. 그리고 그 끝에 크리스는 나리의 물음에 답을 주었다.

"보스를 위해서가 아닌…… 본인을 위해서 변하셔야 합니다."

"네?"

"나리 양. 보스는 아주 뛰어난 사람입니다."

"……."

"그의 곁에 있으면…… 나리 양이 아주 비참해질 순간이 올지도 모릅니다. 그 사람과 자신은 너무 다르다며 느낄지도 모릅니다. 그때를 위해서 나리 양도 대비하셔야 합니다."

크리스의 말에 나리는 깜짝 놀란 눈길로 그를 올려다보았다. 깜짝 놀란 눈으로 자신을 바라보는 시선에 크리스의 입술에 부드럽게 미소가 걸렸다.

"그래야 보스의 곁에 계속 지킬 수 있습니다."

나리가 천천히 눈을 깜빡였다. 시선은 여전히 크리스를 향해 있었다. 한참 그의 얼굴을 보던 나리가 물었다.

"그걸 어떻게 아세요?"

"……예전에 제가 그랬거든요."

진한 그의 미소에 나리는 더 이상 깊게 파고들어서는 안 된다는 사

313

실을 깨달았다. 뭔가를 숨기고 있는 미소는 보는 사람으로 하여금 가슴에 서늘한 바람을 불게 만들었다.

"감사합니다."

나리의 모습에 부드럽게 미소 지은 크리스가 손을 작게 고개를 끄덕였다.

"보스 뒤치다꺼리를 맡겨서 죄송합니다. 그럼 이만."

나리는 복도 끝으로 사라지는 크리스의 모습에 한참 시선을 떼지 못했다. 그리고 그가 엘리베이터 안으로 사라지자 그제야 뒤돌아섰다.

나리의 얼굴에 굳었다.

"나 자신을 위해 변하라……."

크리스의 말이 나리의 가슴에 콕― 하고 박혔다.

어두운 밤, 스탠드 조명만 켜져 있는 방 안. 책상에 앉아 열심히 손을 놀리던 나리가 노란색 색연필을 내려놓았다. 노란 계열로 열심히 색칠해 놓은 골드반지는 척 보기에도 세심한 손길이 느껴졌다. 그림이라고 생각되지 않을 정도로 완벽하게 명함을 준 그림을 보던 나리가 문뜩 지난 일 하나를 떠올렸다.

'나리야, 사람은 하고 싶은 일을 하면서 살아야 해.'

그 말이 가슴에 남아 있었다. 내가 하고 싶은 일. 아주 짧은 인생을 살면서 단 한 번도 내가 원하는 것을 생각해 본 적이 없었다. 한때 아무것도 모르던 시절. 디자이너를 꿈꿨던 적도 있었다. 하지만 디자이너가 되기 위해서는 비싼 비용을 치러 가며 유학을 떠나야 했고,

한국에 돌아와서도 쉽지 않다는 것을 알게 되었다. 당연히 4년제 대학을 가야 했고. 그 모든 것들은 나에게 있어 좌절감만 심어 주었다.

우리 집은 왜 이렇게 가난할까. 왜 어머니는 그렇게 일찍 돌아가셨어야 했을까. 아버지는 왜 내게 단 한 번도 세심하게 위로를 건넨 적도, 관심을 가져 주신 적도 없을까. 삐뚤어진 마음으로 난 무엇을 꿈꿔도 되지 않는다고 생각했었다. 현실에 충실하자. 내가 서 있는 곳은 여기야.

'나리는 디자이너가 되고 싶지 않아?'

그의 물음에 난 역시나 삐뚤어진 마음으로 그를 보았다. 되고 싶다면요? 톡 쏘아붙이듯 말했던 것 같다. 치졸한 나의 마음을 모두 들여다봤으면서도 그는 웃었다. 그리고 내게 말했다.

'그러면 아저씨가 도와줄 수 있을 것 같아.'

단 한 번도 나에게 뭔가를 도와주겠다고 말했던 사람은 없었다. 모든 도움에는 대가가 있다는 것을 난 너무나 잘 알고 있다. 하지만 그 남자는 아무런 대가도 바라지 않고, 무조건 적으로 날 도와주겠다 말했다. 아무런 이유 없이, 조건 없이 날 사랑해 주는 것처럼. 그 또한 아무런 조건이 없었다.

깊은 한숨으로 스케치북을 바라보는 나리의 눈동자에 맑은 빛이 서렸다.

"정말 할 수 있을까?"

자신도 모르게 중얼거린 나리가 스케치북을 덮었다.

다시 오래전 기억 속에 있는 꿈을 꺼내 놓는다는 것은 가슴 떨리는 일이기도 했지만, 잔뜩 겁을 집어 먹게 만드는 일이기도 했다. 한참 말없이 어두운 방 안을 보고 있던 나리는 문 쪽에서 느껴지는 인기척에 고개를 돌렸다.

똑똑.

노크 소리가 들렸다.

"나리야, 자니?"

그리고 조심스러운 목소리가 들렸다. 서둘러 스케치북을 책꽂이에 꽂은 나리가 자리에서 일어났다. 그리고 구겨진 잠옷을 손바닥으로 펴며 말했다.

"네."

짧은 대답에 문이 열렸다. 망설이고, 망설이다 들어온 것인지 주름 진 병호의 얼굴 위로 어색함이 가득했다. 나리는 의아한 얼굴로 병호를 보았고, 병호는 한참이나 미적거리다 이내 조심스러운 어조로 말했다.

"차 한 잔 하겠니?"

시계를 보니 12시를 넘긴 시각이었다. 차를 마시기엔 너무 늦은 시간이 아니냐고 말하려다 입술을 꾹 깨물었다.

날 위해 바뀔 필요가 있어. 그중에선 아버지와의 관계도 포함되어 있었다.

무드 등만 켜져 있는 부엌 안. 노란색 빛깔의 잔을 들고 마주 앉아 있는 둘 사이에 어색한 침묵이 흘렀다. 숨이 막힐 정도로 어색한 침묵에 나리가 천천히 눈을 깜빡였다. 병호가 뭐라고 말이라도 해 줬음 하는데, 그의 입술은 쉽게 열릴 생각을 하지 않았다.

결국 먼저 입술을 뗀 것은 나리였다.

"몸은 어떠세요?"

고작 한다는 말이 이거라니. 아침, 저녁으로 함께 공장으로 출퇴근을 하면서, 병호의 건강이 괜찮아졌다는 것은 그녀 또한 알고 있었다.

하지만 평소 접점이 없었던 둘 사이에 적절한 대화 주제가 있을 리 만무하다. 혀를 깨물어서라도 뱉은 말을 다시 삼키고 싶었던 나리는 순간 병호의 말에 입을 빵긋거렸다.

"고맙다."

"……"

"그리고 미안하구나."

병호의 말에 순간 나리의 시선이 아래로 뚝 떨어졌다.

"내가 널…… 방치한 것이 아니라…… 그러니까."

말주변이 없는 병호는 한참이나 더듬거리며 자신의 생각을 말했다. 정리되지 못한 채 흘러나오는 말은 오히려 더 진심처럼 느껴졌다. 이 제껏 나한테 이러한 일이 있었고, 그래서 이럴 수밖에 없었다. 완벽한 문장으로 내뱉었더라면 오히려 삐뚤어진 나리는 온전히 그 말을 받아들이지 못했을 것이다. 하지만 천천히, 아주 천천히 자신의 생각을 말하는 그의 말에 나리는 순간 가슴 한켠에 동그란 무언가가 턱 걸리는 느낌을 받았다. 그리고 그 동그란 물체는 곧 목을 타고 올라와 온몸을 찌르르 떨리게 만들었다.

"난 말이다. 나리야. 널 사랑하지 않는 게 아니다. 다만 나도 너무 힘들었다."

"……"

"사랑하는 사람을 하루아침에 잃는 것은 내 몸의 장기 하나가 떨어져 나가는 것보다 더 큰 고통이었다. 그래서 널 돌아볼 겨를이 없었다."

예전에 이러한 말을 듣는다면 웃기지 말라며, 아버지라면 홀로 있는 딸에게 손을 뻗어 줘야 한다고 말했을지도 모른다. 하지만 이젠 조금 자라 사랑이 무엇인 줄 아는 나리에게 그 말은 그 어떠한 진심보다 더욱 진하게 느껴졌다.

평생을 함께하고 싶은, 평생을 함께할 사람을 잃는 것이 어떠한 고통인지 나리는 상상조차 하지 못했다. 최근에 아주 간접적으로 느꼈을 뿐이다. 크리스에게서 온 연락을 받고 얼마나 놀랐는가. 그 전화를 받고 온몸이 떨리는 경험을 하지 않았는가. 세상이 노랗게 변하고, 슬픔에 아픔에 눈물부터 나오는 경험을 하지 않았는가.

나리는 천천히 고개를 끄덕였다. 그리고 어느새 조금 식어 따뜻해진 잔을 손으로 감싸 쥐며 말했다.

"……죄송해요, 아버지."

"나리야……."

"제가 너무 어렸어요. 너무 철이 없었어요."

"……."

"죄송해요."

죄송해요, 죄송해요. 그 말밖에 꺼낼 수 없었다. 버퍼링이 걸려 계속 같은 구간만 반복하는 노랫말처럼 나리는 계속 죄송하단 말만 했다. 그리고 아주 오랜 시간…… 어머니를 그리워하는 아버지의 어깨에 손을 올려 드리지 못한 것을 후회했다.

"앞으로는 착한 딸이 될게요."

"……더는 바랄 것이 없다."

무뚝뚝하게 흘러나온 말과는 달리 병호의 두 눈동자는 붉게 물들어 있었다. 그리고 그와 똑 닮은 표정을 가진 나리 또한 붉어진 눈으로 눈물만 툭툭 흘렸다.

"우리 나리 왔어?"

나리는 병실 문을 열고 들어오자마자 자신을 반기는 현승의 인사에 고개를 끄덕였다. 단순히 과로였던 현승은 오늘 짧았던 병원 생활에 종지부를 찍는 날이었다. 나리는 해맑게 웃고 있는 그의 얼굴을 말갛이 들여다보았다.

"나리야, 왜 그렇게 봐?"

아무 말 없이 자신을 보는 나리가 이상해서일까. 현승이 고개를 기울이며 물었다. 하지만 나리는 작게 고개를 젓는 것으로 답을 대신했다.

"아니에요."

"아닌 게 아닌데?"

현승에게 한 발자국도 다가가지 못하고 그 자리에 서 있던 나리가 숨을 들이켰다.

그와 자신의 거리. 단 열 발자국도 되지 않는 이 거리가 너무나 멀게 느껴졌다. 따뜻한 겨울 햇살을 받으며 서 있는 그의 주위는 반짝반짝 빛이 났다. 그래서 나리는 한 발자국도 움직이질 못했다.

"아저씨."

"으응?"

조용히 자신을 부르는 목소리에 현승이 걱정스레 답했다. 오늘의 나리는 이상했다. 뭔가 큰 결심을 한 듯 단단한 얼굴이기도 했고, 많은 생각을 정리한 듯 다부진 얼굴이기도 했다.

"감사해요."

"뭐가?"

"모든 게 다요."

나리는 말을 마치며 천천히 고개를 끄덕였다.

"아저씨 때문에 못난 민나리는 버리기로 했어요. 그래서 정말 감사해요."

평소 무심한 어조와 무표정한 얼굴과는 달리, 오늘의 그녀는 너무나 예쁘게 웃고 있었다. 마치 단단한 껍질을 깨고 나온 나비처럼. 그 모습에 현승은 불안해졌다.

"……."

　먼 곳으로 비행을 하기 전 날개를 파닥이는 새처럼. 그녀는 천천히 숨을 고르고 있었다. 그리고 잠시의 시간이 흐른 후 멀리 날아가 버릴 것만 같았다.

　현승은 천천히 양팔을 벌렸다. 그리고 낮은 어조로 말했다.

"이리 와."

"……."

　그의 부름에 주저하며 다가가지 못하던 나리가 천천히 걸음을 옮겼다.

　그와 떨어진 거리. 열 발자국, 아홉 발자국, 여덟 발자국…… 천천히 다가갈수록 걸음을 빨라졌고 순식간에 그의 품에 와락 안겼다.

"우리 나리 착하다."

　나리를 품에 안은 현승이 작게 읊조렸다. 그리고 고운 나리의 머릿결을 쓸어내렸다.

"나리야, 나리야."

"……네?"

"사랑해."

　현승의 달콤한 언어에 잠시 숨을 들이켠 나리는 그의 가슴에 뺨을 부비며 작은 목소리로 말했다.

"저도요."

"……."

"저도 사랑해요."

처음 듣는 사랑한다는 그 말이 너무나 아름다워 현승은 숨을 들이켰다. 그리고 나리를 안고 있는 팔에 힘을 주며 말했다.

"응. 그 마음, 영원히 변하면 안 돼."

9.

그 남자와 나의 거리

　　인천공항 안. 수많은 사람들이 바쁘게 걸음을 옮기고 있었다. 나리
는 이별이 아쉬운 이들이 서로 끌어안으며 눈물을 삼키는 것을 보고
있었다. 감동적인 이별의 순간을 보던 나리가 시선을 돌렸다. 그리고
저들과는 너무나 다른 두 사람의 모습에 한숨을 쉬었다.

　　"썩 가버려."

　　입술을 뾰족하게 내민 현승이 톡 쏘아붙였지만, 크리스는 어깨를
으쓱이며 가볍게 그의 투정을 받아 냈다.

　　"보스의 생일까진 있고 싶었는데, 죄송합니다. 뉴욕에 보스와 저
둘 다 없으니, 아슬아슬한가 봅니다."

　　크리스의 말에 나리가 놀란 눈으로 현승을 보았다. 하지만 둘만의
세계에 빠져 있는 현승은 나리의 시선은 알아차리지 못하고 입술을
잘근잘근 씹었다.

　　"매년 있는 생일, 뭐가 그리 중요하다고."

"그래도 보스가 이 세상에 태어난 날 아닙니까."

"됐어."

딱 잘라 말한 현승은 순간 주머니에서 울리는 벨소리에 나리를 돌아보았다. 그리고 둘에게 휴대전화를 흔들어 보인 뒤, 걸음을 옮겨 전화를 받았다.

심각한 통화인 것인가. 그의 얼굴이 점점 창백하게 굳어 가는 것을 보던 나리는 순간 자신을 부르는 크리스의 목소리에 고개를 돌렸다.

"갑자기 찾아왔다가, 갑자기 떠나서 미안합니다. 다음에는 넉넉히 휴가를 내고 오겠습니다."

"아니에요."

나리의 말에 크리스의 얼굴에 선선한 미소가 걸렸다. 한참 미소 띤 얼굴로 나리를 보던 그가 천천히 입술을 뗐다.

"보스의 가장 큰 문제점이 뭔지 아십니까?"

"손이 많이 간다는 것?"

망설임 없이 나온 말에 크리스의 입술이 부드럽게 호를 그렸다.

"그를 한 번이라도 만난 사람은 보스의 매력에서 벗어날 수 없다는 겁니다."

크리스의 말에 나리는 뒤통수를 얻어맞은 것처럼 멍하니 그의 얼굴을 보다가 천천히 고개를 끄덕였다. 입에서 저절로 긴 한숨이 흘러나온다. 그의 말에 자그마한 반박도 할 수가 없다. 모든 것을 포기한 듯 고개를 끄덕이는 나리의 모습에 크리스가 얼굴 가득 웃음꽃을 피우며 말을 이었다.

"네, 잠시라도 눈을 떼면 어떻게 될지 모르는 사람입니다."

"그건 그렇죠."

"보스를 잘 부탁드립니다. 손이 많이 가고, 바보 같기도 하지만,

그래도 좋은 분입니다."

"네, 어떤 말씀인지 알겠어요. 걱정하지 마세요."

그녀에게 신신당부한 크리스가 한국을 떠났다. 그리고 그가 떠나자 제 세상이 왔다며 즐거워할 줄 알았던 현승의 얼굴에 아쉬움이 서렸다.

❋

여느 때와 다름없는 하루였다. 아침 일찍 일어나 장을 봐 오고, 부쩍 잠이 부족한 현승을 배려해 조용히 집 안으로 들어왔다. 제일 먼저 사온 재료를 냉장고 안에 정리해 넣은 뒤, 요즘따라 커피를 찾는 그를 위해 원두를 내렸다. 집 안 가득 커피 향이 진동을 하면 그제야 현승을 깨운다.

나리는 쥐 죽은 듯 조용히 자고 있는 현승에게 다가갔다. 그리고 현승의 손을 끌어와 그의 네 번째 손가락을 엄지와 검지 손가락으로 문지르며 고개를 갸우뚱 기울였다.

"13호? 14호?"

1호 차이는 사람의 감만으론 알아차릴 수 없는 수치였기에 한참이나 고민하던 나리가 주머니에서 반지 하나를 꺼내 현승의 손가락에 끼워 보았다.

"딱 맞다."

남자치고는 얇은 손가락에 딱 맞는 반지를 보며 나리의 얼굴에 슬쩍 미소가 서렸다. 그에게 직접 반지 호수를 물어보지 않아도 된다. 제대로 된 서프라이즈 생일 선물을 해줄 수 있다는 생각에 나리의 가슴이 콩닥콩닥 뛰었다.

소기의 목적을 달성한 나리가 반지를 다시 주머니에 넣은 뒤 현승을 흔들어 깨웠다. 처음에는 잠투정을 하더니, 이내 자신을 깨우는 것이 나리라는 것을 깨달은 그가 눈을 번쩍 떴다.

"우웅. 나리다."

"알았으면 얼른 일어나세요."

무심한 말에도 그는 기쁘기만 한 것인지 몸을 일으켜 크게 기지개를 켰다. 그리고 서둘러 부엌으로 향하는 나리의 뒷모습을 보며 웃으며 외쳤다.

"나리야! 오늘 아침 메뉴는 뭐야?"

"아저씨가 자꾸 꾸물거리면 콩나물 반찬으로 싹 바꿔 버릴 거예요."

"그건 싫은데⋯⋯."

"그러니 얼른 씻고 나오세요."

나리의 말에 현승은 말 잘 듣는 강아지처럼 자리에서 일어나 욕실로 쪼르르 달려갔다.

그들의 하루가 또다시 시작됐다.

한상 가득 그가 좋아하는 것을 차려 놓고 의자에 앉아 기다리던 나리는 넥타이를 매며 부엌으로 들어오는 현승의 모습에 자리에서 일어났다. 그는 능숙하게 넥타이를 맨 뒤, 넥타이핀을 꽂아 고정시켰다. 크리스털이 박혀 있는 푸른색 넥타이와 붉은 넥타이핀은 서로 어울리지 않을 것 같지만, 마치 한 세트처럼 잘 어울렸다.

나리는 의아한 얼굴로 말했다.

"오늘 어디 가세요?"

그가 넥타이를 한 모습은 처음이었다. 늘 가벼운 캐주얼만 즐겼던 그가 아닌가. 마치 전투장에 나가는 투사처럼 결연한 표정을 지은 그는 넥타이핀과 한 세트인 커프스를 하며 말했다.

"응. 할아버지 뵈러."

최 회장을 만나는 것이 저렇게 결연한 표정을 지어야 할 만큼 대단한 일인가? 나리가 여전히 의문점이 풀리지 않은 듯 고개를 기울이자, 현승은 그저 웃으며 답을 회피했다.

"나리는 아저씨가 이기게 기도만 해주면 돼."

"이겨야 하는 거예요?"

"응. 아저씨의 인생이 달려 있는 일이거든."

여전히 답을 알 수 없는 소리였지만, 나리는 천천히 고개를 끄덕였다. 그가 말해 주지 않는 것에는 이유가 있을 터였다. 이젠 그와의 관계에서 믿음이 생긴 나리는 더 이상 그에게 닦달하며 묻지도, 기분 상해하지도 않았다. 그저 웃으며 그가 바라는 대로 모든 일이 이루어질 수 있도록 응원했다.

"네, 꼭 이기세요."

"안에 할아버지 계십니까?"

굳은 얼굴로 극존칭을 사용하는 현승의 모습에 정 비서의 얼굴이 사색이 되어 굳어졌다. 오랫동안 최 회장을 모셨던 그였지만, 이러한 그의 모습을 보는 것은 참으로 오랜만이었다. 그리고 그가 이러한 표정을 지을 때는 꼭 큰 사고를 겪곤 했던 그인지라, 온몸이 긴장감에 굳었다.

"왜 그러십니까?"

"안에 계시는군요."

현승은 정 비서의 물음에 답하지 않은 채 무작정 회장실 문을 열고 안으로 사라졌다. 그의 뒷모습을 걱정스레 바라보던 정 비서의 입에서 깊은 한숨이 흘러나왔다.

"오늘도 냉수인가."

서둘러 탕비실로 들어가는 그의 걸음이 바빠졌다.

문을 열고 회장실 안으로 들어온 현승은 갑작스런 자신의 방문에도 눈 하나 깜짝하지 않는 최 회장의 모습에 입술을 비틀었다.

노망난 노인네. 크리스를 배웅하러 공항에 갔을 때 받았던 전화 한통에 핀트가 단단히 나간 현승은 인사 대신 거칠게 쏘아보는 것으로 대신한다. 그리고 성큼성큼 걸음을 옮겨 소파에 앉았다.

눈치 빠른 정 비서가 건네주는 냉수를 벌컥벌컥 마신 후 거칠게 테이블 위로 내려놓았다. 쾅! 커다란 소리에도 최 회장은 눈 하나 꿈쩍하지 않은 채 현승의 맞은편에 앉으며 말했다.

"생각보다 행동이 굼뜨구나. 당장 날아올 줄 알았더니."

"제게도 사생활이 있습니다, 할아버지."

"누가 뭐라고 그랬냐?"

"나리도 소개시켜 드렸잖아요! 근데 선이라니요!!"

버럭 소리를 지른 현승이 발을 동동 구르며 온몸을 비틀어 댔다. 떼를 쓰는 다섯 살 아이마냥 온몸으로 싫음을 표현한 현승이 소리 질렀다.

"어떻게 이럴 수가 있어요!"

"내가 언제 그 아이와 네 관계를 허락했더냐?"

최 회장이 서늘한 어조로 말했다. 그리고 현승의 눈치를 살폈다. 단 한 마디에 현승의 얼굴이 싸늘하게 굳어 있었다.

어휴. 최 회장은 속으로 한숨을 삼켰다. 그 또한 굳이 사랑하는 사람이 있다는 손주 녀석을 선 자리로 몰아넣고 싶은 마음은 없었다. 하지만 미리 약속해 버린 것을 어떻게 하겠는가! 평생 사랑하는 여자

따윈 없을 거라며 호언장담하던 손주 녀석이 단기간에 사랑하는 여자가 생길 거라고는 생각도 못 했다. 한마디로 판단 미스였다.

더욱 소개시켜 준 것이 언제인데 아직까지 미적거리고 있는 손주 녀석이 답답했던 그는 강수를 두기로 했다. 오래전부터 절친한 친우로 지냈던 김 회장과의 의리도 지키고, 손주 녀석에게 위기의식도 들게 할 좋은 비책이라 생각했다.

"넌 아직 나와 내기 중이다. 그 내기에 지면 내가 점찍은 아이와 결혼해야 되겠지. 듣자 하니 샵 사정이 많이 안 좋다고 들었다. 내가 다 이긴 내기이니 미리 만나서 눈도장 찍어 둬도 이상할 건 없겠지."

"할아버지……."

"시간이 얼마 남지 않았다."

느릿한 어조의 말이 이어질수록 현승의 얼굴에 서늘한 기운이 짙어진다. 그는 더 이상 들을 필요가 없다는 듯 자리에서 일어나며 말했다.

"반칙입니다."

"흥! 반칙은 무슨."

"할아버지!"

"이미 약속해 둔 자리다. 할애비 얼굴을 봐서라도 나가."

최 회장의 말에 현승의 입술에 비틀린 미소가 걸렸다.

"후회하실 텐데요?"

"뭐? 이 녀석이 지금 할애비를 겁박하는 게냐!"

"겁박이라니요. 사실을 말씀드리는 겁니다."

서늘한 미소 뒤로 숨겨진 그의 생각을 기똥차게 알아차린 최 회장이 자리에서 벌떡 일어났다. 그리고 현승을 찔러 버릴 듯 손가락을 앞으로 척 내밀며 말했다.

"이 녀석! 또다시 그런 맹랑한 짓을 했다간!!"

최 회장은 이제껏 현승이 선 자리에서 어떻게 벗어나곤 했는지 떠올리며 외쳤다.

"이번에는 새로운 방식을 써볼 참입니다. 할아버지도 아시죠? 할아버지 손주가 잔머리에는 일가견이 있다는 거."

"너! 너!"

"후회하게 만들어 드릴 겁니다."

무심한 어조로 마지막 말을 내뱉은 현승이 허리를 꾸벅 숙여 인사했다. 그리고 뒤에서 자신의 이름을 부르는 최 회장을 무시한 채 회장실을 빠져나왔다. 밖에서 안절부절못하며 안의 동태를 살피고 있던 정 비서가 그에게 다가왔다.

"이야기는 잘 끝나셨습니까?"

"……할아버지에게 전해 주세요."

"네, 네?"

"악수 하나로 모든 계획이 틀어질 거라고."

현승은 짧게 말을 내뱉은 뒤 뚜벅뚜벅 걸음을 옮겼다. 단 한 번도 걸음을 멈추지 않는 현승의 뒷모습에 머리가 하얗게 센 정 비서는 한숨을 내쉬었다. 왠지 느낌이 좋지 않다며 최 회장에게 고해야 할까, 그의 얼굴에 수많은 감정이 스쳐 지나갔다.

띠리리리. 시끄럽게 알람이 울렸다. 아침을 알리는 소리에 반쯤 감긴 눈으로 알람시계를 바라보던 나리는 머리를 벅벅 긁었다. 그녀는 길게 하품을 하며 중얼거렸다.

"아 참, 오늘 출근하지 말라고 했지."

다시 현승의 오피스텔로 나가게 된 나리는 다시 그의 밥순이가 되었다. 그는 다이어트 식단과 안녕을 고한 것보다 나리가 자신의 오피스텔에 오게 된 사실을 더욱 기뻐했다. 그리고 되도록 일정을 빨리 끝내고 집에 돌아오려 했다.

크리스는 이러한 것을 노렸던 것일까. 그는 어느새 다시 예전으로 돌아와 있었다. 되도록 밖에서 새벽 늦게까지 일하는 것보단 오피스텔로 일을 싸들고 오는 것을 선택했고, 나리와 함께 있는 동안만은 되도록 일을 하지 않으려 했다.

알람시계를 끈 나리가 다시 침대에 누웠다. 오랜만에 늦잠을 잘 수 있는 기회였다. 놓치고 싶지는 않았다. 하지만 나리는 침대에 누운 지 10분이 지나지 않아 벌떡 일어났다. 알람시계 때문에 잠이 깬 것인지, 아니면 이젠 확실히 아침형 인간이 된 것인지는 모르겠으나, 피곤함에 축축 늘어져야 할 몸이 너무나 쌩쌩했다.

이불을 걷고 밖으로 나온 나리는 식탁에서 아침 식사를 하고 있는 병호를 보며 맞은편에 앉았다. 병호는 딸의 모습을 곁눈질하더니 어색하게 말했다.

"잘 잤니?"

"네. 아버지는요?"

"나도 잘 잤다."

어색했지만, 관계 개선을 하기 위한 둘의 노력은 충분히 전해졌다.

"오늘은 출근 안 하냐."

병호가 출근하지 않은 나리를 보며 걱정스럽게 말했다. 나리는 손을 휘저으며 자리에서 일어났다.

"오늘은 쉬는 날이에요. 식사는 다 하신 거예요?"

"한 그릇 더 먹을 거다. 밥이 좀 맛있어야지. 너무 맛있으니 항상 두 그릇은 뚝딱이다."

어색하게 장난을 걸어오는 병호의 말에 순간 벙찐 얼굴이 된 나리가 하하하 웃음을 터트렸다. 그리고 제 것의 밥을 퍼와 그의 맞은편에 앉았다. 오랜만에 아버지와 함께하는 아침밥이었다.

"오늘은 공장 일 도와 드릴게요."

"부지런 떨지 말고 그냥 쉬지 그러냐."

"쉬는 것도 쉬어 본 사람만 한다고. 하루라도 안 움직이면 좀이 쑤셔요. 그리고 만들고 싶은 것도 있고요."

병호는 나리의 얼굴을 보더니 고개를 끄덕였다.

"그래, 오랜만에 좀 부려 먹어 보자."

병호가 허허 웃으며 말했다.

식사를 마친 둘은 같이 집을 나섰다. 둘은 멀리서 오는 익숙한 마을버스에 몸을 실었고, 곧 옆자리에 앉아 도란도란 이야기를 나눴다. 병호는 나리에게 평소 궁금한 점이 많았는지, 이것저것 물어보았다. 현승의 밑에서 어떠한 일을 하고 있는지. 그리고 앞으로 어떠한 일을 할 것인지에 대해.

둘은 공장 근처 정류장에 버스가 멈춰 서자 차에서 내렸고, 곧 20분을 걸어 들어갔다. 그러자 곧 쓰러질 것처럼 허름한 공장이 보였다. 오래된 건물 2층에 위치한 〈플래티넘 하우스〉는 화장실조차 제대로 갖춰져 있지 않은 곳이었다. 대부분의 주얼리 공장들이 그러하듯, 기술을 요하는 귀금속 세공이나 왁싱 작업을 하는 직원들의 평균 나이는 40대를 훌쩍 넘어 있었고, 배우려고 하는 이들이 없어 막내가 38살이었다.

나리는 자신에게 인사를 건네는 사람들에게 일일이 화답하며, 커피를 모아 한 잔씩 돌렸다.

"나리야 좋은 아침~"

"네, 심씨 아저씨. 손은 괜찮으세요?"

얼마 전 초보자도 하지 않는 실수로 검지 손가락을 야스리(세공용 줄)로 갈아 버린 일로 호된 놀림거리가 된 재영의 손에는 여전히 하얀 붕대가 감겨 있었다. 재영은 나리의 놀림에 역정을 내며 말했다.

"나리 너까지 놀리는 거냐!"

"에이, 걱정해서 하는 말인 거 다 아시면서!"

"걱정되면 그 일은 꺼내지도 말아!"

전라도 사투리 억양으로 나리에게 호통을 친 재영이 뒤돌아서 작업을 시작했다. 작은 소리로 웃은 나리는 자신에게 다가오는 병호의 모습을 보았다.

"여긴 화학약품 때문에 안 좋아."

병호가 비커에서 끓고 있는 산을 곁눈질하며 말했다. 작업 중간 중간 반지를 산에 넣고 있는 작업자들을 보며 어깨를 으쓱인 나리가 사무실로 향하는 병호에게 말했다.

"작업대 하나 내주실 수 있으세요?"

나리의 물음에 병호가 고개를 기울였다. 궁금증이 가득한 그의 얼굴을 보며 나리가 씨익 웃으며 말했다.

"아저씨한테 반지를 선물해 주고 싶어서요."

"반지?"

"네. 직접 만들어서 주면 더 좋을 것 같아요."

나리의 말에 병호의 입술에 슬그머니 미소가 자리 잡았다.

"예끼! 반지는 네가 받아야지, 왜 네가 먼저 선물하는 거야!"

장난스러운 병호의 말에 나리의 입에도 그와 똑같은 미소가 떠올랐다.

"전 너무 많은 것들을 받아서요. 이제 더 이상 받으면 염치없는 사람이 될 거예요."

그래, 이젠 자신이 그에게 줘야 할 때였다. 어떤 것이 되었든. 그가 자신에게 준 행복만큼이나 커다란 것을 주고 싶었다.

✳

대한민국에서 최고로 손꼽히는 대한 호텔 스카이라운지. 건욱은 자신에게 다가오는 여자의 모습에 깊은 한숨을 내쉬었다.

"최현승 씨?"

"아, 네."

현승이 만들어 놓은 무대 위에 얼떨결에 서게 된 건욱은 곱게 화장한 여자를 향해 작게 웃었다. 아니, 여자를 향해 웃은 것이 아니라 이 상황에 실소를 터트렸다.

"소문만큼이나 잘생기셨네요."

"……감사합니다."

"정말 최 사장님이 나오실 줄은 몰랐어요."

자그마한 몸집의 여자는 쉴 새 없이 수다를 떨기 시작했다. 건욱이 마음에 든 것인지, 인위적으로 만들어 낸 웃음을 짓는 여자의 입술이 어색하게 하늘을 향했다. 최근 보톡스를 맞은 것인지, 표정은 어색하기 그지없다.

아주 중요하게 할 이야기가 있다며 자신을 호텔로 불러냈을 때 눈치챘어야 한다. 20대 초반, 형과 할아버지 사이에 끼여 여러 번 새우등이 터졌던 최건욱은 산전수전 다 겪은 사람이었고, 얄팍한 최 사장의 꼼수는 조금만 생각해도 쉽게 눈치챌 수 있었을 것이다.

……새로운 방식만 아니었다면.

건욱은 자신을 현승이라고 알고 있는 여자를 향해 솔직히 이 모든 상황을 털어놓아야 할 것인지 고민했다. 조금만 알아보면 자신이 최현승이 아닌 최건욱이란 것을 알 것이고, 거짓말은 오래갈수록 악이 될 뿐이다.

건욱은 눈앞에 있는 여자를 보았다. 객관적으로 본다면 참 예쁜 여자였다. 하지만 건욱의 눈에는 예쁘게 느껴지지 않았다. 그가 좋아하는 여자는 키가 크고, 목소리는 좀 더 낮으며 여성적으로 머리카락을 귀 뒤로 넘기거나 어떤 표정을 지어야 자신이 예뻐 보이는지 모르는 사람이었다. 핑크색의 파스텔 계열의 옷보다는 원색의 드레스를 좋아했고, 주얼리도 작고 반짝이는 것이 아닌 골드 계열의 것을 좋아했다.

그랬다. 그는 그러한 여자를 마음에 두고 있었다. 그래서 아양을 떠는 어느 대기업 총수의 딸은 눈에 들어오지도 않았다.

"최 사장님은 어떤 장르의 음악을……."

"저 말씀 중에 죄송합니다."

여자의 이야기가 끝도 없이 이어지자, 건욱은 어쩔 수 없이 중간에 말을 싹뚝 잘라 내야 했다. 예의에 어긋난 행동이란 것을 알면서도.

드르륵, 의자를 끌며 자리에서 일어난 건욱은 말간 얼굴로 자신을 올려다보는 여자의 모습에 슬쩍 미소를 띠우며 말했다.

"저는 최현승이 아닌 최건욱입니다."

"네, 네?"

"형의 장난이 심했습니다. 죄송합니다."

허리를 꾸벅 숙여 인사한 건욱이 허리를 90도로 숙이며 마음을 다해 사과를 건넸다. 하지만 여자는 이 상황이 어떻게 된 것인지 몰라

더듬더듬 말을 꺼냈다.

"지금 그게……."

"다음에 정식으로 형에게 사과하라고 말씀 전하겠습니다."

차라리 예전처럼 미친 척을 하지. 아님 천하의 난봉꾼처럼 행동하며 선 자리를 파토 내는 것이 지금보다 좋았을 것이다. 건욱은 상처로 굳어지는 여자의 얼굴에 한숨을 쉬며 가방을 들었다. 그리고 어색한 이 상황을 벗어나기 위해 고개를 돌릴 때였다.

눈앞에 거짓말처럼 그 여자가 나타났다. 선 자리에 나타난 여자보다 훨씬 큰 키에 노란색 원피스를 입고 있는 여자. 귀에 딱 붙는 형태의 귀걸이와 팔에는 최근 골든 주얼리의 신상품을 하고 있는 여자는 너무나 아름다워 멀리서도 한눈에 들어왔다.

건욱은 굳어지는 하나의 얼굴에 서둘러 걸음을 옮겼다. 그리고 서늘한 눈으로 자신을 바라보는 그녀에게 자신도 모르게 변명을 쏟아냈다.

"하나야……."

하나의 서늘한 눈동자가 그에게 향했다. 그녀는 입술을 굳게 다문 채 그의 부름에도 아무런 말도 하지 않았다.

"여긴 어떻게……?"

"약속 때문에."

그래, 이러한 목소리였다. 자신이 사랑하는 여자의 목소리는. 건욱은 자신도 모르게 애잔한 눈으로 하나를 보았다.

"우연이 겹치면 인연이라지만, 오빠와 난 악연인 것 같다."

더욱 이러한 상황에서 만나 그가 굳이 늘어놓지 않아도 될 변명을 하게 만드는 것을 보면.

"일행분 기다리시네. 그럼 이만 가볼게."

하나가 뒤에서 이 모습을 보고 있는 자그마한 여자를 보며 말했다. 귀엽고 애교가 넘칠 것 같은 사람. 무뚝뚝한 건욱에게는 참 잘 어울릴 것 같은 여자였다.

왜 이렇게 비참한 기분이 드는 거야? 하나가 거칠게 머리를 쓸어 올리며 걸음을 돌릴 때였다. 대리석과 구두굽이 거칠게 부딪히는 소리와 함께 하나의 몸이 돌려세워졌다. 아플 정도로 자신의 팔목을 꼭 쥐고 있는 건욱의 손을 보며 하나의 고개가 위로 향했다.

"왜 이래?"

"나랑 이야기 좀 하자."

"싫어. 오빠랑 더 이상 할 이야기 없어."

냉정하게 말을 잘라 낸 하나가 팔을 털어 냈다. 하지만 건욱은 또 다시 그녀의 팔을 거칠게 잡으며 말했다.

"그럼 어떻게 하라고!"

"뭐?"

"도대체 내가 어떻게 해주길 바라니!"

건욱의 고함에 사람들의 시선이 순식간에 그들을 향했다. 수십 개의 시선이 모아졌지만 하나도, 그리고 건욱도 신경 쓰지 않았다. 오직 둘만의 공간에만 있는 듯 두 사람은 서로를 향해 있는 시선을 피하지 않았다.

"오빠……."

"나도 한계야! 도대체 나한테 바라는 게 뭐야! 얼마나 더 참아야 하는데! 도대체 얼마나 더!"

"……."

"네가 갑자기 날 버렸을 때도! 그리고 또다시 만나게 됐을 때도! 난 너만 봤어! 너만 본 시간이 내가 인생을 산 것과 똑같아!"

"이, 이 손 놔."

"그런데 왜 밀어내기만 하는 건데! 단 한 번쯤 봐줘도 되잖아! 왜 이렇게 야박해! 왜 이렇게!"

하나의 눈동자가 떨렸다. 크게 울렁이는 두 눈을 뚫어지게 바라보던 건욱이 하나의 팔을 거칠게 잡아당기며 말했다.

"그러니까 잔말 말고 따라와."

굳어 있는 얼굴만큼이나 차갑게 말을 내뱉은 건욱이 하나의 손을 이끌었다. 힘없이 그의 뒤를 따르는 하나의 얼굴에 어느새 눈물이 번져 있었다. 그녀는 건욱이 듣지 못할 정도로 아주 작은 목소리로 읊조렸다.

"그럼 난 어떻게 해야 하는데."

이 미친 사랑을 그만 끝내 버리고만 싶었다.

삐릭삐릭. 연신 벨소리가 울렸다. 하지만 현승은 전화를 받지 않았다. 그저 지금쯤 미친 듯이 화를 내고 있을 최 회장의 모습을 떠올리며 슬쩍 승리의 미소를 지었다.

"그러게 누가 건들래?"

승리에 도취된 사람처럼 한참이나 액정을 보던 현승은 곧 전원 버튼을 눌러 휴대전화를 꺼 버렸다. 건욱의 연락을 기다리느라 잠시 켜 둔 휴대전화가 또다시 암흑으로 변하자, 현승은 가벼운 손길로 주머니 안에 휴대전화를 넣었다. 그리고 창밖 가득 펼쳐진 해변가를 보았다.

나리는 현승의 얼굴을 보며 물었다.

"뭐가요?"

"으응? 아니야."

아침 일찍 무작정 나리의 손을 붙들고, 동해까지 날아온 현승은 끝도 없이 늘어진 해변과 넘실거리는 겨울 바다를 보며 웃었다. 그리고 할 말이 있다는 듯 손가락을 꼼지락거리고 있는 나리에게 말했다.

"나리야, 나리야. 우리 나리야."

"네?"

나리가 화들짝 놀라 고개를 들자, 오히려 더 놀란 현승이 커다란 눈을 깜빡이며 말했다.

"왜 그렇게 놀라?"

"아……. 저, 그게……."

한참 미적거리던 나리가 용기를 낸 것인지 자리에서 벌떡 일어났다. 여전히 놀란 눈으로 그녀의 행동을 눈으로 좇던 현승은 자신의 옆에 앉아 주머니를 뒤적이는 나리의 모습을 보았다.

"나리야, 지금 네 얼굴 엄청 무서워."

엄청 비장해 보여. 뒷말을 삼킨 현승은 나리가 곧 주머니에서 실크로 된 조그마한 상자 하나를 꺼내는 것을 보았다. 누가 보아도 저 안에 들어 있는 물건이 무엇일지 알 것이다. 그래서 그는 더더욱 놀라 나리의 얼굴을 보았다.

나리는 상자를 열어 안에 들어 있는 반지를 꺼냈다. 그리고 무릎 위에 올려져 있던 그의 손을 이끌어 네 번째 손가락에 밀어 넣었다.

"아, 딱 맞다."

휴, 다행이다. 나리가 시선을 올려 현승의 얼굴을 보았다. 그의 양 볼이 핑크빛으로 물들어 있었다. 걱정과 달리 반지는 꼭 맞았다. 그녀가 손수 디자인하고, 손수 제작한 반지. 오랜만에 만들어 보는 것이라 볼품없는 모습이었지만, 자신이 직접 만들었다는 것이 의의를 두기로 한 나리는 활짝 웃으며 말했다.

"파는 것보다 안 예쁘지만, 그래도 직접 만든 거예요."

"아……."

"아저씨, 생일 축하해요!"

연인들의 날이라는 크리스마스도, 새해를 맞이하는 1월 1일도 바쁜 그 때문에 그냥 넘겨야 했다. 그래서 그의 생일만큼은 특별히 챙겨 주고 싶었던 나리는 자신의 서프라이즈 쇼가 성공했음에 기뻐했다. 하지만 현승은 그렇지 않은 것 같았다.

처음에는 놀란 눈으로 자신의 네 번째 손가락에서 반짝이는 금반지 위로 영롱하게 빛나는 다이아몬드를 보다 이내 나리의 얼굴로 시선을 돌렸다. 핑크빛으로 물들어 있던 얼굴은 어느새 사색이 되어 있었고, 무슨 말을 꺼낼 줄 몰라 달싹이던 입술에서는 곧 기가 막히다는 듯 한숨이 터져 나왔다. 그의 모습을 불안한 눈으로 보던 나리가 말했다.

"왜, 왜요? 마음에 안 드……."

"민나리, 정말."

"네?"

한숨과 함께 이를 악물며 말하는 그의 모습에 나리가 잔뜩 기가 죽은 목소리로 답했다. 그녀의 모습에 현승이 잘 정리되어 있던 자신의 머리카락을 흐트러트리며 말했다.

"반지 선물은 내가 먼저 주게 했어야지. 순서가 잘못됐잖아, 순서가."

"하지만……."

"후."

다시 한 번 한숨을 내쉰 현승이 다시 한 번 자신의 손을 내려다보았다. 그녀의 정성이 고스란히 보이는 반지를 보며 웃은 그는 손을 뻗어 나리의 어깨를 끌어와 안았다.

"나리야."

"네?"

나리가 여전히 시무룩한 목소리로 답하자, 현승의 얼굴에 장난스러움이 서렸다. 그가 무심한 어조로 말했다.

"연인에게 반지 주는 게 무슨 뜻인지 알아?"

"⋯⋯."

"우리 나리, 아저씨한테 프러포즈 한 것 맞지?"

"그⋯⋯ 그게⋯⋯."

순진한 나리는 현승의 장난을 곧이곧대로 받아들이며 당황했다. 프러포즈? 선물을 준비하며 단 한 번도 생각해 보지 않았던 것이었다.

"뭐야? 우리 나리는 아저씨랑 결혼 안 할 거야? 실망인데⋯⋯."

"아니에요! 아저씨랑 할 거예요!"

"진짜지? 약속한 거다?"

그의 유도신문에 선선히 넘어온 나리가 크게 고개를 끄덕이자, 그의 얼굴에 머물러 있던 미소가 더욱 진해졌다.

쪽. 현승은 하얀 나리의 볼에 짧게 입을 맞추며 말했다.

"우리 나리 착하다."

"⋯⋯알아요."

쪽. 그가 이번엔 그녀의 이마에 입을 맞췄다.

"우리 나리 예쁘다."

"⋯⋯그것도 알고 있어요."

쪽. 그가 이번엔 그녀의 눈에 입을 맞췄다.

"민나리, 사랑해."

"⋯⋯저도요."

그녀의 답에 현승의 눈동자가 반짝반짝 빛났다.

쪽. 마지막으로 나리의 입술에 입을 맞춘 현승이 부드럽게 웃었다.

"도장 찍었다."

"……."

"프러포즈 받아들이겠어."

선심 쓰듯 답한 현승이 시선을 돌려 창밖을 보았다. 옆에서 본 그는 입술 끝을 부드럽게 휘며 웃고 있었다.

"우씨."

그의 꾀에 넘어갔다는 것을 뒤늦게 눈치챈 나리가 입술을 뾰족하게 내밀며 투덜거렸다.

"속았다."

그녀의 말에도 현승의 시선은 여전히 창밖을 향해 있었다.

밤늦게 집 앞에 도착한 나리는 덩달아 차에서 내리는 현승에게 말했다.

"오늘 즐거웠어요."

맛있는 회도 먹고, 아직 봄이 찾아오기엔 이른 날씨였지만 함께 손을 잡고 해변도 걸었다. 짧은 시간이어서 그런지 더욱 꿈처럼 느껴진 시간이었다. 나리는 오늘 하루 종일 있었던 일들을 떠올리며 미소 지었다.

나리는 자신의 앞으로 와 주위를 두리번거리는 현승을 보았다. 주위에 아무도 없다는 것을 알게 되자마자 나리의 양 뺨을 잡고 부드럽게 입을 맞췄다.

짧은 입맞춤 끝에 입술을 뗀 현승이 씨익 웃으며 말했다.

"좋다."

그의 입술이 느른하게 펴졌다.

나리는 자신의 손을 꼭 잡는 현승의 손을 내려다보며 말했다.

"아저씨, 있잖아요."

"으응?"

"저 아저씨한테 할 말이 있어요."

"지금?"

나리가 고개를 끄덕였다. 그리고 자신을 내려다보고 있는 그와 시선을 용기 내어 마주했다.

"저 생각해 봤는데요."

"뭘?"

"전에 아저씨가 말한 거요."

나리의 말을 찰떡같이 알아들은 현승이 계속 말해 보라는 듯 고개를 끄덕였다. 그의 고갯짓에 침을 꼴깍 삼킨 나리가 천천히 입술을 뗐다.

"저, 일할래요."

떨림에 말끝이 흔들렸다. 그녀의 말에 현승의 얼굴이 점점 밝아졌다. 드디어 답이 떨어졌다.

현승은 나리의 어깨를 끌어와 품에 꼭 안으며 말했다.

"고마워."

고마워해야 할 것은 나리 자신이었지만, 오히려 그가 고맙다 말한다. 그의 마음을 온전히 느낀 나리는 아주 작은 목소리로 읊조렸다.

"저 힘낼게요."

아저씨 옆에 당당히 서 있을 수 있도록 노력할 거예요.

현관문이 열리는 소리와 함께 센서가 반짝이며 주위를 밝혔다. 노란 조명과 함께 신발을 대충 휙휙 벗어 던진 현승은 익숙하게 옷 방으로 향했다. 입고 있던 옷을 벗고 집에서 입는 간편한 차림으로 갈아입고 나왔다.

욕실로 들어가 먼지와 더러워진 몸을 깨끗이 씻은 후, 머리를 툴툴 털며 밖으로 나온 그는 침대에 걸터앉아 네 번째 손가락에서 반짝이는 반지를 보며 씨익 웃었다.

골드 링 위로 반짝이는 투명한 다이아몬드는 영원한 사랑을 뜻한다는 말을 떠올리게 만들어 그의 마음을 더욱 설레게 했다. 한참 몽롱한 시선으로 반지를 내려다보던 그의 몸이 순간 부르르 떨렸다. 허리를 굽혀 양손을 말아 쥔 현승이 작지만 힘 있는 목소리로 말했다.

"예스!"

그 말을 시작으로 한참이나 '예스!'를 외치던 그가 자리에서 벌떡 일어났다. 그리고 온몸을 떨며 방방 뛰던 그가 미친 망아지마냥 오피스텔 안을 뛰어다녔다.

"민나리! 민나리!"

지금쯤 집에서 곤하니 잠들어 있을 나리의 이름을 부르며 그가 베란다 창문을 활짝 열었다. 서늘한 바람이 그의 머리카락을 흩트렸지만, 현승은 아무래도 좋은 듯 크게 외쳤다.

"사랑한다!"

사랑한다! 사랑해!

그의 외침은 오랫동안 계속됐다.

✻

이른 아침. 병호의 앞에 국그릇을 밀어 놓고 나리가 맞은편에 앉았다.

"먹자."

병호가 수저를 들자 나리가 그를 곁눈질했다. 어떻게 운을 떼야 할까. 지금은 병호와 많이 가까워진 나리지만, 그래도 이러한 이야기를 하는 것은 어렵기만 했다. 어떻게 해야 자신의 마음을 잘 전할 수 있을까. 한참 고민하는 얼굴로 밥을 깨작깨작 들쑤시던 나리는 병호의 부름에 번뜩 고개를 들었다.

"할 말 있니?"

병호가 무심히 물었다. 어떻게 말을 꺼낼 줄 몰라 한참이나 고민하던 나리는 그 부름이 반갑기만 한 것인지 예쁘게 웃으며 고개를 끄덕였다. 잠시 숨을 고른 나리가 조심스럽게 운을 뗐다.

"저기 아버지……."

"그래."

"제가 만약에요. 디자이너가 되면 어떨까요?"

나리가 어렵게 꺼낸 말에 병호는 놀라움을 감추지 못하며 눈을 깜빡였다. 디자이너? 나리의 꿈이 무엇인지 알고 있었던 병호는 한참이나 자신의 눈치를 살피는 딸아이의 모습에 고개를 숙였다.

꿈을 이루겠다는 말이 그렇게 어렵게 꺼낼 이야기인가. 속으로 한숨을 삼킨 병호가 무심한 어조로 답했다.

"네 인생이다. 난 늘 네 의견을 존중한다."

그 말에서 진심을 찾아낸 나리가 작게 고개를 끄덕이며 웃었다.

"감사해요."

평소와 다름없는 일상이었지만, 예전과는 다른 아침 식사였다. 늘 먹는 국도 너무나 맛있게 느껴지는.

10.
봄봄!

겨울이 서서히 가고 있었다. 가끔 뜨겁다고 느낄 정도로 햇살이 쏟아지기도 했고, 어느 날에는 차가운 칼바람에 온몸이 얼 정도로 추운 날씨가 반복되는 날.

변덕스러운 날씨에 사람들의 발걸음이 무뎌질 무렵. 시내 중심에 위치한 스카이 백화점에 온 나리는 바쁘게 걸음을 옮기는 현승의 뒷모습에 한숨을 쉬었다. 그를 따라다니느라 종아리가 다 아플 지경이었다.

나리가 얼굴을 와자작 구기며 자신의 품에 안겨 있는 옷을 보며 퉁명스런 목소리로 말했다.

"이, 이게 다 뭐예요?"

"내일부터 우리 나리 출근할 텐데, 다른 사람들한테 꿀리면 안 되잖아."

옷을 고르는 그의 손길이 신중하기만 하다. 여러 벌의 옷을 본 뒤

그중 몇 벌을 나리의 품에 안겨 준 현승은 계산한 뒤 옆 샵으로 이동했다. 이미 그와 나리의 손에는 수많은 종이 가방이 들려 있었다.

하지만 이로도 모자란 것인지 현승은 옆 샵에서도 나리에게 잘 어울릴 법한 옷을 골라냈다. 그의 모습을 보고 있던 나리는 순간 종이 가방 안에 꽂혀 있는 영수증을 보았다. 그리고 사색이 된 얼굴로 현승의 팔을 붙들었다.

"아, 아저씨! 동그라미가 며, 몇 개……."

"응?"

"너무 과해요!"

그제야 현승이 오늘 하루 이 백화점에서만 수천만 원의 금액을 긁었다는 사실을 깨달은 나리는 이번엔 가방과 구두를 닥치는 대로 쓸어 담는 그의 손을 붙잡으며 간절한 눈으로 고개를 저었다.

"이제 됐어요. 충분해요, 아저씨."

"패션의 완성은 가방이랑 구두야. 아직 안 끝났어."

신중한 얼굴로 검지 손가락을 흔든 그가 옆에서 싱글벙글 웃고 있는 판매원에게 카드를 내밀며 말했다.

"모두 계산해 주세요."

"네, 알겠습니다. 고객님. 저 할부는 어떻게 할까요?"

"일시불이요."

"저, 잠시만요!"

나리가 잡을세라 서둘러 걸음을 옮기려던 판매원은 여지없이 그녀가 자신을 부르자 걸음을 뚝 멈췄다.

"아저씨, 진짜 괜찮거든요?"

쳇, 줄 때 받지. 배부른 소리를 하는 나리의 모습이 꼴사나운지 판매원이 자신도 모르게 콧잔등을 찡그렸다.

"나리 취직한 기념으로 선물하는 거야. 그러니까 너무 부담스러워할 필요 없어. 나리도 첫 월급 받으면 아저씨한테 선물 주면 되잖아."

이렇게 크게 받았는데 제 첫 월급으로 감당할 수 있을 리가 없잖아요! 버럭 소리를 지르고 싶었지만 주위에 자신을 바라보는 시선이 너무 많다는 것을 알고 있는 나리는 깊은 한숨을 내쉬었다. 선물이 가지는 무거움을 알고 있는 나리는 거칠게 그의 말을 거절하려다 곧 촉촉하게 젖어 있는 그의 눈빛에 고개를 끄덕일 수밖에 없었다.

"알았어요."

"네, 그럼 계산할까요?"

나리는 눈치 없이 나서는 판매원을 힐끗 곁눈질한 뒤 고개를 저었다.

"그 대신 구두는 하나만 선택할게요. 그럼 됐죠?"

"나리야, 그래도……."

"아저씨, 제가 호의로 받아들일 수 있는 선은 여기까지예요. 선물도 과하면 거부감이 든다고요."

똑 부러지는 나리의 말에 현승은 어쩔 수 없이 고개를 끄덕일 수밖에 없었다. 하지만 그는 고집을 꺾지 않았다.

막 백화점을 벗어나려던 찰나. 입구문 바로 옆에 위치한 명품 매장에서 걸음을 멈춘 현승은 쇼 윈도우에 걸려 있는 가방을 보며 눈을 빛냈다.

불길하다. 나리는 그의 저러한 눈빛을 잘 알고 있었다.

"아저씨, 저 배고파요."

"응응. 나리야! 우리 저것만 사고……."

현승의 말이 채 끝나기도 전에 나리가 몸을 획 돌려 서둘러 주차장이 있는 지하로 내려가려 했다. 하지만 그녀의 뒷덜미를 덥석 붙잡는 손길에 나리는 울상이 되었다.

"아저씨! 싫다고요! 싫어요! 더 이상 싫어요!!"

나리는 자신의 양팔 가득 있는 종이 가방과 그녀를 잡느라 그가 던져 버린 종이 가방들을 눈으로 훑어보았다.

"과해요! 과하다고요!"

"그래도 나리야. 패션의 완성은 가방이라고."

현승의 말에 나리가 도끼눈을 뜨며 그의 손을 재빨리 털어냈다.

"꽃게!"

움찔! 그가 몸을 떨자, 제대로 약발이 먹혔다 생각한 것인지, 나리가 또 한 번 외쳤다.

"대하!"

움찔움찔! 그의 몸이 계속해 떨리자 나리의 입에 승리의 미소가 떠올랐다.

"그럼 이제 가죠?"

나리가 서늘한 시선으로 그를 보았다. 그녀의 협박에 현승은 고개를 푹 숙인 채 작게 웅얼거렸다.

"그래도 꼭 사야 하는데……."

그렇게 거절을 하고 하고 또 했음에도 불구하고 결국 차 뒷좌석이 가득 찰 정도로 수많은 물건을 산 뒤에야 힘든 쇼핑은 끝이 났다.

부드럽게 차가 멈춰 서자 나리를 따라 서둘러 차에 내린 현승은 품 안 가득 종이 가방을 들며 활짝 웃었다. 하지만 그와는 달리 나리는 보기만 해도 숨이 턱턱 막히는 종이 가방을 보며 울상을 지었다.

"나리야 집 안까지 들어다 줄게."

"……평생 입어도 다 못 입겠어요."

도대체 이게 몇 벌이야. 끔찍하게 무거운 종이 가방을 들며 나리가 표정을 구겼지만, 현승은 오늘 쇼핑의 승자가 자신이라는 사실을 너무나 잘 알고 있는지, 헤벌쭉 웃으며 말했다.

"그럴 리가 있나. 사람은 자신의 위치에 맞는 옷을 입어야 해."

"치, 그게 뭐예요."

"나리, 아저씨 말 못 믿어? 진짜라니까?"

현승은 양팔 가득 종이 가방을 들고 있었지만, 손쉽게 엘리베이터 버튼을 누르며 말을 이었다.

"사람은 자신의 자리에 맞춰 격식을 갖춰야 해. 그리고 우리 나리는 반짝반짝 빛나는 주얼리를 디자인하는 디자이너가 될 테니까, 더욱 예쁘게 입어야 한다고."

정말요? 나리의 눈이 그렇게 물었다.

"디자인팀은 복장이 자유로우니까, 정말 정말 예쁘게 입고 다녀야 돼."

현승이 신신당부하며 말했다. 잘 생각해 보면 죄다 유학파에 꾸미는 것 자체가 천직인 디자인팀 내에서 그녀만 후줄근하게 입고 다니면 그 또한 좀 그럴 것 같았다. 현승의 궤변에 홀라당 넘어간 나리가 고개를 끄덕였다.

"네. 감사하게 잘 입을게요."

나리가 말 잘 듣는 아이처럼 고개를 끄덕였다. 그때 띵, 하는 소리와 함께 엘리베이터가 열렸다. 종이 가방 또한 2만 원에 거래가 된다는 고가의 브랜드 제품을 바닥에 아무렇게나 내려 둔 나리가 가방에서 열쇠를 꺼내 문을 열었다. 그 모습을 현승이 의아한 눈으로 바라보았다.

"안에 아버지 안 계셔?"

"지방 가셨어요."

무심하게 말한 나리가 바닥에 퍼질러 놓은 종이 가방을 들고 집 안으로 들어섰고, 현승은 무슨 상상을 하는 것인지 붉어진 얼굴로 나리의 뒤를 따랐다.

여자아이의 방이라기엔 지나치게 심플한 방 안을 둘러보는 현승의 눈이 반짝 빛났다. 손때 묻은 낡은 가구를 눈으로 훑던 현승은 작은 옷장을 열어 수많은 옷을 어떻게 걸어 놓을지 고민하는 나리를 힐끗 바라보며 말했다.

"나리 방은 이렇게 생겼구나."

"네, 별것 없죠?"

턱을 긁으며 옷장에 걸려 있는 옷을 하나둘 꺼내던 나리는 순간 뒤에서 느껴지는 뜨거운 시선에 확—하니 고개를 돌렸다. 순간 둘의 눈이 마주쳤다.

"왜, 왜 그렇게 보세요?"

나리의 말에 현승이 꿀꺽 침을 삼켰다. 그의 목울대가 크게 울려 나리의 귀에 들릴 정도였다.

"나리야."

"네, 네?"

서서히 나리에게 다가간 현승은 뒷주머니에서 지갑을 꺼낸 뒤 장난스레 흔들었다.

"오늘 아저씨 완벽하게 준비되어 있는데."

지갑에는 나리 몰래 넣어 둔 콘돔도 있고, 울며 겨자 먹기로 다닌 헬스긴 했지만 배에는 선명한 '왕' 자를 남겼다. 평생 크리스에게 감사해 본 적이 없었던 현승은 자신감이 오른 몸 때문일까. 지금쯤 뉴욕에서 죽어라 일하고 있을 그에게 속으로 감사 인사를 건네며 흐느적흐느적 나리에게 다가섰다.

나리의 몸이 놀라 움찔 뒤로 물러섰다. 더듬더듬 뒤로 걸음을 옮긴 나리가 긴장한 얼굴로 서서히 자신에게 다가오는 현승을 향해 말했다.

　"뭐, 뭐요? 지금요?"

　당황하다 보니 말까지 꼬인다. 침을 꼴깍 삼키며 뒤로 물러서던 나리는 등에 벽이 닿자 그제야 걸음을 멈췄다.

　두근두근. 가슴이 뛰었다. 어느새 나리의 앞으로 다가온 현승이 서로 가슴이 닿을 만큼 가까워졌을 때야 그의 걸음이 멈췄다.

　둘 사이에 침묵이 흘렀다. 그리고 그 침묵은 길지 않았다.

　천천히 손을 뻗은 현승은 팔로 벽을 짚었다. 손과 팔로 차가운 기운이 올라왔다. 하지만 그의 시선은 여전히 나리를 향해 있었다. 천천히 얼굴을 내린 현승은 고개를 틀어 나리의 입술에 입을 맞췄다.

　부드러운 느낌에 둘의 눈이 감겼다. 눈을 감자 서로의 감각에 온몸이 들떴고, 서로가 주는 느낌에만 집중했다. 현승은 자신도 모르게 나리의 허리에 팔을 둘러 그녀의 안으로 좀 더 들어가기 노력했고, 나리는 뒤꿈치를 들어 좀 더 그에게 다가가기 위해 노력했다.

　"으음."

　나리의 입에서 신음이 흘러나왔다. 그러자 둘의 입술이 순식간에 떨어졌다.

　헉헉, 현승이 거친 숨을 내뱉었다. 욕망이 담긴 시선으로 자신의 타액으로 젖은 나리의 입술을 엄지손가락으로 닦아 주었다. 그녀가 주는 감각에 온전히 사로잡혀 버린 현승은 애써 어색하게 웃으며 말했다.

　"이런."

　"왜, 왜요?"

나리의 몸이 부들부들 떨렸다. 처음 느낀 감정에. 혹은 이제 곧 그의 여자가 될지도 모른다는 사실이 긴장되어.

현승은 잔뜩 겁을 집어먹은 나리의 모습에 거친 한숨을 쉬었다. 처음에는 장난처럼 다가서 입술을 맞췄는데, 진심이 되어 버렸다. 이미 욕정에 서 버린 남성이 묵직하게 느껴졌다. 어떻게 해야 할까?

순간 그가 갈등했다. 좀 더 나리를 지켜주고, 시간을 가지고 천천히 그녀를 가져도 됐다. 저만 힘들면 된다. 하지만 처음 들어와 본 나리의 방. 온통 나리의 향이 가득한 곳에 와 있으니 쉽게 참을 수가 없었다. 그녀의 가슴이 뜨거운 용암을 삼킨 듯 달아올랐다.

현승이 뜨거운 입김을 내뱉으며 말했다.

"나리야, 널 가져도 될까?"

그의 말에 나리의 몸이 푸르르 떨렸다. 촉촉하게 젖은 눈동자로 현승을 올려다보던 나리가 천천히 고개를 끄덕였다.

"네."

나리의 허락이 떨어지자 현승의 다급한 손길이 그녀에게 향했다. 나리의 가느다란 허벅지 아래로 손을 찔러 넣었다. 그가 단숨에 나리를 번쩍 안아 들어 자신의 허리에 다리를 두를 수 있도록 도왔고, 그녀는 현승의 리드에 맞춰 몸을 움직였다.

둘의 다급한 입술이 서로를 머금었고, 거기에 맞춰 현승의 걸음이 침대로 향했다. 조심스럽게 나리를 침대에 눕혀 준 그가 잠시 숨을 골랐다. 흥분이 되자 자꾸만 조급해진다. 처음인 나리를 배려할 수 없을 것만 같아, 덜컥 겁을 집어먹은 현승은 양손으로 뺨을 소리 나게 때렸다.

짝, 소리가 방 안 가득 울리자 나리가 깜짝 놀란 시선으로 현승을 올려다보았다.

"왜 그래요?"

"나리야. 나리 때문에 아저씨가 미쳤나 봐."

"네?"

"정신을 못 차리겠어."

현승의 눈동자가 일렁였다. 그리고 파문이 인 호수처럼 맑은 눈동자 위로 나리의 모습이 비쳤다.

나리의 머리카락이 부채처럼 파란색 이불 위로 펼쳐져 있다. 흐트러진 옷 사이로 하얀 속살이 보였고, 그의 허벅지 사이에 갇힌 배는 긴장감에 힘을 준 것인지 쏘옥 들어가 있었다.

"진짜 좋아해."

"저도요."

나리의 말에 얼굴 가득 웃음꽃을 피운 현승이 천천히 고개를 내렸다. 입술은 나리의 입을 부드럽게 머금고 있었고, 손은 어느새 나리의 윗옷을 걷고 속으로 파고들고 있었다. 현승의 손끝에 나리의 브래지어가 닿자, 순식간에 들춰 낸 뒤 자그마한 나리의 가슴을 움켜쥐었다. 깜짝 놀란 나리의 허리가 위로 튀어 올랐다. 간절한 눈으로 현승의 얼굴을 올려다보던 그녀가 참다못해 눈을 질끈 감았다.

부끄러웠다. 난생처음 자신의 가슴을 움켜 쥔 커다란 손에. 그리고 자신의 옷을 벗겨 내는 그의 손길에. 목덜미에 닿는 뜨거운 숨결에.

단숨에 나리의 옷을 벗겨 낸 현승이 그녀의 가슴 언덕에 입을 맞췄다. 아주 신성한 의식을 하는 사람처럼 입술 도장을 찍어 냈다. 그녀의 가슴 위에 붉은 꽃이 피어났다. 그리고 그 꽃향에 현승은 정신을 차릴 수가 없었다.

제 옷까지 벗어 던진 그가 계속해 커다란 손으로 나리의 몸을 쓰다듬었다. 쉴 새 없이 그녀의 몸에 따뜻한 기운을 불어넣었고, 피아노

건반처럼 가볍게 두드렸다.

그는 마치 마법사처럼 그녀의 몸을 변화시켰다. 생전 처음 느껴 보는 감각을 느낄 수 있도록 끈기 있게 기다렸고, 팬티를 뚫고 나올 듯 단단하게 일어선 남성이 몸을 떨어 대도 나리가 준비되길 기다렸다.

조심스럽게 팬티를 벗겨 내고 나리의 안으로 손가락으로 밀어 넣은 현승은 손가락을 꽉 조이는 벽에 몸을 푸르르 떨었다. 눈물이 날 것 같았다. 어서 안으로 들어가고 싶었다. 그녀의 안은 눈물이 날 정도로 따뜻했고, 부드러웠다. 그런 그의 마음을 안 것일까.

아아. 나리의 입에서 뜨거운 신음이 흘러나왔다. 손가락을 휘저어 그녀의 안이 충분히 젖어 있다는 사실을 안 뒤에야 그가 움직임을 멈췄다. 조심스럽게 손가락을 빼고, 자리를 잡은 현승은 정신을 차리지 못하고 반쯤 감긴 눈으로 자신을 올려다보는 나리의 눈길에 부드럽게 미소 지었다.

"사랑해, 나리야."

그의 말에도 나리는 아무런 답도 해 주지 못했다. 이미 현실 감각을 잃은 몸은 여성에 닿는 빳빳한 남성에 집중하고 있었다. 여성 위로 남성을 충분하게 문지른 현승은 허리를 움직여 천천히 안으로 파고들었다. 완전히 안으로 들어가기도 전에 온몸을 비트는 나리의 모습에 그의 몸이 움찔 떨렸다.

"아파요!"

나리가 기겁을 하며 외쳤다. 눈에 눈물을 그렁그렁 매달고 있는 그녀의 모습 하나로도 그의 남성은 터져 버릴 듯 팽팽하게 부풀어 올랐다. 현승은 미간을 찌푸리며 애써 욕망을 억눌렀다.

"윽."

"아파요, 아저씨! 너무 아파요!"

눈물지으며 현승의 등에 손톱을 박아 넣은 나리가 온몸을 비틀어 댔다. 그리고 자신의 속을 파고 든 그의 품에서 벗어나기 위해 안간 힘을 썼다. 그녀의 모습에 숨을 멈추고 있던 현승의 입에서 뜨거운 신음이 터져 나왔다.

"나리야. 움직이지 마. 응?"

"아파요, 아파!"

"뺄까?"

그의 말에 나리의 움직임이 순식간에 멈췄다. 그리고 눈물이 그렁 한 눈으로 그를 올려다보았다. 나리는 온몸을 가를 듯 아픈 고통에도 천천히 고개를 저었다.

"아니요."

"나리야, 무리하지 않아도……."

"괜찮아요. 하지만 조금만, 조금만 있다가 하면 안 될까요?"

그녀의 말에 현승은 천천히 고개를 끄덕였다. 그리고 온전히 자신 을 받아들이기 위해 노력하는 나리를 향해 예쁘게 웃어 보였다. 손을 뻗어 땀에 젖어 있는 나리의 이마를 쓰다듬으며 말했다.

"응, 나리야. 기다려 줄게."

그의 말에 긴장이 조금 풀린 것일까. 통나무처럼 딱딱하게 굳어 있 던 나리의 몸이 느슨하게 풀렸다. 나리가 온몸에 힘을 풀자 그제야 남성을 꽉 조이고 있던 힘도 느슨해졌다. 온몸이 땀에 절어 나리를 내려다보던 현승은 흥분에 갈라진 목소리로 말했다.

"나리야."

"……네?"

"미안해."

왠지 다 저 욕심 때문에 나리를 아프게 만드는 것 같았다. 조금만 더 참았다면, 혹은 나리의 몸이 부드럽게 풀어지길 기다렸다면, 이렇게 아파하지 않았을 텐데. 현승의 말에 나리가 작게 고개를 저었다.

"아니에요. 아저씨."

"……."

"아저씨가 미안해할 일 아니에요. 오히려 제가 처음이라서 미안해요."

"……뭐?"

나리의 말을 이해할 수 없었던 현승이 되묻자 나리는 입술을 꼭 깨무는 것으로 답을 대신한다. 내가 처음이 아니라면 아저씨가 좀 더 편했을 텐데. 아저씨를 더 만족시켜 줄 수 있었을 텐데. 그러지 못해 나리는 미안했다. 나리는 눈으로 그렇게 답했다.

나리의 답에 현승은 콧잔등을 찌푸리며 말했다.

"난 나리가 처음이어서 좋아."

"정말요?"

"그래. 그리고 처음이든 처음이 아니든 그게 중요한 게 아니잖아."

"……."

"지금 나리가 온전히 내 것이 된 게 중요한 거야."

"아저씨."

"그리고 내가 온전히 나리의 것이 됐다는 게 중요한 거야. 그러니까 그런 말 하지 마."

그의 말에 나리의 눈동자가 애잔하게 떨렸다. 그리고 천천히 고개를 끄덕였다

"네, 아저씨. 기뻐요."

"나도 기뻐."

둘은 서로 마주 보며 해맑게 웃었다. 세상 가장 아름다운 미소로

356

서로를 바라보았다. 곧 나리가 고개를 끄덕이는 것으로 모든 준비가 마쳤음을 알렸다. 나리의 움직임에 현승은 침을 꼴깍 삼키며 긴장을 풀었고, 곧 부드럽게 나리의 안으로 파고들었다.

"헉!"

나리가 숨을 들이켜며 몸을 파르르 떨자, 현승은 그녀의 어깨에 얼굴을 묻으며 말했다.

"미안해. 미안해, 나리야."

"아아."

아프게 해서 미안해. 현승은 그렇게 말했고, 나리는 작게 신음을 내뱉었다.

현승의 허리가 천천히, 천천히 그러다 빠르게 움직이기 시작했고, 그의 움직임에 따라 나리의 몸이 움직였다. 거친 파도를 만난 사람처럼 움직이던 현승의 입에서 감탄사와 같은 말이 터져 나왔다.

"너무 좋아. 좋다. 나리야."

"아아……!"

"좋아해, 나리야!"

그의 품에서 눈물지은 나리는 거친 욕망 속에 미처 내뱉지 못한 말을 속으로 삼켰다.

저도 좋아요, 아저씨. 너무 좋아요.

그날 둘은 온전히 서로를 가졌다. 그리고 서로의 것이 되었다.

눈물이 나올 것만 같은 어느 날의 저녁이었다.

쿵쿵. 좋은 냄새가 났다. 온몸 가득 나리의 향이 가득 머무는 것 같았다. 그래서 피곤한 와중에도 눈을 뜨는 이 순간이 너무나 좋았다. 천천히 눈을 뜬 현승은 눈 안 가득 들어오는 나리의 모습에 부드럽게 미소 지었다.

"굿모닝."

피곤해서일까. 현승의 인사에도 나리는 꼼짝도 하지 못하고 곯아떨어져 있다.

천천히 손을 뻗어 따뜻한 나리의 **뺨**을 쓰다듬은 현승이 헤헤 웃었다. 그리고 만족스러운 얼굴로 웃었다.

"좋아해."

"……."

"사랑해."

"……."

"민나리, 이제 내 거다."

그렇게 말하면서도 그의 얼굴은 여전히 웃고 있었다.

"그리고 난 네 거야. 민나리."

"으음."

그의 손길을 느낀 것일까. 나리가 몸을 비틀었다.

"책임져야 돼."

스스로 말한 것이 너무나 부끄러운 것인지, 배를 덮고 있던 파란 이불을 얼굴까지 올린 현승은 온몸을 감싸는 그녀의 체향에 부드럽게 웃었다. 그리고 한탄처럼 내뱉었다.

"결혼하고 싶다."

매일 이런 아침을 맞이하고 싶었다. 매일 눈을 뜨면 눈앞에 민나리가 있고, 저는 코오— 자고 있는 나리의 **뺨**에 부드럽게 뽀뽀하는. 이런 일상을 그는 너무나 바랐다.

몸을 돌려 나리의 **뺨**에 부드럽게 입을 맞춘 현승이 조심스레 머리카락을 쓸어내렸다. 그리고 그녀 또한 그러한 마음이길 바라고 또 바랐다.

❋

한숨을 쉰 나리가 자리에서 빙그르 돌았다. 그리고 허리에 손을 척 올리며 말했다.

"이건 어때요?"

"음."

고민하는 얼굴로 나리를 살핀 현승이 검지 손가락을 저으며 말했다.

"그것도 아니야. 첫 출근인데 너무 화려해."

현승의 말에 나리가 깊은 한숨을 내쉬며 방으로 들어갔다. 그리고 네 번째 옷으로 갈아입었다. 아침부터 패션쇼장 방불케 옷을 갈아입은 나리는 다섯 번째 옷을 들었다. 캐주얼 복장에 가까운 옷을 보는 나리의 입에서 한숨이 흘러나왔다.

"제때 출근할 수 있을까?"

문득 든 걱정에 짜증이 울컥 솟으려던 찰나, 애써 깊게 숨을 들이켜며 감정을 추슬렀다. 이게 정말 마지막이야! 속으로 외친 나리는 아무렇게나 옷을 휙휙 벗어 던지며 옷을 갈아입었다.

끼이익. 문을 열고 밖으로 나온 나리가 현승을 찌릿 째려보며 말했다.

"이번에도 아닌가요?"

나리의 물음에 멍한 시선으로 그녀를 바라보던 현승이 자리에서 일어났다. 그리고 성큼성큼 그녀에게 다가와 양어깨에 손을 얹으며 말했다.

"굿!"

우리 나리 너무 예쁘다. 그렇게 말한 현승이 고개를 숙여 나리의 이마에 부드럽게 낙인을 새겼다.

"정말 누구 애인인지, 예뻐 미치겠다."

"누구 애인이긴요. 아저씨 애인이지."

불퉁한 얼굴로 말한 나리가 벽에 걸린 시계를 곁눈질하며 말했다.

"다 좋은데요, 아저씨. 저 정말 늦겠어요. 이만 출근하면 안 될까요?"

나리의 말에 현승이 시계를 힐끗 보았다. 얼굴 전체를 핥을 듯 굴던 현승이 입맛을 쩝쩝 다셨다.

"헤어질 시간이네."

"이별이 있어야 또다시 만남도 있겠죠?"

가벼운 나리의 어조에 현승은 할 수 없다는 듯 천천히 고개를 끄덕였다. 그래. 이젠 헤어질 시간이었다. 나리의 말대로 이별이 있어야 기쁜 만남이 있을 테니까.

천천히 몸을 뗀 현승이 나리의 시선과 시선을 마주하며 말했다.

"데려다 줄게."

"그래 주시면 저야 감사하죠."

그녀의 말에 현승이 활짝 웃으며 답했다.

"응. 아, 정신 바짝 차려야 되겠다. 나리한테 홀려서 사고 낼지도 모르겠어."

"저 죽기엔 아직 이른 나이거든요? 그러니 꼭 신경 써 주세요."

나리의 말에 현승이 눈을 깜빡였다.

"나리 이제 26살인걸? 26살이면 이제 아저씨한테 시집와야 하는 나이야."

"윽!"

나리가 자신의 오른쪽 가슴을 움켜쥐며 말했다.

"아프니까 그만 찌르세요."

"뭐야? 나한테 시집오는 게 가슴 아픈 거야?"

"아저씨!"

자신의 마음을 몰라줘도 너~무 몰라준다며 나리가 외치자, 현승은 나리를 품에 꼭 껴안으며 말했다.

"장난이야, 장난."

"미워요!"

나리가 항의하듯 외치자, 현승이 나리의 정수리에 입을 쪽 맞추며 말했다.

"많이 떨리지?"

"……네."

"괴롭히는 사람 있으면 아저씨한테 꼭 연락해야 해."

나리가 고개를 끄덕였다. 만족할 만한 답을 얻은 현승이 바닥에 놓여 있던 가방을 나리에게 건네며 말했다.

"그럼 가볼까?"

"네!"

다부진 나리의 답에 현승은 미소로 나의 손길을 이끌었다. 현관으로 온 현승이 나리의 앞에 무릎을 꿇었다. 나리의 작은 발에 신발을 신겨 준 현승은 고개를 들어 그녀와 시선을 마주하며 말했다.

"힘내, 우리 나리."

차에서 내린 나리가 보닛을 돌아 운전석으로 향했다.

똑똑.

나리가 창을 똑똑 두드리자, 창문이 아래로 위잉— 내려왔고 곧 현승의 웃는 얼굴이 보였다.

현승은 주먹을 말아 쥐며 파이팅 포즈를 취한 뒤 말했다.

"우리 나리 파이팅!"

"네."

나리의 답이 나오자마자 현승은 손을 뻗어 나리의 뒤통수를 아래로 내렸다. 그리고 상체를 들어 창밖으로 얼굴을 내민 뒤 그녀의 입술에 가볍게 입을 맞춘다. 쪽. 두 사람의 입술이 마주쳤다. 나리는 자신에게 닿는 사람들의 시선을 느끼자 고개를 푹 숙였다. 부끄러운 마음을 감출 수가 없었다.

나리가 발그레 달아오른 얼굴로 현승의 이름을 불렀다.

"아저씨!"

"왜에?"

"부끄럽게 이게 뭐하는 짓이에요!"

나리가 버럭 소리를 질렀다. 그녀의 시선은 여전히 현승을 향해 있었지만, 온 신경은 자신을 보며 수군거리는 목소리로 향했다.

그녀의 꾸짖음에도 현승은 뻔뻔하기 그지없는 얼굴로 말했다.

"뭐가 어때서?"

"……네?"

"나리가 내 거라고 사람들한테 소문내는 중이야. 그러니까 우리 나리도 협조해 줘."

상큼하게 웃은 그가 손을 뻗어 동그란 나리의 어깨를 토닥였다. 뻔뻔한 반응에 모든 사고회로가 멈춰 버린 나리는 자신의 몸에 닿는 손길을 걷어 낼 생각도 하지 못한 채 뚫어져라 현승의 얼굴만 바라보고 있었다.

"왜…… 싫어?"

이젠 그의 솔직한 반응에 무뎌질 법도 하건만, 아직은 고수의 경지까지 이르지 못한 것인지 나리는 여전히 당황하고, 여전히 어떻게 반응할 줄 몰라 한참이나 멍한 얼굴이었다.

나리의 귀여운 반응에 현승은 얼굴 가득 웃음꽃을 피우며 말했다.

"나리야, 지각하겠다."

"어, 어! 벌써 시간이!"

그의 말에 스위치가 켜진 알람마냥 꽥 소리를 지른 나리가 서둘러 어깨 밑으로 흘러내리는 가방을 추슬러 메며 빠른 걸음을 옮겼다.

"운전 조심히 하세요!"

커다랗게 소리 지른 나리가 서둘러 골든 주얼리 본사 빌딩 안으로 걸음을 재촉했다. 그녀의 뒤로 현승이 커다랗게 손을 흔들고 있는 걸 알았지만, 차마 뒤돌아보지 못했다.

부끄러움보다 가슴 한켠을 간질이는 느낌에, 뒤돌아보면 부끄러움도 잊은 채 그의 품으로 뛰어들 것만 같았다.

✳

긴장감이 흘렀다. 건물로 들어서자마자 경비에게 붙잡혀 회장실까지 올라오게 된 나리는 손바닥에 차오르는 땀을 연신 치마에 석석— 닦아 내며, 온몸으로 불안감을 표출하고 있었다.

산전수전 공중전까지 다 겪은 맹수같이 엄청난 기운을 뿜어내는 최 회장의 기에 꼼짝없이 눌린 나리는 시선을 어디로 둬야 할지 몰라 연신 눈동자를 굴리고 있었다.

나리의 모습을 곁눈질하던 최 회장이 들고 있던 잔을 테이블 위에 놓았다. 탁, 잔과 테이블이 부딪히는 소리가 회장실 안을 울렸고 이에 깜짝 놀란 나리가 몸을 움찔 떨었다. 나리의 모습을 하나하나 살펴보던 최 회장의 입에서 깊은 한숨이 흘러나왔다.

이렇게까지 기백이 없다니. 현승의 허락이나 생각 따위 구하지 않았지만, 이 아이가 현승과 결혼하게 된다면 골든 주얼리의 모든 안살림을 책임져야 했다. 상류사회가 어떤 곳인가. 조금의 틈이라도 보이면 물어뜯고, 조그마한 흠이라도 찾아내어 껌 씹듯 씹어 대는 곳이 아닌가. 이런 곳에서 이런 자그마한 아이가 잘 견딜 수 있을까 걱정이 되었다.

날카로운 눈동자로 나리를 보던 최 회장이 낮은 어조로 읊조렸다.

"민나리 양?"

"네?"

"자격 조건도 충족하지 못하는 나리 양이 우리 골든 주얼리에 입사할 수 있었던 이유. 잘 알고 있을 거라고 생각하네만."

"아……."

세상살이 오래하다 보면 에둘러 말할 때와 정곡을 찔러야 할 때를 정확히 안다. 최 회장은 가타부타 설명 없이 본론부터 꺼냈고, 나리는 이에 당황하며 커다란 눈을 깜빡였다.

어떤 말이 듣고 싶으신 걸까. 나리는 애써 정신을 차리며 침묵으로 자신에 대해 이미 판가름 내리고 있는 최 회장의 얼굴을 찬찬히 살폈다. 시간이 조금 흐르자 쿡 찌르기만 해도 펄쩍 뛰어오를 듯 긴장하고 있던 심장이 제 속도를 찾기 시작했다. 그러자 나리는 그가 원하는 답을 조금은 찾을 수 있었다. 나리가 망설임을 애써 억누르며 말했다.

"알고 있습니다."

"그 한마디 듣기가 참 힘들군."

"죄송합니다."

"그럼 민나리 양은 앞으로 어떻게 행동해야 할 것 같은가."

잠시 말을 멈춘 최 회장은 나리에게 서늘한 시선을 보내며 말을 이었다.

"민나리 양은 첫 시작부터가 일반 사원과는 많이 다르네. 직원들이 말은 하지 않겠지만, 이미 민나리 양에 대한 소문은 어느 정도 돌고 있다 이 말이네."

최 회장은 회사 내에서 파다하게 돌고 있는 소문을 떠올렸다. 아무것도 모르는 것들이 쫑어 대는 입방아는 시간이 지날수록 상상력을 더해 무서운 속도로 퍼져 나가고 있었다. 그 소문 중에 가장 웃긴 소문은 최 회장의 정부란 것이었는데, 이러한 소문에 괜히 나서서 해명을 했다간 자신의 꼴만 더 우스워진다는 것을 알고 있는 그는 굳이 소문을 잠재우려 노력하지 않았다.

자신의 면전에 대고 주둥이를 터는 것들은 없으니 무시하면 그만이다. 하지만 눈앞에 있는 이 아이는 다르다. 소문의 중심에 있는 만큼 이 아이를 향하는 시선들엔 무서운 날이 서 있을 것이고, 이야기를 한 번이라도 들은 사람의 입에는 독이 묻어 있을 것이다.

"그건 어느 정도 예상하고 있었습니다."

나리가 다부진 시선으로 말하자 최 회장의 입에서 비웃음이 흘러나왔다. 예상하고 있었다라. 그러면 이에 대한 대비책도 세워 뒀으렷다.

"그래. 그럼 앞으로 어떻게 할 참인가?"

"노력할 겁니다."

"……뭐?"

고작 그것을 답이라고 하는 것인가. 최 회장의 눈동자에 서늘한 빛이 서렸다.

"이곳은 재능만으로 살아남을 수 없다는 걸 알고 있어요. 골든 주얼리에서 일하는 직원들 중 가장 무능력한 사람이 저일 것이고, 가장 필요 없는 직원도 저일 거예요. 그래서 노력할 거예요. 죽도록 노력해서 회장님과 최현승…… 사장님의 입장이 곤란해지지 않도록 할 겁니다."

노력이라. 최 회장은 무릎 위에 올려져 있는 작은 손을 보았다. 다부지게 말아 쥐고 있는 주먹은 부르르 떨릴 정도로 힘이 들어가 있었다.

일단 지켜보기로 할까? 현승이 녀석이 선택한 아이니까.

현승의 눈을 조금 믿어 보기로 한 최 회장은 천천히 고개를 끄덕였다. 더 이상 왈가왈부해 봤자 이미 모든 결정이 내려져 있는 일이다. 나리의 입사를 허락한 것도 자신이니, 더 이상 말해 봤자 입만 아프지 않겠는가.

"좋아, 기대해 보지. 나리 양."

얼마나 살아남을 수 있는지. 얼마나 위로 올라갈 수 있는지.

호흡을 가다듬은 최 회장의 표정이 순간 느슨해졌다. 편안히 등을 기대고 있던 최 회장은 허리에 단단히 힘을 주어 꼿꼿하게 세운 뒤 입가에 미소를 지었다. 순간 그의 얼굴 위로 언뜻 스치고 지나가는 현승의 모습에 깜짝 놀란 나리가 눈을 동그랗게 떴다.

"그럼 이젠 재미없는 일 이야기 대신 사적인 이야기를 해 볼까?"

"네, 네?"

무섭도록 닮은 모습이었다. 현승이 나이를 먹고 머리가 하얗게 세고, 노년을 준비할 때쯤엔 최 회장처럼 날카로운 표정도, 인자한 웃음도 지을 줄 아는 최 회장처럼 되어 있을 것 같았다. 그래서 최 회장의 얼굴에 장난스런 미소가 떠오르자, 나리는 조금은 편안한 마음으로 그를 대할 수 있었다.

나리의 얼굴에서 긴장감이 사라져 가는 것을 보며 최 회장이 흥미롭다는 듯 말했다.

"세상에서 낙하산을 제일 싫어하는 놈이 최현승이지. 그런 아이가 직접 나리 양의 입사를 부탁했을 때 알았지. 그 아이의 마음이 어떤 상태인지."

"……아."

"그런데 아직 나리 양의 마음은 몰라서 말이야. 눈치 없는 노인네라고 속으로 욕할지는 모르지만, 솔직히 궁금했거든."

어서 답해 보라는 듯 최 회장이 빙그레 웃자, 나리는 순간 숨이 턱막혀 무엇부터 말해야 할지 몰라 당황했다. 내 마음? 그거야 아주 쉬운 답이었다. 적어도 묻는 사람이 최 회장이 아니라면 망설임 없이 답을 할 수 있었을 것이다.

하지만 그는 최 회장이었다. 그의 할아버지였고, 거대한 골든 주얼리를 이끄는 사람. 그래서 나리는 자신도 모르게 말문이 막혀 입을 꾹 다물어 버렸다.

나리의 모습에 최 회장이 눈썹을 꿈틀거리며 읊조리듯 작은 목소리로 말했다.

"숭악한 놈, 쯧쯧. 할애비한테는 세팅 끝난 것처럼 말하더니. 쯧쯧."

강하게 혀를 찬 최 회장은 동그랗게 말간 나리의 얼굴을 보며 말을 이었다.

"나리 양은 결혼 생각이 없는 게야?"

"겨, 결혼이요?"

"그래! 그 별 볼 일 없는 한심한 놈은 나리 양이 제 짝이라고, 선 자리에 제 동생 놈을 내보냈단 말이지. 도대체 생각이 있는 건지 없 는 건지. 쯧쯧쯧쯧!"

최 회장의 말이 이어질수록 나리의 얼굴은 점점 새하얗게 질려 가 고 있었다. 선? 동생을 내보내? 나리는 모르는 일들이었다. 그래서 더욱 당황했고, 무슨 말을 해야 할지 몰랐다. 하지만 최 회장은 어느 새 사실 확인을 넘어 신세한탄까지 하고 있었다.

휴! 최 회장의 입에서 깊은 한숨이 터져 나왔다.

"어려서부터 가족의 정은 모르고 살았던 아이다. 그래서 하루 빨리 한국에서 가족을 꾸리고 자리 잡길 원했다."

"가족의 정을 모르다니요……?"

"뭐야? 설마 현승이 놈이 입도 뻥끗 안 하든?"

"……네. 가족의 이야기는 들은 적이 없어요."

이젠 완전히 제 색을 잃어버린 나리의 얼굴에, 최 회장은 자신의 실수를 깨달은 듯 손으로 입을 꾹 막아 버렸다. 이런! 이런! 답답하고 속상한 마음에 하지 말아야 할 말까지 주절거려 버렸다. 눈을 요리조 리 굴리며 이 상황을 어떻게 헤치고 나갈지 고민하던 그는 여기서 거 짓말을 보태 봤자 좋지 않다는 것을 깨닫곤 헛기침을 뱉었다.

흠흠! 제 입이 아닌 현승의 입으로 직접 듣는 것이 좋았지만, 이미 엎질러진 물. 대략적인 설명은 해 주는 것이 좋겠다 생각했다. 그래야 겨우 손주 녀석의 마음을 차지한 이 아이가 한창 바쁠 그 녀석의 바 가지를 긁지 않을 것 아닌가.

최 회장은 말을 고르고 골라 천천히 말을 이었다.

"현승이가 어렸을 적에 부모가 모두 사고로 이 세상을 떠났어. 워낙 바쁜 사람들이라 그전에도 제 자식새끼들을 챙길 줄 몰랐지."

"……."

"현승이 애비는 공부밖에 모르는 백면서생이었고, 애미는 일이 가장 우선인 사람이었다. 그래서 어릴 적부터 알아서들 컸지. 덕분에 사건 사고도 끊이질 않았지만."

미국에서 날아든 사고 소식에 얼마나 놀랐던가. 손주 둘이서 부모 없이 음식을 하다 집을 홀라당 태워 먹은 것은 물론이고, 저들 살갗까지 다쳤다는 소식에 당장 뉴욕으로 날아갔던 그였다. 그때의 일만 떠올리면 눈앞이 아찔해져 잊고만 싶었다.

"그 길로 현승이와 건욱이를 한국으로 데리고 왔다. 그리고 내 손으로 키웠어. 아이들에겐 애미의 레스토랑이 자리 잡기만 하면 바로 부모의 품으로 돌아갈 수 있을 것이라 달래고 달랬다. 그런데 사고로 죽었어."

"……."

"그래서 상처가 큰 아이다. 늘 가족의 정을 굶주렸지만 그걸 가지는 것은 너무나 무서웠던 아이였다. 그런 아이가 나리 양과 결혼하고 싶다고 말했어."

"몰랐어요……."

정말요. 정말 아무것도 몰랐는걸요? 늘 제 앞에서는 웃고 있었단 말이에요. 걱정 근심 없이. 세상에 힘든 일은 하나도 겪어 보지 못한 사람처럼 웃었어요. 정말 예쁘게. 보는 사람조차 기분 좋아질 정도로 환하게. 그래서 몰랐어요. 그렇게 큰 상처가 있는지. 아픔이 있는지. 순간 나리의 뇌리에 그의 목소리가 꽂혔다.

'응, 그러니까 살아 계실 때 잘해 드려야 해. 나중엔 너무 늦어서 하고 싶어도 할 수가 없을 때가 오거든. 그때 나리가 슬프지 않으려

면, 지금부터 조금씩 바꾸면 되는 거야.'

그는 그 말을 어떤 심정으로 나에게 했을까. 어떠한 마음으로 나에게 충고했을까.

'아버지한테 그러는 거 아니야, 나리야. 그건 버르장머리 없는 거야.'

그 말을 하던 현승의 눈동자가 떠올랐다. 애잔하게 빛나는 하지만 너무나 슬픈. 걱정 근심이 가득한 얼굴로 자신을 바라보던 그의 얼굴이 떠오르자 나리의 고개가 아래로 떨어졌다.

"물렁해 보이는 녀석이지만 속엔 단단한 껍질을 두르고 있어 그 누구보다 단단한 아이다. 한 번 제 것이라 생각하면 그 어떤 사람들보다 강한 애착을 느끼는 녀석이야. 그런 녀석이다."

"……."

"그러니까 나리 양. 그 아이가 미덥지 못해서 그런 것이라면……."

최 회장의 말이 끝나기도 전에 나리는 작게 고개를 저으며 답했다. 어른의 말을 중간에 끊는 것은 예의에 크게 어긋난다는 것을 알고 있었음에도 불구하고 그럴 수밖에 없었다.

"아니에요. 전 이 세상 그 어떤 사람보다 아저씨를 믿어요. 미덥지 못해서 그런 거 아니에요, 회장님."

목소리가 떨리자 나리는 크게 숨을 들이마셨다 내뱉었다. 호흡을 고르자 슬픔이 조금 가신다. 그래서 이번엔 확신에 찬 어조로, 아직은 너무나 무서운 최 회장의 눈을 보며 똑바로 답할 수 있었다.

"아저씨랑 저, 가볍게 만나는 사이 아니에요. 결혼할 거예요. 이미 프러포즈도 했는걸요?"

"뭐? 현승이가?"

"아니요."

최 회장은 알 수 없다는 듯 나리를 보았다. 그의 눈초리에 나리는 얼굴 가득 미소를 띠우며 답했다.

"제가요. 제가 했어요."

나리의 답에 최 회장의 눈동자가 순간 커다랗게 떠지더니 이내 입에서 하하하 웃음이 터져 나왔다. 제 손주 놈에게 프러포즈 했다고 당당하게 말하는 나리의 말에 한참이나 웃던 최 회장은 아직은 잘 알지 못하는 나리의 앞에서 채신머리없이 웃었다는 것을 깨닫곤 입을 꾹 다물었다. 하지만 입술 끝이 푸들푸들 떨리는 것은 어쩔 수 없다.

한참 웃는 얼굴로 나리를 보던 최 회장이 곧 장난스럽게 미간을 찌푸리며 말했다.

"그놈의 고추를 정말 확 떼 버려야겠구나. 사내 녀석이 여자가 먼저 프러포즈 하게 만들다니."

최 회장의 말에 순간 긴장이 풀린 나리가 풋, 웃음을 내뱉었다. 그러자 최 회장 또한 참고 참던 웃음을 터트렸다. 회장실 안에는 한참 웃음소리가 가득했고, 밖에서 아무것도 모른 채 업무를 보고 있던 정 비서는 둘의 웃음소리에 고개를 기울였다.

"역시 손주 며느리가 좋으신 건가?"

저렇게 소리 나도록 웃으시고. 의아한 눈으로 문을 바라보던 정 비서의 얼굴에도 어느새 슬그머니 미소가 머물렀다. 늘 걱정 근심으로 가득했던 최 회장의 고민거리 하나가 사라졌다 생각하자 평생 그를 모셔 온 정 비서로서도 기쁠 수밖에 없었다.

나리는 긴장된 얼굴로 투명한 유리문 옆에 붙어 있는 팻말을 보며 침을 꼴깍 삼켰다.

디자인 1팀.

그 밑으로는 '관계자 외 출입금지' 라는 글자도 보였다.

골든 주얼리에서 가장 중요한 부서인 디자인 팀은 총 3개의 팀으로 구성되어 있었고, 그중 가장 핵심 디자인을 하는 곳이 이곳, 1팀이었다. 한국에서 주얼리 디자이너를 꿈꾸는 사람이라면 누구든 입사하고 싶어 하는 곳이었고, 꿈의 직장이기도 했다.

그런 곳에 내가 입사하게 되다니. 이 순간이 꿈만 같았지만, 방금 전 최 회장을 만나고 온 터라 단순히 기뻐할 수만은 없었다.

긴장해야 해. 민나리. 아저씨의 얼굴을 봐서. 최 회장님의 얼굴을 봐서라도. 정말 노력해야 해. 속으로 수없이 다짐한 나리가 커다란 눈을 깜빡였다. 회장실에 다녀오느라 이미 출근 시간은 훌쩍 지난 뒤였다.

후아, 후아. 이제 들어가자.

호흡을 고르고 막 문을 열려던 나리는 자신의 어깨를 톡톡 두드리는 손길에 깜짝 놀라 뒤돌아섰다. 그곳엔 서늘한 인상의 건욱이 웃는 얼굴로 서 있었다.

"어?"

"나리 양, 지금 내려오는 길이에요?"

따스한 그의 말에 긴장이 사르르 녹자 순간 눈물이 나올 것만 같았다. 제대로 된 사회생활을 해 본 적도 없었던 그녀는 이 모든 상황이 어렵기만 한지 눈물이 글썽글썽한 눈으로 건욱을 올려다보며 말했다.

"최건욱 디자이너님."

"어렵게 부르지 마세요. 앞으로 같은 팀이니까, 그냥 최 팀장이라고 불러요."

서늘한 얼굴과는 달리 목소리는 따뜻하기 그지없다. 그 따사로움이 특정된 인물에게만 향한다는 것을 아직까지 몰랐던 나리는 겉보기와는 달리 참 자상하다고 생각하며 고개를 끄덕였다.

"긴장이 돼서 못 들어가겠어요."

"왜 긴장이 될까? 앞으로 집보다 더 오래 있어야 하는 곳인데. 마침 잘됐네요. 따라오세요. 제가 팀원들 소개시켜 드릴게요."

그는 나리가 답을 하기도 전에 문을 열고 안으로 들어갔다. 건욱은 나리가 한참이나 열지 못했던 문을 너무나 간단히 열고, 머릿속으로만 상상했던 화려한 차림들의 디자이너에게 일일이 인사를 시켜 주었다.

"오늘 디자인 1팀으로 배치받은 민나리 양입니다."

"안녕하세요, 잘 부탁드립니다."

부드럽고 자연스럽게 이어지는 인사에 일일이 고개 숙여 답한 나리는 총 3개의 디자인 팀을 모두 돌아다니며 허리가 부러져라 고개를 숙여야 했다. 최 회장의 경고대로 사람들의 날카로운 눈초리에 기가 죽을 법도 하건만 나리는 씩씩하게, 그리고 진심을 다해 인사했다.

"많이 부족합니다. 많은 가르침 부탁드립니다."

나리는 현실을 직시할 줄 아는 눈을 가졌고, 자신의 부족함도 잘 알고 있었다. 그래서 각 팀의 막내 디자이너에게도 똑같이 인사를 건넸다. 오늘 그녀가 인사한 서른 명의 디자이너 모두 자신의 스승이자 선배였다.

모든 팀을 돌며 일일이 인사한 나리는 복도 저 끝에서 당당하게 걸어오는 한 여성의 모습에 걸음을 멈췄다. 뒤따라오던 나리가 걸음을 멈추자 건욱의 시선은 자연스럽게 나리와 같은 곳을 향했다. 나리는 자신의 앞으로 다가오는 여성에게도 허리 굽히며 말했다.

"민나리입니다. 잘 부탁드립니다. 이하나 팀장님."

"아아, 당신이."

짧게 답한 하나의 시선이 나리의 얼굴 위를 떠돌았다. 말도 안 되는 최현승이 선택한 여자. 하나는 문득 지난 밤, 늦은 시각 걸려 온 전화 한 통을 떠올렸다.

'사랑하는 동생님. 우리 나리 구박하면 어떻게 되는지 알지?'

귀여우면서도 참 무서운 협박을 하는 현승에게 말도 안 되는 소리 하지 말라며 버럭 소리를 질렀다. 그리고 말끝마다 '우리 나리, 우리 나리.' 하며 깨가 쏟아지던 그의 말에 이제껏 당해 온 것 모두 그의 여자에게 복수해 주리라 다짐했던 하나는 눈앞에 있는 조그마한 아이를 보자 김이 팍— 새는 것을 느꼈다.

이런 조막만한 아이에게 복수는 무슨 복수. 순진한 눈동자로 자신을 바라보는 아이의 눈엔 비친 존경심에 웃음마저 나올 지경이었다.

하나는 싹싹하게 인사를 건네는 나리에게 슬쩍 미소 지으며 말했다.

"저도 잘 부탁드려요. 나리 양."

짧은 인사와 함께 하나가 서둘러 걸음을 옮겼다. 또각, 또각. 하이힐 소리는 거침없이 복도 끝으로 향했고, 곧 제일 끝에 위치한 2팀으로 들어간 뒤에야 사라졌다.

멀뚱하게 하나가 사라진 자리를 바라보는 건욱을 힐끗 곁눈질한 나리가 둘 사이에 흐르던 어색한 기류를 떠올리며 속으로 한숨을 쉬었다. 왠지 둘 사이를 어색하게 만든 주범이 현승일 거란 생각이 들었다. 최 회장이 만든 선 자리에 건욱을 내보냈다는 사실을 떠올린 나리는 오늘 그에게 따져 물을 것들을 하나둘 떠올렸다.

퇴근하자마자 바득바득 바가지를 긁어 주지. 다시는 나한테 숨기지 못하게.

　나리는 다짐하고 또 다짐했다.

　힘든 하루가 끝났다. 몇 달 전 골든 주얼리에서 처음으로 선보인 실버 라인이 많은 이들에게 사랑받으며 성공을 이루자, 디자이너들은 오랜만에 휴식을 만끽하고 있었다. 나리는 퇴근 시간이 되자마자 썰물처럼 빠져나가는 직원들을 멍하니 바라보았다.

　우와, 빠르다. 5분도 채 되지 않아 사무실 안은 쥐 죽은 듯 고요해졌다. 조용한 사무실 안을 휘둘러보던 나리의 시선이 여전히 자리에 앉아 있는 건욱에게서 멈췄다. 뭐가 그리도 심각한지 스케치북을 바라보고 있는 그의 눈빛이 날카롭게 빛났다.

　방해하면 안 되겠지? 인사를 건네고 퇴근해야 할지, 아니면 소리 없이 나가야 할지 한참을 고민하던 나리가 두 가지 생각에서 합의점을 찾아내고 쥐꼬리만 한 목소리로 말했다.

　"퇴근할게요."

　아주 조용한 목소리로 말했지만, 건욱의 귓가에 닿기엔 충분한 크기였는지 그가 고개를 들었다. 그의 시선이 시계와 나리의 얼굴에서 갈피를 잡지 못하더니 곧 하던 일을 정리하며 자리에서 일어났다.

　"데려다 줄게요."

　"네, 네?"

　"형 만나러 가는 거 아니에요? 오늘 형을 만나야 하거든요. 가는 길이니 같이 가자고요."

　말을 마치며 웃는 그의 모습에 나리의 시선이 몽롱하게 빛났다. 건욱은 사람을 홀릴 정도로 매력적인 웃음을 짓는 남자였다. 아무리 그녀의 마음이 현승에게 닿아 있다 하더라도, 본디 사람이란 아름다운 생명체에 열광하지 않는가. 더욱 그녀가 존경해 마지않는 사람이었으니, 그녀의 눈동자가 점점 빛을 잃고 생각을 잃고 오직 그의 웃음에만 집중하는 것은 어찌 보면 당연했다.

나리는 서둘러 외투를 입고 자신에게 다가오는 건욱의 모습에 붙들고 있던 가방을 힘주어 잡았다.

민나리, 정신 차려. 저 사람은 아저씨 동생이라고! 속으로 다짐하듯 아무리 소리를 버럭버럭 질러 봤자 아무런 소용이 없었다. 자신의 옆으로 건욱이 다가오자 달콤한 향수내가 다시 한 번 나리의 정신을 쏘옥 빼 놓았다.

움찔움찔.

저도 모르게 몸을 떨던 나리는 갑작스레 뒤에서 들려오는 현승의 목소리에 더욱 놀라 자리에서 펄쩍 뛰었다.

"둘이 분위기가 요상꼬리한데?"

"엄마야!"

"놀라니까 더 수상하다?"

현승이 눈을 얇게 만들며 나리를 추궁했다. 귀신같이 나리의 시선을 알아차린 그가 그녀를 더욱 몰아붙이려던 그때, 옆에 서 있던 건욱이 서늘한 표정으로 말했다.

"형."

"왜? 이 파렴치한 놈아!"

어디 홀릴 것이 없어서 형의 여자를 홀리냐! 현승의 말에 건욱은 기가 차다는 듯 팔짱을 끼며 말했다.

"형이 지금 그런 소리를 하고 있을 때가 아닐 텐데?"

"그럼 무슨 소리를 하냐! 왜! 둘이 행복하라고 응원이라도 해야 돼?"

"선 자리는 아주 감사했어."

"싱글인 동생을 위해서 특별히 할아버지의 부탁까지 어겨 가며 만든 자리다! 실컷 감사하도록!"

뻔뻔한 현승의 말에 건욱의 눈빛이 더욱 어두워졌다. 한배에서 태어나, 평생을 함께했던 형이지만, 가끔 꼭지가 돌아 버릴 정도로 자신을 화가 나게 만들 때가 있었다. 그리고 지금이 그 순간이었다. 자신의 연애 때문에 동생의 사랑 따위 철저히 짓밟은 형에게 건욱은 너무나 화가 났다.

"형 때문에 난! 난!"

건욱이 모든 이야기를 꺼내지 못하고 버럭 소리만 지르자 옆에 서 있던 나리의 몸이 움찔 떨렸다. 그 모습을 두 눈동자에 고스란히 담고 있던 현승이 지지 않고 외쳤다.

"우리 나리 놀라잖아! 왜 소리를 질러!"

그의 말에 순간 침묵이 흘렀다. 건욱이 기가 막혀 아무런 말을 꺼낼 수도 없었고, 현승은 씩씩거리며 화를 참고 있었다. 둘의 모습을 중간에서 지켜보고 있던 나리는 지끈 아파 오는 머리에 말문이 틱—막혔고.

나리는 현승과 건욱을 번갈아 보며 말했다.

"……아저씨. 지금 아저씨도 소리 지르고 계시거든요? 거기에다가 불난 집에 휘발유까지 얹고 계시고요."

"뭐야, 우리 나리까지 저 배은망덕한 놈 편을 드는 거야?"

"편을 드는 게 아니라, 사실을 주지시켜 드리는 거예요."

나리의 말에 이번엔 현승의 말문이 막혔다. 입을 꾹 다물고, 바위처럼 굳어 있는 건욱의 얼굴을 바라보던 현승이 그제야 한숨을 내쉬며 말했다.

"동생아, 미안했다."

"……"

"그리고 하나가 이번 일로 제대로 뻰또가 상했는지, 오늘 선을 본다고 하더라고."

"……뭐?"

건욱이 더듬더듬 말했다. 믿을 수 없다는 얼굴로, 세상의 절망이란 절망은 모두 끌어안은 얼굴로. 그의 표정에 이제야 양심의 가책을 느낀 것일까. 현승은 손목시계를 확인하며 말했다.

"지금이라도 달려가면 선 자리에 앉기 전에 잡을 수 있을 거야. 7시에 약속이라고 했거든."

"……아저씨는 어떻게 시간까지 알고 계신대요?"

나리의 날카로운 지적에 현승의 씨익 웃으며 말했다.

"하나가 마치 나 좀 말려 주세요, 하듯 말했거든. 묻지도 않은 말을 전부 하는 거 있지?"

잠시 말을 멈춘 현승이 굳은 얼굴로 바닥을 보고 있는 건욱에게 말했다.

"대한 호텔 스카이 라운지야. 익숙한 장소지? 이걸로 내 죄는 사해 주는 걸로 하자?"

"……나중에 이야기 해."

짧게 답한 건욱이 바람처럼 사무실을 벗어났다. 헐레벌떡 뛰쳐나가는 건욱을 눈으로 좇던 현승은 그의 모습이 완전히 사라지고 나서야 어깨를 으쓱였다.

지들이 알아서 하겠지. 정작 불을 지른 것은 그였으나, 그는 방관자처럼 동생 커플을 바라보았다.

폭풍 같았던 모든 상황이 정리되자 현승은 나리의 손에 들려 있던 묵직한 가방을 들어 주며 어깨에 팔을 두르고 말했다.

"첫 출근 기념으로 축하주 할까?"

"닭발에 소주가 좋겠어요."

무심한 어조로 나리가 말하자 순간 현승의 얼굴이 사색이 되었다. 순간 그의 혓바닥에 테러를 감행했던 끔찍한 음식이 떠올랐다. 나리의 단골이라고 그랬나? 그런 몹쓸 곳은 다시는 가지 말라며 신신당부를 했어야 했는데. 때늦은 후회를 한 현승은 다부진 얼굴로 자신의 손을 잡는 나리의 손길을 느끼며 눈을 꾹 감았다.

"가시죠?"

그녀의 손길이 마치 도망가려면 어디 한 번 해 보세요! 라고 외치는 것 같았다.

또다시 그 자리였다. 그리고 그 음식, 그 표정이었다.

눈가에 그렁그렁 눈물을 매단 현승은 연신 입가로 흐르려는 침을 씁씁! 삼켰다. 테이블 위에는 시뻘건 닭발이 위험신호를 보내고 있었고, 각자의 앞에는 그의 눈물만큼이나 투명한 소주가 안절부절못하는 그의 움직임을 따라 찰랑이고 있었다.

나리는 연신 발을 동동 구르는 현승을 보다 단숨에 소주잔을 기울였다. 그리고 그에게 말도 없이 잔을 채우며 말했다.

"아저씨."

"하아, 맵다아. 크으. 왜에— 나리야?"

현승은 느슨하게 말꼬리를 늘리며 말했다. 그의 답에 나리는 또다시 시원하게 소주를 들이켠 뒤 소리 내어 잔을 내려놓았다.

탁! 그 소리가 나리에게 용기를 실어 준 것인지 애써 평정심을 유지하며 첫 운을 뗄 수 있게 만들어 주었다.

"저 묻고 싶은 게 있는데요."

"나한테? 나리야, 아저씨한테 궁금한 것이 있으면 뭐든 말해 줄 수 있어. 그러니까 그렇게 무섭게 마시지 마."

현승은 또다시 빈 잔에 소주를 따르는 나리의 행동을 눈으로 좇으며 말했다. 당장 저 손을 잡아 말리고 싶지만, 잔뜩 화가 난 듯 굳어 있는 나리의 얼굴을 보자 차마 말릴 수가 없었다.

또 내가 잘못한 게 있는 거야. 그래서 나리가 화난 거야. 현승은 그동안의 자신의 행동을 곰곰이 되짚어 보았다. 하지만 도통 자신의 잘못이 무엇인지 떠오르지 않았다. 하는 수 없이 나리의 입술을 천천히 떨어지는 것을 보았다.

"오늘 회장님께 들었어요."

"뭘?"

"아저씨 부모님에 대한 이야기요."

나리의 말에 순간 현승의 행동이 멈췄다. 정말 놀란 것인지 커다랗게 떠진 동공이 사정없이 흔들렸다. 그 모습에 나리의 입에서 신음이 흘러나왔다. 또다시 그녀가 보지 못했던 그의 면과 마주했다. 까도 까도 끝이 없는 양파처럼. 그는 너무나 많은 모습을 간직한 사람이었다. 자신이 보지 못한 또 다른 면이 남아 있을지 몰랐다. 그게 나리는 너무나 싫었다. 난생처음 소유욕이란 것을 느끼게 된 나리는 떨리는 목소리로 말했다.

"전 말이에요. 아저씨는 저에 대해 다 알고 있는데…… 전 아니에요. 오늘 회장님께 아저씨 부모님 이야기를 듣는 순간, 전 아저씨에 대해 아무것도 모르고 있구나, 란 생각이 들었어요."

"……."

"그게 왜 이렇게 싫을까요?"

설핏 미소를 내뱉은 나리가 또다시 소주잔을 기울였다. 술이 술술 넘어가자 속에 있는 말이 하나둘 툭툭 터져 나오기 시작했다. 이런 걸 취중진담이라고 하는 건가? 그런 생각을 하자 입맛이 썼다.

"전 아저씨의 모든 것을 알고 싶어요. 아저씨가 저한테 숨기는 게 없었으면 좋겠어요. 어려운 이야기라면 해 주지 않아도 돼요. 아저씨가 말해 줄 수 있는 선까지는…… 말해 주셨으면 좋겠어요."

"……."

"저 아저씨와 특별한 사이라고 생각해요. 아주 사랑하는 사이라고."

방금 전까지만 해도 입안을 홀라당 태워 먹을 듯 매웠던 닭발의 맛이 하나도 느껴지지 않았다. 나리의 말에 현승은 자신의 앞에 놓여 있는 잔을 내려다보았다. 그리고 나리가 소주 반병을 비울 동안 한 번도 입에 대지 않았던 소주잔을 단숨에 비워 냈다.

"나리야. 숨기려고 그런 게 아니야."

"……네."

"나리가 궁금하다면 얼마든지 말해 줄 수 있어."

그가 낮은 어조로 이야기를 시작했다.

"부모님은 아주 어릴 적에 돌아가셔서 사실 그렇게 추억이 많지 않아. 두 분 다 엄청 바빴어. 그래서 늘 집에는 건욱이랑 나, 둘뿐이었어."

바닥을 향해 있던 그의 시선이 위로 향했다. 모든 이야기를 들을 준비가 되어 있다는 듯 덤덤한 나리를 보며 그의 얼굴에 느른한 미소가 떠올랐다.

"내 상처 봤지?"

"네."

"내가 여섯 살 때였나? 일어나니까 일 봐주시는 아주머니도, 부모님도, 아무도 안 계시는 거야. 배가 너무너무 고픈데, 그날따라 냉장고도 텅텅 비어 있더라고. 그래서 어린 건욱이 손을 잡고 엄마가 그랬던 것처럼, 아주머니가 그랬던 것처럼 우리도 밥을 해보자, 라고 생각했던 거지."

"……."

"그때 큰불이 났어. 집에 둘만 있었는데, 너무너무 무서웠어. 뜨거운 화마가 온몸을 삼킬 것 같았는데, 바르작바르작 떨기만 했어. 어디로 가야 할지 몰라서 펑펑 울기만 했어. 어린 건욱이를 끌어안고 한참 울고 있었어."

그때 소방관 아저씨가 온 거야. 만화에서, 영화에서 보는 영웅처럼 멋지게 우릴 구해 줬어. 그래도 몸에 상처가 남았어. 그렇게 말하는 현승의 얼굴엔 늘 그랬던 것처럼 미소가 머물러 있었다.

그의 이야기는 계속되었다. 아주 긴 이야기였고, 그의 가슴 깊은 곳에 숨어 있는 어둠이었다.

"흉터는 내 트라우마야. 무관심했던 부모님에 대한 트라우마. 어린 동생의 몸에 상처를 남겼다는 나의 트라우마. 이런 징그러운 몸으로는 그 어떤 사람에게도 사랑받을 수 없다는 생각을 갖게 한 트라우마. 돈이 아무리 많아도 고칠 수 없는 게 있고, 할 수 없는 일이 있다는 걸 알게 한 트라우마. 그래서 이 상처를 아무에게도 보여 주고 싶지 않았어. 이걸 보여 주는 건 내 전부를 내보이는 기분이었거든."

그래서 너무 싫었어. 너한테 이 상처를 보여 주는 게. 그리고 너무 기뻤어. 처음으로 아무렇지도 않게 내 상처를 바라보는 사람이 생겼다는 게. 그건 마치 내 트라우마를 하잘 것 없는 생각으로 만들어 버리는 것 같았거든.

"미국에서 치료가 끝나자마자 놀란 얼굴을 하고 달려온 할아버지의 손에 이끌려 한국으로 왔어. 그리고 2년 뒤에 부모님이 돌아가셨어. 갑작스러운 사고로."

그때부터였을까. 그는 가스레인지 근처로 가지도 못했다. 그걸 알게 된 것은 초등학교에 입학하면서부터였다.

"이게 전부야. 특별할 것도 없는 기억이지. 이젠 너무나 오래돼 흐릿하기만 한."

그리고 그 기억을 더욱 흐릿하게 만든 건 너야, 나리야.

그렇게 말하며 현승은 입술에 부드러운 호를 그렸다. 초롱초롱 빛나는 얼굴로 언제나 그랬던 것처럼 그녀에게 미소를 보냈다. 그의 모습에 나리는 가슴 한켠이 시큰하게 아파 오는 것을 느꼈다. 예전의 그녀라면 무심하게 '초딩!'이라고 외쳤을지도 모른다. 그를 마음에 품지 않았을 때는.

하지만 지금은 어떠한 말을 해야 할지 모르겠다. 위로를 건네기엔 그의 상처가 대부분 아문 상태였고, 아무렇지도 않은 듯 시크하게 넘기기엔 그녀의 마음이 그렇지 못했다.

나리는 앞에 놓여 있는 잔을 천천히 들었다. 그리고 테이블 위에 놓여 있는 잔에 가볍게 부딪히며 말했다.

"아직도 아파요?"

그녀의 물음에 현승은 가볍게 고개를 저었다. 그의 모습에 나리는 고개를 끄덕이며 잔을 기울였다.

"그럼 됐어요. 이야기해 줘서 고마워요."

나리의 말에 현승은 테이블에 놓여 있던 소주잔을 기울이는 것으로 답을 대신했다. 한참 주거니 받거니 술잔을 기울였다.

잠시의 침묵 뒤 현승은 한결 가벼워진 마음으로 말했다.

"꿈을 이룬 소감이 어때?"

"음. 얼떨떨해요. 그리고 아저씨를 위해서 회장님을 위해서 더 노력해야겠다고 생각하고 있어요."

"에구, 우리 나리 예쁘다."

나리는 자신의 머리를 슥슥 쓰다듬는 그의 커다란 손을 느끼며 물었다.

"아저씨는 꿈이 뭐예요?"

"내 꿈?"

"네. 아저씨가 내 꿈을 이뤄 줬으니 이번에는 제가 아저씨의 꿈을 듣고 이뤄 주려고요."

해줄 수 있는 거라곤 보잘것없는 것뿐이겠지만. 입술을 뾰족하게 내민 나리가 뒷말을 붙였다. 그 모습이 귀엽게만 느껴지는 현승은 순간 참지 못하고 나리의 입술에 소리 내어 입을 맞췄다.

"내 꿈은 나리가 이루어 줄 수 있는데. 말하면 뭐든 들어줄 거야?"

"뭐, 뭔데요?"

불안한 마음을 감추지 못한 나리가 더듬더듬 내뱉자, 현승은 눈가에 예쁜 주름이 잡힐 정도로 커다랗게 웃으며 말했다.

"나리와 예쁜 가정을 가지는 거. 그래서 멋진 아빠가 되는 거."

그의 말에 나리가 숨을 들이켰다. 그리고 답을 기다리는 그의 얼굴에 장난기가 떠오르는 것을 보며 애써 무심한 어조로 답했다.

"그거 쉽네요."

❀

날카로운 눈빛으로 매장 안을 둘러보던 현승은 천천히 걸음을 옮겼다. 한적한 샵은 그에게 묘책을 떠올리라 종용하고 있었다. 할아버지와의 내기는 완연한 봄이 오면 끝이 난다. 그리고 차가웠던 바람은 어느새 봄을 조금씩 담고 있었다.

어떻게 하나. 고민하는 얼굴로 샵을 둘러보던 현승은 성큼성큼 걸음을 옮겨 밖으로 나갔다.

여전히 상권은 최악이었다. 주위에 있는 것이라고는 명품 렌탈샵 정도. 명품을 가지고 싶지만, 비싼 가격에 부담을 느끼는 사람들이 주로 애용하는 가게들뿐이다.

"어떻게 하나."

작게 읊조리던 현승은 순간 떠오른 생각에 개구진 웃음을 떠올렸다.

"별수 없지. 대세를 따르는 수밖에."

그의 머릿속에 순간 묘책 하나가 떠올랐다. 이 모든 상황을 순식간에 정리할 수 있는.

따뜻한 4월 봄. 현승의 마음과는 달리 따뜻한 봄이 왔다. 아니, 최 회장에게 매출표를 내밀 때만 해도 그의 마음에는 따스한 봄바람이 불었다.

현승은 승리에 도취한 얼굴로 온몸을 부들부들 떠는 최 회장을 보았다. 척 보아도 매출표를 쥔 손에 힘이 꽉 들어가 있었다.

"제가 이겼죠?"

"……."

"렌탈 서비스가 설마 그렇게 성공을 거둘지 누가 알았겠어요? 렌탈 서비스에 이용되는 제품 가격도 포함해서 흑자 냈어요."

히죽히죽 웃었다. 흙빛이 된 최 회장의 얼굴을 보며. 그는 최 회장이 뒷목을 잡고 쓰러질까 걱정이 되어 소리 내어 웃지 못했다. 하지만 그는 지금 그의 표정이 최 회장을 더욱 열 받게 한다는 것은 모르고 있었다.

최 회장이 테이블 위로 매출표를 내려놓으며 심통 맞은 표정을 지었다.

"흑자치고는 소소하구나."

"100원이 소소한 금액이에요? 100원 흑자잖아요. 그럼 제가 이긴 거죠. 할아버지가 흑자로 돌리기만 하라고 했지, 금액을 정하신 건 아니잖아요?"

현승은 뺀질뺀질한 얼굴로 되받아쳤다. 하지만 최 회장은 그 말에 토를 달 수가 없었다. 어디 틀린 말 하나라도 있어야 반박을 하지 않겠는가.

"약속하신 대로 제 인생에 더 이상 터치 안 하실 거죠?"

"……그래."

"역시 계산은 확실하셔."

"그럼 이제 나리의 허락만 받으면 되겠네요."

작게 읊조린 현승이 자리에서 벌떡 일어났다. 마침 나리의 퇴근 시간이었으니, 함께 손잡고 오피스텔에 가서 나리에게 앞으로의 일에 대해 진지하게 의논해 볼 참이었다.

최 회장은 미련 없이 걸음을 옮기는 현승의 뒷모습에 서둘러 자리에서 일어났다.

"현승아."

"음? 웬일이세요. 이름을 다 불러 주시고."

씨익. 가볍게 웃는 그의 얼굴에 행복이 가득했다. 처음 보는 손주 놈의 웃는 모습에 최 회장은 망설이고 망설이다 곧 말을 꺼냈다.

"한국에는 있을 거냐?"

고작 묻는다는 말이 그거라니. 현승은 자신의 눈치를 살피는 최 회장의 모습을 찬찬히 살펴보았다.

세월의 흔적이 고스란히 느껴지는 얼굴. 예전에 넘쳤던 기백과 힘은 어느새 그에게서 자취도 없이 모두 사라졌다. 최 회장도 많이 늙었다. 이젠 함께 있는 시간이 소중하게 느껴질 정도로.

현승은 완전히 몸을 돌려세워 팔짱을 끼며 말했다.

"제가 한국에 있으면 더 피곤해지실 텐데요?"

"뭐, 뭐랏?"

"제가 빼질빼질거려도 할아버지는 아무 말씀도 못 하시잖아요."

"최, 최현승!"

"그게 더 재미있을 것 같아서 한국에 있으려고요. 그럼 다음에 찾아뵐 때는 할아버지께서 그렇게 소원하시던 손주 며느리 데리고 올게요."

하하하, 커다랗게 웃음을 터트리며 사라지는 현승의 뒷모습을 노려보던 최 회장은 문이 탁, 닫히자마자 온몸의 힘을 풀었다. 그리고 기력이 쇠해져 비틀거리는 몸을 소파에 뉘였다.

"고얀 놈."

입에서는 그를 원망하는 말이 흘러나왔지만, 말끝에 웃음이 묻어 있다. 최 회장은 창밖으로 보이는 새파란 하늘에 시선을 두며 애잔한 눈을 빛냈다.

"잘 컸어. 암. 저 정도면 최선을 다한 게야."

"……."

"말은 지독하게 안 듣지만, 그래도 제 앞 구실은 하면서 사니까 그걸로 됐지."

최 회장은 한동안 창밖에 시선을 둔 채 말을 이었다.

늙은이가 젊은 놈 키우느라 고생했다. 타지에서 미친 망아지마냥 날뛰던 놈을 들어앉혔으니, 그걸로 너도 만족을 해야 한다. 그리고 그 이야기가 이어질수록 그의 눈에 그리움이 묻어났다.

"이제 곧 증손주를 볼 수 있을 것 같구나. 너희들이 지켜주게나. 너희들 손주이기도 하니까."

❀

세상을 살면서 내 능력이 얼마나 보잘것없었는지, 내가 얼마나 우물 안의 개구리였는지 잘 알게 되는 요즘이었다. 밖은 어느새 따뜻한 봄바람이 불어오고 있었고, 골든 주얼리에 입사한 지 어느덧 2개월. 내내 잔심부름을 하며 시간을 보내던 나리는 어깨너머로 디자이너들의 디자인과 작업이 이루어지는 과정을 훔쳐보며 제 실력을 탓하고, 또 노력하는 일상을 반복하고 있었다.

시간은 참으로 빠르게 흘렀다. 어느새 그녀도 회의에 참석할 정도로 팀원들에게 인정을 받고 있었다. 그건 실력이 아니라 단순히 그녀의 노력을 가상하게 여긴 사람들이 해주는, 일종의 동정 같은 것이었다.

하지만 나리는 그 동정만으로도 좋았다. 그 동정으로 인해 멀게만 느껴졌던 사람들에게 한 발자국 더 내딛을 수 있었고, 좀 더 빠르게 성장할 수 있었으니까.

최근 빠르게 기계화가 되어 가며 직접 손으로 렌더링을 하는 것보단 일러스트 프로그램으로 하는 입체 디자인을 더욱 선호하게 되면서, 나리 또한 학원과 회사를 오고 가며 프로그램을 익히느라 여념이 없었다. 이젠 간단한 주얼리 디자인을 3D 입체화시킬 수 있었고, 그녀만의 디자인을 표현해 낼 정도로 능숙해졌다. 하지만 아직은 손으로 그리는 것이 더 익숙했던 그녀는 오늘도 스케치북과 씨름을 벌이며 끙끙거리고 있었다.

무언가를 디자인하고 창작해 낸다는 것은 그만큼 어려운 일이다. 그리고 사람에게 가장 큰 좌절감을 줄 때, 무기력하게 할 때는 자신에게 이 이상의 발전은 없는 걸까, 라는 생각을 할 때였다.

아침에 출근하자마자 가벼운 커피 심부름을 한 뒤 하루 종일 링 반지 하나를 붙잡고 고민에 고민을 거듭하던 나리는 자신의 어깨를 가볍게 두드리는 손길에 번뜩 고개를 들었다.

"어? 팀장님?"

"열심히 하는 것도 좋은데, 밥은 먹으면서 해야죠."

건욱의 말에 그제야 점심시간이란 것을 깨달은 나리가 자리에서 벌떡 일어났다. 회의나 외부 미팅이 있을 때를 제외하곤 늘 그녀와 함께 점심을 먹는 건욱은 익숙하게 앞장을 서며 뒤에서 종종걸음으로 따라오는 나리를 신기한 눈으로 바라보았다.

"시체 같아요."

"네, 네? 뭐가요?"

"얼굴이요."

살아 있는 사람이 가질 수 있는 피부색을 넘어선 나리의 얼굴은 하얗다 못해 창백했다. 최근 잠도 줄여 가며 새벽이슬을 맞으며 학원을 다녀서일까. 야근을 밥 먹듯이 하고, 현승과 밤늦게까지 함께 있느라 언제 푹 잤는지 기억조차 나지 않았다. 이번 주 주말은 현승이 만나자고 찡찡거려도 무시하고 못다 채운 수면 시간을 사수하고 말겠다고 다짐했다.

근처 파스타 집으로 온 나리는 늘 이 가게에 올 때마다 시키는 봉
골레를 주문한 뒤 종업원이 건네는 물 잔을 받아 들었다.

"일은 할 만해요?"

"좌절의 나날이지만 즐거워요."

"즐겁다니 다행이에요. 저도 나리 씨 나이 때는 힘든 줄도 모르고
즐겁게 일했었어요."

슬쩍 미소를 띠우며 독일에서 일했던 때에 대해 이야기를 늘어놓
는 건욱의 목소리가 자장가처럼 나른하게 들렸다. 나리는 멍한 표정
으로 애써 웃음을 띠우며 말했다.

"빨리 실력이 늘었으면 좋겠어요."

그래서 누군가가 행복한 가정을 꾸미기 위해 서로에게 족쇄를 채
울 때, 내 디자인을 선택했으면 좋겠어요. 누군가 행복한 연애를 시작
할 때 내가 디자인한 반지로 상대방을 기쁘게 했으면 좋겠고, 부모님
에게 효도를 하기 위해 두근두근하는 마음으로 주얼리를 구입할 때,
내가 디자인한 주얼리가 그 사람들의 손에 들려 있으면 얼마나 좋을
까.

나리는 행복한 미래를 꿈꾸며 자신의 마음을 조곤조곤 건욱에게
말했다. 그녀의 말에 귀를 기울이며 이야기를 들어주는 그의 입가에
도 부드럽게 미소가 걸렸다.

"제 첫 시작도 그거였어요. 나리 씨. 그 꿈 분명히 이룰 수 있을
거예요."

건욱의 말에 용기를 얻은 나리는 해맑게 웃었다. 그때였다. 나리에
게도 익숙한 여직원 세 명이 가게 문을 열고 들어왔고, 곧 나리의 테
이블과 멀지 않은 곳에 자리를 잡았다.

그들은 옆 사무실에서 일하는 경리부 직원들로 회사 내에 떠도는 소문을 가장 빠삭하게 알고 있고, 들은 소식들을 재빠르게 많은 사람들에게 전하는 나팔의 기수이기도 했다.

직원들은 이곳으로 오면서 오랫동안 나누었던 이야기를 이어 나갔다.

"그러니까 진짜 대단하지 않니? 청담동에 있는 샵을 단 5개월 만에 흑자로 돌려놨다잖아."

"그래그래, 그것 때문에 회장님이 뒷목 잡고 쓰러지기 일보 직전이라지?"

"당연하지!"

수군수군. 그들이 현승에 대한 이야기를 늘어놓자 나리의 귀가 저절로 쫑긋 세워졌다. 그 모습을 보던 건욱의 입가에 미소가 걸렸다.

귀여운 아가씨. 눈을 초롱초롱 빛내며 혹 자신의 남자 친구를 욕할까 온 신경을 집중하는 모습이라니. 소리 없는 웃음이 나올 수밖에 없다.

"얼굴만 멋있는 줄 알았더니, 능력까지 있잖아!"

"진짜진짜. 대박이다."

"진짜 멋있는 것 같아."

삐릭. 온 신경을 여자들에게 쏟고 있던 나리는 순간 자신의 주머니에서 문자 알림 소리가 들리자, 인상이 와자작 구겨졌다. 휴대전화를 꺼내 액정을 확인한 나리의 입에서 작은 웃음이 터져 나왔다.

「오늘도 안 만나 주면 콱 죽어 버릴 거야.」

현승에게서 온 문자였다. 양반은 못되겠다며 작게 중얼거린 나리는 빠르게 손가락을 놀려 답 문자를 썼다. 오늘도 만나기 힘들겠다는 문자였고, 날 생각해서라도 제발 죽지 말라고 적자마자 메시지를 전송했다. 그러자 답 문자가 기다렸다는 듯 날아왔다.

「또 건욱이랑 바람피고 있지! 지금 어디야!」

「지금 회사 앞 이탈리안 레스토랑에서 밥 먹는 중이에요.」

「전에 나랑 갔던 거기?」

「네.」

마침표는 찍지 말 걸 그랬나? 상처를 크게 받은 것인지 현승의 문자는 그것으로 마지막이었다. 그때였다. 종업원이 테이블 위에 그릇을 내려놓은 뒤 사라졌다.

"팀장님, 진짜 맛있겠어요. 얼른 먹어요."

먼저 포크를 든 나리가 한 입 먹으며 말했다. 하지만 건욱은 얼떨떨한 얼굴로 나리를 보고 있었다. 순간 나리의 고개가 기울어졌다. 왜 저렇게 보시지? 순간 자신의 얼굴에 뭐가 묻었나, 손으로 쓸어내리던 나리는 뒤에서 누군가 자신의 어깨에 팔을 걸치자 깜짝 놀라 뒤돌아보았다. 그곳에는 현승이 웃는 얼굴로 나리의 그릇을 내려다보고 있었다.

"오늘도 봉골레야?"

"어, 어?"

놀란 나리의 음성을 따라 얼마 떨어져 있지 않은 테이블에서도 놀란 음성이 들려왔다.

"어? 저 사람이지?"

"헉! 디자인 1팀, 민나리 씨 아니야?"

"어머어머, 세상에! 그 소문이 진짜야?"

나름 속닥인다며 목소리를 낮춘 것이겠지만, 그들의 말은 똑똑히, 아주 똑똑히 나리와 현승의 귀에 꽂혔다. 현승은 장난스럽게 웃으며 나리의 얼굴을 마주 보았다. 그리고 마치 스크린 속 배우처럼 멋들어지게 고개를 기울여 나리의 입술에 입을 맞췄다. 순간 뒤에서 헉, 헉,

숨을 들이켜는 소리가 들려왔다.

"뭐, 뭐하는 짓……."

나리가 온몸을 부들부들 떨며 말했다. 그들의 귀에 들리지 않게 아주 작은 목소리로. 하지만 현승은 그녀의 물음에 커다란 목소리로 답을 했다.

"우리 나리 칠칠치 못하게. 입에 소스 묻었잖아."

그의 한마디는 뭇여성들의 가슴을 뜨겁게 만들었다. 꺄악, 꺄악, 꺅! 뒤에서 참지 못한 비명이 터져 나왔다. 의자를 끌어와 나리의 곁에 앉은 현승은 턱을 괴며 달콤하게 웃었다.

"파스타 맛있는데? 나도 봉골레로 해야겠다."

"헉……."

거친 숨이 터져 나왔다. 가슴속에서 묵히고 묵힌 말이 함축된 숨이라 생각보다 거칠게 나왔다. 나리가 입을 쩍 벌리고 어쩔 줄 몰라 하자, 현승은 나리만 들을 수 있을 정도로 작은 목소리로 말했다.

"이 정도면 내일쯤 회사에 소문이 쫙 나겠지?"

"……잘못하면 전국 매장에 다 날 것 같은데요."

나리가 우울한 목소리로 답했다. 뒤에 앉아 있는 여자들의 입술이 얼마나 빨리 움직이는지 잘 알고 있는 나리는 말이 씨가 된다는 것도 잊은 채 입술을 뾰족하게 내민 채 투덜거렸다.

"잘못하면 곧 결혼 날짜 잡는다고 소문날지도 몰라요."

"그럼 더 땡큐지."

헤헤 웃은 현승이 손을 번쩍 들어 종업원을 불렀다. 여자들에게 이미 예고한 대로 그는 봉골레를 시켰다. 그리고 따끈한 봉골레가 나온 뒤에도 그릇이 아닌 나리를 향해 있는 시선을 거두지 않으며 연신 싱글벙글 웃었다.

그는 누가 보아도 사랑에 빠진 남자였고, 행복해 미치겠다는 얼굴이었다.

그리고 그다음 날, 나리의 예상대로 회사에는 파다한 소문이 났다. 소문 속에서 나리는 꼬리가 아홉 개 달린 구미호였고, 곧 골든 주얼리를 물려받을 현승과 결혼을 하게 된 신데렐라였다. 너무나 완벽한 최현승은 가난한 민나리의 꿋꿋함과 거지 근성에 반했다는 얼토당토않는 소문.

그리고 이 소문은 한 달이 더 지나자 민나리가 임신을 해 최현승이 어쩔 수 없이 발목을 잡혔다는 소문으로 변질되어 있었다. 그리고 한동안 나리는 자신의 배에 닿는 수많은 시선에 얼굴을 붉힐 수밖에 없었다.

'뭐? 내가 구미호? 아저씨가 골든 주얼리를 물려받아? 최 회장님은 아직 정정하시다고! 그리고 정신도 멀쩡하셔! 그런데 어떻게 아저씨가 회사를 물려받아, 물려받긴! 그리고 뭐? 완벽한 최현승?? 오 마이 갓! 겪어 보라고! 다들 겪어 봐! 저 인간이 어떤 인간인지!! 초딩과 멋진 아저씨를 오고 가는 다중인격자라고!'

나리는 차마 남들에게 할 수 없는 말을 속으로 삼키며 힘든 회사 생활을 꿋꿋이 해 나갔다.

그리고 이들의 결혼 소식은 조금 더 시간이 흘렀을 때.

나리와 현승 사이의 루머가 잠잠했을 때야 그녀가 내민 청첩장으로 또 한 번 이날의 소문이 회자되어 널리널리 퍼졌다.

현승의 얼굴이 흙빛으로 물들었다. 그는 자신의 티셔츠를 입고 침대에서 열공에 빠진 나리의 모습을 원망스러운 눈으로 보았다.

"네가 먼저 프러포즈 했잖아!"

그가 버럭 소리를 질렀다. 요즘 일에 폭 빠져 있는 나리는 사랑이 식은 것인지 아니면 자신보다 일을 더 사랑하게 된 것인지 제대로 얼굴도 보여 주지 않는다. 그리고 만난다 하더라도 오늘처럼 두꺼운 책을 붙잡고 집을 나서는 순간까지 색색의 펜으로 필기까지 해 가며 열심이었다.

그런 나리의 모습은 그가 바라던 모습이기도 했다. 하지만 지금처럼 예쁜 입술로 얄미운 말을 내뱉을 때는 골든 주얼리에 입사해 꿈을 펼쳐 보라 말했던 자신의 혀를 콱 깨물고만 싶은 심정이었다.

"그땐 제가 순진해서 그냥 넘어갔지만 지금은 알 것 다 알거든요?"

"그럼 나리는 아저씨랑 결혼 안 할 거야?"

"때가 되면 하겠죠. 하지만 지금은 아니에요."

나리가 딱 잘라 말했다. 더 이상 재고할 가치도 없다는 듯. 그녀의 말이 이어질수록 연약한 현승의 심장에 스크래치가 하나둘 가기 시작했다.

"나 할아버지한테 허락도 받았다고! 나리야, 일은 결혼해서도 할 수 있어! 얼마든지! 난 나리의 손에 물 한 방울 안 묻히고, 일에만 집중할 수 있도록 도와줄 수 있다니까? 착한 남편이 될 수 있어!"

그가 간절한 마음을 담아 말했다. 그리고 그 간절함이 통한 것인지 나리의 시선이 드디어 그에게 닿았다. 하지만 그가 기대했던 '아저씨, 정말요? 짱 멋져요.' 와는 거리가 먼 눈초리였다.

"그걸 믿으라고요?"

"뭐?"

"음식도 못해. 청소는 더더욱 못해. 걸레질이라도 한다 치면 오히려 더 어지럽히는 아저씨가 집안일을 다 책임진다고요? 다섯 살짜리 아이도 안 믿어요."

"아, 아줌마 쓰면 되잖아!"

현승이 지지 않고 외치자 그제야 나리가 책을 덮으며 몸을 일으켰다. 침대에 아빠다리로 앉아 자신의 앞을 툭툭 쳤다. 그것이 여기 와서 앉아 봐라, 라는 신호라는 것을 알고 있는 현승은 토라진 자신의 마음과 달리 쪼르르 달려가는 다리를 원망했다. 하지만 그는 어느새 나리의 앞에 앉아 있었다.

"아줌마 쓰면 저야 좋죠."

"그렇지! 그러면……!"

"하지만 아저씨. 제 나이가 이제 스물여섯이에요. 아직은 꿈 많은 이팔청춘이라고요."

나리의 말에 현승의 얼굴이 와자작 구겨졌다. 결국 현승은 눈망울에 눈물을 그렁그렁 매단 채 울먹이는 목소리로 외쳤다.

"내 몸도 마음도 다 가져 놓고! 먹튀야?! 나리 그런 여자였어??"

현승은 씨알도 먹히지 않는 소리라는 것을 알면서도 외칠 수밖에 없었다. 진짜니까! 사실이 그러하니까! 자신의 모든 것을 가져간 나리가 이제 와 배 째라 식으로 구니, 어쩔 수 없는 반항이었다. 그리고 그의 예상대로 나리는 한숨을 쉴 뿐 답이 없다.

그러자 현승이 이번에는 다른 방법으로 우회했다. 나리를 다독이는 어조로 설득하기 시작했다.

"얼마나 더 기다려야 하는데? 응? 나리가 내 꿈을 이뤄 주겠다며!"

침착하게 말하려고 했건만. 결국 말에는 감정이 뒤섞여 나온다. 저도 모르게 끝을 높여 외친 현승은 울상을 지었다. 이 아이의 앞에서는 자신의 마음대로 되는 것이 없었다. 충동적인 그와 달리 나리는 신중한 아이였고, 돌다리도 두드리고 건너는 아이였다.

어떻게 하지? 어떻게 이 아이를 설득해야 하지?

그의 머리가 빠르게 굴러가기 시작했다.

"나리가 그랬잖아. 내 꿈을 이루어 주겠다고. 나랑 예쁜 가정을 만들고, 내가 멋진 아빠가 될 수 있도록 도와주겠다고 했잖아. 나리가 참 쉽다고 그랬잖아."

말을 할수록 눈물은 무게를 더한다. 현승은 커다랗게 눈을 깜빡였다. 그리고 자신을 안쓰러운 눈으로 바라보는 현승에게 말했다.

"아저씨. 우리 조금만 더 연애해요. 아저씨도 제대로 된 연애는 처음이고, 저도 그렇잖아요. 결혼하면 많은 것들이 바뀐대요. 두 사람의 마음은 그대로지만, 결혼이란 굴레에 얽히게 되면 어쩔 수 없이 변한다고 했어요."

"……누가?"

마지막에 결국 코를 훌쩍인 현승은 속상한 마음에 눈물이 흐르려 하자 손으로 아무렇게나 닦아 냈다. 우씨, 쪽팔리게 왜 눈물이 나오는 거야? 단숨에 그가 결혼하자는 말에 고개를 끄덕일 줄 알았던 나리에게 배신감이 들어서? 현승은 한참이나 알 수 없는 자신의 마음을 다독이고 있었다. 그리고 서운한은 나리의 입에서 흘러나온 존재에 순식간에 사라졌다. 그 대신 그 자리를 분노가 차지했다.

"이 팀장님이요."

"이…… 팀장? 설마 이하나?"

그가 확신을 얻고자 되물었다. 그리고 나리는 순간 망설이다 천천히 고개를 끄덕이며 말을 이었다.

"네. 이하나 팀장님이 그러셨어요. 여자는 결혼을 하게 되면 많은 것을 포기해야 한다고. 전 이제 일을 막 배우는 입장이니까, 결혼은 조금 미루는 것도 괜찮다고. 어차피 아저씨와 제 마음은 변하지 않을 테니까요. 그리고 저도 이 팀장님 말에 동의해요. 전 지금 골든 주얼리에 입사해서 일하고 있는 내 모습이 너무 신기하고 기쁘고 그래요."

"……."

"아저씨…… 이해하죠? 이제야 꿈을 이루게 됐잖아요."

나리의 말에 자신도 모르게 고개를 끄덕인 현승은 저도 모르게 움직이는 턱에게 저주를 내렸다. 또다시 나리에게 홀라당 넘어가 버렸다.

"감사해요, 아저씨."

하지만 자신의 품에 따뜻하게 안겨 오는 여체에 나리에 대한 화는 순식간에 풀려 버린다.

"저 진짜 노력할게요. 열심히 해서 아저씨한테 어울리는 사람이 되고 싶어요."

이렇게 예쁜 말을 하는 아이에게 어떻게 화를 낼 수 있단 말인가! 그리고 그의 화는 고스란히 하나에게 돌아갔다.

이 나쁜 지지배. 복수하고 말 테다!

그는 끊임없이 속으로 복수의 칼날을 갈았다.

그 시각 사무실에서 업무를 보고 있던 하나는 오싹한 한기에 몸을 끌어안았다.

"감기가 오려나?"

훗날 여성의 직감을 무시한 자신의 무지함에 하나는 땅을 치며 후회해야 했다. 그리고 고양이 코털을 건드린 죄는 두고두고 톡톡히 갚아야 했다.

✳

나름 100% 성공률을 보인 『나리 기쁘게 해주기!』 플랜에 이어 새로운 플랜이 시작되었다. 그리고 단기간에 나리에게서 승기를 잡을 수 있었던 현승은 이번에도 그러할 것이라 생각했다. 이름도 거창한 『현승이와 나리의 예쁜 가정 만들기!』 플랜을 짤 때만 해도.

이번에는 첫 번째 플랜과 달리 꽤나 많은 번호가 매겨져 있었다. 스무 개가 넘는 항목 중 나리가 화낼 만한 것들도 꽤 있었지만, 현승은 꿋꿋하게 계획을 실행했다.

그리고 계획 실행만 벌써…… 2년째였다.

현승은 나리의 손에 이끌려 검은색으로 염색한 할아버지의 머리카락을 보며 입술을 비틀었다. 요즘 들어 나리는 자신과 함께 있는 시간보다 최 회장과 함께하는 시간이 더욱 길었다. 자신에게는 일이 바쁘다며, 혹은 새로운 프로젝트에 들어가게 됐다며 자주 만날 수 없다고 했던 그녀가 눈앞에 있는 할아버지에게만큼은 하루에 한 번씩 짬을 내어 담소도 나누며 꽤나 아기자기한 시간을 보내고 있다 들었다.

새로운 라이벌 출현인가? 건욱에 이어 혈연에 묶여 있는 할아버지까지 그의 심기를 건드릴 줄은 정말 몰랐다.

현승은 최 회장의 시선을 피하지 않으며 말했다.

"나리와 결혼할게요."

"뉴욕은 안 가냐?"

최 회장이 후루룩 차를 마시며 말하자 현승의 미간이 살짝 찌푸려졌다 다시 원상태로 돌아왔다. 내 기분을 이 너구리한테 들키면 안 돼! 릴렉스! 릴렉스! 속으로 릴렉스만 백 번을 외친 현승이 오랜 시간 끝에 말을 이었다.

"크리스가 개거품을 물긴 하겠지만 상관없어요. 누가 사장한테 뭐라 그러겠어요?"

"네 어미 레스토랑은 어쩔 생각이냐. 꽤 사업이 확장되었다고 들었다."

"그 또한 크리스가 개거품을 물겠지만 괜찮아요. 저……."

현승은 미처 말을 잇지 못하고 입을 꾹 다물었다. 속에서 천불이 올라왔다. 감정을 드러내면 안 된다는 것을 알면서도 그는 참았던 화를 터트릴 수밖에 없었다. 현승이 이를 악물며 말했다.

"2년을 참았으면 충분히 참았어요. 직장 생활 2년 했으면 할 만큼 했고, 나리도 공부가 부족하다고 느끼고 있을 거예요."

"그래서?"

"나리랑 식 올리고 뉴욕 가겠습니다."

현승의 말에도 눈 하나 꿈쩍하지 않던 최 회장의 입술에 미소가 걸렸다.

이놈 봐라? 어디서 할애비 앞에서 약을 쳐?

"유학이라…… 나리는 허락했냐."

아무 말도 하지 못하는 현승의 꼴에 최 회장의 입에서 더욱 독한 말이 날아들었다.

"결혼은 나리가 허락했냐."

이번에도 현승은 아무런 말도 하지 못했다. 그러자 이젠 손주 녀석이 안쓰러워지기 시작했다. 쯧쯧, 저절로 혀가 차졌고, 남자대 남자로 현승의 멘탈을 개조해 주고 싶은 지경에까지 이르렀다.

"바보 같은 놈. 네놈의 나이가 벌써 36살이다. 27살짜리 여자애 하나 어떻게 하지를 못해서 아직도 그러고 있어?"

끌끌끌. 최 회장이 다시 한 번 보란 듯 혀를 찼다.

그리고 왜 손주가 하루라도 빨리 장가를 갔음 하는 마음이 없겠는가. 하지만 2년 동안 꾸준히 그의 방을 찾으며 살살거리는 나리의 모습을 보자 이제 막 제 능력을 펼치기 시작한 나리에게 결혼 이야기를 꺼낼 수가 없었다. 이젠 손녀처럼 느껴지는 아이다. 그 아이의 인격을, 그 아이의 꿈을, 그 아이의 미래를 최 회장은 존중해 줄 필요가 있었다.

"나리 허락부터 받고 와! 당장!"

최 회장은 고함에 현승이 비척거리며 자리에서 일어났다. 파리해진 얼굴은 울상이었다. 현승은 울먹거리는 목소리로 말했다.

"할아버지도 제 편이 되어 주지 않는 거예요?"

"니 편 내 편이 어디 있어! 당장 허락받고 와!"

더 이상 앉아 있어 봤자 욕만 먹을 것을 안 현승이 천천히 걸음을 옮겼다. 흐느적흐느적 걸음을 옮겨 회장실을 나온 그의 등 뒤로 쾅, 문이 닫히는 소리가 들렸다.

현승은 회장실 문에 등을 기대고 눈을 감았다.

"정말 참을 만큼 참았단 말이야……."

그는 충분히 배려해 줬다고 생각했다. 2년. 그 시간이 어디 짧은 시간인가? 매일 한 여자와 함께 잠자리에 들고 함께 눈을 뜨는 생활을 바란 남자에게 2년은 아주 긴 시간이었다.

"더 이상 못 참아."

협박을 해서라도 제발 나리의 입에서 결혼하자, 라는 말이 나오도록 만들어야 한다. 어떻게 해야 하지? 걸음을 옮기는 짧은 시간에도 그의 머리는 쉴 새 없이 돌아가고 있었다.

이젠 말하지 않아도 익숙한 코스. 골든 주얼리 본사 앞에서 나리를 픽업해 회사와 가장 가까운 〈secret〉 3호점에서 즐거운 식사를 한 뒤, 가벼운 드라이브를 즐긴다. 약 1시간에 걸친 드라이브가 끝나면 현승의 오피스텔로 향했고, 그곳에서 둘은 함께 영화를 보거나 때 지난 드라마를 몰아 보며 깔깔 웃거나 눈물을 훌쩍였다.

2년이란 연애는 서로에게 익숙함을 남겼다. 뜨거운 사랑은 조금 식었을진 몰라도, 함께 있는 것만으로 만족감을 느끼고 서로가 없으면 불안감, 혹은 장기 하나가 빠져 버린 느낌을 받으며 서로를 그리워한다. 사랑의 형태가 조금씩 변해 가듯 집에서 함께 있는 둘의 모습 또한 서서히 변해 갔다.

따로 뚝 떨어져 앉아 있던 지난날과는 달리 나리는 현승의 허벅지 사이에 앉아 텔레비전에 집중하고 있었다. 그녀를 뒤에서 꼭 껴안은 채로 3년 전에 개봉한 영화를 보고 있던 현승은 문득 코끝을 스치는 나리의 달콤한 향내에 고개를 숙였다.

나리의 턱을 오른쪽으로 조금 틀어 쉽게 입술이 마주치도록 각도를 설정한 그는 단숨에 그녀의 입술을 가르고 안으로 들어갔다. 말캉한 둘의 혀가 얽히자 어느새 옷을 하나둘 벗어 던지고 있었다.

둘은 항상 드라마나 영화를 끝까지 볼 수 없었다. 그간 본 영화만 해도 족히 30편은 넘을 텐데 중간부터는 기억이 없다. 그리고 그건 오늘도 마찬가지인 듯싶었다.

와다다다, 총알이 빗발치는 소리와 함께 둘의 신음이 앙상블을 이뤄 오피스텔 안을 가득 메운다.

"으음."

어느새 나리의 새하얀 속옷을 걷어 내고 안으로 손가락을 찔러 넣은 현승은 그녀를 애태우듯 거친 숲을 손끝으로 쓸어내리고 있었다. 그가 이렇게 애를 태울 때면 나리는 현승의 입에 머물러 있던 입술을 떼어 내어 그의 목에 안착시켰다.

혀끝에 힘을 주어 현승의 살갗을 맛본 나리는 그의 입에서 자그마한 신음 소리가 들리자 승리의 깃발을 뽑은 장수마냥 여유작작한 미소를 지었다.

"그러게 누가 약 올리래요?"

"나리, 이 여우."

"여우인 거 이제 알았어요? 저 꼬리 아홉 개 달린 구미호예요."

나리는 한때 회사 내에 자자했던 소문을 들먹이며 말했다. 그리고 달콤한 미소로 그를 유혹했다.

또다시 함락이다. 나리가 작정을 하고 덤빌 때면 아랫도리는 자신도 모르게 불끈 선다. 그리고 서둘러 나리의 촉촉한 내부로 들여보내 달라며 떼를 쓴다. 하지만 최현승이 누구인가. 이젠 20대 초반의 얼뜨기처럼 그녀의 품으로 서둘러 들어가지 않는다. 나리의 몸이 달아오르고 달아올라 그녀의 입에서 애원이 들려와야만 제 것을 안으로 찔러 넣는다. 그리고 아직 나리의 입에선 애원이 흘러나오지 않았다.

이제 둘은 제법 합이 잘 맞았다. 서로에게만 길들여진 몸. 그 몸을 탐하는 손길은 대담했고, 어느 부분을 공략해야 서로 입에서 거친 신음이 터져 나오는지 너무나 잘 알고 있었다.

가질 수 있을 만큼 최선을 다해 가졌다고 생각했는데, 현승은 나리를 안는 순간순간 목마름을 느낀다. 민나리라는 여자가 주는 쾌감에 온몸을 떨어 대며, 좀 더! 좀 더!를 외치게 된다. 수십 번, 수백 번을 안아도 처음 나리의 속으로 파고들었던 그날처럼 설렘이 가득하다. 그리고 이 욕망은 평생 계속될 것을 똑똑한(?) 그는 너무나 잘 알고 있었다.

나리도 이젠 제법 욕망을 찾아 허리를 돌릴 줄 알게 되었고, 그의 어느 부위를 자극해야 더 미쳐 날뛰는지 잘 알고 있다. 그리고 서로의 몸이 합쳐지기 전에도 그 느낌이 생생하게 떠올라 더욱 흥분하고야 만다.

서로에게 더욱 쾌감을 주기 위해, 만족을 주기 위해 움직이는 손길과 혀는 바빴고 현승의 나리의 눈빛이 흐려지자 입술을 비틀었다.

"못 참겠지?"

"진짜 못됐어!"

나리가 원망스러운 눈으로 현승을 올려다보며 외쳤다. 온몸은 그가 준 흥분에 부들부들 떨리고 있었다. 자신도 모르게 파르르 떨리는 허벅지를 양손으로 꾹 누른 나리는 악마처럼 매혹적인 미소를 짓고 있는 현승을 올려다보았다.

"우리 나리, 아저씨 못된 거 이제 알았어?"

더욱이나 침대에서의 그는 얄궂게 행동할 때가 많았다.

"안아 줘요."

"나리가 명하면 기꺼이."

그녀의 입에서 애원이 들려오자 그제야 현승은 푸른색 속옷을 벗어 던졌다. 빳빳한 남성은 보는 것만으로도 위협적이다. 천천히 나리에게 다가가 자리를 잡은 그가 단숨에 여성을 꿰뚫고 들어갔다. 그 순간 둘의 입에서 참을 수 없는 신음이 흘러나왔다.

"으으."

달콤한 향내가 오피스텔 안에 진동했다. 그 향은 둘을 더욱 대범하게 만들었고, 어느새 나리는 그의 배를 깔고 위에 올라가 있었다. 둘은 여전히 하나의 몸이었다. 하지만 나리는 이번에도 역시나 자신이 먼저 백기를 들었다는 생각에 승부욕이 생긴 것인지 입술을 내려 건포도처럼 볼록하게 나와 있는 그의 가슴을 머금었다.

으윽. 그의 입에서 참지 못한 신음이 흘러나오자 나리의 입술이 부드럽게 휘었다. 하지만 여기서 만족할 수 없다는 듯 그녀의 손길은 아래로 내려가 그의 단단한 허벅지를 손으로 쓸어내리며 말했다.

"항복하세요."

"민나리."

그가 이를 악물며 말했다. 더 이상 건드리면 뻥 터져 버릴 것 같던 남성은 지금 이 순간에도 그녀의 안에서 무럭무럭 커 가는 중이었다. 움직이지 않았는데도 자극이 오자 나리가 눈살을 찌푸렸다. 참 건강도 하셔라.

"항복 안 해요? 그럼 저 그냥 이러고 있을래요."

나리가 그의 몸에 찰싹 붙으며 말했다. 귓가에 닿는 그의 심장 소리가 대단하다. 쿵쾅쿵쾅, 튀어나올 것만 같았다. 그 기분 좋은 소리에 나리의 입술엔 여유로운 미소가 걸렸다. 항복할 때까진 절대 움직이지 않을 거라 몸소 실천했으니 곧 그는 백기를 들 것이다. 하지만 늘 잠자리에서만큼은 현승이 한 수 위였다. 나리의 동그란 엉덩이를 잡은 그가 사정없이 허리를 튕기며 빠르게 움직였다.

"아아!"

나리의 입에서 깜짝 놀란 것과 함께 흥분이 뒤섞인 신음 소리가 터져 나온다. 그가 빠르게 움직일수록 신음 소리는 점점 커져만 갔고, 그의 여성은 걷잡을 수 없을 정도로 젖어 갔다.

"아아."

좋다. 나리는 문득 그 생각을 했다. 쾌감에 정신을 차릴 수 없는 그 순간에도. 그리고 곧 까무룩 정신을 잃을 것만 같은 느낌에도. 그녀는 속으로 생각했다.

이 품이 너무 좋다. 그가 주는 감각이. 너무 좋았다.

"으음."

온몸이 뻐근했다. 눈을 뜨자마자 절로 신음이 흘러나오자 나리의 콧잔등이 작게 찌푸려졌다. 그리고 눈앞에서 코오— 잘 자고 있는 현승의 모습을 보자 어느새 화는 가라앉고 콧잔등은 예쁘게 펴졌다.

"이 무자비한 인간."

나리가 작게 중얼거렸다. 하지만 말과는 달리 천천히 조심스럽게 손을 뻗은 나리는 평안한 얼굴로 잠들어 있는 그의 얼굴을 어루만지고 있었다.

"예쁘니까 봐줬다."

많이 피곤한 것인지 나리의 움직임에도 현승은 여전히 꿈나라였다.

허리까지 내려와 있는 이불 너머로 그의 상처가 언뜻 보였다.

커다란 상처. 이 상처는 그에게 단순한 의미는 아니다.

그의 아픔을 애잔한 눈으로 바라보던 나리가 천천히 손을 뻗어 그의 상처를 어루만졌다.

"아직도 그래요?"

뜻 모를 말을 중얼거린 나리의 입에서 한숨이 흘러나왔다. 그리고 여전히 자신의 시야가 상처에 닿을 때면 움찔 몸을 떨던 그의 모습이 떠오르자, 이내 고개를 저어 버렸다.

천천히 몸을 일으켜 화장실로 향하던 나리는 문득 떠오르는 생각에 걸음을 돌려 자신의 가방이 있는 옷 방으로 향했다. 그에게 들킬세라 보일세라 가방 가장 깊숙한 곳에 숨겨 뒀던 테스트기를 들고 종종 걸음을 옮긴 나리가 화장실로 향했다.

아침에 봐야 결과가 정확하다는 약사의 말에 변기에 앉은 나리는 깊은 한숨을 내쉬었다.

벌써 두 달째였다. 생리가 끊긴 것은. 이제 제 몫을 해내는 나리에게 일이 몰리기 시작하자 물을 마실 시간도, 밥 먹을 시간도 없이 일에 매진했기 때문이라 생각하면서도 걱정이 되는 것은 어쩔 수가 없었다.

"설마 아니겠지."

서서히 변하는 테스트기를 긴장된 눈으로 바라보던 나리가 작게 읊조렸다. 하지만 시간이 조금 흐르자 서서히 생기기 시작하는 줄을 보자 나리의 얼굴이 사색이 되었다.

"아, 아닐 거야."

아침에 하는 테스트가 가장 정확하다는 약사의 말 따위 기억 속에서 지워 버리고 싶었다. 테스트기가 두 줄이라면 임신이라던 상식 또한 깡그리 잊고 싶었다. 하지만 현실은 변하지 않고 새로 생긴 줄은 위험할 정도로 붉은색을 띠고 있었다.

"악!"

순간 세상이 빙그르르 돌았고, 눈앞이 노랗게 변했다.

＊

화장실에서 악! 하는 소리가 들렸다. 그 소리에 화들짝 놀란 현승이 잠에서 깼다. 무슨 일이야? 비어 있는 옆자리를 확인한 그가 천천히 걸음을 옮겨 괴성이 들린 곳으로 향했다.

달칵, 달칵. 화장실 문은 굳게 잠겨 있었다.

똑똑.

"나리야, 무슨 일이야?"

그의 부름에도 나리는 한참이나 답이 없었다. 뭐지? 그의 고개가 기울어졌다. 하지만 그의 의문은 길지 않았다. 곧 화장실 문을 벌컥 연 나리의 얼굴이 붉게 달아올라 있었다. 그리고 그녀의 손에는 간편하게 임신 여부를 알 수 있는 임신 테스트기가 들려 있었다.

"어쩔 거예요!"

나리가 버럭 소리를 질렀다.

도대체 뭐가? 알아먹게 설명을 해 줘야 알지. 현승의 눈동자에 여전히 맑은 기색만 가득하자 나리가 임신 테스트기를 앞으로 척 내밀며 말했다.

"두 줄이라고요! 두 줄!"

"응?"

"임신이라고요!"

흥분이 가라앉지 않은 목소리였다. 하지만 그 괴성 중에서 유일하게 '임신'이란 단어를 찰떡같이 알아들은 현승의 얼굴에 얼떨떨해졌다.

뭐? 임신?

그 짧은 단어 하나에 그의 얼굴에 미소가 서서히 자리 잡더니 어느 새 귀에 걸릴 정도로 웃음이 커졌다. 그가 하하하! 커다란 웃음을 터 트리자, 나리의 화는 더욱 커져 가기만 했다.

이 인간이 지금 사태 파악 못 하는 거지? 그래서 이렇게 웃고 있는 거지?

하지만 나리의 생각과는 달리 그는 정확하게 현 상황에 대한 판단 을 마친 것인지 자리에 털썩 무릎을 꿇었다. 그리고 머리엔 새가 둥 지를 튼 듯한 엉망인 몰골로 말했다.

"나리야, 결혼해 줄래?"

이게 뭐야! 이게 뭐야! 눈곱은 떼고 말하라고요!

기가 막힌 상황. 하지만 어쩔 수 없는 상황. 자신의 힘으로는 어쩔 수 없는 생명체였다. 자신의 힘으로 헤쳐 나갈 수 없는 상황에서 나 리는 제자리에서 발을 동동 굴렀다.

"······아악! 망할 인간!!"

"고마워, 나리야."

그는 행복하게 웃었다. 이제껏 본 것 중 가장 밝은 얼굴로. 맑은 얼굴로.

"사랑해."

이제야 내 꿈을 이루어 주는구나. 이 세상에서 네가 짱이야! 역시 너뿐이야!

온갖 미사여구를 붙여 외치는 그와 달리 나리는 덜컥 임신부터 해 버린 현실에 정신이 나가 머리를 쥐어뜯어야 했다.

"순서가 잘못됐잖아요! 순서가!!"

에필로그 2.
그 남자의 꿈

평화로운 어느 날의 오후. 채광이 좋은 전원주택에서 꺄르르 웃음
소리가 터져 나왔다. 넓은 마당 위로 푸르른 잔디가 삐죽삐죽 솟아
있었고, 그 위로 송골송골 물이 맺혀 있었다.

그때 또다시 웃음이 터져 나왔다.

"최민지!"

현승이 커다란 목소리로 조막만한 아이를 불렀다. 아이는 미친 망
아지마냥 마당을 뛰어다니는 현승을 보며 한숨을 뼉— 쉬어 댔다.

"아빠."

"웅, 우리 민지 왜?"

"저 홀딱 젖었잖아요."

민지는 하늘색 티셔츠를 조물조물거리며 말했다. 그 순간 물이 뚝
뚝 떨어졌다.

머리부터 발끝까지 홀딱 젖은 아이는 현승을 원망스러운 눈으로

보고 있었고, 현승은 아이에게 손가락질하며 깔깔 웃음을 터트렸다. 바닥에 떨어져 있는 호스를 보아 방금 전까지만 해도 잔디에 물을 주고 있었던 것 같다.

민지는 또다시 한숨을 쉬며 말했다.

"엄마한테 혼날 거예요."

"응. 나리가 우리 민지 혼내려고 하면, 아빠가 어흥! 혼내 줄게."

"저 말고 아버지가요."

절 이 꼴로 만든 건 아빠니까요. 올해 여섯 살이 된 아이는 현승의 죄목을 숨기지 않았다.

"그래도 우리 민지가 거기 서 있었는걸?"

"그리고 절 향해 일부러 물을 쏘셨죠."

그리고 이번이 벌써 여덟 번째구요. 여름이 되면서부터 현승은 햇볕에 말라 있는 잔디에 물을 준다며 동시에 옆에 있는 민지마저 물에 푹 젖게 만들었다. 처음에 이 꼴을 당했을 때 욱— 하는 민지의 반응이 너무나 귀여워 그 뒤로도 계속하고 있는 짓이었지만, 그때마다 나리는 현승을 크게 혼냈다. 하지만 그의 앙큼한 장난은 끝날 줄 모르고 이어지고 있었다.

"엄마 오기 전에 옷 갈아입어요."

"응. 곧 나리 올 시간이네?"

현승은 잠시 장을 보러 나간다며 외출한 나리가 돌아올 시간을 떠올리며 말했다. 한 시간은 걸리겠지? 그 생각에 서둘러 민지를 번쩍 안아 든 현승은 순간 뒤에서 들려오는 음침한 소리에 몸이 움찔 떨렸다.

"저 벌써 왔거든요?"

"나, 나리야……."

"물놀이를 하고 싶으시면 수영장을 가라고요."

나리가 쫄딱 젖어 있는 민지를 보며 이를 악물었다. 현승의 품에 안겨 있는 민지는 무표정한 얼굴로 나리를 보았다.

나리와 꼭 닮은 얼굴. 꼭 닮은 어투. 꼭 닮은 성격.

그 때문에 현승은 민지를 무척이나 아끼기도 했지만, 가끔은 친구처럼 딸아이를 대하곤 했다. 현승은 제 품에 안겨 있던 민지를 빼앗아 가는 나리의 손길에 콧잔등을 찌푸렸다.

"내가 씻길게."

"……그러고 또 욕실에서 한 시간 동안 안 나오려고요?"

"아니. 이번에는 꼭 씻기기만 할게."

현승은 눈을 반짝이며 말했다. 그의 눈동자에 맺혀 있는 장난기를 보아, 또 한참이나 아이와 씨름을 할 것 같았지만 나리는 곧 들이닥칠 건욱과 하나를 떠올리며 아이를 그에게 맡길 수밖에 없었다.

그녀가 잠시만 자리를 비워도 거실은 초토화가 되어 엉망이 되어 있었으니, 우선 그것부터 치우려면 시간이 꽤 소요가 되리라. 거기에다가 집들이 음식까지 해야 하니, 강아지 손이라도 빌리고 싶은 심정이었다.

그래. 한 시간 동안 욕실에 처박혀 있으면 적어도 날 방해하진 않겠지? 그 생각에 나리는 고개를 끄덕였다.

"그럼 부탁드릴게요."

"웅! 민지야, 가자!"

나리는 아이의 손을 꼭 잡고 집 안으로 걸음을 옮기는 현승의 뒷모습을 보았다. 그리고 곧 한숨을 쉬며 그 뒤를 따랐다.

집으로 들어오니 그녀의 예상대로 집 안은 엉망이었다. 장난감이란 장난감이 죄다 꺼내져 있었고, 그도 모자라 함께 간식을 까먹으며 놀기라도 했는지, 넓은 거실 안엔 온통 과자 부스러기였다.

나리는 발바닥에 밟히는 버석버석한 느낌이 고개를 홱 돌렸다. 나리의 짜증이 나올 것을 알았는지, 현승은 재빨리 옷가지를 벗어 던지며 욕실로 향하고 있었고, 그 뒤를 민지가 작게 고개를 저으며 따르고 있었다.

"아저씨!"

"어험! 아저씨라니! 서방님이라고 해야지!"

"이게 뭐예요! 이게!!"

적당히 어지럽히라고요! 청소를 못 하겠으면 적어도 어지럽히진 말라고요! 나리의 잔소리가 시작되자, 곧 민지의 옷가지까지 벗긴 현승이 욕실로 도망을 쳐 버렸고, 그녀는 그가 아이와 함께 사라진 자리를 멍한 눈으로 바라보며 고개를 떨구었다.

"그래도 다행이야."

집안일을 못 하는 그는 의외로 육아엔 소질이 있었다. 그 또한 민지와 눈높이가 맞아 가능한 것이었지만.

욕실 안으로 들어온 현승은 욕조에 물을 받으며 핑크색 스펀지로 말랑말랑한 아이의 몸을 닦아 주고 있었다. 아이는 의젓하게 현승의 손길을 받고 있었다.

"아빠."

"응? 우리 민지. 왜?"

현승은 과도할 정도로 거품을 내어 묻히자, 아이는 온통 하얀 거품에 가려 눈사람처럼 변한 자신의 몸을 내려다보며 말했다.

"아빠, 백수예요?"

"응?"

민지의 뜬금없는 물음에 현승은 눈을 동그랗게 뜨며 말했다. 백수?
여섯 살짜리 아이가 쓰기엔 지나칠 정도로 어른스러웠다.

"친구들이 그랬어요. 아빠가 매일 저 놀이방에 데려다 주니까, 너
희 아빠 백수냐고."

"정말? 정말 놀이방 친구들이 그랬어?"

현승의 물음에 민지가 크게 고개를 끄덕였다.

"그래서 우리 민지는 아빠가 부끄러워?"

"……."

이번엔 아이가 작은 얼굴을 가로로 젓는다. 그 작은 몸짓에 현승은
바가지로 거품을 씻겨 내며 말했다.

"아빠 백수 아니야."

"그런데 왜 맨날 나랑 있어요?"

"그거야 민지가 좋으니까."

현승은 자신이 이 세상에서 가장 사랑하는 여자의 얼굴과 꼭 닮은
민지를 보았다. 처음 이 아이가 세상에 나왔을 때 얼마나 울었던가.
나리가 너무 아파하는 모습에 한 번 울었고, 태어난 아이가 너무 작
고 연약해 보여 두 번 울었다. 덕분에 초산이었던 나리가 오랜 진통
을 할 때부터 터진 눈물은 아이가 태어날 때까지 계속되었고, 이 모
습을 곁에서 본 하나가 깬다며 혀를 찬 것도 무리는 아니었다.

나리가 어렸을 때는 이러한 모습이겠지? 현승은 사랑스러운 딸의
몸을 끌어와 이마에 짧게 입을 맞추었다.

"아빠는 민지를 너무너무 사랑해."

"……저도요."

"응? 민지는 어떻게 생각한다고?"

"……."

"쳇. 아빠 혼자 사랑하는 거구나?"

제 어미의 성격과 꼭 닮아 사랑한다는 말을 하는 들어본 적은 손에 꼽을 정도다. 부끄러움에 배배 꼬이는 아이의 몸을 본 현승은 짐짓 토라진 척 고개를 돌려 욕조로 들어갔다.

아이는 자신을 바라보지 않는 현승의 눈동자에 불안한 듯 눈알을 굴렸다.

"아빠……."

"우리 민지는 왜 사랑하지 않는 아빠의 이름을 부르는 걸까?"

"……저도 똑같아요."

"뭐가?"

"아빠랑. 아빠랑 똑같다고요."

아이의 눈에 눈물이 맺혔다. 어쩔 줄 몰라 안절부절못하는 모습에 결국 오늘도 '사랑한다.' 그 짧은 말 한마디 듣는 것을 포기한 현승은 손을 뻗어 아이를 품속으로 끌어당기며 말했다.

"응. 아빠도 알고 있어."

"정말요?"

"그래. 우리 민지가 아빠를 너무너무 사랑하고 있다는 거 알고 있으니까, 울지 마. 울면 망태 할아버지가 잡아가."

그의 말에 아이가 크게 고개를 끄덕였다.

"알면 됐어요."

아이의 시크한 답에 현승의 입에서 커다란 웃음소리가 터져 나왔다.

행복했다. 자그마한 아이가 주는 행복은 그가 생각했던 것 그 이상이었고, 나리가 자신에게 달려와 고백했던 그 순간과 저울질할 정도로 매일매일 가슴이 벅찼다. 그래서 그는 또다시 아이의 입술에 입을 맞추며 말했다.

"사랑한다. 우리 민지."

❀

"형. 다시 한 번 생각해 봐."

"뭘?"

건욱은 자신이 무슨 이야기를 하고 있는지 모두 알고 있으면서 짐짓 모른 척 커피를 마시는 현승의 모습에 눈살을 찌푸렸다.

어떻게 사람이 이렇게 하나도 변하질 않나. 건욱은 영악하게 웃는 현승의 모습에 고개를 저었다.

"할아버지 연세를 생각해서라도……."

"이래서 사내놈들은 장가를 가면 효자가 된다더니."

현승이 혀를 끌끌 차며 뒷말을 붙였다.

"동생님, 회사는 나 아니어도 되잖아. 너도 있고, 정 너도 싫으면 전문 CEO를 뽑아. 왜 싫다는 사람한테 일을 떠넘기려고 그래?"

"할아버지께서 원하셔. 형이 회사를 물려받기를."

"쳇. 그놈의 영감탱이."

현승은 여전히 건강한 모습으로 자신에게 호통을 치던 최 회장을 떠올렸다. 연세를 생각하긴 뭘 생각해. 아직도 그렇게 정정하시구만.

"아직 일선에서 물러날 생각 없는 것 알고 있어."

"형."

"후계자 수업은 무슨 후계자 수업이야! 내 나이가 몇인데! 그리고 지금 떠맡은 일로도 머리가 깨질 지경이야!"

"……."

"난 이제 한계야! 여기서 더 일 늘리면 우리 나리랑 민지랑 있을 시간이 줄 거야. 그건 절대 싫어. 내가 왜 일을 하는데! 먹고살 만큼 버니까 됐어!"

먹고살 만큼 번다기엔 지나치게 버는 감은 있었지만, 현승은 딱 잘라 말했다. 현재 그에게 최우선이 되는 것들까지 놓아 버리면서까지 돈을 벌고 싶은 마음은 없었다. 돈이란 뭔가? 종이에 지나지 않은가. 거기에 사람들이 의미를 두고 가치를 매겨서 그렇지, 그에겐 냄새나고 더러운 종이나 마찬가지였다.

지금 벌고 있는 것만으로도 나리와 민지가 원하는 것은 모두 사 줄 수 있었고, 가족이 행복하게 지낼 수 있는 집까지 있는데 그 이상 무슨 돈이 필요하겠는가. 그저 걸리적거리는 명예욕이나 물욕에 치우쳐 인생을 허비하고 싶은 마음 따윈 없었다.

건욱은 날카롭게 자신을 바라보는 그의 시선에 머리를 긁적였다.

현승은 한 번 싫다면 죽어도 싫은 사람이란 걸 알고 있다. 하지만 늘 그래 왔던 것처럼 간절한 눈으로 '현승이 놈 좀 설득시켜 봐! 내가 이 나이에 책상에 앉아 있을 군번이냐!' 라고 소리 지르던 최 회장의 모습이 떠올라 쉽게 물러날 수가 없었다.

건욱이 입술을 떼며 막 말을 이어 나가려던 참이었다.

"왜? 하나와 네가 있는 시간을 줄여 줄까? 그거라면 이 형이 잘할 자신 있는데."

먼저 선수를 친 현승이 서늘하게 웃자, 건욱의 몸이 움찔 떨렸다.

반달 모양을 그리고 있는 눈. 하늘을 향해 예쁘게 올라가 있는 입꼬리. 꿍꿍이를 꾸밀 때 으레 나오곤 했던 현승의 표정이다.

건욱은 차갑게 식은 커피 잔을 내려다보며 한숨을 쉬었다.

여기까지인가? 더 이상 현승을 닦달했다간 어떠한 사달이 일어날

지 몰랐다.

"여기에 대해서 더 말할 거면 너 집에 가라."

현승이 자리를 털고 일어났다. 마당을 가로지르는 돌 위를 사뿐사뿐 걸으며 현관문을 열어젖힌 그는 어느새 본모습을 숨기고 거실에서 하나와 이야기를 나누고 있던 나리의 이름을 크게 불러 댔다.

"나리야! 나리야!"

"이야기는 끝났어요?"

"응. 늘 그랬던 것처럼 별 시답잖은 이야기였어."

골든 주얼리를 물려받으라는 이야기가 형에겐 별 시답잖은 소리였던 것일까? 그래, 별 시답잖은 소리일지도 모른다. 자신의 형은 그런 사람이었으니까.

한숨을 쉬며 바닥을 보고 있던 건욱은 하얀색 테이블에 이마를 콩 찧었다. 이 이야기를 할아버지께 어떻게 전할지 눈앞이 캄캄했다. 벌써 3년째 계속되고 있는 둘의 싸움에 머리가 터질 지경인 그는 차가운 테이블에 이마를 식히고 있었다.

그때였다. 옆에서 인기척이 들리더니, 곧 그를 부르는 자그마한 목소리가 들렸다.

"삼촌."

"어? 민지야."

언제 나온 것일까. 민지가 그의 어깨를 토닥이고 있었다. 아이는 둘의 실랑이를 모두 보고 있었던 것인지 안쓰러운 눈으로 건욱을 보고 있었고, 본의 아니게 여섯 살짜리 아이에게 위로를 받은 그는 어색한 웃음으로 자리에서 일어났다.

"아빠는 원래 그런 사람이에요."

"어떤 사람인데?"

"싫은 건 죽어도 싫은 사람."

매일 아침밥 먹을 때 엄마랑 싸우는걸요? 반찬 투정하면서. 그리고 책상 앞에 앉아 있는 걸 싫어해서 매일 엄마한테 혼나요. 아빠가 공부를 안 하나 봐요.

아직 어른들의 사정은 모르는 아이의 눈에도 진실만은 보였던 것인지, 민지는 손가락까지 꼽아 가며 하나둘 이야기를 늘어놓았다.

"풋."

아이의 이야기에 딱딱하게 굳어 있던 건욱의 입에서 웃음이 터져 나왔다. 차가운 인상이 순간 부드러워졌고, 아이와 눈을 맞추기 위해 무릎을 꿇는 동작에서 자상함이 배어 나왔다.

아이와 눈을 맞춘 건욱은 부드럽게 미소 지으며 말했다.

"그랬어?"

"네. 하지만 엄마만 모르는 것 같아요."

"뭘?"

"매일 삼촌이랑 숙모 괴롭히는 거요."

아이의 말에 건욱의 몸이 움찔 떨렸다.

"엄마가 그랬어요. 아빠는 엄청 착한 사람이라고. 하지만 민지 눈에는 그렇게 안 보여요."

"……그럼 어떻게 보이는데?"

"악당."

움찔움찔. 건욱의 몸이 또다시 떨렸다. 아이의 눈만큼 정확한 것이 없다 했던가. 어른의 거울이라고 하는 것엔 다 그만한 이유가 있었다. 그래, 민지가 이렇게 빨리 철이 들고 성장한 것을 보면 현승의 철없는 태도 또한 보탬이 되었으리라.

건욱은 초롱초롱한 눈으로 자신을 바라보는 민지의 머리를 슥슥 쓰다듬어 주며 말했다.

"아니야. 아빠 아주 착한 사람이야."

"……아빠가 삼촌 또 협박했죠?"

"으응?"

"전에 봤어요. 아빠가 삼촌 데리고 가서 막 협박하는 거. 막 이렇게 웃으면서 삼촌한테 막 뭐라고 했었어요."

민지는 그날 봤던 현승의 웃음을 따라 서늘하게 웃으며 말했다. 아이의 웃음이 현승의 것과 꼭 닮아 있어 건욱의 입에서 또다시 웃음이 터져 나왔다. 이래서 피는 못 속인다고 하는 것인가? 나리만 꼭 빼닮은 건 줄 알았더니, 그를 따라 하는 행동도 너무나 정확했다.

건욱은 고사리 같은 민지의 손을 잡았다. 그리고 아주 진지한 눈동자로 말했다.

"그래. 민지야. 이건 비밀인데, 엄마는 지금 아빠한테 속고 있는 거야."

"그렇죠? 제 말이 맞죠?"

어쩐지 그런 것 같았어요. 아빠가 엄마한테 하는 거랑 삼촌한테 하는 거랑 너무 다른걸요? 아이의 말에 건욱은 여전히 진지한 눈동자로 재빨리 고개를 끄덕이며 말을 이었다.

"그런데 그걸 엄마한테 말하면 안 돼."

"왜요?"

아이의 눈동자에 순수한 궁금증이 떠올랐다. 어느새 아이에게 진지한 충고를 건네고 있단 사실도 모른 채 건욱은 조금 목소리를 낮췄다.

"그럼 삼촌이 죽거든."

"……."

"그러니까 엄마한테는 비밀이다?"

건욱의 이야기에 이번엔 민지의 몸이 움찔 떨렸다. 아이는 서둘러 건욱의 손에 잡혀 있던 팔을 빼며 고개를 저었다. 아이의 고갯짓에 건욱이 말했다.

"응? 비밀로 하기 싫다고?"

도리도리. 아이가 또다시 고개를 저었다.

"그럼 왜?"

"최건욱."

"……형."

비틀. 순간 다리에 힘이 풀린 것인지 건욱의 몸이 옆으로 기울었다. 그는 꼼짝 없이 아무것도 담지 않은 무심한 시선에 얼어 버렸다.

"동생님. 넌 나중에 보자."

민지를 안아 든 현승이 걸음을 옮겼다.

민지는 현승의 품에 안겨 허망한 시선으로 바닥에 주저앉아 있는 건욱을 향해 입을 뻥긋거렸다.

'삼촌은 제가 지켜 줄게요. 우리 아빠는 저한테도 아주 착하거든요.'

아이의 말에 건욱은 전혀 위로받지 못하고, 내일부터 그에게 날아들 끔찍한 일들을 떠올렸다.

이번엔 어떤 방법으로 그를 괴롭힐까?

제발 신선한 것들만은 아니었으면 했다.

✻

드륵드륵. 원목의 책상 위에 올려져 있던 휴대전화가 몸을 떨며 진동했다. 액정에는 연신 건욱의 번호가 반짝이고 있었지만, 현승은 무심한 얼굴로 휴대전화를 본 뒤 고개를 돌려 버렸다.

"왜? 모든 일을 해결했는데."

할아버지의 부탁 아닌 부탁부터 시작해, 건욱에게 복수까지. 단 한 번의 일로 모든 일을 해결한 현승의 얼굴에 미소가 떠올랐다.

그의 시선이 이번엔 휴대전화 옆에 놓여 있는 주얼리 잡지로 향했다. 일을 저지른 건 일주일 전이었지만, 꽤나 큰 사건이어서 그런지 잡지에는 벌써 「골든 주얼리 家」사람들에 대한 기사로 도배가 되어 있었다.

잡지를 집은 현승은 페이지를 찾아 하나의 얼굴이 큼지막하게 박혀 있는 페이지를 펼쳤다.

건욱이 디자인해서 많은 사랑을 받고 있는 플라워 시리즈의 여섯 번째 주얼리 세트가 하나의 목에서 찬란하게 빛나고 있었다. 해외에서까지 상을 받게 되면서 작년 분기 골든 주얼리의 매출에 톡톡히 보탬이 된 물망초 시리즈 중 첫 번째 아이템이었다.

하나를 위해서 디자인했다더니, 화려한 그녀의 외모에 꼭 맞는 디자인이었다.

『골든 주얼리의 새로운 얼굴. CEO 이하나』

현승은 헤드 카피 문구가 마음에 드는지 껄껄 웃음을 터뜨렸다.

그 밑으로 깨알같이 적힌 기사에는 막중한 책임감을 느낀다는 기사와 함께 다음 달부터 해외 지사를 돌아다니며 업무를 익히는 것에 충실하겠다는 말이 적혀 있었다.

"왜 탐을 내는 아이한테 주지 않고 나한테 못 줘서 안달이야?"

현승은 건욱이 자신을 찾아와 부탁조로 했던 말들을 떠올렸다. 동생 또한 자신처럼 골든 주얼리 사의 대표가 된다는 것이 어떠한 의미인지 잘 알고 있었다.

평생 바빴던 할아버지. 그들에게 충분히 사랑을 주긴 했지만, 한 달에 한 번 얼굴을 제대로 보기도 바빴었다. 그리고 지금은 더욱 바쁜 위치였다.

"꼬시다."

짧게 답한 현승의 얼굴 위로 미소가 떠올랐다.

자리에서 일어나 잡지를 구석으로 던져 버린 그가 천천히 걸음을 옮겼다. 그리고 커다란 침대에 누워 서로 체온을 나누며 잠들어 있는 나리와 민지를 번갈아 보며 행복하게 웃었다.

그는 문득 나리에게 자신의 꿈을 이야기하던 그때를 떠올렸다.

'나리와 예쁜 가정을 가지는 거. 그래서 멋진 아빠가 되는 거.'

자신의 꿈의 절반은 실현이 되었다. 나리와 행복한 가족을 꾸렸고, 그녀를 꼭 닮은 아이도 있다. 하지만 아직 절반의 꿈은 실현하지 못하고 있었다.

현승은 천천히 고개를 숙여 곤히 잠들어 있는 민지의 이마에 입술을 맞췄다. 짧은 입맞춤에도 여전히 미동도 없이 잠들어 있는 딸아이의 얼굴을 바라보며 웃었다.

"민지한테 아빠는 멋진 아빠야?"

잠들어 있는 아이는 그에게 답을 해주지 못했다. 하지만 그는 답을 듣지 않아도 되었다.

충분히 행복했으니까. 온몸이 떨리도록 너무나.

멋있는 아빠는 차차 이루면 된다. 아직 시간은 많고, 그의 곁에 늘 가족이 있을 테니까.

✳

아침에 일어나 스스로 깨끗이 씻은 민지는 나리가 꺼내 놓은 옷으로 갈아입은 뒤 부엌으로 향했다. 부엌에는 한창 아침 준비에 여념이 없는 나리가 바쁘게 움직이고 있었다.

나리는 자신의 뒤에서 느껴지는 인기척에 뒤돌며 말했다.

"민지야! 방에 가서 아빠 좀 깨워 줄래?"

"엄마."

"왜 우리 딸. 엄마한테 할 이야기 있어?"

민지는 상냥하게 웃는 나리의 모습을 고민이 역력한 얼굴로 바라보았다.

'사랑하는 우리 딸. 엄마한테 오늘 있었던 일은 절대 비밀이다. 쉿! 알았지?'

민지는 건욱과 밀담을 들킨 그 날. 여느 때와 다름없는 미소로 했던 말을 떠올렸다. 강제로 손가락까지 걸고 약속했던 터라, 쉽게 입을 열 수가 없다.

어떻게 하지? 삼촌을 지켜 주기로 했는데.

한참 자리에서 미적거리던 민지는 결국 아빠와의 약속을 저 버릴 수가 없어 작은 고개를 저었다.

"아무것도 아니에요."

"그래. 그럼 아빠 좀 깨워 줄래? 보다시피 엄마는 많이 바빠서."

국자를 들며 상큼하게 웃는 나리의 모습에 아이는 작게 고개를 끄덕이며 미적미적 안방으로 향했다.

문을 열고 안으로 들어가자, 커다란 침대 한켠을 차지한 현승의 등이 보였다. 가슴을 드러내도록 잠옷 상의가 올라가 있었고, 이불은 다리 사이에 끼우고 있는 모습이었다.

종종 걸음을 옮겨 현승에게 다가간 민지는 입을 헤— 벌린 채 잠들어 있는 현승을 보았다.

어쩌지?

현승에게 제발 건욱 삼촌을 괴롭히지 말아 달라고 부탁해야 할지 고민하던 민지는 작게 고개를 저었다. 순간 청개구리 짓을 하던 그의 모습이 떠올랐다.

엄마가 하지 말라는 것만 골라서 하는 아빠니까, 내가 제발 괴롭히지 말아 달라고 하면, 더욱 괴롭히실 거야.

민지의 얼굴이 울상이 되었다.

그때 아이의 시선이 현승의 배로 향했다.

작은 아이의 미간이 찌푸려질 정도로 상처는 끔찍했고, 컸다. 아이가 항상 현승과 샤워를 할 때마다 보았던 상처. 민지는 처음 이 상처를 보았을 때 현승에게 물었었다.

'아빠 많이 아팠어요?'

아이의 물음에 현승은 더 오버를 해 가며 말했다.

'응. 아빠 아파 죽는 줄 알았어.'

'얼만큼요?'

'하늘만큼 땅만큼 아팠어. 그래서 지금도 가끔 아파.'

순간 그 날의 기억이 떠오르자, 민지의 얼굴이 와자작 찌그러졌다. 그 모습은 꼭 현승의 얼굴과 닮아 있었다.

한참 현승의 상처를 내려다보던 아이가 천천히 고개를 숙였다. 그리고 이미 다 아문 상처 위로 입김을 불었다.

호오, 호오.

"아빠, 아프지 않게 해 주세요."

호오, 호오. 아이는 숨이 찰 때까지 입김을 불어넣었고, 고사리같이 작은 손으로 상처 부위를 쓰다듬었다.

"민지 손은 약손."

나리가 으레 민지가 아플 때면 불러 주던 노래를 함께 부르며.

아이는 정성스레 현승의 배를 쓰다듬었고, 순간 아무런 표정도 없던 현승의 얼굴이 느른하게 펴졌다.

"아빠 배는 똥배. 민지 손은 약손."

아이의 노래가 이어질수록 현승의 입술이 예쁘게 휘어졌다.

이젠 안 아파요.

그의 웃는 얼굴이 마치 그렇게 말하는 것 같았다.

어느 평화로운 오전.

현승을 깨우러 방에 들어간 뒤로 나오지 않는 그들 때문에 나리가 방문을 열 때까지, 어색한 노랫가락은 계속 이어졌다.

『소녀 감성 최 사장』 마침.

작가 후기

　귀여운 최 사장과 무뚝뚝한 나리의 이야기가 끝이 났습니다. 조금 후련한 마음도, 미안한 마음도, 섭섭한 마음도 듭니다. 하지만 세상 밖에 둘의 이야기를 꺼내 놓을 수 있었으니, 기쁜 마음으로 최현승과 민나리를 보냅니다.

　제가 처음으로 쓰는 로맨틱 코미디입니다. 개인적으로 밝은 로맨틱 코미디를 꼭 작업해 보고 싶었기에 작업이 끝난 순간, 기쁨은 두 배입니다. 처음으로 선보이는 밝은 글인데, 어떻게 느끼실지 모르겠습니다. 〈구속〉이나 〈덫〉과는 다른 의미로 두근두근합니다.

　블링블링 시리즈는 최 회장의 손주 놈들 장가보내기 프로젝트입니다. 첫째 최현승 군은 장가를 가게 되었으니, 우선 첫 번째 미션에는 성공한 듯합니다. 다음 시리즈인 최건욱 군은 아직 장가를 못 갔으니,

427

최 회장님은 아직도 속앓이 중이십니다. 이들의 사랑도 여러분들께 속히 소개시켜 드리고 싶은 마음이 굴뚝같습니다.

어려웠던 로맨틱 코미디였던 만큼 참으로 많은 분들께 도움을 받았습니다. 햇반 아이디어를 주신 정찬연 작가님. 비루한 자취생인 저는 죽었다 깨어나도 모를 비릿한 냄새를 가르쳐 주셔서 무척 감사합니다. 최 사장은 작가님이 없었다면 완결을 내지 못했을 거예요. 늘 감사의 마음만 가집니다. 앞으로도 부디 피하지만 말아 주세요.

뇌를 반쯤 꺼내 놓고 쓴 글을 열심히 기획해 주시고 편집해 주신 정시연 주임님. 최 사장 이야기에 "아, 왜 이러세요. 당 부족하세요?" 라고 채찍질해 주셔서 감사합니다. 시크한 답변에 껄껄 웃으며 더욱 즐겁게 작업할 수 있었습니다. 제 영혼을 바치겠습니다.

이제 저는 유월아 작가님과 몇 달 전부터 고기를 먹으며 나눴던 이야기를 세상 밖에 내놓기 위해 또다시 글을 쓸 예정입니다. 이번에는 또 어떤 독자님들과 만나고, 이야기를 공유하게 될지 기대가 됩니다. 밝지 않은 시대물인데, 어떠한 느낌으로 풀어 놓을지 벌써부터 고민이 가득합니다.

다음 글은 제가 손톱만큼이라도 조금은 더 성장해 있길 바랍니다.

―언덕길아래
이아현 올림

hidden track.
별 숲이 빛나는 밤에

하나는 유리창 문에 딱 달라붙어 붉은 코를 킁킁거리는 현승의 모습을 보고 있었다.

참 딱하다. 인간이 어떻게 하면 저렇게 변할 수 있을까?

눈물 콧물 쏟아 냈으면서도 기쁨에 헤헤 웃고 있는 현승의 모습을 보자 기가 차다 못해 웃음까지 나온다.

"진짜 덜떨어진 인간."

작게 읊조린 하나가 깊은 한숨을 내쉬었다. 저들이 식을 올리기 전. 그러니까 약 2년 전 나리에게 한 마디 했다고 온갖 핍박을 받아야 했던 하나는 지난 시간들을 떠올리며 몸을 푸르르 떨었다. 아주 유치한 것부터 시작해 강력한 것까지 있었으니…… 그의 강약 조절에 정신을 차리지 못했던 나날이었다.

"왜? 보기 좋잖아."

어느새 다가온 건욱이 신생아실 유리 창문에서 떨어질 줄 모르는 현승을 보며 말했다. 그가 보기에도 조금 과한 모습이긴 하나, 형이 행복하면 그걸로 됐다고 생각하며.

"그래도 저건 심했어. 애기 낳을 때 들었어?"

결국 그의 장난질에 다시 건욱과 만날 수 있게 되었으니 눈물을 삼키며 그 시간들을 견뎌 낸 스스로가 장하게 느껴질 정도였다. 기쁨에 어쩔 줄 몰라 하는 현승의 모습에 하나가 깊은 한숨을 내쉬었다.

"으응, 뭐…… 대충."

건욱이 어색하게 웃는 것을 보니 대충이 아닌 모든 정황들을 들은 것 같았다.

"제발 생각만은 나리 씨를 닮았으면 좋겠어."

그것도 성격은 필히!

산모보다 더 많이 운 보호자는 처음이라고 말했던 간호사의 말이 떠올랐다. 그럴 만도 했다. 분만실에서 통곡을 하며 우는 모습은 과히 장관이었다. 그래도 나름 예전에는 약긴 했지만, 저런 팔불출은 아니었는데.

그는 하나만 보고 달리는 사람이 아니었다. 하나만 덥석 잡으면 그걸 놓쳤을 때의 상실감을 생각해 소중한 것을 여러 개로 나눠 두는 사람이었다. 그런 그가 소중한 것을 딱 하나로 정했을 때 어떻게 변하는지 두 눈으로 현재 똑똑히 목격하고 있는 하나는 옆에서 들려오는 목소리에 고개를 돌렸다.

"아직도 형이 미워?"

"당연하지. 우릴 7년씩이나 떨어트려 놓은 장본인인데."

하나의 입술이 비틀렸다. 순간 그녀의 기억 속에 수많은 장면들이 떠오른다.

건욱과 그녀는 생일도 하루 차이여서 대략 10시간 정도를 제하고 평생 함께 있었다. 유치원도 함께 손을 잡고 다녔고, 학창시절 또한 마찬가지였다. 그런 그가 자신은 주얼리 디자이너가 되어야겠다는 말에 꿈도 그렇게 정했었다. 그래, 지금 그녀의 모습을 만든 것은 온전히 건욱이었다. 그런 그와 자신을 떨어트려 놓을 정도였으니. 최현승이란 인간이 얼마나 큰 대형 핵폭탄인지 일일이 열거하면 입만 아팠다.

그래도 뭐…… 온전히 그 때문에 이별한 것은 아니니 이 정도에서 용서해 줘야 할까? 하지만 프랑스에서 건욱과 동거 생활을 할 때 언제 빼돌린 것인지 열쇠로 문을 벌컥벌컥 열고 들어왔을 때를 생각하면 치가 떨려 도저히 그를 좋아할 수가 없었다. 하지만 그녀는 이제 마음을 조금 여유롭게 먹기로 했다.

"그래도 나리 씨가 예쁘니까, 그만 미워해야겠지?"

하나는 지금 병실에 누워 까무룩 잠들어 있는 나리를 떠올렸다. 그래, 나리가 이제부터 그를 사람으로 만들어 놓을 테니 이제 미움은 내려놓자. 그리고 건욱을 바라보기에도 남은 인생은 너무 짧지 않은가.

"응. 그리고 네 마음도 예쁘니까 이젠 그만 미워해."

"좋아. 이번에만 인심 쓰겠어."

가볍게 말한 하나가 여전히 창에 딱 달라붙어 큰 소리로 말하는 현승의 말에 천천히 고개를 저었다.

"우리 딸 너무 예쁘다. 우리 나리만큼은 안 예쁘지만."

이젠 그도 꽃 같은 딸까지 생겼으니, 인간이 되길 바라고 또 바랐다.

소녀 감성
최 사장

1판 1쇄 찍음 2013년 1월 10일
1판 1쇄 펴냄 2013년 1월 22일

지은이 | 이아현
펴낸이 | 정 필
펴낸곳 | 도서출판 **뿔미디어**

편집장 | 이재권
기획 · 편집 | 정시연
편집디자인 | 이진선
관리, 영업 | 김기환, 임순옥

출판등록 | 2002년 9월 11일 (제1081-1-132호)
주소 | 부천시 원미구 상3동 533-3 아트프라자 503호 (우)420-861
전화 | 032)651-6513 / 팩스 032)651-6094
E-mail | scarlets2012@hanmail.net
카페 | http://cafe.daum.net/scarletR

값 9,000원

ISBN 978-89-6775-113-5 03810

Scarlet

스칼렛

Scarlet

스칼렛